M

Papel certificado por el Forest Stewardship Council®

MIXTO
Papel | Apoyando la
silvicultura responsable
FSC® C117695

Penguin
Random House
Grupo Editorial

Título original: *Bright & Dark*

Primera edición: abril de 2024

© 2024, Lena Kiefer
© 2024, Penguin Random House Grupo Editorial, S. A. U.
Travessera de Gràcia, 47-49. 08021 Barcelona
© 2024, Patricia Mora, por la traducción
Imágenes de interior: © Shutterstock / Anna Poguliaeva

Printed in Spain – Impreso en España

ISBN: 978-84-19746-90-0
Depósito legal: B-1.842-2024

Compuesto en Compaginem Llibres, S. L.
Impreso en Liberdúplex, S. L.
Sant Llorenç d'Hortons (Barcelona)

GT 4 6 9 0 0

LENA KIEFER

WEST WELL

BRILLANTE Y OSCURO

Traducción de
Patricia Mora

Montena

*Para Paddy, eres la mujer más
fuerte que conozco*

Playlist

Westwell Theme – Technokrates
Is It Just Me? – Emily Burns
Stop Crying Your Heart Out – Leona Lewis
Coping – Rosie Darling
I Need You to Hate Me – JC Stewart
You Mean the World to Me – Freya Ridings
Helpless When She Smiles (Radio Version) – Backstreet Boys
Eye of the Tiger – Jenn Grant
When You're Gone – Acoustic – Shawn Mendes
I Know Places – Taylor Swift
When I Look at You – Miley Cyrus
This Is How You Fall in Love – Jeremy Zucker, Chelsea Cutler
Jealous – Labrinth
Better Days – Dermot Kennedy
Still in Love with You – No Angels
Show Me the Meaning of Being Lonely – Backstreet Boys
Love You Goodbye – One Direction
Rebel – ROYAL
More – Sam Ryder
Rescue My Heart – Liz Longley

¡Mi único amor
emanación de mi único odio!
¡Demasiado pronto lo he visto sin conocerle
y le he conocido demasiado tarde!
Extraño destino de amor es,
tener que amar a un detestado enemigo.

WILLIAM SHAKESPEARE,
Romeo y Julieta

Prólogo

Valerie

Tres años antes

«Soy feliz». Ese era el pensamiento que me pasaba por la cabeza una y otra vez mientras dejaba entrar a mis invitados en la habitación del Hotel Vanity para que empezaran a celebrar nuestro compromiso. Era la fiesta perfecta para la ocasión perfecta. Todavía tenía que pellizcarme unas cien veces al día para creer que este hombre tan maravilloso quisiera pasar conmigo el resto de su vida. «Sé que no nos conocemos desde hace mucho. Y sé que somos increíblemente jóvenes. Pero te quiero, Val. Te quiero ahora y te querré siempre».

Mi amado estaba en la puerta de entrada, charlando con alguien, y yo sonreí al verlo. Él no tardó ni cinco segundos en notar mi presencia e intercambiamos una de esas miradas que, con suerte, seguirían haciéndome un nudo en el estómago durante los próximos cincuenta años.

Adam Coldwell era un chico serio y reservado, demasiado adulto para su propio bien, y por lo tanto, no encajaba en mi prototipo de hombre y nunca debería haberme enamorado de él. Sin embargo, desde que nos conocimos, vi algo en su mirada que me hizo sentir curiosidad. Quise saber qué tipo de persona se escondía detrás de esos sabios ojos azul grisáceos. Si tenía otras facetas, un *alter ego* oculto y más salvaje.

Al final resultó que esa faceta no existía, pero cuando me di cuenta de ello, ya me había enamorado hasta las trancas de lo que había sentido cuando lo conocí: que él podía ser mi hogar. Puede que Adam fuera más serio que la mayoría de los hombres que me rodeaban, pero, ante todo, era amable, cariñoso y leal. Y lo quería con todo mi corazón.

Mis padres se asustaron de verdad cuando les conté lo del compromiso. No era de extrañar; nuestras familias se odiaban como si fuéramos la nueva versión de *Romeo y Julieta*. Tenía muy claro por qué se detestaban los Weston y los Coldwell, pero no entendía qué tenía que ver eso con Adam y conmigo. Yo no trabajaba para mis padres y nunca lo haría, y Adam nunca me hablaba de los proyectos que dirigía con su madre. Nada de eso formaba parte de nuestra relación. Sin embargo, dos días antes me dieron «la charla». Estábamos sentados en la mesa del comedor: yo en un lado y, en el otro, mamá, papá y Lincoln, que con rostro compungido me dijeron que el compromiso no podía seguir adelante de ninguna manera. Que bastante había dañado ya la reputación de mi familia con mis numeritos como para casarme ahora con un hombre que era su enemigo declarado.

Les dije que Adam no era enemigo de nadie y que me importaba una mierda si me daban o no su bendición. Por supuesto que

Trish Coldwell era una verdadera bruja y la acérrima rival de mis padres, pero no veía que por qué debía afectar eso a mi elección de pareja. Nos hacíamos felices el uno al otro: ¿a quién le importaba que Trish le arrebatara algún proyecto de construcción a mamá y papá de vez en cuando? Unos padres normales se habrían alegrado por mí, al igual que un hermano normal. Pero nosotros no teníamos nada de normales.

La única Weston que se alegraba de verdad por mí era Helena. Mi hermana pequeña, que, a sus diecisiete años, aún no tenía ni idea de lo maravillosa que era. Había accedido a conocer a Adam sin mostrar una actitud crítica. Al revés, se había acercado a él sin reservas y lo había aceptado en su corazón. Era toda una proeza teniendo en cuenta que el apellido Coldwell había superado al anticristo hacía ya muchos años en nuestra familia. Pero así era ella. Helena tenía una opinión propia casi imparcial y, cuando alguien le caía bien, era difícil disuadirla. Ese era uno de los motivos por los que la quería tanto.

Miré a mi alrededor en la habitación y la eché en falta. Era una pena que no estuviera aquí hoy, sino en casa con un resfriado. Pero la boda la celebraríamos juntas, de eso no me cabía ninguna duda.

Maddy Rich, una conocida, estaba deseando brindar por mí, pero cuando volví la vista a la puerta, me di cuenta de que Adam había desaparecido. Me disculpé con Maddy y me alejé para buscarlo. Cuando salí al pasillo que separaba la habitación del corredor del hotel y donde había uno de los baños, me encontré con Adam. No parecía muy contento.

—¿Hay algún problema? —le pregunté. La arruga que tenía entre las cejas me resultaba muy sexy, pero en estos momentos me preocupaba.

—No, todo va bien. Hemos recibido la visita de alguien que no estaba invitado.

—¿Que no estaba invitado? ¿Quién?

No me había dado cuenta de que hubiera alguien junto a la puerta.

—Colton Pratt.

Adam no me dio más información, pero no hacía falta. Pratt era un narcotraficante al que le había dejado dinero para que se buscara una forma de vida más legal. Por la expresión de su rostro, la estrategia no había funcionado. Lo miré con seriedad.

—¿Ha venido a vender? ¿En serio ha venido a nuestra fiesta de compromiso para vender droga? ¿Después de todo lo que has hecho por él?

Adam parecía más contrariado que antes y supe por qué; sentía que había fracasado. Ese era su gran problema: su maldita necesidad de ayudar a todo el mundo, independientemente de si esa persona lo merecía o no. Me tomé como misión quitarle ese sentimiento de la cabeza.

—Lo que hace Pratt no tiene nada que ver contigo —dije con firmeza—. No puedes salvar a todo el mundo, Adam. Por mucho que lo intentes, la gente toma sus propias decisiones, y muchas de ellas son estúpidas.

Asintió.

—Lo sé. Pero creo que no fue idea suya venir aquí. Alguien ha debido de pedirle que lo hiciera sin decirle quién estaría aquí. Se ha quedado flipando cuando me ha visto.

Me tocó entonces el turno de fruncir el ceño.

—¿Te ha dicho que lo ha enviado alguien?

—No. —Adam soltó aire—. ¿Podría ser Carter Fields?

—¿Carter? —Sacudí la cabeza—. ¿Por qué haría algo así?

—Porque está totalmente enamorado de ti y quizá pensó que era un bonito gesto.

—Anda ya. Seguro que alguien ha querido gastarnos una broma. El típico humor del Upper East Side. —Lo cogí de la mano—. Y ahora vamos a bailar, señorito. O empezaré a preocuparme por que no seas capaz de hacerlo en la boda.

—Pero si soy un bailarín estupendo —replicó Adam ensanchando el pecho.

Alcé una ceja, pero no pude ocultar mi sonrisa de enamorada perdida mientras lo arrastraba conmigo.

—Pues demuéstramelo.

Era más de medianoche cuando se fueron los últimos invitados y nos quedamos por fin a solas. Me quité los tacones y me acerqué a Adam, que estaba contemplando la ciudad desde el enorme ventanal.

—Hola —dije en voz baja, y le pasé un brazo por la cintura.

Adam se dio la vuelta y me besó con suavidad en los labios.

—Hola. ¿Eres feliz?

—Más que feliz —susurré—. Aunque deberíamos volver a celebrar el compromiso, esta vez en tu sofá y con ropa cómoda que sea más fácil de quitar.

Pegué un tirón al cuello de su camisa. Adam sonrió de lado.

—Lo que tú quieras, futura señora Coldwell.

—Me alegro de que lo menciones. Porque no pienso cambiar mi apellido a Coldwell.

—Sí, ya me lo figuraba. Y viendo que mi madre me desheredará si me convierto en un Weston, creo que deberíamos pensar en otra cosa. Podríamos mantener cada uno su apellido. O si no, podríamos elegir un nuevo nombre para nuestra familia.

Lo miré con los ojos abiertos cuando entendí lo que quería decir.

—¿Te refieres a…?

Adam asintió.

—Adam y Valerie Westwell —dije como si quisiera comprobar la sonoridad—. Es perfecto. ¿Crees que el ayuntamiento nos dejará cambiarlo así, sin más?

—Ni idea. Todo es cuestión de intentarlo. Ya tengo los formularios en casa, solo queda entregarlos.

Me apoyé en él y sentí esa apabullante sensación de seguridad y calidez que siempre notaba cuando estaba cerca. Entonces me acordé de algo.

—¿Le has preguntado ya a tu hermano si quiere ser tu padrino?

—No, todavía no.

—¿Y eso? —Levanté la vista—. ¿No tiene cobertura en su choza de Australia?

—Es un hostal de surf —me corrigió Adam de forma automática—. Y si te soy sincero…, todavía no lo he llamado.

—¿Es que has cambiado de opinión?

—En absoluto. —Adam bajó la vista hacia el suelo y yo le di un beso para que volviera a alzar la mirada. Sonrió de lado—. Pero cuando le conté a Jess lo de la boda, no me tomó muy en serio. Al contrario, parecía creer que todo era una broma. No sé si me dirá que no cuando le pida que sea mi padrino.

Le acaricié suavemente la mejilla.

—No lo creo. Aún no lo conozco, pero, por lo que me has contado, Jess parece una buena persona. Y estoy segura de que te quiere. Nunca se negaría. Pregúntaselo mañana, ¿vale? Si te dice que no, ya me encargo de hablar yo con él.

—Ah, sí, pagaría por verlo —rio Adam—. Jess y tú os llevaríais estupendamente. A los dos os gusta causar revuelo.

—Lo dices como si fuera algo malo. —Lo miré con inocencia.

—Por supuesto que no. Supongo que tú ya le has preguntado a Helena si quiere ser tu dama de honor, ¿no?

—Claro. Fue la primera persona a la que llamé cuando me lo pediste. —¿Cómo no iba a hacerlo? Mi hermana y yo éramos inseparables desde niñas—. Aunque llevo desde entonces pensando quién podría ser un buen acompañante para ella.

—Creía que estaba con ese heredero de joyas —dijo Adam. Parecía confundido.

—Ay, sí, Ian —pronuncié molesta—. Es tan aburrido que me entra sueño cada vez que estoy a su lado. Para darse el primer beso o acostarse con él es una buena opción, pero no quiero que Lenny aguante a alguien así el resto de su vida.

Adam sacudió la cabeza sonriente y me rodeó con los brazos.

—¿Qué te parece si le preguntas primero a tu hermana si quiere tener una cita con un desconocido?

—No me parece. —Le sonreí—. Pero creo que eso puede esperar hasta mañana. Ahora quiero celebrar que vamos a casarnos.

Lo miré con intención y Adam ladeó la cabeza para besarme.

—Nada que objetar —murmuró en voz baja contra mis labios—. Pero tenemos demasiada ropa para eso.

—Pues haz algo al respecto.

Me separé de él y me di la vuelta mientras apartaba mi largo cabello del cuello y cerraba los ojos al sentir que Adam me besaba en la piel sensible y posaba la mano sobre la cremallera de mi vestido de Valentino.

Acababa de bajarla y estaba pasando los dedos por mi columna cuando alguien llamó a la puerta. Nos detuvimos y me giré hacia Adam.

—¿Esperas a alguien? —me preguntó.

—No —negué con la cabeza—, pero quizá sea una sorpresa para nosotros de la que no sepamos nada. ¿Me abrochas de nuevo?

Con un gruñido de arrepentimiento, Adam volvió a subir la cremallera y me acerqué a la puerta para abrirla. Cuando vi quién estaba al otro lado, abrí los ojos de par en par.

—¿Tú? —pregunté—. ¿Qué estás haciendo aquí?

1

Helena

—¡Y por eso nos complace dar comienzo hoy oficialmente a las obras de la zona Winchester!

La gente rompió en aplausos cuando mi padre se alejó del atril y se aproximó a una zona separada. Había colocadas unas cintas de seda roja a la altura de los tobillos y tanto mi padre y mi madre como el alcalde y Clive Irvine pasaron por encima. Todos llevaban en la mano una pala nueva y reluciente sobre la que, al unísono, posaron un pie para conseguir la foto deseada. Las cámaras se activaron, la prensa gritó sus nombres para sacar una foto de ellos mirando al objetivo. Vi que mi madre sonreía al cogerse del brazo de mi padre y sentí una leve punzada de dolor. Era probable que estuvieran más felices que el día de su boda; al fin y al cabo, hoy era el día en el que los Weston habían triunfado sobre Trish Coldwell. El día en el que mi familia recuperaba su lugar en la ciudad a la vista de todos.

Lo que no sabían era quién había pagado el precio.

Me encontraba junto a mi hermano en la parte trasera del estrado, ataviada con un sencillo vestido azul verdoso estampado que mi madre me había comprado y cuya tela ajustada me daba demasiado calor para este día de agosto. Pero, evidentemente, no dejé que nada de eso se notara, como tampoco que lo hicieran mis sentimientos. Dejé de mostrar nada desde aquella mañana de mayo en la que tomé la decisión más difícil de mi vida para salvar a mi familia.

Cuando mi padre, borracho, se lanzó delante de un coche tras fracasar las negociaciones sobre el acuerdo que ahora estábamos celebrando, los Weston tocamos fondo, al igual que después de la muerte de Valerie. Mi padre sufrió hemorragias internas y fracturas y pasó dos semanas en el hospital hasta que pudo empezar la rehabilitación. Estaba convencida de que enterarse de que Trish Coldwell se había retirado del acuerdo de Winchester era lo único que le hacía seguir adelante. Cómo me sintiera yo era irrelevante; había merecido la pena.

Después de todo, nadie podía asegurar que Jess y yo hubiéramos durado mucho.

El dolor intenso que sentí en el estómago me llamó mentirosa. En el pasado, no había comprendido a qué se refería la gente cuando decía que había encontrado a la pareja correcta. Ni siquiera con Valerie, a pesar de que yo había presenciado lo enamorada que estaba de Adam. Sin embargo, ahora sí que sabía lo que significaba. Lo que significaba sentir que alguien era el adecuado. Porque me completaba aunque no supiera que me faltaba algo. Porque me sentía tan segura con él, tan en casa, que no soportaba estar separada de él. Porque quería pensar en él cada minuto, cada segundo, y solo con eso ya era feliz.

Con Jess había sentido todo eso. Y lo seguía sintiendo.

De repente, esos pensamientos hicieron que se me aflojaran las rodillas, pero no de forma agradable; sino más bien como cuando temías caer a un profundo abismo y morir en la oscuridad absoluta. Respiré hondo y traté de no pensar en ello para aparentar normalidad. Estábamos en un evento oficial, por lo que no me podía permitir ninguna debilidad. Así que me cuadré de hombros y compuse una sonrisa. Justo en el momento oportuno.

—¡Ahora toda la familia, por favor! —exclamó uno de los periodistas, que gesticuló para que nos acercáramos.

Mis padres habían guardado las palas y nos estaban esperando a Lincoln y a mí. Mi hermano posó una mano en mi espalda, como si quisiera apoyarme, y yo se lo agradecí. Aunque nunca le había contado cómo me sentía porque me daba pavor lo que pudiera hacer, me alegraba que supiera la verdad.

—Por favor, aquí. Sí, ahí estáis perfectos.

Nos colocamos delante de uno de los edificios que nuestra empresa se encargaría de renovar durante los próximos dos años. La zona Winchester era un antiguo complejo industrial en pleno corazón de Brooklyn, en el que años atrás se habían fabricado zapatos y ropa, pero que llevaba más de diez años abandonado. El ayuntamiento se había pasado mucho tiempo planteándose qué hacer con los edificios que se deterioraban a pasos agigantados y, finalmente, decidió que debían restaurarse o demolerse. Trish Coldwell ganó la puja con eso último en mente, ya que quería construir aquí unas viviendas que habrían sido demasiado caras y que habrían hecho que gente aún más rica se mudara al barrio. Sin embargo, ahora que las obras se le habían adjudicado a mi familia, se restauraría el complejo para todos, con viviendas que fueran asequibles para algunos de los residentes de Brooklyn, pero, sobre todo, con comercios, parques infantiles y consultorios médicos. Las veces que me costaba aceptar mi decisión, me obligaba a pensar en eso. No solo había salvado a mi padre, sino también le había dado un futuro a mucha gente.

¿Le habría gustado a Jess? ¿Sabría algo del tema? Lo sospechaba, pero no estaba muy segura. No habíamos vuelto a hablar desde aquella mañana de mayo.

Dejé vagar mi mirada y lo busqué inconscientemente, como llevaba haciendo desde hacía más de dos meses, aunque no lo había vuelto a ver. Sobre todo, porque ya no estaba en Nueva York. Poco después de que nos viéramos, hizo las maletas y se marchó con su hermano Eli a Europa. En realidad, no debería haberlo buscado, pero sentía demasiada curiosidad. Jess no tenía ninguna red social, pero Eli estaba en TikTok e Instagram, donde de vez en cuando subía alguna foto o vídeo del viaje. La mayoría eran de playas, a veces de montañas y, muy de vez en cuando, de alguna ciudad que visitaban, como Praga. Ninguno de los dos aparecía en esas fotos, pero sí que subió un vídeo en el que salía Jess preparando algo para comer y metiéndose una guindilla en la boca. Debía de estar muy picante, porque torcía el gesto. Apenas duraba treinta segundos, pero lo guardé. Y a veces, en mitad de la noche, cuando todo se volvía muy cuesta arriba, lo veía. Lo veía a él e intentaba imaginar cómo estaría. Si me echaría tanto de menos como yo a él. Si sufriría tanto como yo. La pérdida de Jess era algo que me rompía el corazón todos los días, porque sabía que estaba en alguna parte, pero tenía que hacer como si no existiera.

—¡Helena, por favor, un poco más cerca de tus padres!

El toque de atención de uno de los fotógrafos me hizo volver a la realidad. Respiré hondo, recuperé la sonrisa y la hice más deslumbrante aún para las cámaras.

«He hecho lo correcto». Eso era lo que me repetía una y otra vez. Y eso sería lo que me diría en el futuro una y otra vez.

Lo repetiría hasta que lo entendiera esa parte de mí que no era capaz de respirar de lo mucho que echaba en falta a Jess.

—Por la familia.

—¡Por los Weston!

Todos los reunidos en la mesa levantaron sus copas y brindaron los unos con los otros; la euforia aún no había disminuido. Después de la ceremonia en Brooklyn, habíamos tenido una recepción y ahora solo quedábamos mi familia y los Irvine para celebrar con una cena este día tan exitoso. El restaurante en el que nos encontrábamos era el Emperador, el mismo en el que hacía unos meses pasé el peor cumpleaños de mi vida. Y que además pertenecía a Jess, aunque no sabía si mis padres eran conscientes de ello o les daba igual.

Estar aquí ponía a prueba mis nervios, ya de por sí crispados, y me hacía preguntarme por qué no había fingido un dolor de cabeza para irme a casa después de la recepción. Aunque, ahora que lo pensaba detenidamente, no hubiera sido necesario ni fingirlo. De hecho, desde las últimas horas de la tarde, notaba unas palpitaciones del cerebro contra el cráneo, como si quisiera advertirme de que ya valía por hoy.

Sin embargo, aquí estaba. Porque, por muy absurdo que pareciera, una de las cosas que me hacían mantenerme a flote era seguir el papel que el destino me había adjudicado en esta obra. El de la hija perfecta que siempre salía bien en las fotos y que nunca sería capaz de provocar un escándalo. La que siempre tenía la respuesta perfecta para la prensa, nunca se pasaba de la raya y era consciente de su estatus social. Siempre y cuando siguiera siendo ella, no tenía que pensar en quién quería ser. O en cómo convertirme en esa persona.

—Helena, ¿cuándo empieza el nuevo semestre? —Era la clásica pregunta de Clive para integrarme en la conversación. Por lo visto, llevaba demasiado tiempo mirando el plato.

—En septiembre. Todavía me queda algo de tiempo.

—Entonces ¿vas a volver a los Hamptons? —Paige me miró desde el lado contrario de la mesa. Aunque aún me parecía que no era la persona correcta para mi hermano, en las últimas semanas se había portado bien conmigo y, de alguna forma, me había acostumbrado a ella. Por eso no tuve que esforzarme por sonreír cuando le respondí.

—No. Me temo que ya he pasado demasiado tiempo allí. Y todavía me quedan cosas que hacer antes de volver a la uni.

Lo cierto era que no había pasado la mayor parte del verano en los Hamptons porque en Nueva York hiciera mucho calor o porque me encantaran las fiestas de jardín. Lo había hecho porque la mayoría de los antiguos amigos de Valerie pasaban el verano allí. Me había dedicado a hablar con ellos minuciosamente, haciendo preguntas discretas que pudieran llevarme a descubrir quién había tenido problemas financieros tres años antes. Porque ese era el otro motivo que me hacía seguir adelante: la búsqueda de la verdad sobre la muerte de Valerie. Por ese motivo había regresado a Nueva York y, aunque había sufrido algún revés y me había surgido alguna duda, seguía empeñada en hacerlo. Iba a limpiar el nombre de mi hermana. Costara lo que costase.

—Este verano ha sido ideal —comentó entusiasmada Eleanor, la madre de Paige—. Una lástima que apenas hayas pasado por allí, Blake.

—Sí, pero es que teníamos mucho que hacer después de que nos concedieran el contrato de Winchester. —Mi madre posó la mano sobre el brazo de mi padre y lo apretó con cariño—. A ver si podemos ir el verano que viene. Aunque Helena nos ha representado maravillosamente.

Su mirada llena de orgullo se cruzó con la mía y me planteé lo que pensaría si le dijera que solo fui a la fiesta «Blanco y Negro», a la noche griega y a los pícnics para conocer más detalles sobre la muerte de mi hermana.

—Me hubiera encantado pasar el verano en los Hamptons —suspiró Paige—, pero preparar una boda requiere mucho tiempo. Espero que podáis prescindir de Lincoln de vez en cuando este otoño. No quiero elegir el sitio del banquete sin él.

—No te preocupes. —Sonrió mi hermano—. Lo encontraremos.

—¿Me pasa solo a mí o se puede respirar mejor ahora que Trish Coldwell ha decidido irse a Dubái para ese proyecto de construcción que tiene allí? —Eleanor nos miró con altivez desde el otro lado de la mesa—. Seguro que solo lo ha hecho para evitar hacer el ridículo aquí después de perder el contrato contra vosotros.

Lincoln me dedicó una mirada antes de soltar el aire.

—No ha perdido contra nosotros —la corrigió—. Simplemente ha perdido el interés.

—Sí, eso es lo que dice ella. —Eleanor negó con la cabeza—. Estoy segura de que la cosa no estaba tan decidida como cuenta por ahí. Esa mujer miente más que habla.

—Sí que estaba todo decidido —me escuché a mí misma decir. Parecía que estuviera defendiendo a Trish, aunque no había persona en el mundo a la que odiara más que a ella. Lo que hizo fue tan cruel y despiadado que me quedaba sin aliento cada vez que lo recordaba, así que haber corregido a Eleanor no tenía nada que ver con eso. Sino con mi padre, que ahora me miraba como si él mismo pensara que la estaba defendiendo. Todavía sentía vergüenza por haber decidido cruzar la calle borracho después de que se dieran por cerradas todas las negociaciones. No sabía que había sido yo la que había llegado a un acuerdo con Trish Coldwell para que adjudicaran el contrato a nuestra familia. Pero sabía que era un milagro que nadie podía explicar. Nadie excepto yo.

—¿Y tú qué vas a saber? —Eleanor me miró inquisitiva—. Si te has pasado el verano tumbada junto a la piscina y de fiesta.

Me quedé mirándola incapaz de replicarle nada. «He sido yo la que ha solucionado este marrón, gilipollas», pensé. «Me he roto el corazón solo para que estemos sentados aquí, comiendo un *chateaubriand* de cien dólares y celebrando el inicio de las obras».

—Helena ha hecho mucho más que eso.

Por supuesto, el que había intervenido era mi hermano; el único que sabía lo que había pasado de verdad. Pero hubiera preferido que no dijera nada, porque ahora todos los ojos estaban puestos en mí.

—¿A qué te refieres? —preguntó mi padre.

—A nada —replicó Lincoln—. Simplemente digo…

Me quedé sin respiración y el corazón me dio un vuelco cuando vi a alguien por el rabillo del ojo: un hombre alto de pelo rubio que estaba junto a la barra. No pude evitar que mis ojos se sintieran atraídos por él, pero no tardé ni dos segundos en darme cuenta de que era un chico al que no había visto nunca.

«No es él», dijo una voz en mi interior. «Solo es alguien que se le parece de lejos, relájate». Pero eso le dio igual a mi cuerpo, que de repente era incapaz de quedarse en el sitio. Tenía que largarme de esta situación y buscar un sitio en el que respirar. Ya.

—Perdonadme un momentito.

Me puse en pie y me encaminé con el paso más firme posible en dirección a la barra, donde giré a la derecha y atravesé la puerta que llevaba a los baños del restaurante. Afortunadamente, en el pasillo no había nadie. Me apoyé contra la pared y respiré hondo para intentar aclarar mis pensamientos. Solo me quedaba una hora y podría volver a casa y meterme en la cama. Únicamente tenía que aguantar eso. Tal vez pudiera conseguirlo sin meterle una servilleta en la boca a Eleanor.

Al otro lado había una puerta y, cuando la reconocí, me pregunté cómo había podido ser tan tonta. Había venido aquí para alejarme de todo y había acabado en el lugar que más me recordaba a Jess. Al otro lado de esta puerta nos dimos cuenta de que no podíamos dar rienda suelta a nuestros sentimientos, por mucho que quisiéramos. Recordaba su mirada a la perfección y las palabras que intercambiamos. Y lo que me había dicho antes de darme un beso en la frente y marcharse.

«Feliz cumpleaños, amapola. Espero que el destino nos reparta más suerte en la próxima vida».

Me tapé la boca con la mano para impedir que me saliera el sollozo por la garganta. ¡Ojalá lo hubiéramos dejado estar entonces! Ojalá no me hubiera plantado frente a la puerta de Jess en el aniversario de la muerte de Valerie y Adam solo porque no tenía adónde ir. Ojalá no me hubiera acostado con él para levantarme a la mañana siguiente a su lado llena de esperanzas. Para entonces ya estaba enamorada de él, pero, tras la noche que pasamos juntos, entendí cómo era realmente estar juntos. Eso era todo lo que quería. Él era todo lo que quería. Pero mi trato con Trish había dilapidado cualquier oportunidad de estar juntos.

Para siempre.

La puerta que daba al restaurante se abrió y me cuadré de hombros para que ninguno de los otros comensales me viera vulnerable y a punto de echarme a llorar.

Sin embargo, no se trataba de un comensal cualquiera.

—Aquí estás. ¿Qué sucede?

Era Lincoln, y había venido a ver cómo estaba. Hubiera preferido que no lo hiciera. Tener que mentirle constantemente, a pesar de que él ya sabía por lo que estaba pasando, era agotador. No obstante, no cabía la posibilidad de decirle la verdad. Debía mantener el tipo para seguir adelante, y confesar cómo me sentía me habría hecho pedazos.

—Solo me he mareado un poco —le dije—. Puede que me haya dado demasiado el sol hoy.

Lincoln se apoyó en la pared a mi lado.

—Len, de verdad. Llevas meses dándome las mismas excusas. Quiero saber cómo estás, cómo estás de verdad —pronunció en tono amable, y yo fruncí los labios para no echarme a llorar.

—No hay nada de lo que hablar. No mejorará la situación, sino todo lo contrario.

A veces me sentía desubicada por echar tanto en falta a alguien con el que en realidad nunca había estado. Desde un punto de vista objetivo, tampoco había pagado un precio tan alto por salvar a mi familia: la posibilidad de una relación con Jess a cambio del futuro de mis padres y mi hermano. Pero subjetivamente, se me había partido el corazón y lo único que sentía era un extraño vacío. Por las mañanas me despertaba convencida de que el día no traería nada bueno y, por las noches, me iba a dormir con la certeza de haber tenido razón. Tal como me sentía después de la muerte de Valerie. Al fin y al cabo, la pérdida de Jess también era definitiva.

—¿Y cómo lo sabes? —me preguntó Lincoln—. Todavía no lo has intentado, ¿no?

Le dediqué una sonrisa cansada.

—¿Cuándo en la historia de la humanidad ha servido de algo hablar de cosas que no se pueden cambiar? Hoy es un día importante para nuestra familia. Deberíamos celebrarlo.

La mirada de Lincoln se tornó ligeramente preocupada, así que la evité.

—Sí, es cierto, pero me imagino que no está siendo fácil para ti.

Tragué saliva. Tenía la garganta cerrada.

—Eso no tiene nada que ver. Vamos, mira a mamá y a papá. ¿Cuándo fue la última vez que los viste tan felices?

—Pero tú has renunciado a tu felicidad por ello —me recordó mi hermano.

El nudo que tenía en la garganta amenazaba con ahogarme y sentí que los ojos se me inundaban de lágrimas. No, por favor. Lo había sobrellevado tan bien que no quería que todo se fuera al traste en los últimos metros de la carrera.

—Era lo correcto —recité en voz alta mi mantra para esta situación. En realidad, que Trish Coldwell prefiriera mantenerme alejada de su hijo y sacrificara este proyecto tan lucrativo había sido un golpe de suerte. Si a ella le hubiera dado igual que estuviéramos juntos o no, ahora sería la única de la familia que tendría la posibilidad de ser feliz. Tres personas a cambio de una. Había sido una decisión sencilla.

—Sí, fue lo correcto —asintió Lincoln—. Pero eso no quita que sea una mierda.

No pude más que darle la razón, aunque no solo se extendía a mí. Lincoln también había elegido a su pareja en función de las preferencias de nuestra familia, aunque fuera por otros motivos. Puede que no le hubiera resultado fácil, aunque siempre mantenía que no le importaba.

—¿Has sabido algo de Jess? —me preguntó en voz baja.

—No. —Negué con la cabeza—. Sabe de sobra que lo pondría todo en peligro si se pone en contacto conmigo. O yo con él.

En los últimos dos meses había estado a punto de llamarlo en varias ocasiones, solo para oír su voz. Para saber cómo le iba o cómo se sentía. Para no estar tan desconectada de él, joder. Quizá hacía mucho que me había olvidado y seguía adelante. Pero quizá pensaba en mí constantemente, tanto como yo en él. No sabía cuál era el caso, y cada día me volvía un poco más loca ignorarlo.

El silencio entre mi hermano y yo se prolongó y acabé suspirando.

—¿Qué diría Valerie si pudiera vernos ahora?

—Creo que no mucho. —Lincoln se encogió de hombros—. Seguramente habría sugerido que nos compráramos una botella cara de whisky o ginebra y nos olvidáramos de todo por una noche.

Me reí.

—Sí, eso es lo que mejor se le daba. —Respiré hondo y me separé de la pared—. Deberíamos volver.

—¿Estás segura?

—Sí, estoy segura. —Este no era ni el momento ni el lugar para derrumbarse—. Pero te prometo que, en algún momento de un futuro no muy lejano, abriremos una botella cara de algo y nos olvidaremos de todo. ¿Te parece?

—Trato hecho. —Mi hermano sonrió, al igual que yo, con la boca torcida—. Vámonos.

Volvimos al restaurante, donde estaban nuestros padres, con la cabeza bien alta, la espalda erguida y una expresión impenetrable, porque eso era lo que se esperaba de nosotros. Al fin y al cabo, éramos Weston. Y los Weston nunca mostraban debilidad.

Nunca.

2

Jessiah

El apartamento estaba a oscuras cuando solté la maleta y cerré la puerta con el pie. Noté el aire pegajoso y viciado como una bofetada, ya que hacía bastante calor en Nueva York y porque, a excepción de Thaz, que se había pasado a echarle un ojo, nadie había entrado en el apartamento en las últimas diez semanas. Precisamente por eso estaba el aire acondicionado apagado, pero no quise encenderlo. En su lugar, me acerqué a la ventana y la abrí. Un aire caliente entró en el piso, pero era mejor que nada.

Mi vuelo desde Maui había sufrido retrasos y por eso no había aterrizado hasta pasadas las diez de la noche. Como lo de que esta maldita ciudad nunca duerme no era solo un tópico, el taxi había tardado casi una hora en llevarme del aeropuerto JFK a Manhattan. Una hora que consiguió que rememorara vívidamente la aversión que sentía por Nueva York. Sin embargo, eso no fue nada comparado con lo mal que me sentí cuando presioné el interruptor junto a la puerta y se encendió la luz del techo.

Contuve la respiración mientras el entorno familiar se hacía visible a mi alrededor.

Al principio, odiaba el apartamento porque me recordaba a Adam. Cada centímetro cuadrado estaba relacionado con él: todos los muebles, todos los putos libros que había en la estantería. Ahora lo odiaba porque todo me recordaba a ella. Hasta cuando veía la gofrera de la cocina, no podía más que pensar en ella.

«¿Qué hay que hacer para que me hagas gofres para desayunar?».

Ahora, cuando subía al piso de arriba y me encontraba la cama, no podía más que pensar en ella.

«¿No puedes dormir?».

«No. O sea, sí, pero no…, no quiero».

Y por encima de todo, ahora no podía más que pensar en ella cada vez que veía la puerta en la que nos despedimos amargamente al día siguiente para nunca más volvernos a ver.

«¡No puedo decírtelo, Jess! ¡No puedo volver a hablar contigo! ¡No puedo!».

Helena.

Ya solo recordar su nombre hacía que se me hiciera un nudo en las entrañas. Me había pasado diez semanas huyendo de este dolor. Había surfeado en las playas más hermosas del mundo, había subido a las montañas más exigentes, me había llevado al límite e incluso más allá. Había hecho todo lo posible para escapar de este terrible sentimiento que ahora me esperaba sentado tranquilamente en el sofá.

«Bienvenido a casa, Jess. ¿Me has echado de menos?».

—Que te den —repliqué. Acto seguido, eché mano a la maleta y me dirigí al baño para sacar la ropa sucia. Necesitaba mantenerme ocupado, tal vez así conseguiría ignorar el nudo en el estómago y la presión queda en el pecho. Pero tampoco aquí estuve a salvo, porque en el baño se encontraba la ducha en la que por la mañana estuvimos... «Me cago en todo». Eché la cabeza hacia atrás y cerré los ojos unos instantes. Luego deposité la ropa sucia en el cesto y salí del baño lo más rápido que pude. Sobre la encimera de la cocina se encontraba mi correo, que Balthazar había sacado del buzón y había dejado ahí. Repasé todos los sobres con rapidez, pero no vi nada interesante, así que los dejé a un lado.

Me rugió el estómago; llevaba sin comer nada desde el mediodía. Cuando fui a abrir la despensa de la cocina para ver si al menos tenía algo de pasta y salsa de tomate, mi brazo se chocó con la gofrera. Me quedé petrificado, mirándola fijamente. Entonces, llevado por un fuerte impulso, arranqué el cable del enchufe, tiré de la gofrera y la arrojé a la basura sin contemplaciones. El estrépito de este movimiento me llenó de satisfacción durante unos segundos, hasta que me di cuenta de que no podía tirar todo lo que había en la casa para dejar de pensar en Helena. Todo lo que había aquí estaba conectado con ella. Porque yo estaba conectado con ella. Y eso no había cambiado en las últimas diez semanas.

Puse las manos sobre la encimera y hundí la cabeza. Vi a Helena delante de mí como si hubiéramos tenido la conversación el día anterior, diciéndome que ya no podíamos seguir viéndonos. Cuando se marchó aquella mañana, me quedé una media hora en el sitio donde me había dejado, incapaz de moverme ni de pensar con claridad. Sin embargo, en algún momento, una frase apareció en mi cabeza: «Tienes que irte». Así que salí por la puerta y me fui a Rockaway Beach para subirme a la tabla y surfear hasta que el cansancio atenuó mi desesperación lo suficiente como para idear un plan. Luego fui donde vivía Eli, me disculpé por haberle mentido en el aniversario de la muerte de Adam y le pregunté a mi hermano pequeño si quería pasar las vacaciones en cualquier sitio que no fuera Nueva York. Había sido una decisión a ciegas, tomada en un acto de aflicción y desesperación. Pero había funcionado, al menos hasta cierto punto. Hasta hoy.

Que Trish me diera permiso para llevarme a Eli por Europa había rozado lo milagroso, pero quizá lo hizo porque pensó que era una buena idea que mantuviera las distancias con Helena todo lo posible. Por supuesto, nos impuso sus condiciones: solo podíamos hacer noche en hoteles de lujo o en las residencias vacacionales de sus conocidos y socios empresariales, y tenía que acompañarnos Frank, el exmarine que se ocupaba de proteger a Eli. No obstante, lo acepté todo con tal de alejarme de Trish y de Nueva York. Porque sin Eli no habría podido desaparecer. Cuidar de él era más importante que todo lo demás, incluso más importante que mi propio dolor.

En mi interior brotó una ira gélida al pensar en mi madre y su cruel estrategia. Tras el accidente del señor Weston, tenía todas las cartas ganadoras en la mano y, como siempre, no dejó pasar la oportunidad. Nadie que tuviera corazón habría sido capaz de rechazar un trato así, y Helena no fue la excepción. Había sacrificado lo nuestro en pro de su familia. No había tenido elección. Y ahora teníamos prohibido volver a tener contacto el uno con el otro. No podía preguntarle cómo estaba, cómo le había ido el verano o si me echaba de menos tanto como yo a ella. No podía hacerlo sin arriesgarme a que ella lo perdiera todo, y esa impotencia era lo que me hacía sentir peor. Me ponía enfermo. A mí se me daba bien arreglar los problemas, pero cada cosa que se me ocurría en este caso acababa en un punto muerto. No podía decirle nada a Trish, no podía llamar a Helena.

No podía hacer absolutamente nada.

En realidad, mentiría si dijera que mi huida funcionó como creía. Durante el viaje a Europa y las vacaciones en Hawái, seguí pensando en Helena. Cada vez que estaba en un sitio bonito, deseaba que ella pudiera verlo conmigo. Cada vez que me tumbaba en la cama de un hotel, deseaba que ella me despertara en mitad de la noche y me dedicara una de esas miradas que hacía que me ardiera todo por dentro. No había superado el fin de nuestra relación, simplemente había reprimido cualquier intento de pedir ayuda. Debería haber sabido que todo me caería encima en cuanto volviera a casa. Debería haberlo sabido, joder. Y, a pesar de todo, fui consciente de lo mucho que la echaba en falta. Me recliné sobre la encimera, apoyé la espalda en el armario que tenía detrás y traté de respirar. No lo conseguí.

Dios, la echaba de menos tantísimo. Toda ella. Su humor, su ingenio, nuestras conversaciones, su cuerpo contra el mío. Extrañaba cómo me acariciaba y cómo reaccionaba ella cuando yo hacía lo mismo. Había algo entre nosotros que era imposible de explicar, algo auténtico, real. Ella era la única que me había hecho sentir que podía soportar vivir en Nueva York. Pero ahora ya no estaba. Y nunca volvería.

Presioné los labios, el dolor superando a la ira, y me aferré con fuerza a la encimera con un estremecimiento. Y, entonces, todo se derrumbó: el dolor, la impotencia, el anhelo. Sobre todo el anhelo, que me dejó sin aliento y me entumeció todo el cuerpo mientras recordaba las últimas palabras que habíamos compartido.

«Los dos hemos perdido ya tanto. ¿Por qué tenemos que perder el uno al otro?».

«Porque hay personas que son capaces de soportar más que otras. Porque aman más que el resto. Como nosotros».

Las lágrimas se me agolparon en la garganta, pero hice un esfuerzo por tragármelas. Apreté los puños y me aferré a los pensamientos sobre la persona responsable de que me sintiera así. La persona que había obligado a Helena a tomar esa decisión. Y funcionó: una rabia ardiente me estalló en el interior, evaporó las lágrimas y ahuyentó el entumecimiento. Sabía que era un cobarde por esconderme tras la ira que sentía hacia mi madre, que debía enfrentarme a mi dolor tarde o temprano. Pero ¿qué me aportaría derrumbarme porque me había enamorado y ese amor no tenía ninguna posibilidad? ¿Qué, salvo la certeza de que mi vida había dejado de ser mía desde el momento en que murió Adam? Nada.

Temía el día en el que nos encontráramos por la ciudad. Tenía ganas de ver a Helena, porque quería saber cómo estaba y si todo iba bien, pero, al mismo tiempo, estaba cagado. Me habría encantado salir huyendo de nuevo, desaparecer en algún lugar del mundo en el que no existiera el riesgo de encontrarme con ella. Pero no podía huir toda la vida; de lo contrario, lo habría hecho hacía mucho.

Me acerqué rápidamente a la mochila, que seguía en el suelo junto a la puerta, cogí el móvil y revisé los mensajes. Luego marqué un número que me había mandado una foto hacía unos minutos. Seguro que Eli seguía despierto; durante las vacaciones solía quedarse hasta tarde leyendo libros, hasta que se le cerraban los ojos.

Y, en efecto, no tardó mucho en aceptar la llamada.

—Hola, Jess. ¿Has llegado ya por fin a Nueva York? —Nos habíamos estado escribiendo desde el aeropuerto de Maui, así que sabía lo del retraso.

—Sí. —Aunque ese «por fin» daba una sensación equivocada. Pasar dos horas más en Maui no me había supuesto ningún castigo—. ¿Tú estás bien, enano? —le pregunté, y me sentí mal, porque en realidad no había llamado a Eli para saber cómo estaba. Me servía como recordatorio de por qué estaba haciendo lo que hacía, por qué no desaparecía tal como mi cuerpo y mi cerebro me pedían cada segundo que pasaba.

—¿No habíamos quedado en que ya no me llamarías así? —Mi hermano sonaba crispado, pero supe que no era en serio. Las cinco semanas que habíamos pasado juntos en Europa nos habían acercado más que nunca. Habíamos hablado mucho, de deseos y sueños, del futuro. Evidentemente, no del mío. Porque yo no podría poner en marcha el mío hasta que Eli decidiera qué hacer con su vida. No tenía claro si eso le parecía bien a él, pero para mí era importante que supiera por qué lo hacía, que conociera la verdad para que pudiera afrontarla.

—Yo no recuerdo nada de eso —respondí—. ¿Sigues en Martha's Vineyard?

Los padres de Henry tenían allí una casa y habían invitado a Eli para que pasara parte del verano con ellos. Como sabía que allí estaría en buenas manos, después de nuestro viaje decidí irme a Hawái para surfear, visitar a algunos amigos y apoyar un par de proyectos. Los abuelos de Eli eran comprensivos y no presionaban absurdamente a su nieto. Sabían que sufría ataques de pánico y los manejaban bien. Por desgracia, no habían sido capaces de convencer a su padre, Henry, de que hiciera lo mismo.

—Sí, me quedo hasta la semana que viene. La abuela y el abuelo dicen que en Nueva York sigue haciendo mucho calor como para volvernos. Y mamá estará hasta finales de agosto en

Dubái. —Por el tono de voz de Eli, supe que para él era todo un alivio. Era muy probable que fuera el único adolescente de quince años que quería pasar varias semanas seguidas en Martha's Vineyard. Normalmente, Trish pasaba el verano con él en los Hamptons (o más bien aparecía por allí de vez en cuando, porque siempre tenía reuniones en Nueva York), pero el proyecto de Arabia Saudí había torcido sus planes—. Puedes venirte si quieres. Estoy seguro de que a la abuela no le importará.

Era una oferta tentadora, pero negué con la cabeza.

—La semana que viene tengo un montón de reuniones con clientes y, además, tengo que volver a encargarme de los restaurantes. —Y sabía que los abuelos de Eli querían mucho a su nieto, pero no tenían muy buen concepto de mí. No me extrañaba; de adolescente les di pocos motivos para hacerlo.

—De acuerdo, pero nos vemos en cuanto vuelva, ¿vale?

—Eso está hecho. Noche de pelis y macarrones con queso, cuando quieras.

Aunque me habría encantado evitar a mi madre todo el tiempo que fuera posible, sabía que era virtualmente imposible. Si quería hacerle creer que Helena había cumplido su parte del trato y no me había contado el acuerdo entre ambas, tenía que comportarme con Trish como siempre. Al menos, en cuanto regresara.

Como si me leyera el pensamiento, mi hermano volvió a hablar.

—Por cierto, ¿has hablado con mamá hace poco?

—Hace mucho que no, la verdad —respondí.

Eli no sabía nada de la estratagema de Trish para separarnos a Helena y a mí y tampoco podía contarle nada al respecto. Por lo que a él respectaba, nuestra relación se había enfriado por la discusión que habíamos tenido el día del aniversario de la muerte de Adam.

—Deberías hablar con ella —insistió Eli—. Siempre me pregunta por ti cuando hablamos por teléfono y creo que está preocupada.

Estuve a punto de soltar una carcajada, pero conseguí aguantarme. Preocuparse por mí. Trish. Segurísimo. Había sido ella la que se había asegurado de desterrar de mi vida a la única persona que se había acercado a mi corazón en los últimos tres años. No estaba preocupada. Solo quería saber si su complot había funcionado.

—Dile que estoy perfectamente. Sigo sin tener un trabajo estable, no pienso unirme a la empresa y el resto de mi vida no le importa un carajo.

Sabía que mi hermano nunca le diría eso, porque a Trish siempre le molestaba que dijera palabrotas, y Eli no era de los que echaban leña al fuego.

—No, eso mejor que se lo digas tú —resopló mi hermano, tal como esperaba—. Ah, viene la abuela, tengo que irme. Hasta pronto, Jess.

—Hasta pronto.

Colgué y respiré hondo. Eli confiaba en que Trish y yo nos lleváramos bien, eso ya lo sabía. Sin embargo, tenía mis dudas sobre si realmente sería capaz de hacerlo. ¿Cómo iba a mirarla a la cara y actuar como si no pasara nada cuando en mi interior lo único que quería hacer era gritarle? Solo quería preguntarle en qué estaba pensando cuando destruyó lo único que significaba algo para mí.

Helena intuyó que pasaría algo así, por eso se negó a decirme la verdad, para no obligarme a vivir sabiéndolo, pero sin poder decir nada al respecto. Ojalá le hubiera hecho caso. Quizá hubiera sido mejor creer que para ella solo había sido cosa de una noche, solo sexo, y que no sentía nada más. Quizá así la habría olvidado antes.

«Sigue soñando».

Antes de tener que volver a elegir entre el dolor y la ira, saqué mi móvil y busqué otro número. Estuvo comunicando tanto tiempo que estaba a punto de darme por vencido cuando aceptó la llamada.

—¡Estás vivo! —exclamó Balthazar—. Qué alegría. No me digas que ya has vuelto.

—Es posible. —En las últimas semanas no habíamos hablado mucho. Thaz y yo no solíamos mandarnos mensajes diariamente, nuestra amistad era más del aquí y el ahora. Y ahora mismo necesitaba un motivo para salir de mi casa—. ¿Nos vamos a echar un par de rondas al Tough Rock?

El club deportivo de Brooklyn permanecía abierto hasta las dos los fines de semana, por lo que me venía genial para descargar un poco de energía reprimida.

—Por supuesto, tío. Oye, bienvenido de nuevo a Nueva York, Jessiah. —Pronunció la segunda frase con un humor insoportablemente bueno.

—Sí, tú también —me limité a responder y colgué.

Acto seguido, corrí al vestidor para buscar algo de ropa para salir del apartamento lo más rápido posible.

Ni siquiera volví la vista al cerrar la puerta a mi paso. Con un poco de suerte, encontraría la forma de no volver en lo que quedaba de día.

3

Helena

La cola del camión de comida daba la vuelta a la manzana, pero había avanzado bastante en los últimos quince minutos y tenía la esperanza de llegar a tiempo a mi cita. Solo cabía esperar que el *schawarma* de este sitio estuviera tan bueno como me habían comentado, aunque, por lo que decía la gente que había desperdiciado la mitad de su descanso para comer haciendo cola, parecía cierto.

Mientras esperaba, revisé mi Instagram y, luego, cambié a TikTok, donde tuve que bajar rápidamente el volumen de mi móvil cuando apareció un vídeo de dos tipos disfrazados de monos bailando al ritmo de una música tecno espantosa. Busqué la cuenta de Eli Coldwell, pero no había nada nuevo. Su último vídeo estaba grabado en lo que identifiqué como South Beach en Martha's Vineyard, pero lo había subido hacía una semana. Por lo visto, los hermanos habían terminado su viaje por Europa hacía tiempo, aunque no había escuchado ningún rumor de que Jess hubiera vuelto a Nueva York. Tampoco me sorprendía mucho; no nos movíamos en los mismos círculos. Era posible que estuviera en alguna parte de esta cola, esperando para comprar un *schawarma*. Me giré con discreción para comprobarlo, con el corazón palpitándome en la garganta. Evidentemente, no estaba allí.

—Hola, ¿qué vas a tomar? —me preguntó el hombre del camión de comida. Ni siquiera me había dado cuenta de que los que tenía delante iban en grupo y ya habían pedido.

Pedí dos porciones y no tardaron mucho en tener lista mi comida. Pagué, eché a andar y apresuré el paso cuando di un vistazo al reloj para llegar a tiempo al edificio en el que mis padres tenían el negocio.

La recepcionista me saludó alegremente y un par de los empleados que llevaban más tiempo trabajando para nosotros intercambiaron unas palabras conmigo. Al contrario de cuando visité la oficina después de mi regreso en invierno, ahora bullía de actividad: todas las oficinas estaban llenas, al igual que la sala de conferencias y las mesas de los asistentes. Sonreí al darme cuenta. El Grupo Weston volvía a estar en funcionamiento. Y aunque el motivo siempre me provocaba una punzada de dolor, también yo me alegré.

Mi padre estaba en su despacho, discutiendo con uno de sus trabajadores, pero, cuando me vio, le dijo a su asistente que no quería que le molestaran y cerró la puerta.

—Hola, cariño. —Me sonrió y me abrazó como saludo. Su mirada escéptica se posó en la bolsa de papel que había dejado sobre la enorme mesa—. ¿Qué tenemos para hoy?

—Es una sorpresa —respondí como siempre—. No me mires así, te va a encantar.

Esta costumbre a la hora de comer era uno de nuestros rituales de cuando iba a la escuela Bradbury, que se encontraba a unas calles de distancia. Todos los martes salía del colegio a la una de la tarde y, tras darme cuenta de que mi padre comía siempre la misma comida insípida en el mismo restaurante sin gracia, me propuse enseñarle todo lo que se estaba perdiendo. Así que todos los martes iba a algún bar o a una *foodtruck* cercana y pedía algo para mi padre y para mí. Él nunca sabía de dónde procedía la comida, pero siempre se la comía sin protestar y luego le poníamos nota. Esta tradición acabó el día que me enviaron a Inglaterra, pero hacía un par de semanas le comenté que debíamos volver a ponerla en práctica. Echaba de menos pasar tiempo con mi padre. Desde el accidente, era más consciente de que no siempre estaría conmigo, así que me alegré cuando no descartó mi propuesta con un «tengo demasiado trabajo».

Saqué el *schawarma* de la bolsa y lo posé sobre la mesa.

—Hala —dijo mi padre cuando abrió el rollito y reconoció lo que era—. Deben de haber pasado diez años desde la última vez que probé algo parecido. Y fue horrible.

Abrió un cajón de su escritorio y sacó unas servilletas. También tenía cubiertos, pero hacía tiempo que había dejado de usarlos.

—Entonces ya es hora de que le des una segunda oportunidad —asentí con énfasis—. Dicen que es el mejor de Nueva York.

Mi padre soltó una carcajada.

—Si me dieran un dólar cada vez que alguien dice eso…

—¿Tendrías ya cien dólares? —bromeé mientras sacaba la comida del paquete.

—Seguramente incluso doscientos. —Mi padre miró el contenido del pan de pita durante un instante y le clavó el diente. Solo tardó un segundo en abrir los ojos de par en par y asentir para dar su aprobación.

—¿Está bueno?

Le di un bocado. Vale, estaba buenísimo. No, más que eso. Me encantaba todo tipo de comida rápida, pero esta tenía el potencial de convertirse en mi favorita. La carne ligeramente ácida, la lechuga y el pan bien horneado… Toda una revelación.

Comimos durante un rato en silencio, asegurándonos el uno a la otra mediante gruñidos y gestos que ambos estábamos satisfechos con la comida de hoy. En algún momento, ya con el estómago lleno, dejé el pico final del *schawarma* y cogí una servilleta para limpiarme las manos. Fue entonces cuando vi una maqueta que no reconocí en el estante junto al escritorio.

—¿Este es el nuevo diseño de la zona Winchester?

Era normal que se revisaran varias veces los planos iniciales, pero, como las obras estaban a punto de comenzar, no quedaba mucho tiempo para más cambios.

—Sí, así es. —Mi padre se puso de pie y se acercó para levantar la maqueta y dejarla sobre la mesa del escritorio. Despejé rápidamente los restos de nuestro almuerzo y me incliné sobre la versión en miniatura del proyecto—. Hemos hecho algunos cambios aquí en el complejo, ¿ves? En lugar de los comercios locales que teníamos previstos, pondremos aquí la clínica médica. Y habrá una ampliación, del mismo estilo que los edificios existentes, que contará con un área cerrada de vegetación. Fue idea de tu hermano.

—Me alegro de que le escuches —dije sin pensar—. Parece que ha evolucionado mucho desde que me pegó plastilina en el pelo.

Mi padre sonrió.

—Me he dado cuenta de que ahora os lleváis mejor que antes. Me alegro. A tu madre y a mí nos preocupaba que, después de lo que pasó, no consiguierais reconectar.

Sí, nos llevábamos bien. Teníamos ese vínculo porque éramos los únicos que sabíamos lo que había sucedido para que se diera el acuerdo de Winchester. Y porque solo le había contado a Lincoln lo que teníamos Jess y yo. Lo que habíamos tenido.

Parecía que daba igual qué momento eligiera para expresar mis sentimientos, daba la sensación de que eran eternos. A veces hasta sentía pánico al pensar que nunca volvería a estar a su lado. En muy poco tiempo, se había convertido en alguien tan importante en mi vida que no me la podía imaginar sin él. Joder, cómo lo echaba de menos. Habría dado lo que fuera por escucharle decir de nuevo «amapola», con esa voz un tanto áspera y ese tono suave que empleaba para pronunciar mi apodo. Solo una vez más.

—¿Helena? —dijo mi padre entonces—. Cariño, ¿estás ahí?

—Yo… Sí. —Sacudí la cabeza rápidamente para deshacerme de ese sentimiento—. Claro, solo estaba pensando en algo.

—¿En algo en lo que te pueda ayudar? ¿Tienes algún problema?

Mi padre me miró con preocupación y, por un ridículo instante, estuve tentada a contarle lo de Jess. Evidentemente era imposible. Mis padres nunca debían saber lo que había hecho.

—No, todo va bien, no hay ningún problema.

Sin embargo, quizá fuera ahora un buen momento para hablarle de mis estudios. Mi madre no estaba allí para vetar el tema y mi padre y yo habíamos retomado nuestra relación de confianza desde el accidente. Quizá se mostrara más comprensivo de lo que yo pensaba.

Decidí arriesgarme.

—Como ya sabes, he tenido mucho tiempo este verano para pensar en mi futuro. Y creo… creo que Psicología no es la carrera adecuada para mí.

Mi padre asintió lentamente.

—Sí, me lo figuraba.

—¿En serio? —pregunté sorprendida.

—Siempre tuve la impresión de que elegiste esa carrera más por timidez que por pasión. Pero después de la muerte de Valerie, tuvo que resultarte muy difícil escoger y no quería presionarte para que tomaras una decisión definitiva.

El alivio se me extendió por el rostro.

—Entonces ¿me das permiso para cambiarme?

—Por supuesto. Yo también cambié de especialidad, ¿no lo sabías? También en el primer año. Pasé de Arquitectura a Empresariales. Me di cuenta de que esto me gustaba más. —Sonrió—. Si lo que te interesa es involucrarte en lo que hacemos aquí, seré la última persona en poner algún impedimento. Solo tienes que decidir qué rama te gusta más: organización, logística... ¿o tal vez relaciones públicas?

«Mierda».

Era evidente que mi padre había errado con sus suposiciones y creía que quería trabajar para el Grupo Weston como mi hermano. ¿Cómo podía salir de aquí? Lo mejor era ser directa.

—No me refería a eso. No quiero trabajar en la empresa, papá. Lo siento.

Lo miré con pesar.

—Ah, no tienes por qué disculparte. Pensé que, como te habías interesado últimamente por el proyecto y el negocio, quizá quisieras involucrarte.

«Me intereso porque me importas tú. Porque pensaba que te había perdido igual que a Valerie».

Todavía me preguntaba si que le atropellara aquel coche fue un accidente o si perdió las ganas de vivir y se lanzó hacia él de forma intencionada. Nunca llegaría a hacerle esa pregunta, porque estaba segura de que no me diría la verdad. El credo «nunca muestres debilidad» no solo se aplicaba al resto del mundo, sino también, lamentablemente, dentro de nuestra familia.

—Claro que me interesa —repliqué—. Pero no creo que sea el trabajo más adecuado para mí.

Mi padre asintió y me alegré de que no mostrara decepción.

—Entonces ¿qué es lo que quieres?

Ahora empezaba la parte más complicada. Pero ya me había decidido por este camino y no pensaba echarme atrás como una cobardica. No era mi estilo.

—Me gustaría estudiar Turismo y viajes. —«Tal como teníamos en mente Valerie y yo para montar nuestro negocio». Sin embargo, me abstuve de decirlo, ya que mi padre llegó a esa misma conclusión sin mi ayuda.

Y, en efecto, su expresión se volvió de inmediato más seria y entre las cejas se le instauró una profunda arruga.

—¿Turismo? Esto no será por esa idea de los tours por la ciudad, ¿no?

—Así es. —Asentí y alcé un poco el mentón—. Llevo queriendo hacerlo desde los quince años. Y solo porque Valerie y yo pensábamos lo mismo, no significa que deba abandonar ese deseo.

Llevaba semanas reflexionando qué debía decir cuando encontrara el valor para comentar el tema con mis padres. Sin embargo, ahora las frases sonaban huecas y poco convincentes.

Mi padre volvió a sentarse y se pasó un buen rato en silencio. Luego sacudió la cabeza dubitativo.

—Sabes que nunca nos entusiasmó esa idea. Y no solo por el hecho de que no estoy seguro de que debas ganarte el dinero de esa forma, sino porque el apellido Weston conlleva ciertos valores. Se espera de nosotros que nuestros hijos estudien algo contundente en una universidad de la Ivy League. ¿Existe algún curso en Columbia sobre turismo?

No tuve más remedio que negar con la cabeza de mala gana.

—No, no hay. Pero sí que hay en la NYU, tanto la carrera como el máster.

Valerie había sido la que lo había descubierto hacía años, aunque no para ella, sino para mí. Ella estaba satisfecha con sus estudios en economía, porque sabía que alguna de las dos tenía que saber de eso para que nuestra empresa tuviera una base sólida. Además, los números y las tablas se le daban mejor a ella que a mí.

—¿En la NYU?

Ahora sí que veía claramente el horror en los ojos de mi padre.

—Sabes que no es peor que las universidades de la Ivy League —defendí en nombre de la universidad más grande de la ciudad—. La enseñanza es igual de buena y los títulos son igual de valiosos. Es lo que dicen todos los rankings.

—Es posible. Pero en la cabeza de los demás que sea «tan buena» como la Ivy League no es lo mismo que ser de la Ivy League. No sé si podemos permitir que estudies en la NYU.

Sabía a lo que se refería: que nuestra familia hubiera recuperado su estatus gracias al acuerdo de Winchester no significaba que estuviéramos a salvo del escrutinio.

—Entiendo —dije, incapaz de ocultar la decepción. En realidad, ya sabía que a mis padres no les haría gracia la idea, pero una pequeña parte de mí esperaba que reaccionara de otra forma.

—¿Sabes qué? Hablaré del tema con tu madre, ¿vale? —Cuando levanté la vista, mi padre estaba sonriendo—. Te lo has ganado.

Desde que volviste, has tenido un comportamiento ejemplar y has representado estupendamente a la familia. A excepción de ese asunto con el joven Coldwell.

Al oír que pronunciaba el nombre de Jess, volví a sentir la punzada de nostalgia y anhelo. Estuve a punto de decir que aquel joven Coldwell no era una mancha en mi expediente, sino lo puto mejor que me había pasado en los últimos tiempos. Pero, como era evidente, no abrí la boca.

Mi padre me miró con atención y su rostro se tornó serio. Por lo visto, no había sido capaz de mantener mi expresión bajo control.

—¿Len? No has vuelto a verlo desde la noche en el hotel, ¿verdad?

«Sí, sí que lo he visto. Estuve con él en el aniversario de la muerte de Valerie, porque ninguno de vosotros estuvo ahí para mí. Estuvimos hablando, llorando y acordándonos de nuestros hermanos. Y me acosté con él. Porque estaba enamorada de él. Y todavía lo sigo estando».

Contuve el aliento.

—No —mentí, alegrándome de que se me diera tan bien—, por supuesto que no. Me dejasteis las cosas muy claras.

Parecía que mi padre quería añadir algo más, pero, afortunadamente, alguien llamó entonces a la puerta.

—¿Señor? —se asomó su asistente—. Ha llegado su cita de las dos. Está en la sala de conferencias número tres.

—Gracias, Devon, ahora mismo voy. —Mi padre se puso en pie y se acercó al escritorio para recoger su tablet y una carpeta con documentos—. Nos vemos esta noche, ¿no? —me preguntó.

Cogí mi bolso y asentí.

—Claro, no tengo planes.

—Muy bien. Gracias por la comida, cariño.

Me dio un beso en la coronilla y vi que pasaba a su modo de negocios. No tardó en salir por la puerta y desaparecer.

4

Jessiah

—Por el amor de Dios, ¿quieres arrancar de una vez? ¿O tengo que llevarte yo hasta la curva ese cochecito de pijo que tienes?

Nadie me oyó dentro de mi propio coche, y menos aún el tipo que iba en su Ferrari y que, al parecer, no sabía distinguir la luz roja de la verde. Me sentó bien igualmente. Reprimir estas cosas no era saludable y en las dos semanas desde mi regreso había acumulado tanta mala leche como para enfadarme con todos los conductores que me rodeaban. Diez semanas de descanso en los lugares más bellos del mundo, y solo había necesitado dos semanas para volver al estado de ánimo en el que me encontraba antes de irme. Por lo menos, tenía cosas que hacer de sobra, ya que durante el verano había pospuesto algunos asuntos y ahora había más gente que necesitaba mi ayuda para poner en marcha sus proyectos. Solo en el día de hoy había tenido tres reuniones y, como el conductor del Ferrari no había sido el único que me había ralentizado por el camino, llegaba tarde a la cuarta. Tampoco es que se tratara de algo absolutamente crucial, pero para mí era importante.

Al fin, el tipo encontró el acelerador y avanzó hasta el siguiente semáforo en verde. Sin embargo, ya eran las siete y veinte de la tarde cuando llegué al sitio y le di las llaves de mi camioneta al aparcacoches.

—Cuídala, que es muy cara —bromeé, pero solo recibí un asentimiento mortalmente serio y un tanto nervioso.

—Por supuesto, señor Coldwell.

Desgraciadamente, no tenía tiempo para explicarle que solo estaba bromeando, o que me parecía más a mi padre que a mi madre y que no le arrancaría la cabeza si no trataba mi coche con sumo cuidado. Así que dejé que se fuera y me abroché la chaqueta mientras corría hacia los ascensores.

Por el camino, sentí que en mi interior aumentaba la furia hacia mi madre, pero la mantuve a raya todo lo que pude. Me resultó útil que en nuestro primer encuentro después del verano hubiera tanta gente presente, porque así no sentía la necesidad de decir algo inapropiado. Cerré las manos en puños y las abrí, repitiendo el proceso una y otra vez. Entonces se abrieron las puertas y entré en la sala de banquetes que mi madre había reservado.

Entre las cosas que menos había echado de menos de Nueva York se encontraban los compromisos de la agenda de Trish. En realidad, había esperado que ya no me requiriera tan a menudo, pero dos semanas después de mi regreso (y solo dos días después del suyo), esa esperanza se fue al traste. La cena que se celebraba hoy en su honor no era uno de los eventos a los que me llevaba habitualmente, dado que todos los presentes ya tenían una idea inmejorable de ella y no hacía falta que yo pusiera en práctica mis habilidades sociales. No obstante, esta vez no había venido para guardar las apariencias con mi madre, sino más bien por Eli, al que también había obligado a venir y que estaba sentado en la mesa de Trish y miraba al resto de los invitados en tensión. Mi corazón dio un vuelco cuando vi a mi hermano pequeño, que en estos instantes hubiera preferido estar en cualquier otra parte del mundo antes que aquí. Quise acercarme a él, pero entonces mi madre se dio cuenta de que había llegado. En un primer momento, su expresión se mostró casi entusiasta, pero entonces echó un vistazo al reloj que llevaba en la muñeca, se disculpó y se puso en pie para encontrarse conmigo.

Mientras atravesaba la sala, me lanzó una mirada de desaprobación y supe por qué: en el tiempo que no nos habíamos visto, mi pelo había crecido lo suficiente como para poder hacerme un moño en la nuca. Ya había llevado el pelo así antes y ella lo odiaba. Lo cual era precisamente el motivo por el que yo no había ido al peluquero. Como no podía decir ni una palabra sobre el tema de Winchester, pensaba aprovechar esta pequeña rebelión.

—¿Por qué llegas tan tarde? —siseó en cuanto estuvo a mi lado, haciendo que mi ira regresara. Me habría encantado soltarle en la cara en ese mismo instante que lo sabía todo y que nunca la perdonaría. Porque no pensaba perdonarle en la vida lo que nos había hecho a Helena y a mí.

—Si quieres, me voy —repliqué con frialdad.

—Pues claro que no. —Su respuesta sonó a todo lo contrario, pero luego mi madre respiró hondo y suavizó la expresión. Tenía el rostro ligeramente bronceado y buen aspecto. Podría habérselo dicho, si no fuera por aquella mañana del aniversario de la muerte de Adam—. Perdóname, hijo —dijo entonces—. Ni siquiera te he saludado.

—Por lo menos ya es una mejora respecto a nuestra última conversación. —Le recordé la discusión que tuvimos en mayo.

«Si hubieras podido elegir entre Adam y yo, él aún estaría con vida y yo estaría bajo tierra. No creas que no soy consciente de ello».

Nunca recibí una respuesta, pero tampoco la esperaba. Adam y Trish habían tenido lo que se conoce como una relación de madre e hijo, mientras que ella y yo estábamos a kilómetros de distancia de algo parecido. Mi madre no tenía ni la más remota idea de cómo funcionaba yo, simplemente no me entendía. Y lo peor era que, a pesar de ello, aún tenía control sobre mi vida, aunque creyera que yo no sabía nada al respecto.

—Jessiah… —Les dedicó un vistazo rápido a sus invitados, pero ninguno parecía estar prestando atención—. Lo que dijiste aquella noche sobre tu hermano y tú…

—¿Era verdad? —la interrumpí—. Lo sé.

Desde entonces solo habíamos hablado una vez, para preguntarle si Eli podía venirse a Europa conmigo. Después de eso, nada. No podía soportar hablar con ella y debía dar gracias de que creyera que esta conversación trataba sobre Adam.

—No, no es verdad. Yo jamás he deseado que hubieras muerto tú en su lugar, ¡por el amor de Dios!

Había hablado lo bastante alto como para que un par de personas se volvieran hacia nosotros, y no me pasó desapercibido.

—Este no es el lugar para hablar de esas cosas —dije para recordarle la presencia de sus invitados. A mí me daba igual lo que pensaran, simplemente no era capaz de seguir escuchando sus protestas.

—Bueno, por lo visto es la única forma de hablar contigo. Llevas semanas ignorando mis llamadas.

—He estado muy ocupado —solté como excusa.

—Eso es mentira, Jess.

Mi madre me dedicó una mirada que, para sus estándares, casi podía interpretarse como comprensiva, y supe a qué se debía. Creía que Helena había roto la relación sin decirme el motivo. Sin embargo, no era consciente de hasta qué punto iba en serio con esa chica o si a día de hoy seguía sintiendo lo mismo.

Resoplé suavemente.

—¿Mentira? Tú sabes más de eso. —«Ten más cuidado. Si eres demasiado duro, notará que algo va mal». Respiré hondo—. Te están esperando. Hablaremos de esto en otro momento, ¿vale?

Y por «otro momento» quería decir «nunca».

—De acuerdo —asintió de mala gana—. ¿Quieres que anuncie tu llegada o…?

—No hace falta.

Y, tras decir eso, me encaminé hacia la mesa con una sonrisa confiada, saludé a todos los invitados de Trish por su nombre y me disculpé por el retraso. Luego retiré la silla que estaba al lado de Eli y me senté.

—Hola, enano —dije en voz baja para que solo él me escuchara. Los demás habían retomado sus conversaciones—. ¿Todo bien?

—Sí —asintió, aunque yo sabía que estaba mintiendo. Conocía esa expresión atormentada: siempre la ponía cuando se encontraba en una situación de la que no podía escapar. Ahora se daba un ejemplo perfecto, ya que no podía salir corriendo y desaparecer. Al contrario de mí, a Eli sí le caía bien nuestra madre y no quería avergonzarla.

—No te preocupes, no nos quedaremos mucho —le prometí—. Comemos algo y te llevo a casa.

—Vale, genial —asintió y dio un sorbo a su vaso de agua.

—¿Cómo fue el primer día de clases? —le pregunté, porque prefería mil veces hablar con Eli que mantener una charla insustancial con la gente que me rodeaba.

—Bien, creo. —Sonrió ligeramente—. Aunque mi horario está mucho más apretado que el año pasado y tengo que hacer un par de cursos extra. Para la universidad, ya sabes.

—¿Ya tienes que hacer cursos para la universidad? —Lo miré sorprendido—. Sí que empiezan pronto.

—¿Contigo no fue así?

Tuve que pensarlo. Cuando yo tenía su edad, acababa de perder a mi padre, así que esa época la tenía a la vez borrosa y terriblemente nítida. La mudanza a la casa de Trish la recordaba bastante bien, pero el instituto no me interesaba demasiado.

—No lo sé, si te digo la verdad. Pero yo no fui a Bradbury.

Adam y yo fuimos a otro colegio privado del centro. Sin embargo, en el caso de Eli, Trish y Henry eligieron un instituto del Upper East Side porque, después del secuestro, les parecía un lugar más seguro.

—Son bastante exigentes. —Eli acarició la punta del mantel—. Pero intentaré conseguirlo.

—Pues claro que lo conseguirás. —Sonreí.

Mi hermano era la persona más inteligente que conocía, a pesar de ser tan joven. Si conseguía mantener a raya sus miedos, nada ni nadie podría detenerle. A excepción de nuestra madre.

Mi mirada se posó en ella y Eli se dio cuenta.

—Antes has estado hablando con mamá —comentó—. No parecía que os estuvierais llevando bien.

—No. —Presioné los labios—. Pero eso no es nada nuevo, ¿verdad? Nunca nos hemos entendido y eso no va a cambiar.

Mi hermano me miró atento con sus ojos verdes, era lo único que teníamos en común.

—¿Qué ha pasado entre vosotros, Jess? Y no me cuentes otra vez lo del aniversario de la muerte de Adam, porque nosotros también nos peleamos y ahora nos llevamos bien.

«Sí, pero no has obligado a la chica que amo a que me deje», pensé amargamente.

—Eso es porque tú y yo nos llevamos bien, pequeño. —Sonreí de lado.

—¿Puedo pedir vuestra atención un momento? —Trish se había levantado con la copa en la mano. No le pegaba mucho dar un discurso en una sala privada como esta, pero, por lo visto, hoy estaba dispuesta a hacer una excepción—. Me alegro mucho de que hayáis venido todos para celebrar mi regreso a Nueva York. He vivido unos meses muy emocionantes y llenos de grandes éxitos en Dubái, pero estoy deseando empezar nuevos proyectos en esta ciudad. También me alegro de que mis dos hijos hayan regresado sanos y salvos. —Sonrió en nuestra dirección, y yo aparté la mirada, porque detestaba que fingiera que se preocupaba por mí. Ya me había demostrado más de una vez que eso no era verdad—. Por la familia y por los amigos. Por nosotros.

Toda la sala alzó sus copas y brindaron por ella; me uní para guardar las apariencias. En cuanto Trish volvió a sentarse, se sirvió y se comió el postre, la gente empezó a moverse y yo me puse a mirar la hora mientras mantenía conversaciones triviales con el resto de los invitados. Cuando dieron las nueve y media, compartí una mirada con Eli, que había aguantado bien la velada. Me entendió perfectamente y asintió.

—Dile a Trish que te llevo yo a casa, ¿vale?

De ninguna manera quería volver a hablar con ella hoy. Eli abrió la boca para protestar, pero luego la cerró y se puso de pie. Mientras se acercaba a nuestra madre, yo me despedí de la gente de nuestra mesa, me disculpé diciendo que tenía reuniones al día siguiente por la mañana temprano y me dirigí a la salida. Sin embargo, antes de que saliera de la sala, alguien me habló.

—Eres Jessiah Coldwell, ¿verdad?

Me di la vuelta. Ante mí se encontraba una joven que tendría un par de años más que yo, como mucho, y a la que nunca había visto antes. Había estado sentada en la mesa de al lado, donde Trish había colocado a sus conocidos menos allegados, y me había lanzado alguna que otra mirada, aunque no se había acercado a hablarme. Quisiera lo que quisiera, había esperado hasta ahora para hacerlo.

—Así es —asentí y la miré expectante—. ¿Puedo ayudarte en algo?

Esperé con toda mi alma que no se tratase de un intento de emparejamiento por parte de Trish. La desconocida era realmente guapa: de cabello rubio rojizo, un cuerpo despampanante y una sonrisa bonita, pero no era mi tipo. Porque nadie que no fuera Helena era mi tipo en estos momentos. Y si hubiera querido hacer el fútil intento de olvidarla de esa forma, no lo habría hecho nunca con alguien que se moviera en los círculos de Trish.

—Eso espero, la verdad. Me llamo Delilah Warren y en realidad soy de Boston. He venido con un amigo.

Parecía que sabía cómo moverse en este ambiente, así que seguramente su familia de Boston tampoco viviera en la pobreza. Entonces ¿qué quería de mí? ¿Me pediría el número porque necesitaba a alguien «que le enseñara la ciudad»? Porque entonces tendría que rechazarla sin pensarlo.

—He estado preguntando por ti. Según me han contado, te conoces el panorama gastronómico de la ciudad y ayudas a gente que quiere abrir sus propios locales. Quiero abrir un club en Nueva York, pero soy nueva en la ciudad y no la conozco muy bien. Me vendría bien tu ayuda. ¿Te interesa?

La miré sorprendido. No me esperaba eso en absoluto. Evidentemente, entre mis proyectos también había gente con dinero, pero Delilah no parecía alguien que quisiera montar un negocio propio.

—Eso depende. ¿De qué tipo de local estamos hablando?

—Digamos que tengo el concepto de un club exclusivo para miembros, como los antiguos clubs para caballeros de los británicos, si eso te sirve para imaginártelo.

Solté una carcajada cuando me quedó claro a lo que se refería.

—No sé qué es lo que has oído de mí, pero no me dedico a eso.

Aunque solía invertir en un amplio abanico de ideas y locales, ¿montar un antro lleno de humo para que hombres viejos y blancos hicieran negocios con luz tenue? Ni de coña.

—No, no me refiero al concepto clásico de esos clubs —desdeñó Delilah con la mano—. De esos ya hay por Nueva York. Quiero una versión para jóvenes y, sobre todo, para mujeres.

—Jóvenes y mujeres, pero que sigan siendo de clase alta, ¿no?

—Alcé una ceja sin ocultar lo que pensaba de esa idea. No quería mi nombre relacionado con algo así, y mucho menos invertir tiempo y energía en ello.

—No tienes muy buena opinión de la clase alta —manifestó, aunque parecía más curiosa que molesta.

—Vaya, ¿cómo te has dado cuenta? —repliqué con sarcasmo.

Aunque en los últimos años había aprendido a moverme en estos círculos, había veces que no podía ni quería ocultar que no encajaba en este mundo. Tal como ahora.

Delilah sonrió.

—Vale, lo entiendo. Pero, mira, me encantan los retos. Así que solo te pido una hora de tu tiempo. Solo una, para que te explique el concepto, y te prometo que acabaré convenciéndote.

—Esa es una promesa arriesgada —contesté sonriendo de lado.

Tenía confianza en sí misma y no aceptaba un no por respuesta cuando algo le importaba. Eran cualidades que respetaba y, por ello, decidí aceptar.

—De acuerdo, una hora.

—Perfecto. No te arrepentirás. —Sacó una tarjeta de visita del bolso y me la entregó. Para mi sorpresa, no se trataba de un papel grueso con una firma ostentosa, sino de una tarjeta sencilla y moderna en la que solo aparecía su nombre y su número de teléfono—. Llámame. Estaré disponible cuando te venga bien.

Asintió, se despidió con la mano y se dio la vuelta.

—Oye, Delilah —la retuve—. ¿Por qué me necesitas a mí para este proyecto?

Si me conocía lo más mínimo, debía de saber que nunca apoyaba nada que estuviera relacionado con el prestigio social.

—Muy sencillo. Porque eres el mejor. Y para este proyecto solo quiero lo mejor. —Me dedicó una sonrisa de satisfacción—. Ya nos veremos, Jessiah.

Y sin más, se volvió a su mesa. En ese momento, Eli se acercó a mí.

—¿Qué quería? —me preguntó.

—Que la ayudase con un proyecto —respondí, todavía sorprendido de haber accedido a escuchar su propuesta. Pero había algo en ella que me suponía un reto, y no me venía mal la distracción.

—Anda, ¿en serio? —Sonaba escéptico—. No parecía alguien que quiera abrir un negocio.

Reprimí una carcajada.

—Sí, eso pensé yo también, pero por lo visto los dos nos hemos equivocado. Venga, vámonos ya. —Antes de que alguien más viniera con la idea de pedir mis servicios. Mi agenda ya estaba hasta los topes.

Caminamos por el amplio pasillo de alfombra gruesa que salía del restaurante y acababa en los ascensores. Unos metros más adelante se encontraba una joven de cabello oscuro y estatura baja que desapareció al girar en la esquina. Mi corazón se detuvo un instante. En un momento, Eli me estaba preguntando sobre qué tipo de proyecto quería hablarme Delilah. Al siguiente, estaba de repente en febrero, en la sala Rainbow, perdido en la mirada de una chica, cuyo odio y enfado me habían conmovido tanto que no pude evitar salir detrás de ella. Helena y yo no nos habíamos tratado con amabilidad precisamente la primera vez que nos vimos, ni tampoco las ocasiones siguientes, pero desde el principio fui consciente de que entre nosotros había una conexión que se fue volviendo más fuerte cada vez que teníamos la oportunidad de encontrarnos. Hasta el amargo y devastador final; y ahora, cada vez que pensaba en ella, sentía una presión en el pecho.

Me quedé contemplando el sitio en el que había desaparecido la mujer. ¿Era Helena?

Sabía lo improbable que era que nos encontráramos, sobre todo en un sitio como ese, pero tampoco era imposible. La esperanza se abrió paso en mi interior. Quizá podría verla de nuevo e intercambiar un par de palabras con ella, ya que no era posible que hubiera nada más entre nosotros. Me aferré a ese pensamiento mientras aceleraba el paso para girar la esquina. La joven estaba frente a los ascensores y, mientras esperaba a que llegara alguno, se echó el pelo hacia atrás… Y me di cuenta de que no era Helena, sino una desconocida. La chica sonrió un poco irritada, luego se montó en el ascensor y desapareció un segundo después. Contuve el aliento como si acabara de echar una carrera.

«Joder. ¿Cuándo acabará esto?».

—¿Jess? ¿Qué pasa? —me insistió Eli.

—Nada —respondí como acto reflejo.

—Pensabas que era ella, ¿verdad? —Me miró con esos ojos que eran demasiado maduros para un adolescente—. Helena Weston.

De forma automática, me volví hacia la dirección de la que veníamos, preocupado de que Trish nos hubiera oído hablar sobre Helena. Sin embargo, no había nadie, así que me atreví a asentir.

—Sí. —Durante nuestro viaje en verano, le había explicado con pocas palabras que Helena y yo estuvimos juntos durante un breve periodo de tiempo, pero que lo habíamos dejado. Afortunadamente, mi hermano no me preguntó por qué—. Pero está claro que no era ella. —Forcé una sonrisa despreocupada—. Olvídalo, ¿vale?

—De acuerdo.

Mi hermano asintió, pero noté que seguía dándole vueltas. Seguramente se estaría preguntando qué habría pasado entre Helena y yo, pero no dijo nada más, y yo se lo agradecí, porque no podía contarle toda la verdad, o tendría que jurarme que mantendría el secreto delante de Trish. Y no quería ponerle en ese apuro. No quería causarle más problemas de los que ya tenía. Así que me mantendría callado sobre el tema de Helena y rezaría por que nunca volviera a preguntarme. Y si lo hacía…

Bueno, ya me encargaría de eso entonces.

5

Helena

Era una tarde cálida y húmeda cuando abrí la puerta del coche a las afueras de Williamsburg, pero no me bajé. El aire viciado del exterior se mezclaba con el aire frío del interior.

—No tienes por qué esperarme —le dije a Raymond—. Te avisaré cuando tengas que recogerme.

—No me importa esperarla aquí, señorita Helena.

El chófer de mi madre me dedicó una sonrisa amable por el espejo retrovisor y yo reprimí un suspiro.

—Vale, como quieras. Pero puede que tarde un rato.

—No se preocupe. Que pase una buena tarde con su amiga.

No quise seguir convenciéndolo de lo contrario, me despedí, cogí el bolso y salí del coche para encaminarme a la casa de enfrente. Presioné uno de los timbres de la puerta y esperé. Apenas pasaron unos segundos cuando oí una voz por el telefonillo.

—¿Sí?

—Soy yo, Helena.

—Pasa.

Empujé la puerta y subí corriendo los cuatro tramos de escaleras, lo que, teniendo en cuenta el clima, era un ejercicio más que respetable que me hizo romper a sudar. Malia me estaba esperando en la puerta de su piso, descalza y con una falda larga y vaporosa.

—Me alegro de verte —dijo con entusiasmo y me rodeó con los brazos. Le correspondí el gesto brevemente; hacía demasiado calor para nada más.

—Lo mismo digo —respondí—. Te veo genial.

Señalé las trenzas que se había hecho en el pelo. Hacía unas dos semanas que no nos veíamos, ya que yo había estado en los Hamptons y ella en Boston haciendo un curso de formación para futuros inspectores.

—Gracias. —Sonrió acariciándose la cabellera—. Todavía no me termino de acostumbrar. La última vez que las llevé tendría unos doce años o así. Pero me estaba pidiendo un cambio a gritos y he hecho caso al instinto.

Me miró con atención y me adelanté a su comentario.

—Como puedes ver, a mí no me ha pedido nadie un cambio a gritos.

Por supuesto, cuando pasó todo lo de Jess, me lo planteé. Pero luego me acordé de cuando me corté el flequillo con diecisiete años y estuve arrepintiéndome todos los días hasta que me creció el pelo.

—Pasa, anda —rio Malia—. ¿Tienes hambre? He preparado un par de ensaladas. Con este tiempo no entra otra cosa.

Asentí y la seguí a la cocina después de dejar mi bolso en el pasillo.

—Claro. No he comido nada desde el desayuno.

Malia entró en la cocina y cogió los dos cuencos llenos de ensalada que había preparado. Luego echó un vistazo por la ventana.

—¿Siempre tienes que ir con niñera?

Señaló a la calle, donde esperaba el coche de Raymond.

—Sí. —Esta vez no contuve el suspiro—. No me queda claro si me está vigilando o si se preocupa por mi seguridad. Pero me pone de los nervios.

—¿Has hablado con ellos sobre estudiar en la NYU? —Malia sabía que me había estado planteando cambiar de universidad. Asentí.

—Con mi padre sí. Pero han pasado casi dos semanas desde entonces y no me ha dicho nada más. Así que entiendo que ya me puedo ir olvidando. Creo que lo mejor es que al menos me cambie a Empresariales, como Valerie.

—¿Estás segura de que es buena idea? No se te dan muy bien los números.

—Ya, lo sé. —Me encogí los hombros con impotencia—. Pero no sé qué más podría hacer. Psicología no me sirve para nada si quiero hacer tours por la ciudad y lo único que hay en Columbia que se le parezca es Gestión Internacional. Pero seguramente se me dé tan bien como Empresariales.

Malia vertió los condimentos sobre su ensalada y empezó a removerla con dos cucharas grandes.

—Lo mismo tus padres cambian de opinión. Cosas más raras se han visto.

—No muchas, la verdad. —Tenía pocas esperanzas, aunque agradecí que Malia quisiera animarme—. Pero volveré a defender mis argumentos cuando tengan un buen día. Y rezaré para que ocurra un milagro.

Llevamos nuestros cuencos al salón y nos sentamos en los gruesos cojines que estaban por el suelo. El piso de Malia era un caos ordenado y siempre que venía me fascinaba lo acogedor que resultaba el salón. Me habría encantado quitarle el sofá de terciopelo azul adornado con cientos de almohadones diferentes y haberlo puesto en mi habitación, pero claro, entonces tendría que llevarme también las tres plantas enormes, la alfombra mullida y los cuadros. Y ahí me hubiera pillado.

Clavé el tenedor en la ensalada y espolvoreé un poco de parmesano por encima. Luego me lo metí todo en la boca y asentí dando mi aprobación.

—Qué bueno está. Debería venir más a menudo.

Malia me miró por encima de su cuenco.

—Te pareces a Valerie. Los Weston no tenéis remedio. Vas a tener que buscarte un novio que sepa cocinar.

«Ya lo había encontrado».

Acordarme de Jess y de lo bien que se le daba cocinar me atravesó como un relámpago, pero intenté que no se me notara. Al fin y al cabo, ya tenía práctica de sobra, aunque siempre me resultaba difícil. Malia me dedicó una mirada inquisitiva y yo me limité a sonreír.

—Tenía pensado llevarme a nuestra cocinera, Mary, cuando me mude —bromeé—. Seguro que nadie se da cuenta.

Malia se echó a reír.

—No, seguro que no. —Comió algo más de ensalada—. Hablando de la vida de los ricos y los famosos, ¿no descubriste nada más en los Hamptons? ¿No encontraste a nadie que fuera cuestionable?

Negué con la cabeza.

—Acabé descartándolos a todos. Podría volver a hablar con Frederic Vanderbilt, se mostró un poco raro cuando le saqué el tema, pero seguramente fuera por las cinco copas que llevaba encima. —Puse los ojos en blanco. En los Hamptons, a la gente le gustaba ser sofisticada y elegante, pero, en el fondo, las fiestas de jardín no eran más que bacanales de alcohol. Y dado que a todo el mundo se le suelta más la lengua cuando ha bebido un poco, eso jugaba a mi favor. Sin embargo, no logré demostrar que Carter Fields mintió cuando dijo que Valerie le había dado dinero para drogas en la fiesta de compromiso.

Como Lincoln no sabía a quién quería rescatar Valerie con esos diez mil dólares, hice una larga lista de nombres y trabajé en ella durante todo el verano. Interrogar a la gente sin que nadie se diera cuenta había sido una tarea agotadora, pero se me dio estupendamente. Sin embargo, no había conseguido demasiado; al final, había vuelto sin descubrir nada nuevo. Todos los antiguos amigos de Valerie que podrían haber encajado en la descripción habían tenido poco contacto con ella en aquella época, ya que estaba muy ocupada con Adam. Además, me extrañaba que se hubieran vuelto tan vulnerables como para atreverse a pedirle dinero a mi hermana. No era un simple cliché que el mundo de los *influencers* fuera superficial. Valerie no había tenido muchos amigos de verdad, lo cual se hizo evidente después de su muerte.

—Ya me imaginaba que no íbamos a sacar nada en claro. —Malia dejó a un lado el cuenco y cogió su ordenador portátil, que estaba en la caja de madera que hacía las veces de mesita de café—. Por eso he estado investigando a alguien que no estaba en la lista.

Abrió un documento que mostraba, principalmente, fechas y números. De un solo vistazo, comprendí que se trataba del extracto de una cuenta bancaria. Mis ojos buscaron algún nombre. Cuando lo vi en la parte superior, miré a Malia con los ojos abiertos de par en par.

—¿Adam? ¿Crees que él era ese amigo misterioso del que hablaba Valerie? —Ni siquiera se me había pasado por la cabeza, ya que había supuesto que mi hermana le habría contado a Lincoln que el dinero era para su prometido. Pero, ahora que lo pensaba, mi hermano tampoco estaba muy entusiasmado con la relación, así que era posible que no quisiera reconocerle quién era el destinatario—. Pero no tiene ningún sentido. Adam tenía dinero de sobra, no le habría costado reunir esos diez mil dólares.

—A menos que quisiera ocultar el motivo. Y poco antes le auditaron las cuentas, tal como te dijo Lincoln. —Malia señaló algunas de las líneas del documento—. Adam hacía transferencias de la misma cantidad, el mismo día del mes, a esta cuenta. Mira.

—¿De quién es?

—Es una organización benéfica en Elizabeth, Nueva Jersey, según encontré en Google. Se ocupan de niños que tienen padres con problemas, pero también de mujeres que están pasando dificultades. Cuentan con guarderías nocturnas, apoyo para trámites administrativos, asesoramiento jurídico y cosas por el estilo.

Parecía una organización muy respetable, así que no entendía a dónde quería ir a parar Malia.

—Les pasaba dinero, ¿y qué? —No era la única organización benéfica que apoyaba.

—Llevaba dos años transfiriendo dinero, siempre el mismo día del mes, siempre dos mil dólares. Pero entonces dejó de hacerlo, ¿ves? Y en la misma época en la que Valerie le pidió el dinero a Lincoln.

Mi cerebro se puso en marcha.

—Vale, ya entiendo. Transfería el dinero de forma habitual, pero en un momento dado no pudo hacerlo porque iban a auditarle las cuentas. Así que le pidió a Valerie dinero para tener algunos meses por adelantado. —Miré a Malia—. ¿Crees que quería ocultar que le estaba dando dinero a esa organización? Pero no tiene mucho sentido si llevaba haciéndolo dos años. A menos que quisiera fingir que ya no apoyaba la causa...

—Porque esperaba que nadie se enterara de adónde iba a parar ese dinero. —Malia ladeó la cabeza—. En mi opinión, hay algo que no encaja.

Me acerqué el ordenador.

—¿Puedo echarle un vistazo a la página de la organización?

—Pues claro —asintió—. Se llama EZ Community Center. Accede desde el historial, he estado revisándola esta misma tarde.

Abrí el historial y sonreí maliciosamente cuando vi qué más había estado buscando.

—¿Henry Cavill sin camiseta? —Mi ceja levantada fue mi único comentario al respecto.

—Merece la pena, créeme —replicó Malia con convicción.

Solté una carcajada e hice clic en el enlace con el nombre de EZ Community Center.

A primera vista, era lo que Malia me había comentado: ofrecían varios servicios de apoyo a personas que necesitaban ayuda por distintos motivos. Sin embargo, no me parecía extraño que Adam hubiera querido apoyar una causa así, por lo que seguí navegando entre las páginas hasta que encontré al equipo de la organización. Deslicé hacia abajo sin saber exactamente qué estaba buscando. Todos los que trabajaban allí llevaban en la foto el mismo polo azul con el logo de la organización y sonreían a cámara. No conseguí relacionar a ninguno de ellos con Adam. Hasta que…

—Espera, este nombre me resulta familiar. Thea Wallis. Según dice aquí, se encarga del departamento financiero.

Me rebané los sesos e hice clic en la imagen para verla más grande. La joven tenía unos rizos castaños y su sonrisa parecía auténtica. No reconocí su rostro, pero estaba segura de que había oído su nombre en alguna parte. Se lo repetí a Malia, pero esta negó con la cabeza.

—No me suena de nada.

Seguí rebuscando en todos los rincones de mi mente y, durante unos momentos, no di con nada, hasta que, de repente, todo encajó.

—¡Ya lo sé! —Señalé la foto con entusiasmo—. Thea Wallis es la exnovia de Adam. Estuvieron juntos cuando él estaba en el instituto, Valerie me lo contó. Me dijo que se conocieron trabajando en un proyecto solidario y que duraron un par de meses. Fue ella quien lo dejó.

La expresión de Malia se suavizó, como si ahora recordara algo.

—Cierto, esta era la ex de la que hablaba Val. No me acordaba del nombre. Pero no mencionó nada de que mantuvieran el contacto, ¿no?

—No. Pero quizá ese fuera el motivo de las transferencias. Quizá Adam apoyara esta organización por Thea. Para asegurarle el trabajo.

Era algo que encajaba con su personalidad. Adam siempre había cuidado de todo el mundo, y eso no solo lo sabía por experiencia propia, sino por lo que me había contado Jess.

—Es posible —reflexionó Malia—. Pero en realidad eso no nos ayuda mucho.

—¿Por qué no? Si la organización nos confirma que poco antes de la muerte de Adam recibieron diez mil dólares en efectivo, entonces sabremos que Valerie no le dio dinero a Carter Field para que enviara a Pratt a la habitación con cocaína.

Malia torció entonces el gesto.

—Ya lo he comprobado. Y no he encontrado nada. Las organizaciones como esta tienen que llevar un registro de todas las transferencias que reciben, pero no encontré nada de Adam ni de Valerie.

—Mierda —masculló, mirando la pantalla del ordenador, que aún mostraba la foto de Thea Wallis—. Pero sería una coincidencia muy extraña. Puede que Thea sepa por qué Adam dejó de hacer las transferencias. Al fin y al cabo, es la encargada de las finanzas.

Malia asintió.

—Es poco, pero por el momento no tenemos nada más.

—Aun así, merece la pena intentarlo.

—¿Quieres que investigue a Thea? Aunque la verdad es que uno de mis colegas se está empezando a dar cuenta de que estoy trabajando en algo privado. —Puso una mueca—. Nos llevamos bien, así que dudo que sea un problema, pero tengo que tener cuidado.

—Entonces no investigues las finanzas de Thea. —Miré a Malia—. Si quiero averiguar qué es lo que pasó, solo hay una forma: tengo que ir a Nueva Jersey y preguntárselo en persona.

Malia parecía algo escéptica.

—¿Crees que querrá hablar contigo? Ten en cuenta que eres la hermana de la mujer que, a los ojos de la opinión pública, mató a su exnovio.

El corazón se me encogió al oír esas palabras, pero solo consiguió que me recordara cuál era mi objetivo. Quería limpiar la imagen de Valerie y, para ello, necesitaba información de Thea Wallis.

—No te preocupes —dije con la misma seguridad que sentía—. Hablará conmigo.

O al menos, eso esperaba.

6

Jessiah

—¿Eso es lo que te han dicho? —Entrecerré los ojos mientras giraba mi camioneta hacia un aparcamiento libre y estacionaba. Di un sorbo rápido al café, que hacía tiempo que se había quedado frío, y saqué mi tablet. Estaba hablando con uno de mis clientes y me encontraba a dos casas de mi próxima reunión. Y todo se estaba yendo de madre.

—Palabra por palabra —dijo Tarek al otro lado de la línea, y sonó como si estuviera a punto de echarse a llorar—. Y me ha dejado ahí plantado sin saber qué hacer.

—Impondremos una demanda. No te pueden negar la licencia de alcohol si cumples con todos los requisitos. —Abrí la puerta y salí del vehículo—. Escucha, estoy con las chicas de Veg Inc., luego te llamo, pero te voy a mandar el contacto de un abogado especializado en estas cosas. Llámalo, cuéntale lo que ha pasado y él te podrá decir algo al respecto. —Me despegué el móvil de la oreja, busqué el número y se lo mandé a Tarek—. Ya lo tienes, ¿no?

—Sí, me ha llegado. Gracias, Jess.

—De nada. Lo solucionaremos. —Me despedí de él y colgué sin preocuparme demasiado. No era la primera vez que me denegaban una licencia para vender alcohol en Nueva York y, normalmente, eran las autoridades las que habían hecho algo mal. El problema era que solía tardar un tiempo en resolverse y Tarek estaba empeñado en abrir la semana siguiente. Ya veríamos si era posible.

Pero ahora debía concentrarme en Veg Inc., un proyecto que había tenido un par de problemas porque una de las dos propietarias lo había abandonado nada más arrancar. Yo les había conseguido el local a principios de año, pero debían encontrar a algún sustituto. Lo que me vino genial, porque en verano solo podría haberlas ayudado por teléfono. Ahora podía hacerlo *in situ*, y estaba deseando ver hasta dónde habían llegado.

Mientras caminaba en dirección al local de la esquina, me di cuenta de que los cables aún colgaban de la fachada de ladrillo. Fruncí el entrecejo involuntariamente. ¿No deberían haber instalado ya el letrero del negocio?

Atravesé la zona vallada hasta la puerta, que contaba con un cartón en lugar de un cristal, y la abrí. De inmediato me llegó el olor a pintura fresca. Sin embargo, a excepción de algunas cajas de cartón que contenían los muebles del restaurante, no había nadie a la vista.

—¿Maya? —llamé—. ¿Heather? ¿Estáis aquí?

—¿Jess? ¿Ya son las cuatro?

Maya, una chica bajita de cabello corto moreno, salió del almacén trasero y, tras sacudirse un poco la ropa, me dio un abrazo como saludo. Llevaba un peto manchado de pintura, al igual que su nueva socia, que le iba a la zaga.

—Me alegro de que hayas venido —dijo Heather con expresión de alivio. Ella y yo no nos habíamos visto nunca en persona, pero habíamos compartido un par de videollamadas, así que parecía que nos conocíamos de mucho más.

—Nunca es una buena señal cuando alguien dice eso. —Sonreí de lado—. ¿Hay algún problema? He visto que no os han puesto el letrero todavía.

—Y hay un buen motivo. —Heather señaló en dirección al almacén—. Ven, que te lo enseño.

Salté sobre los muebles sin desembalar y la seguí a ella y a Maya al almacén que había detrás de la zona del comedor. En el suelo, entre cajas de refrescos, se encontraba el letrero empaquetado. Heather apartó la lona de plástico y dejó a la vista las letras impresas. Todo estaba en orden: VEG INC., en tonos grises sobre un fondo negro. Pero el símbolo... Eso sí que había cambiado.

—¿Es una...? —empecé yo.

—Sí, es una berenjena —replicó Heather—. ¡Queríamos brotes verdes y nos han traído una berenjena! Y encima se parece al emoticono. ¿Es que no saben lo que significa? ¿En qué cueva vive esta gente?

Reprimí con todas mis fuerzas una sonrisa. Había venido para echarles un cable, no para reírme de los contratiempos. Aunque era bastante gracioso, al menos para el adolescente que vivía en mi interior.

—¿Los habéis llamado? —conseguí hacer la pregunta que le correspondía a mi yo de veintitrés años.

—Pues claro, pero dicen que se les han acumulado varios pedidos y que no lo tendrán hasta el viernes de la semana que viene.

Maya me miró esperanzada. Sabía por qué. Así que saqué el móvil del bolsillo.

—Yo me encargo.

Tras decir eso, salí al comedor principal. No tardé en encontrar el número del encargado de hacer el letrero; no era la primera vez que lo llamaba. Leo era el mejor en lo suyo, pero, por desgracia, a veces se pensaba que las directrices de sus clientes no eran más que sugerencias con margen para la libertad artística.

—¿Sí? —me contestó. De fondo oí un perro y un par de críos gritando.

—Hola, Leo, soy Jess Coldwell. Estoy en Veg Inc., en el SoHo, delante de un letrero con dos berenjenas que deberían ser brotes verdes. ¿Tienes alguna explicación? Una que sea buena.

Al otro lado de la línea, Leo exigió a sus hijos que se estuvieran callados. Sin éxito.

—Ay, pero es que lo de los brotes verdes es un aburrimiento, Jess —contestó—. Las berenjenas molan más. En las redes sociales las usa todo el mundo.

—Sí, porque parecen penes —repliqué con sequedad.

Se hizo el silencio.

—¿Cómo? —jadeó Leo. Como italiano de fuertes convicciones católicas, fue casi como si le hubiera dicho que la creación de letreros incumplía uno de los diez mandamientos—. ¿Estás seguro?

—Uy, sí, totalmente seguro. Créeme.

—Vale, vale, entonces nosotros nos encargamos de todo... Mandaremos un nuevo letrero a las chicas. El jueves.

—Lo quiero para el martes, Leo. O iré a tu casa y te pintaré un par de berenjenas en la pared.

Leo refunfuñó algo que me dio a entender que estaba de acuerdo y colgó. Me di la vuelta.

—Buenas noticias —les dije a Maya y a Heather—. El martes tendréis un letrero nuevo. Sin berenjenas.

Maya corrió hacia mí y me echó los brazos al cuello.

—¡Qué maravilla! Muchas gracias.

—No hay de qué. —Sonreí levemente—. Ahora ya podemos encargarnos del menú, ¿no?

De hecho, para eso habíamos quedado. Maya asintió, se acercó a la barra y sacó su portátil.

—Ayer terminamos los nuevos diseños.

—Déjame ver.

Saqué una mesa de caballetes y tres sillas que todavía estaban sin desempaquetar para que pudiéramos sentarnos los tres.

—Como ya hablamos por teléfono, queremos ofrecer platos veganos muy variados. Bueno, échale tú un vistazo.

Maya empujó el ordenador en mi dirección y yo me dispuse a leer la carta. Que seguía y seguía. Madre mía, era larguísima.

—¿Qué te parece?

Las dos me miraban con expectación para cuando llegué al final. Ahora era cuando me tocaba proceder con sensibilidad.

—Creo que es un poco larga —empecé—. Si queréis ofrecer productos frescos, necesitaréis tener un montón de comida disponible, y al principio no sabes exactamente qué platos van a funcionar mejor. Es una pérdida de dinero y de género. Lo mejor es empezar con pocos platos y revisar la carta al cabo de uno o dos meses. Yo reduciría la carta un tercio, al menos. O mejor, a la mitad.

Las dos compusieron un gesto que parecía que les había dicho que cancelaba la Navidad.

—¿Lo dices en serio? —preguntó Maya con aprensión. Sonreí.

83

—Sé que suena horrible, pero cuando volvamos a hablar dos meses después de la inauguración, me daréis la razón.

Oí que me sonaba el teléfono y vi que Tarek me había dejado un mensaje.

—Hagamos una cosa —dije poniéndome en pie—. Voy a salir un momentito y, mientras tanto, quiero que elijáis los diez platos, máximo quince, sin los que no podríais vivir. Luego seguimos hablando, ¿vale?

Asintieron y yo atravesé la sala en dirección a la salida. En el mensaje, Tarek me explicaba que el abogado se había puesto en contacto con las autoridades y que solo le faltaba entregar un formulario. Eran buenas noticias, porque Tarek podría presentarlo y, con suerte, recibiría la licencia a tiempo para la inauguración de su bar. Le respondí con el emoticono del pulgar hacia arriba y miré la hora en la parte superior de la pantalla para calcular cuánto tiempo me quedaba. Esta tarde tenía la inauguración de otro restaurante en Queens y mi intención era pasarme por allí, ya que el dueño era un amigo mío de toda la vida y me lo había pedido. Y para eso, debía ir a casa a cambiarme, porque mi camisa blanca y mis vaqueros desgastados no eran apropiados para ese ambiente. Tenía una hora como mucho. Si para entonces no habíamos terminado, tendríamos que concertar otra reunión.

Me di la vuelta para regresar al local, pero, entonces, vi por el rabillo del ojo a una chica de cabello oscuro y me detuve en seco.

«Por Dios, Jess, ya hemos pasado por esto miles de veces. No es ella. No es ella».

Me quedé donde estaba y esperé a que llegara la decepción que siempre sentía al descubrirlo. Pero esta vez no llegó. En su lugar me quedé sin aliento.

Porque sí que era ella.

Esta vez era ella de verdad.

Helena se encontraba a unos treinta metros de distancia y todavía no me había visto. Estaba mirando el bolso, en el que parecía que buscaba algo, mascullando para sí, aunque yo estaba demasiado lejos para escucharla. Sí que estaba lo bastante cerca como para ver que el pelo se le había aclarado ligeramente por el sol del verano. Que parecía algo más delgada en ese vestido ajustado de color azul claro, a pesar de que estaba tan guapa como la recordaba. Y para darme cuenta de que mis sentimientos por ella no habían cambiado nada, nada de nada. Podría haber desaparecido de la ciudad durante tres años y, aun así, habría sentido este deseo sobrecogedor hacia esta chica que me había enamorado de una forma que no podía ni describir. Siempre había sabido que nos volveríamos a encontrar; Nueva York era grande, pero no lo suficiente. Sin embargo, nada me podría haber preparado para este momento. Nada en absoluto.

Quise marcharme antes de que se diera cuenta de mi presencia, para ahorrarle lo mismo que yo estaba sintiendo. Quizá también me diera miedo ver en sus ojos que ya no sentía lo mismo. Sin embargo, no conseguí moverme del sitio, no podía. Sentía un dolor irremediable y, al mismo tiempo, una satisfacción tremenda por volverla a ver después de tanto tiempo. Saber que todo le iba bien. En mi interior, lo único que quería era ir a hablar con ella, preguntarle cómo estaba en realidad. Decirle que yo no estaba bien sin ella. Pero no hice nada de eso.

«Muévete, Jess. Antes de que sea demasiado tarde. Vamos, anda».

Entonces, Helena alzó la mirada. No fue lentamente ni por casualidad, sino de repente, como si hubiera dicho su nombre.

Quizá sintió mi presencia, o quizá se preguntaba quién era ese que no dejaba de mirarla. Solo tardó un segundo en dar conmigo, en reconocerme, y vi cómo le cambiaba la expresión; la tristeza y la añoranza se apoderaron de su bello rostro. Aflojó el agarre del bolso hasta que apenas parecía ser capaz de sujetarlo, y luego lo apretó con tanta fuerza que sus nudillos se tornaron blancos. Frunció los labios y tragó saliva como si tuviera un nudo en la garganta. Con tan solo un vistazo, supe que para ella tampoco había cambiado nada, que me echaba de menos tanto como yo a ella.

Durante unos segundos, sentí una felicidad enorme, porque me quedó claro que aún existía esa conexión entre los dos. Pero entonces llegó redoblado el dolor, ese intenso dolor físico, y supe que solo había empeorado las cosas. Que hubiera sido mejor que ella se hubiera marchado cuando yo no podía hacerlo. Porque esos treinta metros que nos separaban no solo eran treinta metros. Era una zanja de un kilómetro que nos separaba al uno del otro, y siempre nos separaría.

Y no podíamos hacer nada al respecto.

7

Helena

Cuando fui a Greenwich por la tarde a tomar café con un par de compañeros de clase para hablar de las lecturas obligatorias del siguiente semestre, sentí una sensación extraña en el estómago. Fue como una advertencia de que iba a pasar algo, aunque no sabía si se trataba de algo bueno o malo. Sin embargo, con el paso del tiempo, esa sensación desapareció y la atribuí a mi propia imaginación. Desde la muerte de Valerie había notado esa especie de premoniciones de vez en cuando, algo que se había acentuado después del accidente de mi padre. Así que salí tranquila de la cafetería y llamé a Raymond. Este había ido a llevar a mi madre a una reunión con el departamento de Urbanismo y todavía debía volver a Greenwich, así que le pedí que me recogiera un par de calles más allá, porque me encantaba el barrio y, como hacía buen tiempo, me apetecía dar un paseo por las tiendas.

Había una en concreto, una tienda que vendía carteles y mapas antiguos de Nueva York, que se encontraba cerca, así que decidí pasarme para buscar un regalo de cumpleaños para Lincoln. Al echar mano al bolso, no di con mi cartera. Mientras maldecía y rebuscaba, sentí que había alguien unos metros más adelante en la acera y parecía estar observándome. En cuanto alcé la vista, lo reconocí.

Y el corazón se me detuvo.

Jess.

Él debía de haberme visto antes que yo a él, de ahí que estuviera paralizado con la mirada puesta en mí. Tenía todo el cuerpo en tensión, lo veía en sus músculos, que se notaban por debajo de la camiseta blanca que llevaba. Y por la postura: los hombros cuadrados, la mano aferrada al móvil. Recordé con dolor lo familiar que me resultaba todo esto, a pesar de que no habíamos pasado tanto tiempo juntos. Lo único que había cambiado era su pelo, que ahora estaba más largo y lo llevaba recogido, aunque eso solo le hacía estar más guapo, si es que era posible.

Me había imaginado muchas veces cómo sería el momento en el que nos volviéramos a encontrar, en el que nos viéramos de nuevo desde que lo besé entre lágrimas y salí huyendo de su casa. Había supuesto que sería horrible y hermoso a la vez, pero ahora lo sentía mucho más horrendo y hermoso de lo que esperaba. Por un lado, ver a Jess me producía una paz profunda que no sentía desde que dormí a su lado. Y por otro, me abría esa herida candente que aún no se había cerrado del todo. Reabría todas las heridas que me había causado nuestra ruptura, incluso aquellas que no tenían nada que ver con él. Porque si Valerie aún estuviera conmigo, si no hubiera muerto esa maldita noche, podría correr hacia Jess para tirarme en sus brazos, besarle y decirle lo mucho que lo había echado de menos. No sentiría ahora esta nostalgia cruel que nunca tendría fin.

Jess me miró y, si alguna vez se me había pasado por la cabeza que me pudiera haber olvidado, en ese mismo instante dejó de preocuparme, ya que en sus ojos reconocí lo mismo que yo sentía. Tristeza, impotencia, rabia, porque era injusto que no pudiéramos estar juntos. Vi que Jess apretaba los puños, como si quisiera resistirse a esa realidad, mediante la violencia si era necesario. Pero no fue capaz de hacer nada. No podíamos derrotar aquello que nos separaba. Él mismo lo había dicho entonces.

«Sé que hay algo entre nosotros, algo por lo que merece la pena luchar para ver hacia dónde va. Pero no podemos luchar, porque no hay ningún enemigo. Solo gente a la que queremos proteger».

Las lágrimas se me asomaron a los ojos y, aunque sabía que debía dar la vuelta y marcharme antes de que alguien nos viera y se lo contara a Trish Coldwell…, aún no estaba preparada. ¿Cómo sabría cuándo le volvería a ver? ¿Si sería dentro de dos días, dos semanas o dos años? ¿O tal vez nunca? Solo quería tocarlo una vez más, hablar con él, decirle lo mucho que lo echaba en falta. Quería hacer todo eso más que nada en el mundo. Y, por un instante, las consecuencias me dieron igual.

Pero solo fue un instante. Después, apareció en mi mente la imagen de mi madre la mañana siguiente al accidente de mi padre. Mi padre acostado en la cama del hospital y mi hermano, exhausto y triste. Lo había hecho por ellos. Todo lo había hecho por ellos.

Y precisamente por ellos ahora debía marcharme.

Me costó toda mi fuerza de voluntad dar un paso, levantar los pies del suelo para darme la vuelta. Pero lo hice, rompí el contacto visual con Jess, después de memorizar todo lo que pude de él.

Acto seguido, cerré brevemente los ojos, me di la vuelta, los volví a abrir y me alejé. Mis piernas parecían de plomo, todo en mí gritaba que volviera con él, pero con cada paso que daba aumentaba la velocidad, hasta que eché a correr. Corrí, corrí lejos, tan rápido como pude. Como si quisiera escapar de lo que sentía por Jess, aunque ya sabía de sobra que eso era imposible.

No reduje la velocidad hasta que me alejé dos manzanas, donde volví a recuperar el aliento. Sabía que no podía subirme al coche de Raymond en este estado, porque no sería capaz de mantener las apariencias hasta que llegáramos a casa. Así que busqué a mi alrededor y entré en un callejón por el que me abrí paso entre contenedores de basura y cajas de cartón para apartarme de las miradas de cualquiera que pasara por la calle. Allí me apoyé contra la pared, posé las manos sobre el áspero ladrillo y empecé a llorar. Por mí, por Jess.

Y, sobre todo, por nosotros.

No supe cuánto tiempo estuve allí hasta que sentí que estaba capacitada para volver a mirar a alguien a los ojos, pero en algún momento logré recomponerme y acudí al punto de encuentro que había acordado con Raymond. El chófer me miró preocupado cuando me subí, pero era lo bastante discreto como para no preguntar al respecto. Y así volvimos a casa, y por el camino, ni siquiera las vistas de Nueva York consiguieron animarme. Sabía que encontrarme con Jess sería duro, pero jamás me habría imaginado cuánto podría desestabilizarme. Aún lo veía ahí plantado, y me pregunté si alguien nos habría delatado si me hubiera acercado. Si habría habido algún castigo. Pero eso daba igual. No podía hablar con él, no podía llamarlo por teléfono y, por supuesto, ninguna de las otras cosas que quería hacer con él. No podía hacerlo; si no, mi familia lo perdería todo.

Raymond me dejó en la puerta de casa. Aún no teníamos mayordomo, porque mis padres eran terriblemente quisquillosos, así que abrí yo misma la puerta y disfruté del frescor del aire acondicionado. No obstante, eso no fue lo único que me llegó; también escuché voces. Ay, no, ¿tendría mi madre alguna visita? Esperaba poder darme una ducha, meterme en la cama, echarme la sábana por encima de la cabeza y no hacer más que dormir; el encontronazo con Jess había agotado todas mis energías. Tal vez en una familia normal hubiera sido posible, pero nosotros no éramos así. Y cuando mi madre apareció en el vestíbulo al oírme entrar, me quedó claro que no tenía ninguna posibilidad.

—Aquí estás —dijo sonriente, quizá demasiado. Empecé a desconfiar. ¿Qué estaba pasando?—. ¿Te encuentras bien? Pareces exhausta.

—Sí, ha sido un día agotador. —No conseguí fingir una sonrisa, el dolor era demasiado profundo—. ¿Puedo subir? Necesito darme una ducha y hacer unas cosas para la universidad.

—Para eso siempre hay tiempo. Tengo aquí a alguien a quien querrás saludar seguro.

«No, por favor. Hoy no».

Pero mi madre ya me había pasado el brazo por encima de los hombros y me estaba conduciendo hacia el salón, donde en uno de los sofás había una mujer de su edad a la que conocía. Y, a su lado…

—¿Ian? —solté cuando reconocí a mi exnovio, que estaba sentado al lado de su madre con un té helado en la mano.

—Hola, Helena. —Ian me sonrió y se puso en pie para acercarse. Por un incómodo momento, no supimos cómo debíamos saludarnos, hasta que al fin decidió abrazarme—. Me alegro de verte.

—S-sí —conseguí decir—. Igualmente.

No tenía ni idea de que se encontraba en Nueva York. Lo último que sabía de él era que estaba estudiando Medicina en la costa oeste. Pero lo cierto era que no me había interesado mucho por él en los últimos años.

—Ian está viviendo otra vez en Nueva York, ¿lo sabías? Cuando me lo he encontrado con Crystal en Bergdorf, no me ha quedado más remedio que invitarlos. —Mi madre sonaba especialmente contenta y sabía por qué. Se había pasado la primera mitad del verano buscándome candidatos adecuados, pero llevaba unas semanas sin hacerlo. Seguro que el encuentro con Ian y su madre no tenía nada de espontáneo.

—¿También estás estudiando aquí? —le pregunté a Ian sin ganas, porque no sabía qué más decir. Tenía la mente en blanco y las emociones, agotadas.

—He pedido el traslado —asintió—. Stanford está bien, pero no hay nada como Nueva York, ¿verdad?

Sabía que lo decía en serio. El amor por Nueva York era una de las cosas que teníamos en común, junto al círculo de amigos y el instituto al que íbamos. La relación que habíamos mantenido era la típica para la que no se necesita más que una leve atracción física y un poco de empatía. Y ahora que lo volvía a ver, seguía pareciéndome atractivo, con ese pelo oscuro y ondulado, un poco más corto por los lados, esos ojos marrones y esos hoyuelos. Sin embargo, lo nuestro hacía mucho que había acabado y no podía evitar compararlo con Jess. Claro contra oscuro, salvaje contra tranquilidad, vivacidad contra inmutabilidad. Pero, sobre todo, ya no era la chica que se enamoró de Ian. Ahora era la chica que se había enamorado perdidamente de Jess.

—Tienes razón —dije después de una larga pausa que mi madre interpretó como una señal equivocada.

—Crystal, quiero enseñarte los diseños para nuestra nueva casa en la playa de Cape Cod. Ven, que los tengo en el despacho. Helena e Ian pueden quedarse solos perfectamente.

Y con eso desapareció de la habitación, dedicándome una mirada que daba a entender un beneplácito exagerado. Seguro que en su mente ya estaba decidiendo las invitaciones para nuestra boda.

En cuando se fueron, Ian me miró arrepentido.

—Siento mucho haber aparecido por aquí sin avisar. Cuando nos encontramos con tu madre, no nos dio pie a negarnos.

—Lo sé, siempre es así. No hay escapatoria.

Me habría encantado subir a mi habitación en aquel momento, porque sentía que las piernas no me sostenían, pero mi educación no me lo permitía. Así que me senté en el sofá y esperé a que él tomara asiento.

—¿Va todo bien, Len? —me preguntó, y el tono compasivo provocó que se me hiciera un nudo en la garganta.

«Ni de coña», pensé mientras contenía las lágrimas. No iba a echarme a llorar por Jess delante de mi ex. De ninguna manera.

—Sí —mentí, y compuse una sonrisa forzada—. Es que ha sido un día muy largo y estoy cansada, eso es todo. —Ian y yo estuvimos juntos un par de meses después de estar acostándonos durante más de un año. Si tenía suerte, no me conocía lo suficiente como para darse cuenta de que mi cansancio era, en verdad, pena—. ¿Qué me dices de ti? ¿De verdad sentías tanta nostalgia por Nueva York?

Sonrió de lado y entrelazó las manos.

—Y también de mi familia. Hannah tiene ya quince años, Topher tiene trece y me daba la sensación de que estaban creciendo sin que yo me diera cuenta. No me parecía bien vivir tan lejos de ellos.

—Sé lo que quieres decir —asentí. Yo había sentido exactamente lo mismo durante mi exilio en Inglaterra. El internado no había estado mal y me había llevado bien con mis compañeras, al igual que con los alumnos de Cambridge, pero no encajaba allí.

—¿Hace cuánto que has vuelto? —me preguntó Ian.

—Estoy aquí desde febrero. En Navidades conseguí convencer a mis padres de que me dejaran volver.

—¿Y llevan desde entonces intentando buscarte a alguien? —Levantó una ceja—. Me he dado cuenta de que tu madre me mira como si fuera la respuesta a todas sus preguntas. ¿Qué has hecho para que crean que tienen que conseguirte pareja? ¿Tuviste algo con un demócrata?

Lo dijo en broma, pero acertó en mi corazón de lleno. En realidad no sabía cuál era la opinión política de Jess, pero su madre era demócrata, así que Ian podría haberse acercado a la realidad sin saberlo. Me quedé callada y fruncí los labios. Ian se dio cuenta.

—Perdona, no quería…

—No pasa nada —le interrumpí—. No he tenido nada con un demócrata. Ni con nadie en realidad, pero por lo visto mi madre es incapaz de aceptar esa situación. —Esa no era toda la historia. Evidentemente no le iba a contar a Ian que mi madre había descubierto lo de Jess hacía unos meses y que, desde entonces, estaba empecinada con cambiar mi estado a «prácticamente comprometida»—. ¿Y tú? ¿Estás con alguien?

Sabía que esa pregunta daba la impresión de que estaba interesada en él, pero no se me ocurrió nada más en el momento para cambiar de tema.

—No —contestó sacudiendo la cabeza—. Tuve una novia en Stanford, era mi compañera. Pero lo dejamos hace unos meses.

—Lo siento —dije, porque era lo que debía decir.

—Son cosas que pasan. Simplemente no teníamos las mismas motivaciones en la vida. —Ian se encogió de hombros—. Imagínate, odiaba Nueva York y decía que nunca sería capaz de vivir aquí. Debería haber sabido que no funcionaría —añadió con una carcajada.

—Sí, eso parece. —Mi risa fue superficial y me alegré cuando vi que nuestras madres habían vuelto, para así dejar de fingir que no estaba pensando en Jess en todo momento.

La visita parecía estar a punto de terminar, ya que Crystal le recordó a Ian que tenían otro compromiso y mi madre acompañó a los invitados al pasillo. Sin embargo, antes de abrir la puerta y despedirse, pareció acordarse de algo.

—Helena, dentro de dos semanas habrá una función especial en el Teatro Rodgers en Broadway. Tu padre y yo tenemos otro compromiso, pero estoy segura de que tú nos representarás divinamente. —Asintió como si fuera algo acordado, a pesar de que era la primera vez que oía hablar del tema—. ¿Por qué no vais Ian y tú juntos? Seguro que pasáis una velada maravillosa.

Abrí la boca para decirle lo que pensaba de esa sugerencia, ya que hoy no tenía mano izquierda para ser educada, pero Ian se me adelantó.

—Blake, es una buena idea, pero estoy seguro de que Helena puede decidir por sí misma con quién quiere ir. —Me dedicó una sonrisa rápida y cuando se la devolví, fue sincera. Ian siempre había sido el caballero perfecto: antes de nuestra primera cita, durante nuestra primera cita, en nuestro primer beso y, también, cuando nos acostamos por primera vez. Incluso había intentado apoyarme cuando Valerie murió, pero era una situación desbordante para los dos. No era justo que quisiera deshacerme de él con tanta ansia, no era culpa suya que mi corazón se hubiera roto en mil pedazos.

—Mejor dame tu número —propuse—, así quedamos un día.

Había borrado sus datos de contacto hacía tiempo, justo después de que lo dejáramos. En una tarde especialmente solitaria en el internado, borré todos los números de la agenda, excepto los de mi familia, y nunca había echado en falta ninguno.

—Si quieres.

Ian asintió y tecleó su número de teléfono. Estuve a punto de echarme a reír cuando vi el nombre con el que lo había guardado. Decía: «Por favor, no te sientas obligada a nada».

—Gracias —dije, haciendo referencia más a su sensibilidad que al número. No sabía si alguna vez le escribiría o lo llamaría, pero al menos ahora estaba libre de culpa.

—De nada —replicó—. Cuídate, Len.

Esta vez, el abrazo fue un poco menos forzado.

—Igualmente, Ian.

En cuanto se fueron, le mascullé a mi madre que quería darme por fin esa ducha y subí al piso de arriba, donde cerré la puerta de mi habitación y me dirigí al baño. Allí me quité la ropa, abrí el grifo y me metí bajo el chorro de agua fría para no tener que oír nada, ni ver nada, ni sentir nada. Me quedé allí hasta que empecé a temblar de frío, luego cerré el grifo, me cubrí con una toalla y me dejé caer sobre las baldosas del suelo.

Vacía. Triste. Impotente.

¿Cuándo dejaría de sentirme así?

8

Jessiah

Izquierda, derecha, izquierda. Izquierda, derecha, izquierda. Los golpes amortiguados de mis guantes contra el saco de boxeo eran la versión audible del pulso que resonaba contra mis oídos. No tenía ni idea de cuánto tiempo llevaba aquí, golpeando el cuero con los puños, pero seguiría haciéndolo hasta que no sintiera nada.

Sabía que era el cliché de los clichés: un hombre que descargaba contra un saco de boxeo la furia que le provocaba su propia impotencia. Pero me daba igual. Me daba todo igual, siempre y cuando me funcionara. En realidad, después de la reunión con Veg Inc. y la inauguración del restaurante, tenía planeado ir a surfear, pero entonces me di cuenta de que era el remedio equivocado en esta situación. No me sentía asfixiado, sino más bien cabreado hasta la médula. Y lo único que ayudaba a aliviar el enfado era desquitarse de alguna forma.

Izquierda, derecha, izquierda. Haber visto a Helena me había descolocado por completo. Cuando volví, la conversación con

Maya y Heather y, más tarde, el evento por la noche, pasaron sin que me diera cuenta. Recordaba haber sonreído y actuado como si nada mientras una tormenta se desataba en mi interior. Y aún no se había calmado.

—Oye, Jess —dijo alguien con una voz muy parecida a la de Demi.

Yo no presté atención, y seguí boxeando. Demi se colocó detrás del saco y lo sujetó firmemente. Estupendo, así podría pegarle mejor. No le había pedido a nadie que lo hiciera porque quería que me dejaran tranquilo.

—Jess, ven un momento —insistió—. Estás asustando a la gente.

Dejé de moverme y me giré para mirar a mi alrededor. Nadie me estaba mirando, y Demi pareció darse cuenta de que había pillado su mentira.

—Vale, me estás asustando a mí —cedió, y se puso entre el saco de boxeo y yo—. No me importa que vengas aquí a expresar tus frustraciones, pero llevas así más de dos horas. Deberías tomarte un descanso.

—No lo necesito.

—Sí que lo necesitas —se empeñó, y me llevó hasta el mostrador donde vendían snacks y bebidas. Allí sacó una bebida con electrolitos del frigorífico y me la dio—. Te invita la casa si me cuentas qué está pasando.

Usé los dientes para despegar el velcro de los guantes que llevaba y cogí la botella.

—Prefiero que me digas cuánto cuesta.

—Dos mil dólares —respondió Demi al instante. Alcé una ceja.

—¿Lo quieres en efectivo o aceptas también tarjeta?

—Así de mal estamos, ¿no? —La mirada de Demi se volvió inquisitiva—. ¿Va todo bien en tu familia? ¿Se trata de Eli?

—Sí, todo va bien —asentí.

—¿Qué te pasa entonces? ¿Te está volviendo loco algún cliente? ¿La ciudad? ¿O es por una chica?

Le dediqué una larga mirada, pero no respondí.

—Aaah, es una chica entonces. ¿Y quién es? ¿La chica bajita de pelo moreno que estuvo aquí una vez contigo y con Thaz?

—¿Samara? No.

Hacía semanas que no hablaba con ella. Habíamos quedado para comer una vez durante el viaje por Europa, cuando Eli y yo estábamos en Escocia, pero Sam estaba muy ocupada con su negocio de whisky y yo con no retorcerle el cuello a mi madre.

—Entonces ¿quién?

—Venga ya, Demi. Sé que te consideras la madre de tus clientes...

—Más bien como la hermana mayor guay —me corrigió.

—Lo que sea. Pero de verdad que no necesito una consulta psicológica. He tenido un día de mierda, estoy harto de prácticamente todo y lo único que quiero es desahogarme. ¿Podrías dejarme hacerlo?

Me miró con atención.

—¿Desde hace cuánto nos conocemos? —me preguntó para luego responderme—: Más de tres años, ¿no? Viniste aquí por primera vez cuando te volviste a mudar a Nueva York.

Asentí de mala gana y di un sorbo a la bebida energética. Torcí el gesto al instante. Estaba asquerosa.

—Eso significa que reconozco cuándo estás al límite —siguió diciendo—. Así estabas también cuando entrenaste aquí la primera vez, después de la muerte de Adam.

En eso tenía razón. El surf había sido mi forma de mantener a raya el dolor, pero a veces me era imposible conducir hasta Rockaway, que estaba a una hora de Manhattan, cuando Eli estaba sufriendo ataques casi a diario. Así que, en su lugar, me había apuntado a Tough Rock porque era donde Adam solía entrenar. Al principio, Simon y Demi me dejaron a mi aire, pero, con el tiempo, nos fuimos haciendo amigos y me escucharon cuando les conté cuánto me asfixiaba mi nueva vida tras la muerte de mi hermano mayor. Me sentó bien hablar del tema con gente que no pertenecía a la clase alta. Quizá tuviera algo que ver. Pero ahora la situación era totalmente diferente.

—No puedo contártelo, Demi —dije y, por primera vez, la miré a los ojos—. Sabes que confío en ti, pero es peligroso.

—¿Para quién? ¿Para mí o para ti?

No parecía impresionada por mis palabras, lo cual tampoco me sorprendía. Al igual que su hermano Simon, Demi no provenía de una buena familia y había presenciado amenazas y violencias desde una edad muy temprana. No tenía miedo a nada, y yo tampoco le temía a mi madre, pero esto no iba de Demi ni de mí.

—Para los dos —respondí—. Si te lo cuento y alguien se entera de que yo lo sé, alguien más lo perdería todo. —Y aquí no estábamos del todo seguros de quién podía escucharnos. Cuando Helena vino a Tough Rock hacía unos meses, Trish se enteró. Aunque ya no tenía a nadie espiándome (me habría dado cuenta), siempre había gente encantada de proporcionarle información si con ello aumentaba su popularidad.

—De acuerdo —dijo Demi—. ¿Thaz sabe lo que ha pasado?

—No. —Negué con la cabeza. Solo nos habíamos visto una vez desde que volví y había evitado hablar de Helena. No porque no quisiera hablar de mis sentimientos, sino porque sabía que no podía hacer nada para cambiar la situación. Sin embargo, después de haberla visto hoy…, estaba deseando contarle a alguien lo que sucedía. Lo mucho que la echaba de menos. Y que me estaba matando no poder hacer nada para estar con ella.

Demi pareció leer en mi expresión lo que pensaba, y la determinación se impuso en su rostro. Luego, salió de detrás del mostrador.

—Esto sabe a rayos —dijo, y me quitó la botella de la mano—. Ven, que arriba tengo cerveza.

Me miró con una nota de desafío en los ojos y, unos segundos de duda después, la seguí. Nadie del gimnasio parecía prestarnos atención, pero eso no significaba nada.

Al final de una larga escalera de hierro que desembocaba en una sala de entrenamiento abierta, se encontraba la puerta que daba al apartamento de Simon y Demi. Había estado allí en un par de ocasiones. El plano era parecido al de mi loft, salvo que ellos habían añadido alguna que otra pared para tener más intimidad. Demi encendió la luz, se acercó a la cocina, sacó dos cervezas del frigorífico y me dio una a mí. Desenrosqué el tapón y le di un trago. Qué buena estaba.

—Bueno, cuéntamelo ya —soltó, y se dirigió a los desgastados sillones de cuero que había en el salón.

Yo tomé aire profundamente, me senté en el sillón de enfrente y decidí dejar de callar. Aquí estábamos a salvo de oídos indiscretos, no había nadie más en el apartamento, y quizá me viniera bien hablar del tema con alguien. Llevaba tres meses cargando con este secreto. Si quería evitar explotar delante de Trish por lo que me había hecho, tenía que encontrar la forma de superarlo.

—Me he enamorado —empecé—. De una chica de Nueva York; nos conocimos a principios de año. Al principio fue bastante… de-

103

sagradable para los dos, pero luego nos dimos cuenta de que nos gustábamos, y probablemente algo más que eso. Y eso a pesar de que me había jurado a mí mismo que no tendría nada con nadie mientras estuviera en Nueva York, pero tampoco tuve mucha elección.

—Por ahora nada de eso me explica por qué le estás pegando a un saco de arena hasta caer rendido. —Demi me contempló con expectación.

—Eso es porque no sabes que la chica es Helena Weston —repliqué en tono sombrío y di otro sorbo a mi cerveza.

—¿Helena Weston? ¿La hermana de Valerie Weston? —Abrió los ojos de par en par—. Vaya, eso sí que es…

—¿Shakespeariano? Sí, lo sé.

—Pero no os conocisteis cuando vino a entrenar aquí, ¿no? Simon me dijo que se había apuntado con un nombre falso porque lo que quería era preguntar por Valerie. —Demi sacudió la cabeza—. Si hubiera sabido quién era, nunca te habría propuesto que le hicieras la visita. Pensaba que erais enemigos acérrimos.

—Nuestras familias sí, pero nosotros no. Ya no. —Entonces asimilé lo que acababa de decirme y me detuve—. Un momento, ¿por eso estaba aquí? ¿Porque quería hablar con Simon sobre Valerie? ¿Sabes de qué exactamente?

Demi se encogió de hombros.

—Sobre la noche en la que ambos murieron. Simon estuvo en la fiesta y quería saber qué había visto antes de irse. Mi hermano no me ha contado mucho más.

Qué curioso. Se parecía a las preguntas que Helena le había hecho a Pratt. Me pareció que escondía algo extraño, aunque no supe averiguar el qué.

—¿Y qué pasó entre vosotros después de que os enamorarais? —volvió Demi al tema—. ¿Sus padres se lo prohibieron y la amenazaron con quitarle el título y el reino si seguíais viéndoos? —Su tono no era tan jocoso como sus palabras daban a entender.

—No —resoplé—. Bueno, al principio sí. Pero luego, en el aniversario de la muerte de Adam y Valerie vino a mi casa y nos quedó claro que no podíamos seguir ignorándolo. Ni queríamos hacerlo. Pero no tuvimos en cuenta a Trish.

Demi respiró hondo.

—Me lo temía. —No conocía a mi madre en persona, pero, como era evidente, sabía mucho sobre ella. Todo el mundo sabía qué motivaba a Trish Coldwell—. ¿Amenazó a Helena?

—Eso pensé yo también. —Sonreí con tristeza—. Pero fue peor. Le ofreció un trato. Si Helena accedía a dejar de tener contacto conmigo, dejaría que sus padres se hicieran cargo del proyecto que los salvaría económicamente.

—Y ella accedió. —Demi negó con la cabeza—. Vale, ahora entiendo de dónde viene toda esa rabia. Tiene que ser una mierda.

—Así es. —Dejé el botellín vacío sobre la mesa de café—. Hoy ha sido la primera vez que la he visto desde que lo dejamos. No me lo esperaba, ha sido en la calle. ¿Qué podía decirle? No ha cambiado nada. Han pasado tres putos meses y no ha cambiado nada. La echo de menos más de lo que eché en falta a Mia y con ella estuve más de un año.

Con Helena solo había pasado una noche en el Bella Ciao y una noche en mi casa y, aun así, estaba totalmente convencido de que estábamos hechos el uno para el otro.

—A veces encuentras a la persona con la que todo encaja. —Demi se encogió de hombros y sonrió de lado—. Y entonces ¿qué significa ese trato? ¿Nunca podréis estar juntos? ¿O solo hasta que se calme la cosa?

—Nunca. Ya sabes cómo es Trish: encontrará otra forma de acabar con la familia de Helena. Y lo peor es que hizo la promesa de que no me contaría nada sobre todo esto, así que, oficialmente, no sé nada del tema. Pero me encantaría echárselo en cara a mi madre. —Mis manos se cerraron alrededor del brazo del sillón y la ira volvió a resurgir—. Me encantaría ir a su casa y decirle a la cara que lo sé todo sobre sus intrigas y que nunca la perdonaré. Que ha cruzado una línea que es imperdonable. —Solté una carcajada—. Pero no puedo hacerlo. Porque, si lo hago, volverá a atacar a los Weston y todo habrá sido en vano.

Demi se quedó callada unos instantes.

—Entonces ¿no hay nada que puedas hacer?

—He pensado en buscar algo con lo que pueda hacerle lo mismo. —Había llegado incluso a considerar vencer a Trish en su propio juego, a pesar de que detestaba ese tipo de estrategia—. Encontrar algún trapo sucio, estoy seguro de que tiene alguno. Pero a ella se le da mejor este juego que a mí. Acabaría perdiendo, y entonces no solo Helena lo perdería todo, sino también perdería yo a Eli. No puedo arriesgarme a eso.

Yo era el único que podía proteger a mi hermano pequeño, para eso había vuelto a Nueva York.

—Entiendo. —Demi se reclinó en el sillón y soltó aire. Por un momento pareció que iba a decir algo más, pero entonces se levantó—. Necesito otra cerveza. ¿Y tú?

—Siempre.

No me haría olvidar lo que sentía por Helena, pero al menos adormecería un poco mis sentimientos, que desde esta tarde ya no estaban latentes, sino claros y urgentes.

—¿Qué piensas hacer ahora? —me preguntó Demi cuando regresó.

—Seguir adelante. Confiar en que la cosa mejore en algún momento. Yo qué sé.

Había repasado todas las opciones; no teníamos ninguna posibilidad. Ninguna que no hiciera daño a alguna persona importante para nosotros. Y eso era algo que no iba a cambiar. Ni ahora, ni dentro de un año, ni dentro de diez. Por eso sabía que debía olvidarme de Helena.

Pero tenía una cosa más que clara: era completamente imposible.

9

Helena

A la mañana siguiente no me sentía como si me hubiera atropellado un camión. Más bien, como si alguien me hubiera atado a uno y me hubiera arrastrado por todo el Upper East Side. Me dolía la cabeza y el resto del cuerpo y, de alguna forma, todavía sentía en mis huesos el frío de la ducha del día anterior. Me habría encantado quedarme en la cama, pero escuché que mi madre estaba en casa, así que eso no era posible. Ni siquiera cuando era adolescente me había funcionado hacerme la enferma cuando no quería ir al instituto, siempre se daba cuenta y no me dejaba salirme con la mía. Por supuesto, ahora era una adulta y podía decir que no me encontraba bien, pero entonces habría llamado a nuestro médico. No me quedaba otra. Solo de pensar que tenía que pasar otro día en unas clases que no me interesaban en absoluto se me acentuaron los dolores de cabeza. Hoy no podría soportarlo.

Pero quizá podía usar mi tiempo de otra forma.

«Por ejemplo, en un viajecito a Nueva Jersey».

El pensamiento me cruzó la mente en ese instante y no me lo pude quitar de la cabeza. Aunque hacía diez segundos me parecía imposible, me levanté y fui al baño para prepararme. Seguía sintiéndome exhausta, pero, al mismo tiempo, me recorrió una extraña energía. La necesitaba. Necesitaba alguna victoria, algo que indicara que al menos tenía una parte de mi vida bajo control. Ir al otro lado del río Hudson para hablar con la ex de Adam formaba parte de eso, aunque también podría acabar siendo un callejón sin salida. Pero al menos así podría descartarlo y Malia y yo pensaríamos cuál debía ser el siguiente paso.

Un vistazo al exterior me dio a entender que hoy haría un día tan espléndido como ayer: el sol brillaba en un cielo azul totalmente despejado. Así que cogí unos vaqueros cortos y una camiseta blanca ancha y saqué del armario un par de sandalias que no eran de Jimmy Choo, sino de una tienda de Brooklyn. Si pensaba ir a este sitio, lo más inteligente era no llamar la atención alardeando del dinero de mi familia. Me hice una trenza alta de cualquier manera, eché mano a la cartera en la que guardaba todas las cosas de la universidad para guardar las apariencias y bajé las escaleras. Allí estaba mi madre, que tecleaba en su móvil, y alzó la mirada cuando oyó mis pasos.

—Buenos días —saludé, y me calcé en el hombro el asa de la cartera.

—Buenos días. ¿Así piensas salir? —Señaló mi atuendo.

—¿Por qué no? —La miré irritada—. Solo voy a la universidad. —Al menos, esa era la versión oficial.

—De eso nada —negó mi madre con la cabeza—. Hoy es la primera reunión del programa de mentorías de Bradbury. Te dije la fecha hace un tiempo, ¿no te acuerdas?

Ay, Dios, sí que se me había olvidado. Me había comentado lo del programa hacía tres o cuatro semanas y normalmente se me daba genial acordarme de estas cosas, pero esta vez se me había pasado por completo. ¿Por qué no lo había anotado? Ya me podía ir despidiendo de mi excursión a Nueva Jersey.

—Pero ¿es por la mañana? —pregunté con voz débil—. ¿Es que no tienen clase?

—Es la semana de orientación universitaria —respondió mi madre como si fuera lo más obvio del mundo—. Por eso los mentores y los alumnos se reúnen antes de que empiece el curso escolar.

Tenía sentido.

—Vale, entonces…, voy a cambiarme.

—Sí, más te vale.

Corrí de nuevo escaleras arriba, encontré en mi armario unos pantalones largos, una blusa de seda estampada y unas manoletinas, me cambié y bajé rápidamente. Mi madre me dedicó un asentimiento de aprobación al verme y salí de casa. Hubiera preferido ir a Nueva Jersey para seguir investigando el caso de Valerie, pero la reunión de mentores también me servía para quitarme a Jess de la mente.

El Instituto Bradbury estaba a solo dos manzanas de distancia, así que hablé con Raymond y decidí ir andando. El sol pegaba fuerte esa mañana, pero no tanto; poco a poco se iba notando que ya era septiembre. Pasé junto a una mujer que insultaba a alguien por teléfono, pero se quedó callada un momento y me miró.

—Bonita blusa, cariño —me dijo con aprobación antes de seguir dándole la turra a su interlocutor.

Sonreí de lado. Así era la Nueva York que tanto amaba.

Mi antiguo instituto estaba algo alejado de la calle, tras unas vallas de hierro forjado y un bonito patio. No siempre había venido con mucho entusiasmo, pero en general, mis días escolares habían ido bien. Tenía amigos, Valerie coincidió conmigo varios años y, durante un tiempo, también estuve con Ian.

Ian. Todavía no sabía si debía ponerme en contacto con él.

En unos bancos del parque estaban sentados charlando unos alumnos con sus uniformes de color rojo y negro. Cuando pasé a su lado, interrumpieron su conversación y me siguieron con la mirada, a medio camino entre la admiración y el sensacionalismo. Aquí todo el mundo sabía lo que le había pasado a Valerie. Evidentemente, les interesaba saber cómo le iba a la hermana pequeña. No obstante, les dediqué una sonrisa amable y seguí caminando hacia la entrada. Por fortuna, los tiempos en los que me importaba la opinión de unos adolescentes de dieciséis años habían quedado atrás.

En la conserjería pregunté cuál era el aula a la que debía ir, porque tampoco había anotado eso, y me dirigí al segundo piso. La reunión era en la cafetería de los del último curso. En cuanto entré en el vestíbulo, sentí esa familiaridad, aunque parecía un club de campo con el revestimiento de madera, los muebles oscuros y los candelabros en el techo. Contra la pared había varios sofás de cuero que empezaban a verse desgastados.

La sala ya estaba bastante atestada, llena de alumnos y de gente de mi edad; algunos de ellos eran del mismo curso que yo. En la época en la que yo iba al instituto, no participé en el programa, ya que estaba dedicado sobre todo a los alumnos que no tenían hermanos mayores y que necesitaban ayuda a la hora de presentar su solicitud para la universidad y, por aquel entonces, Lincoln ya estaba matriculado en la Universidad de Brown, así que a mí no me hizo falta. Cuando mi madre me habló del tema, acepté inmediatamente. Tampoco yo era la estudiante modelo de una universidad de la Ivy League, al fin y al cabo quería cambiar de centro y tampoco había seguido el mismo proceso de admisión. Sin embargo, me lo conocía y, además, el instituto estaba buscando mentores que hubieran estado en el extranjero.

—Helena, qué alegría que hayas venido. —La directora, la señora Hightower, me estrechó la mano—. Ya estamos todos y podemos empezar. Siéntate.

Señaló una mesa que tenía dos sillas, una frente a la otra. Seguí sus instrucciones y saludé rápidamente a mis antiguos compañeros, que me miraron de la misma forma que los alumnos que estaban sentados fuera. No dejé que me afectaran sus miradas. Lo más importante era que los futuros universitarios no tenían la misma predisposición, sino que parecían más bien intimidados. Uno de ellos, un chico alto y delgaducho de cabello oscuro, parecía querer estar en cualquier otro sitio. Intenté transmitirle una sonrisa alentadora, pero el chico solo consiguió torcer la comisura de los labios antes de volver a agachar la cabeza.

—Bueno, queridos míos —se hizo oír la directora Hightower—, muchas gracias a nuestros mentores por su tiempo. Ya sabemos todos cómo va esto. Pero este año hemos pensado en una dinámica nueva para conseguir el dúo perfecto. Digamos que se trata de una toma de contacto rápida. Los mentores se sentarán en su sitio y los alumnos irán cambiando de mesa cada cinco minutos. En ese tiempo, podréis conocerlos un poco mejor y ver si os lleváis bien. Al final, ambas partes podréis rellenar un formulario indicando a quién preferís como compañero.

Se parecía a las citas rápidas y me llevó un momento asimilarlo. Sin embargo, probablemente era un buen método para descubrir quién encajaba mejor con quién. En esos programas era más importante la conexión que un acuerdo en función de hechos concretos.

—Estupendo. Alumnos, por favor, tomad asiento en una de las mesas y damos comienzo a los primeros cinco minutos. —La directora tocó una campana.

Apenas un segundo después, una chica de pelo rubio vino directa a mi mesa y estiró enérgicamente una mano en mi dirección.

—Me llamo Cressida Holiday Mayweather. Es un placer conocerla.

Se sentó con la espalda tan recta que parecía que se había tragado un palo y me miró expectante.

—Yo soy Helena —repliqué con amabilidad—. Y puedes tutearme si quieres.

—Por supuesto. —Parpadeó—. Lo que tú prefieras, Helena.

Guau. Lo que más me interesaba era comprobar si era una persona de verdad o si ya hacían robots con una apariencia tan realista. El apellido Mayweather no me sonaba de nada, pero me imaginé que Cressida cumplía con los estándares más concienzudos de las altas esferas. Decidí no preguntarle sobre sus asignaturas favoritas o qué quería estudiar, prefería saber cómo era personalmente. Si es que no era un robot.

—¿Qué te gusta hacer en tu tiempo libre, Cressida?

—Los lunes tengo violín y kárate, los martes tengo clases de equitación y japonés, los miércoles voy a clases particulares, ya sabes, para preparar la solicitud a la universidad. Los jueves tengo natación y los viernes, clases de etiqueta.

Tenía un horario más apretado que la mayoría de los gerentes. ¿Quién le hacía eso a una chica de quince años?

—Vale —dije—. ¿Y… te gusta hacer esas cosas?

—Eso es irrelevante. Mi objetivo no es divertirme.

Cressida asintió con seriedad y me resultó muy triste. Mi familia también nos exigía mucho, tanto antes como ahora, pero cuando era adolescente disponía de algo de tiempo libre. Esta chica no parecía tener nada parecido a eso y, por algún motivo, me dio pena.

Pero antes de que pudiera decir nada más, sonó la campana y Cressida se levantó de la silla y volvió a estirar la mano.

—Ha sido un placer hablar contigo, Helena. Creo que haríamos un gran equipo.

Contuve una risa al oír eso. «Cariño, no podríamos hacer peor equipo». No obstante, asentí con amabilidad para despedirme y me alegré cuando llegó el siguiente candidato: un chico de cabellos rubio rojizo que se sentó frente a mí.

—Hola —saludé—. Me llamo Helena. ¿Y tú?

—Conrad. Eres muy guapa. —Sonrió con encanto.

—Eh…, gracias. Supongo. —Recibir un cumplido de un chico de quince años me resultaba del todo inapropiado—. ¿Qué quieres estudiar, Conrad?

Era mejor que me ciñese a las preguntas preestablecidas, no quería darle ideas extrañas.

Sin embargo, no escuché la respuesta de Conrad, ya que mi atención se desvió a otra parte: al chico de pelo moreno, que tan infeliz parecía antes y que ahora cruzaba la sala a zancadas en dirección a la puerta. Parecía que pensaba marcharse. Pasé la vista al mentor con el que había estado sentado, pero este parecía desconcertado. A mi espalda se encontraban la directora y un profesor joven que no conocía, y estaban hablando en voz baja. Agudicé el oído.

—¿Todavía sigue teniendo esos problemas?

—Por desgracia, sí, ya no sé qué más hacer.

—¿No le está funcionando la terapia nueva?

—Está visto que no. Tendré que hablar con la señora Coldwell a ver si existen otras opciones.

Tuve que esforzarme para no reaccionar. ¿El chico era Eli Coldwell? ¿El hermano pequeño de Jess? Demi, la que trabajaba en Tough Rock, me había contado que tenía problemas psicológicos y, aunque Jess y yo no habíamos hablado mucho del tema, sabía que estaba en Nueva York por él. ¿No se debían sus problemas a un secuestro? No tenía más información.

El mentor que había estado hablando con Eli se puso en pie y se acercó a la directora.

—¿No debería ir alguien a buscarlo?

—No es necesario. —Sonrió ella—. No es la primera vez que le pasa. Elijah volverá en cuanto logre calmarse. Es algo que hablamos hace ya tiempo.

Sabía que la gente que sufría ataques de miedo o de pánico usaba distintos mecanismos para superarlos, pero, aun así, me parecía mal quedarme ahí sentada y escuchar las hazañas deportivas de Conrad en los últimos años. Eli era el hermano de Jess y no se encontraba bien. Tenía que buscarlo y ofrecerle mi ayuda.

Me levanté y saqué el móvil del bolsillo.

—Perdona, Conrad, pero tengo que hacer una llamada importante que había olvidado. Ha sido un placer conocerte.

El chico se limitó a asentir y estuve segura de que no le dolería mi ausencia.

Busqué el contacto visual con la directora y señalé mi móvil con una expresión arrepentida, pero no pareció importarle que saliera. Era evidente que había una diferencia entre ser estudiante y un mentor voluntario que sacrificaba su tiempo por las futuras generaciones de la élite.

Deprisa salí por la puerta hasta el pasillo y me planteé dónde podría haber ido Eli. Entonces se me ocurrió una idea y subí las escaleras en busca del baño de los chicos. Si no lo encontraba allí, tendría que revisar las zonas exteriores, pero, antes de ponerme a buscar, quería descartar la opción más obvia. Me detuve frente a una ventana y esperé, con la intención de llamar a la puerta si no salía en cinco minutos.

Sin embargo, la puerta no tardó mucho en abrirse, y por ella salió Eli. Estaba pálido como una sábana y parecía que acababa de vomitar. Pero fue la desesperación en sus ojos lo que me arrancó un renovado sentimiento de empatía.

—Oye, ¿te encuentras mejor? —le pregunté con suavidad.

Fue entonces cuando reparó en mi presencia, probablemente no contaba con que alguien le estuviera esperando.

—Todo bien —murmuró, y sacó el móvil de uno de los bolsillos de sus pantalones mientras recorría el pasillo con la mirada, como si estuviera esperando algún ataque. Solo habíamos tratado los ataques de miedo y pánico poco antes de las vacaciones de verano y los síntomas eran relativamente evidentes: temblor en las manos, sudoración, respiración acelerada. Así que ahora no necesitaba volver a confrontar el estímulo que lo había desencadenado, sino un lugar tranquilo en el que respirar. Por suerte, conocía un sitio perfecto para eso en este instituto.

—Si quieres, puedo enseñarte un sitio en el que tomar aire fresco sin que nadie te moleste. —Lo miré. No quería ayudarlo solo por Jess, sino porque también sabía lo que era sentirse solo en el mundo—. No te verá ningún profesor ni ningún alumno. Está a la vuelta de la esquina.

—Pero tenemos que volver —pronunció rotundamente, como si no pudiera imaginarse nada peor. Por lo menos no parecía que me tuviera miedo.

—No tenemos por qué —negué con la cabeza—. La intención es que los mentores y los alumnos se conozcan, ¿no? Yo soy mentora y tú eres alumno. Así que mientras que no nos quedemos callados todo el tiempo, estaremos cumpliendo con todos sus requisitos.

Eli esbozó una débil sonrisa y asintió.

—De acuerdo.

—Bien.

Emprendí la marcha hacia el lugar que tenía en mente. Se trataba del patio de la biblioteca, que no era especialmente grande, pero como se encontraba detrás de las estanterías de literatura antigua, la mayoría de la gente no sabía ni cómo llegar. Había sido mi lugar de descanso cuando quería leer en paz o simplemente pasar a solas mi hora del almuerzo. Cuando Valerie dejó el instituto, empecé a hacerlo más a menudo.

—Por cierto, me llamo Helena —me presenté mientras caminaba. Aunque yo sabía su nombre, no era algo recíproco.

—Yo soy Elijah —se limitó a decir.

Cuando llegamos a la biblioteca, no había nadie en el mostrador, así que seguimos avanzando y tiré de la palanca que abría la puerta que daba al patio interior. Eli me siguió y, cuando vio los adoquines brillantes que adornaban el jardín, abrió los ojos de par en par.

—No sabía que existía esto —dijo.

—Sí, es un secreto que tengo. —Sonreí—. Pero no está mal, ¿verdad? Nunca viene nadie, así que si algún día necesitas un sitio en el que calmarte…, aquí lo tienes.

Eli asintió, respiró hondo y vi que por fin relajaba un poco los hombros. Por primera vez desde que salió del baño, me miró a los ojos y me di cuenta de que tenía los mismos ojos verdes que Jess. Aunque eso era lo único que tenían en común. Eli se parecía a mis compañeros del internado privado de Inglaterra, mientras que Jess parecía el típico surfista. Pero, ahora que lo recordaba, no compartían el mismo padre.

—Gracias —empezó Eli—. Has sido muy amable al…

—¿Ir detrás de ti?

—Sí. Normalmente nadie lo hace. Todos saben que no mejora la cosa de ninguna manera, así que me dejan en paz.

—¿Hay algo que mejore la situación? —pregunté con cautela. La mayoría de los pacientes con pánico tenían las llamadas «estrategias de afrontamiento», con las que podían mitigar o superar los ataques. Si Elijah había ido a terapia, seguro que había aprendido alguna.

—Nada que funcione especialmente bien. —Dio un tirón a una banda elástica que llevaba en la muñeca—. Aunque…, si estoy con mi hermano, consigue que no me vuelva loco.

Sonreí, sin estar segura de si así delataba mis sentimientos. Lo cierto era que no tenía ni idea de si Eli sabía de mi relación con Jess. Mi nombre no parecía haberle indicado nada.

—Debe de ser un hermano muy guay.

—Sí. —Eli me lanzó una mirada triste—. Hace lo que puede.

El sentimiento de calidez en mi interior aumentó, pero intenté que no se me notara. Esto no se trataba de Jess o de mí, sino de Eli.

—¿Prefieres que te deje a solas? —le ofrecí. No quería forzar mi presencia, al fin y al cabo no era más que una extraña para él.

—No es necesario. —Se sentó en el banco de piedra que estaba contra la pared—. ¿Por qué eres de las pocas que conoce este lugar?

Me senté en la esquina contraria y sonreí.

—Digamos que tengo un sentido especial para los lugares recónditos. Cuando venía al Instituto Bradbury, solía pasar muchos de los recreos aquí, leyendo. El ajetreo de dentro a veces era demasiado para mí.

—Bueno, pero nunca tuviste que irte al baño a vomitar porque te daba miedo hablar con un puñado de desconocidos, ¿verdad? —Eli lo dijo en tono irónico, pero noté el deje de angustia que escondía.

—Solo una vez —aclaré—. Y no fue por culpa de unos desconocidos, sino por el almuerzo. —Lo que fuera que sirvieron el día siguiente a Acción de Gracias de hacía dos años no me sentó muy bien.

Eli giró uno de los botones de la manga de su uniforme.

—Entonces supongo que no eres una rarita, solo una víctima de la cafetería.

Solté una carcajada suave, pero me puse seria de inmediato.

—Tú tampoco eres un rarito porque sufras ataques de pánico, Elijah. Todo el mundo experimenta situaciones que le hacen sentir incómodo y de las que querrían salir huyendo. Simplemente la mayoría han aprendido a afrontarlo de otra forma.

—Sí, eso dice siempre mi hermano. Pero los dos estáis equivocados. Cuando no eres capaz de superarlo después de tanto tiempo y de todo lo que se ha intentado, sí que eres un rarito —empleó un tono de voz de lo más natural—. Una vez me dijeron que reconocerlo era el primer paso hacia la recuperación. Se ve que en mi caso no ha funcionado.

—¿A qué te refieres cuando dices que hace mucho tiempo? Si es que quieres decírmelo.

Eli no me conocía de nada y, aunque le había demostrado que albergaba buenas intenciones, no tenía por qué sentirse obligado a abrirse conmigo. Se limitó a encoger los hombros.

—Hace ya casi seis años. Todo empezó cuando... —se interrumpió y respiró hondo.

—No tienes por qué contarme el motivo —dije con rapidez. Lo último que quería era que mis preguntas le provocaran otro ataque. Había venido hasta aquí con él para ayudarle, no para confrontar nada.

—No, no pasa nada —asintió con valentía. Seguramente su terapeuta le había dicho que debía hablar sobre el tema si quería superarlo, pero de cualquier forma, cuando volvió a hablar, su voz era firme—. Me secuestraron cuando tenía nueve años. Me rescataron, pero lo que sufrí durante el secuestro me dejó tocado. Desde entonces no lidio bien con las situaciones que se escapan de mi control.

—Lo siento mucho.

—Yo también —coincidió—. Estaría bien que existiera alguna cura milagrosa que te hiciera olvidar aquello que te ha hecho daño.

Resoplé más con tristeza que con sorna.

—Sí, eso molaría. Si la encuentras, avísame. A mí también me vendría bien.

—¿A ti? —Me miró con curiosidad—. ¿Para qué?

«Para olvidar que mi hermana está muerta, por ejemplo».

Decidí entonces que había llegado el momento de decirle la verdad a Eli sobre mí. Contarle lo de Jess era arriesgado; Trish Coldwell sabía que había habido algo entre nosotros, pero no quería arriesgarme a que pensara que todavía había algo. Tampoco me parecía inteligente hablar sobre Adam. ¿Y si Eli, al igual que su madre, pensaba que Valerie era la responsable de la muerte de Adam? Sin embargo, no podía seguir fingiendo que no existía una conexión entre nuestras familias.

—Tienes que saber una cosa —dije—. Me apellido... Weston.

La sorpresa de Eli tardó poco en esfumarse.

—Claro, tú eres esa Helena. —No pareció que este hecho le molestara, sino más bien le provocaba curiosidad—. No te pareces mucho a tu hermana.

—Lo sé. —Sonreí de lado—. Tú a tu hermano tampoco.

Eli se pasó la mano por el cabello moreno y puntiagudo.

—Tenemos padres diferentes. Y el rubio es un rasgo recesivo. Lo aprendimos el otro día en biología.

Se quedó mirándome como si se sintiera un poco incómodo. Pensé que lo mejor era ofrecerle una salida.

—Puedo marcharme sin problema.

—¿Por qué iba a querer que te fueras? —Me miró con crispación.

—Bueno, porque tu madre cree que Valerie tuvo la culpa de que Adam muriera. Entiendo que para ti no sea agradable estar aquí sentado conmigo si piensas lo mismo.

—¿Quién dice que pienso lo mismo que ella?

En ese momento, Eli me pareció más adulto y, también, que su mirada se parecía muchísimo a la de Adam. Su hermano también solía poner esa expresión a medio camino entre la expectación y el escepticismo.

—¿No es así?

—Ya no. —Eli tomó aire—. Lo pensé durante mucho tiempo, porque era lo que decía mi madre y muchas otras personas. Pero últimamente he estado recordando cómo era Adam cuando estaba con Valerie. Estaba feliz, satisfecho, parecía una persona distinta. Además, era inteligente y no hacía nada sin reflexionar. No creo que ella lo convenciera de tomar drogas. —Pasó la mano por la superficie de piedra del banco—. Además, Jess dice que ya no cree que fuera así, y yo confío en él.

Se me hizo un nudo en la garganta, no supe si por las palabras de Eli sobre Valerie o sobre Jess; seguramente por ambas cosas. Me habría encantado darle un abrazo al chico por ser tan sensato y porque no se parecía en nada a su madre. Pero no quería espantarlo.

—Pues ya somos tres los que no nos creemos esa historia —dije en voz baja y me acordé de la tarde que pasamos en la azotea, en la que Jess me pidió que le hablara de Valerie. Sentí que me acechaban las lágrimas, pero me las tragué.

—¿Estás bien? —preguntó Eli, que había visto mi reacción.

—Sí, todo genial, gracias. Simplemente me he acordado de algo que pasó hace tiempo.

Me recompuse y respiré hondo. Estuvimos callados un rato, hasta que Eli volvió a hablar.

—Jess también te echa de menos. —Su mirada ahora era de complicidad—. No lo dice, pero se le nota.

Lo miré fijamente.

—¿Sabes… lo nuestro? —Era algo que no me esperaba de ninguna manera.

—Solo a medias. Una vez insinuó que estaba pensando en ti y, este verano cuando estábamos de viaje por Europa, me di cuenta de que a veces parecía estar ausente y triste. Creía que solo se ponía así cuando estábamos en Nueva York, así que me pareció extraño. Le pregunté y me dijo que habíais estado juntos durante poco tiempo, pero que ya no.

El recuerdo de nuestro encontronazo del día anterior en aquella calle de Greenwich volvió a estar tan presente como si tuviera a Jess delante. Sin embargo, esta vez conseguí ponerle freno a la oleada de sentimientos antes de que me arrollara. No era algo apropiado en la presencia de Eli.

—¿Te ha contado por qué?

—No. Solo me dijo que no habría salido bien si hubierais seguido juntos.

Entonces Jess había cumplido su palabra y no le había contado por qué había cortado todo contacto con él. No me sorprendió. Era una de las personas más decentes que conocía, pues claro que había mantenido la compostura.

A nuestra espalda se oyó un ruido y salió alguien por la puerta. Los dos nos pusimos en pie cuando la directora entró en el patio.

—¡Conque aquí estáis! —Nos miró con reproche—. Os he estado buscando. Pensaba que había pasado algo.

—Me encontré a Elijah en el pasillo y quería enseñarle mi lugar favorito del instituto, directora.

Acompañé las palabras de una sonrisa amable. No mencioné nada del ataque de pánico de Eli, como si no supiera nada del tema. Cuando se cruzaron nuestras miradas, supe que me estaba agradecido por ello.

—Directora, me gustaría que Helena fuera mi mentora, ¿es posible? —preguntó sin rodeos.

Mi corazón se detuvo un instante, me conmovió su confianza en mí, aunque fuera imposible que le concedieran ese deseo. Y me dio pena. Era evidente que Eli no tenía ni idea de lo que su madre me había pedido.

La señora Hightower no respondió, sino que se limitó a señalar la puerta.

—Elijah, hablaremos más tarde. Vete para dentro, ¿de acuerdo? Tengo que hablar un momento con Helena.

El hermano de Jess asintió y desapareció después de dedicarme una mirada insegura desde la puerta del edificio. La directora me miró con atención.

—Me alegro de que hayas logrado entablar una conversación con Elijah, no siempre es posible. Pero creo que estaremos de acuerdo en que no sería una buena idea que fueras su mentora.

—Por supuesto, directora. —No sabía si el trato que había hecho con Trish Coldwell implicaba también a su hijo pequeño, pero era ridículo pensar que fuera a aceptarme como mentora de Eli. Así que no me quedó otra que aceptar la realidad, aunque me dolía saber que acabaría con un mentor que no le trataría con la sensibilidad adecuada—. Será mejor que vuelva dentro y siga con las entrevistas. Seguro que Elijah encuentra a alguien más adecuado. Preferiblemente alguien con empatía, así que mejor que no sea Craig Donague, que solía llamar loco a todo el mundo —añadí con una sonrisa torcida, y me dirigí hacia la puerta.

Eli esperaba en la biblioteca y me miró inquisitivo cuando entré con la directora detrás. Negué suavemente con la cabeza y vi que el chico hundía los hombros y la expresión relajada se esfumaba para dar paso a su versión más angustiada.

—No te preocupes —le dije con una sonrisa—. Encontraremos a alguien que te venga bien, ¿vale? Conozco a algunos de ellos, puedo ayudarte a elegir.

—Claro —asintió, aunque no sonó muy animado. Acto seguido, se encaminó hacia la puerta de la biblioteca y desapareció.

10

Jessiah

Pepinillos, tomate, queso, pan, luego kétchup, salsa tártara, la carne de hamburguesa... Me faltaba la cebolla. Que se me hubiera olvidado ese ingrediente demostraba lo mal que había dormido la noche anterior, y eso que en algún momento me cambié al sofá porque me dio la sensación de que mi cama aún olía a Helena, a pesar de que era imposible después de tanto tiempo y de haber cambiado la ropa de cama. Quizá me sentiría mejor cuando pasaran unos días después del encontronazo. Quizá podía volver a subir para echarme a dormir.

Abrí el pequeño armario que había junto a la cocina y busqué entre los estantes. Normalmente siempre tenía cebollas a mano, porque eran esenciales para muchos platos y, así fue, al fondo del estante quedaban algunas rojas, que me venían genial para las hamburguesas. Las corté en finos aros y las puse en un cuenco. Cuando lo dejé todo en la tabla de cortar, llamaron al timbre de la puerta. Me limpié las manos con un paño de cocina y fui a abrir.

—Más que puntual —saludé a Eli con una sonrisa torcida, que se desvaneció al poco, en cuanto me di cuenta de que no solo me esperaba mi hermano al otro lado de la puerta, sino también nuestra madre.

—Trish —la saludé con un asentimiento, intentando que no se me notara la rabia. Haber visto a Helena ayer y la visita de hoy de mi madre no era una buena combinación.

—Anda, guay, hamburguesa —comentó Eli entusiasmado—. Te has acordado.

Sonreí.

—Por supuesto. ¿O crees que podría olvidarme de esa hamburguesa? —En algún lugar de la campiña francesa, cenamos la peor hamburguesa de la historia, así que le prometí a Eli prepararle una buena de verdad—. ¿Puedes ir subiendo la bandeja? Vamos a comer en la azotea.

Mi hermano asintió, dejó su mochila y cogió la bandeja. Cuando subió las escaleras hasta mi dormitorio y abrió la puerta que daba a la azotea, volví la vista a mi madre.

—Solo lo traigo —señaló a su espalda—. En realidad, quería sorprenderlo llevándolo a comer déspués del instituto al Giulietta, pero me dijo que había quedado contigo y que no podía faltar.

No estaba seguro de si oía una acusación en su voz, pero el simple hecho de que hubiera pensado que sería una bonita sorpresa para mi hermano llevarlo a comer al Giulietta, el restaurante de Nueva York que estaba tan de moda que sus dueños lo llenaban hasta los topes, me hizo resoplar por dentro.

—Hicimos el plan hace semanas. —En realidad, no era cierto, nos habíamos escrito ayer para concretar que Eli vendría hoy, pero no era la primera vez que mentía a Trish y, aunque no se me daba demasiado bien, ahora me daba igual si se enteraba.

Me miró de una forma que me resultó extraña, levemente nostálgica, quizá algo culpable. Vi que tomaba aire para decir algo, pero cerró la boca enseguida. ¿Acaso esperaba que la invitara a comer? Ojalá que no.

—Hoy he hablado con un par de socios que están interesados en un par de inmuebles en el Village —me dijo entonces, aunque no supe si era eso lo que había estado a punto de decir antes—. ¿Sabías que Mick Harper quiere vender su restaurante?

—Claro que lo sabía. —De nuevo, noté una punzada en el corazón, como si mi vida ya solo consistiera en eso. Trish alzó la barbilla.

—¿Y cómo es que no te has interesado? Cuando me enteré, estaba convencida de que conocerías a los posibles compradores.

—Y así es. —Metí las manos en los bolsillos—. Hablé con Mick porque Balthazar estaba interesado, pero ese viejo cabezota no quiere vender a nadie que no conozca. Ahí se acabó el asunto.

—¿Y por qué no montas algo tú? La ubicación es excelente, y con un concepto tuyo sería una verdadera mina de oro.

Levanté una ceja. Entonces decidí que eso no era suficiente y levanté también la otra.

—¿En serio? ¿Me estás animando a abrir un restaurante en Nueva York? ¿No sería eso…, cómo lo llamaste tú…, un absoluto desperdicio de talento?

Trish soltó aire.

—Has demostrado que estás haciendo un trabajo excepcional en el sector, Jess. Y aunque yo preferiría que te unieras a la empresa, es evidente que no sería la mejor opción para ti. —Me miró de hito en hito—. ¿Por qué no comprar un restaurante en el que puedas poner a prueba tus destrezas? Estoy segura de que lo convertirías en un sitio muy especial.

Guau. ¿Cuánto tiempo llevaba esperando oír algo así? ¿Oír que ella aceptaba a lo que me dedicaba yo? Pero, después de lo que le había hecho a Helena, ya no significaba nada para mí. Sabía que solo lo decía porque, a su manera retorcida, se sentía culpable. Había notado que últimamente me había distanciado aún más de ella, así que estaba haciendo lo mismo de siempre: manipular a la gente. Aunque esta vez me había dado cuenta.

—El Harper's no está dentro de mis opciones —dije tratando de no sonar demasiado duro. Al fin y al cabo, aún existía el peligro de que mi madre se diera cuenta de que sabía lo del acuerdo de Winchester.

—Yo que tú me lo pensaría otra vez. Por lo que he oído, Mick ya está negociando con alguien. —Trish se volvió hacia la puerta, que todavía estaba abierta—. Espero que paséis una buena tarde. Frank recogerá a Eli mañana a las ocho y media para ir al instituto.

—Me aseguraré de que esté listo a tiempo. —Cerré la puerta y me alegré al oír cómo se alejaban sus pasos por el pasillo. ¿Cuánto tiempo podría seguir así?

«Siempre. Porque no tienes otra opción».

Sacudí la cabeza para deshacerme de los pensamientos que me habían provocado las palabras de Trish, cogí el plato con las hamburguesas y la cesta llena de panecillos caseros y me encaminé a la azotea. Eli estaba apoyado en la barandilla con la vista perdida en el río Hudson. De nuevo, me di cuenta de lo alto que era y lo adulto que parecía a veces.

—¿Va todo bien, enano?

—Sí, claro —asintió—. ¿Qué quería mamá de ti?

—Nada importante. Hay un restaurante en el Village en venta. Quería saber si yo estaba involucrado.

—¿Y es así?

—No, no es para mí. —Dejé la carne y el pan sobre la mesa, que estaba puesta para dos personas. Eli también había posado allí el resto de los ingredientes—. ¿Qué me cuentas? —le pregunté antes de que pudiera seguir investigando sobre el tema de Trish. Me dolía ver lo mucho que quería que me llevara bien con nuestra madre, pero me era imposible satisfacer ese deseo.

—Hoy ha sido la reunión del programa de mentores del instituto —dijo Eli, que miraba cómo encendía el gas de la barbacoa—. Ya sabes, es para la gente que no tiene hermanos mayores en la universidad.

Asentí, ya me había hablado del tema. Y, aunque no mencionó que le preocupaba hablar con una persona desconocida de sus planes de futuro, yo sabía que le inquietaba. Por un momento, me arrepentí de no haber estudiado. Al menos podría haberle ahorrado eso.

—¿Y? ¿Ya sabes quién te va a echar un cable? —Elegí un tono despreocupado; quizá había salido todo bien.

—Tengo dos posibilidades, pero no sabremos quién será hasta la semana que viene. Yo quería a otra persona, pero no va a ser posible. —Se encogió de hombros, el gesto insignia de Eli.

—¿Por qué no?

Coloqué las hamburguesas en la barbacoa y se oyó un silbido cuando la carne entró en contacto con la superficie caliente.

—Porque mamá la habría echado del instituto y la directora quería evitar eso. —Se encogió otra vez de hombros.

Me quedé quieto con una sensación extraña en el estómago. A Trish le caía mal mucha gente de la ciudad, pero solo había una familia hacia la que sentía un odio tan irracional.

—¿Quién era?

—Helena Weston —soltó confirmando mis sospechas, y en mi interior sentí esa conocida mezcla entre hormigueo y dolor. Me quedé en silencio unos instantes, hasta que conseguí recobrar la compostura.

—No sabía que os conocíais —dije con sequedad.

—No nos conocíamos, no la había visto nunca hasta hoy. —Eli se volvió a echar sobre la barandilla—. Debíamos tener conversaciones de cinco minutos para conocernos, pero el primero que me tocó me empezó a hacer preguntas como una ametralladora. Dónde quería estudiar, qué quería estudiar, dónde me veía dentro de diez años, adónde quería llegar en la vida. Me di cuenta de que estaba sufriendo un ataque así que me fui corriendo al baño. —Agachó la mirada—. No me lo esperaba, pero, cuando salí, Helena estaba allí. Me preguntó si estaba mejor y luego me enseñó un patio secreto del instituto donde puedo estar en paz si lo vuelvo a necesitar.

El dolor del estómago se tornó en un afecto intenso cuando escuché lo que había hecho Helena. Así era ella: compasiva y empática. Esa era la razón por la que me había enamorado de ella. No le ponía el sambenito a alguien como Eli solo porque tuviera algún problema. Helena quería saber cómo era de verdad, y no confiaba en lo que decían los demás. Toda una hazaña teniendo en cuenta de qué familia provenía.

—Ha sido muy amable por su parte —respondí con algo de retraso. Por un corto y ridículo instante, sentí envidia de que mi hermano hubiera podido hablar con ella y yo no, pero desapareció tan rápido como había llegado.

—Sí, eso le dije —asintió Eli—. También me dijo que no era un rarito solo porque sufriera ataques, sonaba un poco como tú. —Puso los ojos en blanco y, acto seguido, me miró atento—. Al principio pensaba que ella te había dejado a ti, pero, cuando hablé sobre ti, no me dio esa impresión. De hecho, puso la misma cara que tú cuando he mencionado su nombre. ¿Qué es lo que pasó entre vosotros?

—Eso no importa, enano. El pasado pasado está. —Le di la vuelta a la carne y me alegré de que el calor de la parrilla ocultara todas las emociones de mi rostro.

—Me prometiste que no volverías a mentirme —insistió Eli—, pero ahora lo estás haciendo de nuevo. Helena parecía muy infeliz, Jess. ¿Qué...?

—¡Se acabó! —espeté, y mi hermano se estremeció. Cuando lo vi, me arrepentí de inmediato—. Lo siento, no quería gritarte. Es solo que... no puedo hablar contigo de eso, ¿vale? Es lo mejor para ti.

Mi hermano pequeño me miró y pareció ver el interior de mi mente.

—¿Mamá tiene algo que ver con que no estéis juntos?

Me quedé sin aliento cuando dio en el clavo tan rápido. Eli siempre había sido una persona increíblemente observadora y lo bastante lista como para atar cabos. Con una exactitud exasperante. ¿Qué debía hacer ahora? ¿Decirle la verdad? ¿Destruir también la relación de Trish con mi hermano? Que fuera yo la víctima de sus intrigas lo pondría a él en una situación imposible, porque quería a mi madre de una forma que yo nunca podría.

—Sabes que no quiero mentirte —dije—. Pero se trata de algo que ni siquiera yo debería saber y, si tú también lo descubrieras, tendría que pedirte que guardaras silencio, porque, si no, la familia de Helena tendría problemas muy serios. Mejor dejamos el tema, ¿vale? Por favor.

La carne ya estaba lista, así que le puse el queso por encima y apagué el gas. Eli se había quedado callado después de mi alegato, pero por su expresión supe que aún seguía dándole vueltas.

—El acuerdo de Winchester —dijo de repente—. Se trata de eso, ¿no? Ese solar de Brooklyn que mamá dijo que ya no quería.

No necesitó que le respondiera, ya que Eli había recopilado él solo toda la información y había llegado a la conclusión correcta. Aun así, no dije nada, porque, si se lo confirmaba, formaría parte del secreto que me estaba carcomiendo por dentro.

—Por eso hizo esa llamada de teléfono —murmuró Eli, y se peinó hacia atrás con la mano, como siempre hacía cuando pensaba—. La mañana del aniversario de la muerte de Adam llamó por teléfono a alguien y le dijo: «Le voy a dar algo que no podrá rechazar». Se refería a Helena y al acuerdo de Winchester. Mamá dejó que los Weston se hicieran con el contrato a cambio de que ella se alejara de ti, ¿verdad?

Estuve a punto de echarme a reír, porque había acertado de tal manera que me hacía daño. De repente, mi plan de mantener a Eli al margen me pareció ridículo. Ya no era un niño y había aprendido tanto que era imposible guardar un secreto con él. ¿Sabría Trish que escuchaba sus llamadas? ¿O lo subestimaba porque tenía quince años y problemas psicológicos? Sería algo propio de ella.

—¿Por qué ha hecho algo así? —preguntó sacudiendo la cabeza.

—No lo sé. —Dejé escapar el aire—. Seguramente por la misma razón por la que quería que Valerie y Adam lo dejaran. Detesta a los Weston con todo su ser porque encarnan todo lo que ella considera que está mal. Y desde que nuestros hermanos murieron, las cosas han empeorado. Se vuelve irracional con todo lo relacionado con ellos. Si no, jamás habría abandonado un proyecto tan lucrativo.

Eli contuvo la respiración, pero entonces dejó caer la vista en la barbacoa.

—¡Jess, el queso!

—¡Ay, joder!

El queso se había convertido en una masa líquida de color naranja que caía entre las ranuras de la parrilla y sobre la bandeja recogegrasas. Deprisa saqué la carne y la dejé en el plato que había preparado. Cuando nos sentamos a la mesa y empezamos a preparar la hamburguesa, mi hermano aún no había terminado con el tema.

—¿De verdad no hay nada que podáis hacer? —preguntó mientras echaba kétchup en el panecillo—. Podríais quedar en secreto en algún sitio que mamá no tenga controlado.

Bajé la mirada a las cebollas que tenía en la mano.

—Incluso aunque Helena accediera a eso, cosa que nunca haría, ¿de qué serviría? Sé que suena romántico, pero ¿cuánto duraría una relación de la que nadie puede saber nada? ¿Sin poder estar seguro de que alguien lo sabrá en algún momento? Nadie puede ser feliz en esas condiciones. —Y menos una pareja que se deseaba tanto como nosotros.

—Entiendo —asintió Eli—. Pero sigue siendo increíblemente injusto.

—Sí, así es. —Me aclaré la garganta antes de que las emociones me sobrepasaran y señalé su plato—. Venga, vamos a comer, que frío no sabe igual.

Mi hermano cogió su hamburguesa con la mano, pero, en vez de morderla, me miró con seriedad.

—Solo quiero decir una cosa más: si alguna vez queréis intentarlo y puedo ayudar, avísame.

Al oírle decir eso, despertó una calidez en mis entrañas.

—Gracias, enano, es algo que aprecio.

A pesar de que no se podía hacer nada. Si se tratara solo de mí, tal vez habría estado dispuesto a intentarlo, pero no quería someter a Helena a ese miedo constante. Por muy fuerte que yo considerara nuestra relación, algo así nos rompería, porque los secretos son como un veneno que te mata lenta y dolorosamente. Siempre había sido así.

Y siempre lo sería.

11

Helena

Nueva Jersey no gozaba de buena reputación entre los neoyorquinos. Muchos consideraban que el estado vecino, tan solo separado de Manhattan por el río Hudson, era poco menos que una monstruosidad llena de violencia, crimen organizado y corrupción. Yo también había crecido viendo esa arruga en la nariz, ese acto reflejo en el semblante de los neoyorquinos cada vez que se mencionaba Nueva Jersey. En realidad, el estado tenía rincones preciosos, una naturaleza impresionante y la gente solía ser amable y hospitalaria. Una vez, el coche desvencijado de Malia nos dejó tiradas a mi hermana y a mí cuando volvíamos de un outlet de Missoni (mi hermana había insistido en que quería conducir; si no, decía, la experiencia no era la misma), y varias personas se ofrecieron a ayudarnos. Sí, tal vez fuera porque Valerie era increíblemente guapa o porque llevaba falda, pero aun así conservaba un buen recuerdo del viaje, a pesar de que siempre sintiera una punzada de nostalgia en el estómago cuando me acordaba de mi hermana.

Sin embargo, el barrio en el que se encontraba el centro benéfico en el que trabajaba Thea Wallis no era uno de esos rincones preciosos de Nueva Jersey. En realidad, pocas zonas de la ciudad de Elizabeth contaban con esa belleza, tal como descubrí por el camino. Muchos de los edificios de ladrillo de media altura necesitaban una reforma y había numerosas tiendas cerradas o deterioradas. Difícilmente habría encontrado un contraste más fuerte con la zona de Manhattan en la que vivía.

Por la mañana, le había pedido a Raymond que me llevara a la universidad y, desde allí, tomé un taxi que me dejó en la estación y cogí un tren. Habían pasado diez días desde que mi madre frustró mi primer intento, pero no había tenido otra oportunidad hasta hoy; o había tenido clases en la universidad en las que debía hacer presentaciones y, por lo tanto, eran de asistencia obligatoria, o mi familia me había necesitado para algún evento público. Desde que los Weston volvían a gozar de su antigua reputación, más gente quería comer con nosotros o invitarnos a sus fiestas y, como mi madre seguía empeñada en presentarme como la hija modelo, no podía negarme. Me habría encantado poder hacerlo. Vaya si me habría encantado. Sobre todo, porque aún no me había dicho nada sobre si había considerado permitir que me cambiara de universidad. «Ya veremos», fue lo único que me dijo. Lo estaba postergando, lo sabía, pero tenía pensado sacarle una respuesta concreta esta misma semana.

El centro se encontraba en una zona de la ciudad de Elizabeth que parecía aún más venida a menos que la última por la que acabábamos de pasar. No era más que una casa pintada de blanco con el logo de la organización encima de la puerta y con carritos de bebé y bicicletas aparcados delante. Le pagué al taxista en efectivo, salí del coche y me dirigí al edificio con los mismos nervios que habían estado hormigueando en mi interior desde que salí.

¿Me contaría Thea algo que sirviera para exonerar a Valerie? ¿O sería un callejón sin salida y tendría que empezar de cero?

La puerta estaba abierta, así que pasé al interior. Era un sitio acogedor, con las paredes de color amarillo y un mostrador de madera clara junto a la entrada. En una mesa había dos mujeres que jugaban a un juego de mesa con unos cuantos niños, mientras que un par de ellos corrieron para salir al jardín.

—Hola, ¿puedo ayudarla en algo? —La mujer alta detrás del mostrador me miró detenidamente y, aunque había venido con ropa modesta, estuve segura de que sabía a qué tipo de familia pertenecía.

—Eso espero. —Sonreí y probé primero con una pregunta directa—. ¿Podría decirme dónde encontrar a Thea Wallis? Me han dicho que trabaja aquí.

Malia y yo consideramos preguntar al centro por las donaciones de Adam, pero el riesgo de que Trish Coldwell se enterara era demasiado alto. Por eso esperaba que Thea me ayudara cuando hablara con ella.

—¿Thea? ¿Por qué la busca?

Vale, puede que la desconfianza fuera uno de los requisitos para trabajar en este sitio, así que no se lo reproché a la recepcionista. Debía proteger a sus trabajadoras, era comprensible. Yo llevaba unos días pensando en posibles historias con las que pudiera acercarme a Thea sin levantar sospechas, así que finalmente me decidí por una de ellas.

—Se trata de una herencia —expliqué—. Trabajo para un bufete de abogados especializado en la administración de patrimonio.

Tenemos un caso en el que Thea Wallis resulta ser la heredera de uno de nuestros clientes fallecidos.

La desconfianza seguía presente en su rostro.

—¿Una herencia? ¿Quién se ha muerto en Nueva York que quiera darle dinero a Thea?

—Me temo que eso no puedo decírselo, señora. —Afiancé un poco más mi sonrisa—. Ya sabe, por la protección de datos.

—Sí, por supuesto, aquí también cuidamos mucho eso —asintió—. Pero por desgracia no puedo ayudarla. Thea no está aquí. Hoy tiene el día libre.

«Estupendo». Eso significaba que había venido hasta Nueva Jersey para nada. ¿Tendría la posibilidad de encontrar otro día para venir? Tal vez no.

—¿Por casualidad tendría por ahí alguna dirección? —Le estaba dedicando mi sonrisa más amable. Ya no podía ensancharla más.

La mujer parecía que había perdido parte de la desconfianza que mostraba hacía cinco minutos, pero no tanto como para confiar en mí.

—Puedo llamar a Thea para preguntarle si le parece bien. ¿Podría esperar un momento?

—Por supuesto, señora. Muchas gracias por tomarse la molestia.

Caminé tensamente de puntillas mientras la mujer entraba en el despacho y levantaba el auricular del teléfono. Si Thea no daba su consentimiento, nunca descubriría dónde vivía, ya que en los registros de la policía no aparecía ninguna dirección. Malia me contó que era algo habitual, en Estados Unidos no existía la obligación de empadronarse y casi siempre se encontraba a la gente mediante las facturas de la luz o los contratos de alquiler. Como pedir información sobre eso habría sido más aparatoso y habría llamado la atención, decidí probar primero en su puesto de trabajo.

La mujer hizo la llamada, pero no escuché nada porque la puerta estaba cerrada. Acto seguido colgó, apuntó algo y regresó con una expresión inescrutable. Aún guardaba esperanzas de que la conversación se hubiera inclinado a mi favor.

—Me ha dicho que no le importa que vaya a su casa. Esta es la dirección del piso que comparte. —Me pasó el papel—. ¿Cómo dice que se llama?

—Ah, me llamo Helen. Helen Miller, de Parker, Rogers & Associates. Muchas gracias, señora. Me ha ayudado mucho y, sin duda, también a la señorita Wallis.

—Sí, claro, sin problema. Solo espero que Thea siga trabajando con nosotros cuando reciba esa herencia. Sin ella estaríamos totalmente perdidos.

—No se preocupe, no es tanto. Hasta pronto. Y gracias de nuevo.

Sonreí una última vez y me dirigí a la puerta. Mientras caminaba, respiré hondo y leí la dirección en el papel que llevaba en la mano. Lo apreté con fuerza y salí a la calle con el corazón latiéndome con fuerza. Luego saqué el móvil y llamé a un taxi.

El barrio en el que vivía Thea solo estaba a un par de minutos en coche del centro y no parecía que fuera precisamente una zona maravillosa, al menos eso me dijo el taxista cuando me recogió y me subí al coche. La estrecha casa adosada de madera pintada de verde había visto días mejores, las contraventanas estaban torcidas o no estaban y la valla que rodeaba la propiedad se encontraba llena de agujeros y oxidada. Era difícil imaginar que una mujer que viviera aquí hubiese tenido una relación con Adam Coldwell. No porque creyera que las personas de nuestro círculo solo debían relacionarse con gente del mismo estatus social, sino porque a menudo esas relaciones se disolvían con rapidez cuando se enfrentaban a la realidad: o bien tenían en mente futuros totalmente distintos o bien la parte menos acaudalada se resistía a vivir del dinero de la otra persona. Evidentemente, eso no se aplicaba a las personas que querían vivir de eso, pero no me pareció que Thea Wallis fuera ese tipo de persona.

Empujé la puerta del jardín delantero, que se abrió con un chirrido, y me acerqué a la casa, pasando junto a los juguetes que estaban tirados por el césped cubierto de musgo: una bicicleta rosa, una pelota saltarina y unas herramientas de jardinería para niños. La empleada del centro me había dicho que era un piso compartido y, en efecto, en la puerta aparecían tres nombres. Estaba claro que una de las compañeras de Thea tenía un hijo.

En el jardín de la casa de al lado había una mujer fumando un cigarro que me miraba con una mezcla de sospecha y curiosidad. La ignoré, llamé a la puerta y esperé.

Apenas pasaron diez segundos hasta que se abrió y apareció al otro lado la mujer joven que había visto en fotos. Parecía más cansada que en las imágenes, y llevaba el pelo recogido en un moño, pero no cabía duda de que era ella.

—Hola —saludé con una sonrisa—. Eres Thea Wallis, ¿verdad?

—Sí, así es —asintió, aunque me di cuenta de que no se sentía del todo cómoda con la situación. Su mirada barrió la calle y luego se posó en mí—. Mi jefa me ha dicho que quieres hablar de una herencia. ¿Es eso cierto?

—Lo cierto es que… no.

Tenía que decirle ya la verdad, cuanto antes lo hiciera, menos confianza perdería. Pero en cuanto abrí la boca, el pánico apareció en los ojos de Thea y dio un paso atrás, con el pomo aún en la mano.

—Entonces vete. Ahora mismo. —Y me cerró la puerta en las narices.

—¡Thea, por favor! —exclamé en voz baja, esperando que me oyese—. ¡Es muy importante! Dame solo cinco minutos para que te lo explique.

—¡Lárgate! —Se oyó amortiguado desde dentro—. ¡No quiero ninguna explicación de la gente que envía Trish Coldwell!

Un momento. ¿Había dicho Trish Coldwell? La cosa se ponía interesante.

—No vengo de parte de los Coldwell —dije con firmeza, ya que esa era mi única oportunidad—. Al contrario, soy Helena Weston, la hermana de Valerie. ¡Y necesito tu ayuda!

Pasaron uno o dos minutos en los que no sucedió nada, y estaba a punto de darme la vuelta e irme, aunque solo fuera porque la vecina fumadora parecía que tenía intención de venir a echarme a la calle con sus propias manos. Pero entonces se abrió la puerta y Thea me miró algo menos escéptica que antes.

—¿Eres Helena Weston? —preguntó con incredulidad.

Asentí deprisa.

—Sé que no me parezco a Valerie. —Esa afirmación se estaba convirtiendo en el chiste recurrente de mi vida.

—Tienes razón, pero no me refería a eso. ¿Qué hace una Weston aquí en Nueva Jersey? ¿Y por qué le miente a mi jefa para conseguir mi dirección?

Compuse una expresión arrepentida.

—No pretendía engañarte, simplemente no quería llamar la atención. Es posible que seas consciente de lo conocido que es nuestro apellido en Nueva York y alrededores. Y mis padres no pueden enterarse de que he estado aquí.

Thea pareció creer mis palabras y consideró que decía la verdad, porque asintió y se hizo a un lado.

—Pues entra de una vez, Helena Weston.

Nos adentramos por un pasillo estrecho y oscuro hasta llegar a una habitación que parecía hacer las veces de salón comedor, justo al lado de la cocina. La casa por dentro tenía la misma pinta que por fuera: la pintura tenía claros signos de desgaste, al igual que los sofás con fundas en color claro, la mesa y las sillas del comedor. Todo estaba viejo y destartalado y pedía a gritos una reforma. El suelo laminado barato se estaba despegando poco a poco y, si no me equivocaba, la mancha húmeda que había en una de las paredes evidenciaba algún daño provocado por el agua. Aparté la mirada.

—¿Quieres un té? —me preguntó Thea, que entró en la cocina—. Acabo de hacer una tetera de menta.

—Sí, gracias. —Me quedé de pie en el salón, indecisa—. ¿Llevas mucho viviendo aquí?

Thea sacó dos tazas del armario y cogió la tetera para servir el té.

—Hace casi un año. Sé que no está en buena zona y que la casa se está cayendo a pedazos, pero no podía permitirme nada mejor, y mis compañeros de piso son un encanto.

Entonces el trabajo del centro no estaba muy bien pagado. Tampoco me sorprendía, la mayoría de las organismos públicos siempre ahorraban donde podían.

—Siéntate. —Thea dejó las tazas sobre la mesa y tomó asiento en una de las sillas. Yo elegí la que estaba enfrente—. Bueno, dices que has venido porque necesitas mi ayuda. ¿En qué puedo ayudar yo a una Weston?

Pasé por alto el tono irritado en su voz.

—Estoy recabando información sobre la muerte de Adam y Valerie. Seguro que te diste cuenta de que los medios relataron la tragedia de una forma... muy unilateral.

—Ah, sí —coincidió Thea—. La madre de Adam llevó a cabo una verdadera caza de brujas. No lo seguí muy al detalle, pero fue una barbaridad.

Me quedé callada ante su reacción tan clara, pero entonces me di cuenta de que tenía sentido: me había cerrado la puerta en la cara cuando pensó que venía de parte de Trish Coldwell y, sin embargo, después de saber que era la hermana de Valerie, me había dejado pasar. Thea no parecía compartir la opinión de que Valerie era la responsable de la muerte de Adam. Seguramente por eso decidí confiar en ella.

—Sí, así fue. Por eso estoy intentando sacar la verdad a la luz. Descubrir lo que sucedió en realidad.

—Entiendo. —Thea cogió la taza con las dos manos—. Pero ¿qué puedo hacer al respecto? Adam y yo lo habíamos dejado muchísimo antes de que muriera, y no estuve en aquella fiesta.

Le di un sorbo al té para coger fuerzas. Quizá la parte británica en mi interior creía que ayudaba en algo. Luego miré fijamente a Thea.

—Un amigo de mi hermana me dijo que Valerie le dio dinero para comprar drogas para la fiesta de compromiso. Diez mil dólares. —Thea contrajo la expresión y, de repente, estuve segura de que sabía con exactitud de qué le estaba hablando. Aun así, seguí adelante—. Hablé del tema con mi hermano, y me dijo que Valerie le dio el dinero a un amigo que lo necesitaba. Creemos que se lo dio a Adam.

—Y así descubriste que Adam hacía donaciones al centro y diste conmigo. Con la ex. —Thea contempló su taza y de pronto pareció totalmente abstraída—. Buena investigación, tengo que admitirlo.

—No me interesa para qué necesitabas el dinero —dije con rapidez—. De verdad, me da igual. Solo quiero saber si Adam te dio el dinero a ti, porque entonces tendré pruebas de que el tipo que culpó a mi hermana miente.

Vi que Thea luchaba consigo misma, hasta que finalmente negó con la cabeza.

—Lo siento, Helena, pero no puedo confirmártelo. Si lo usas para exonerar a Valerie, entonces…

Se interrumpió y, en ese instante, oí que alguien bajaba las escaleras. Creí que se trataría de una de sus compañeras de piso, pero en su lugar, apareció una niña pequeña que sostenía un caballo de peluche en la mano y un vaso de plástico vacío en la otra.

—Mami, tengo sed —anunció con cierta timidez.

Thea se puso en pie de un salto y corrió hacia ella.

—Te tengo dicho que tienes que quedarte arriba, Lilly —le dijo a la cría y, aunque lo hizo en tono amable, noté un deje de pánico en su voz que no entendí.

Pero entonces vi a la niña con claridad.

Lilly tendría unos cinco o seis años, era rubia, de bellos ojos gris azulado y un rostro redondo que, cuando me miró, me transmitió la más pura curiosidad. Sin embargo, no fui capaz de dedicarle una sonrisa, porque en ese momento entendí por qué se comportaba así Thea, por qué temía a Trish Coldwell y por qué había recibido dinero con regularidad desde la muerte de Adam. Me quedé sin aliento cuando la verdad me atizó como un rayo.

«Me cago en la puta. Lilly es la hija de Adam».

12

Helena

No cabía duda de que la niña era clavadita a Adam, y además cuadraban los tiempos. Thea y Adam habían estado juntos hasta el último año de instituto, lo cual debió de ser hacía seis o siete años. ¿De verdad era padre y nadie sabía nada? ¿Solo él y posiblemente Valerie? Al fin y al cabo, había sido ella la que le había dado los diez mil dólares y me parecía improbable que no le hubiera dicho la verdad acerca del motivo.

—Es suya, ¿verdad? De Adam. —Quería la confirmación, a pesar de que ya me la había dado de sobra.

Thea se giró hacia mí con brusquedad.

—¡Por favor, Helena, no se lo digas a nadie! Si esto sale a la luz, ¡será una catástrofe para nosotras!

—No se lo diré a nadie, no te preocupes —prometí en el acto, aunque al mismo tiempo, se me vino a la cabeza Jess. Tenía una sobrina de la que no sabía nada. Estaba convencida de que sería un tío espectacular y que apoyaría a Thea y a la niña. Era evidente que necesitaban el dinero. Ser madre soltera era de todo menos fácil y, si encima no tenía dinero, todo se complicaba todavía más. Pero por el momento decidí no mencionarlo y, en su lugar, sonreí a la niña que permanecía indecisa al final de las escaleras.

—Hola, Lilly —la saludé—. Soy Helena. Me alegro de conocerte.

—Hola.

La niña se acercó y Thea se lo permitió, aunque noté que aún tenía miedo de que pudiera desvelar su secreto. Su hija, sin embargo, me miró con curiosidad.

—Qué caballo más bonito tienes ahí. ¿Tiene nombre?

Nunca había tenido demasiada relación con niños a lo largo de mi vida, pero eso era algo que se podía decir cuando se conocía a alguno, ¿no?

—Señor Herradura —me contestó Lilly, que se tornó cautelosa—. ¿Vienes del banco?

—Del... No, cariño, claro que no. Soy una amiga de tu madre.

No era en absoluto cierto, pero era la respuesta más sencilla para que se alisara la arruga de preocupación que mostraba la niña en su suave frente. ¿Cada cuánto venía gente del banco a esta casa para que una niña de seis años preguntara algo así?

Thea acarició la cabeza de su hija y le dio un vaso de agua.

—Ratoncita, ¿por qué no juegas por ahí un rato? Helena y yo tenemos cosas de que hablar.

La niña asintió, se alejó y se sentó en la alfombra que había delante del sofá. Sacó de una cesta junto al televisor un par de muñecas Barbie y comenzó una animada conversación entre ellas. Sacudí la cabeza levemente, aún atónita tras el descubrimiento.

—Tal vez entiendas ahora por qué no puedo ayudarte —dijo Thea—. Porque entonces tendría que explicar por qué Adam me daba dinero, y no puedo hacer eso.

Por supuesto, entendía sus motivos, incluso aunque eso significara renunciar a mi única posibilidad actual de limpiar el nombre de Valerie.

—Sí, claro. Encontraré otra forma, no te preocupes.

Era un problema, y uno muy gordo, pero jamás utilizaría a una niña para alcanzar mis objetivos. No solo no me lo perdonaría a mí misma, sino que además a Valerie no le habría gustado.

—Lo es todo para mí, aunque no fuera buscada. —Thea hablaba en voz baja para que su hija no se enterara de nada—. Me quedé embarazada a pesar de estar tomándome la píldora y me di cuenta después de que Adam y yo lo dejáramos. Al principio me planteé no contarle nada, pero yo no conocí a mi padre y no quería que mi hija pasara por lo mismo. Adam, por supuesto, dijo de inmediato que nos olvidáramos de la ruptura, llegó a mencionar incluso que nos casáramos, porque era un tipo decente. Pero yo tampoco quería eso. Sabía que nunca habríamos sido felices.

—Pero sí que os queríais, ¿verdad? —pregunté. Dejé que ella me parara los pies si consideraba que no era asunto mío—. ¿Por qué os separasteis?

—Ay, es que… No habría funcionado. Yo no quería saber nada de su mundo y creo que él nunca se habría acostumbrado al mío. Y también estaba su madre, que me detestaba con toda su alma. Siempre me miraba como si fuera algo repugnante que se le hubiera pegado a la suela de sus Louboutin de dos mil dólares. Supongo que yo no era lo que esperaba para su ojito derecho.

Thea resopló y yo supe exactamente a qué se refería. Tener a Trish Coldwell como suegra era peor que soportar a todas las madrastras malvadas de los cuentos.

—¿Por eso no le contasteis a Trish que teníais una hija juntos? Me resultaba plausible. Yo habría hecho cualquier cosa con tal de evitar que Trish se enterara.

—En parte sí. Pero, sobre todo, porque Adam temía que obligara a Lilly a vivir con él o, peor aún, con ella. Y ahora que está muerto… —Thea bajó la vista—. Ya sabes lo poderosa que es esa mujer y ya has visto cómo vivimos. Solo tiene que chasquear los dedos para que los servicios sociales encuentren algún motivo para llevarse a Lilly.

Y lo haría sin lugar a dudas si con ello conseguía tener para ella a esa niña que era la viva imagen de Adam.

—No te preocupes, te prometo que no diré nada al respecto. Nadie odia a Trish Coldwell más que yo, te lo aseguro.

—Ya me lo puedo imaginar, sobre todo después de lo que le hizo a Valerie. —Thea sacudió la cabeza levemente—. Siento mucho que perdieras a tu hermana. Me caía bien y estoy segura de que nada de lo que dijeron era verdad.

Me quedé pasmada.

—¿La conociste? ¿Valerie sabía lo de Lilly?

—Sí. Y reaccionó muy bien —rio Thea—. Llevaban juntos un par de meses cuando Adam me pidió permiso para contárselo. Después, Valerie me llamó y me preguntó si podía venir a conocerla. Me pareció un poco raro, pero accedí. Dos días después, se presentó aquí con un cargamento de juguetes y peluches y me dijo que nunca haría nada para interponerse entre Adam y yo o Lilly. Y que siempre podía contar con ella si lo necesitaba.

—Sí, así era ella.

Me dolió en el alma y, por un instante, eché en falta a mi hermana un poco más. Era cariñosa y leal, aunque no se lo demostrara a todo el mundo.

—Seguro que fue muy difícil para ti seguir adelante después de su muerte —se compadeció Thea, y yo asentí y me ayudé del té para deshacerme el nudo de la garganta.

—Tampoco tuvo que ser fácil para ti. O más bien para vosotras.

Aunque Adam las había apoyado económicamente, era evidente que ese apoyo había acabado en el momento en que murió. Thea sacudió la cabeza.

—No, la verdad es que no. Aunque ya no estuviéramos juntos, Adam siempre estaba disponible para nosotras. No solo nos ayudaba con la manutención, también venía a menudo a Nueva Jersey para pasar tiempo con Lilly. Era una buena persona. Lo echamos muchísimo de menos.

Thea sonrió con tristeza cuando miró a su hija y entonces pensé en lo mucho que echaba de menos, no solo a Valerie, sino también a Adam. El nudo en el estómago se me enredó aún más, pero no le presté atención. Ahora no tocaba expresar mi dolor.

Lily seguía jugando en la alfombra, donde cogió el caballo de peluche para usarlo de montura para las Barbies. Cuando se movió, la falda que llevaba dejó a la vista la parte superior de la pierna y vi que tenía una cicatriz larga de color rojo oscuro que le llegaba hasta la rodilla.

—¿Qué le ha pasado? —pregunté sin plantearme si estaba siendo indiscreta o no.

—Un accidente. —El semblante de Thea se tornó más desdichado aún—. Se cayó de la bicicleta hará cosa de un año, justo delante de un coche. Tuvimos suerte de que solo le destrozara la pierna. La recuperación fue larga y cara, pero, al menos, puede vivir sin dolor y solo le quedará la cicatriz.

Y había tenido que pasar por todo eso sola porque Adam ya había fallecido y no podía pedirle dinero a su madre rica.

—¿Por eso os mudasteis aquí?

Había dicho que llevaba viviendo en esta casa desde hacía un año.

—Sí, ya no me podía permitir el alquiler de la otra casa y no tengo familia que me pueda echar un cable. También tuve que venderlo todo: el coche, los muebles, un par de reliquias de mi abuela. Fue suficiente para cubrir los gastos, pero ya no nos queda nada más. Aun así, no me puedo quejar. Lilly vuelve a estar bien y, si hago alguna que otra hora extra y ahorro un poco, podremos permitirnos el alquiler de algo mejor.

Aunque me creí sus palabras, algo en mi interior se removió de la vergüenza. Yo vivía en el edificio más caro de Park Avenue, tenía en el armario ropa por valor de miles de dólares, mucha de la cual ni siquiera había estrenado, y contaba con una tarjeta de crédito con un límite exorbitado con la que podía permitirme todo lo que quisiera. La mayor parte del tiempo no me daba cuenta de lo injusto que era el mundo, pero en este momento me quedó más claro que el agua.

Sin embargo, no podía hacer nada por cambiarlo. Mis padres supervisaban todos mis gastos; siempre se habían preocupado por lo que hacíamos con su dinero. Y en mi cuenta tampoco había grandes sumas de dinero, porque no podía acceder a mi fondo fiduciario hasta que no cumpliera los veinticinco y porque, a diferencia de Valerie, no ganaba mi propio dinero. No podía ayudar a Thea, por mucho que quisiera.

«Pero hay alguien que sí que podría».

—Oye —empecé con cautela—, ¿conoces al hermano de Adam?

Era la solución perfecta para ambas partes e, incluso si Thea se negaba, no podría perdonarme no haber intentado convencerla de que era una buena idea.

—¿Jess? Sí, claro —asintió—. Estaba pasando una mala racha cuando Adam y yo estábamos juntos, siempre estaba discutiendo con Trish y Adam tuvo que mediar entre ellos. ¿No se fue al extranjero después del instituto? Adam decía que siempre había odiado Nueva York.

Vale, era evidente que en los últimos años había mantenido las distancias con los Coldwell. Puede que ni siquiera fuera al entierro de Adam para proteger a Lilly.

—Jess ha vuelto a Nueva York —dije, tratando de sonar lo más indiferente posible, aunque probablemente fuera en vano—. Y estoy segura de que le gustaría saber que tiene una sobrina.

Thea se quedó mirándome tan asustada como antes.

—No, de ninguna manera. Nadie del entorno de Trish debe saberlo, si no…

—Jess desprecia a su madre —la interrumpí. Tal vez podía sonar algo presuntuoso que yo dijera algo así, pero entonces recordé su semblante cuando le dije que había sido ella la que me había obligado a separarme de él. Sabía que era verdad—. Jamás le diría nada.

Thea vaciló.

—Ya no es el chico que era hace unos años —insistí—. Jess es una persona maravillosa que hace todo lo posible por la gente que le importa. Estoy segura de que estaría encantado de ayudaros.

Me miró con atención.

—Hablas de él como si te gustara mucho. ¿Estáis juntos o…?

—No —respondí con amargura—. No estamos juntos. Nos lo impidió Trish Coldwell. No puedo volver a verlo ni hablar con él. Ya se ha encargado ella de eso.

Thea pareció sumar dos más dos, porque abrió la boca y la volvió a cerrar al instante.

—Vaya. Entiendo.

—Entonces también entenderás que Jess sería la última persona en dejar que su madre le echara el guante a Lilly. —Sabía que estaba presionando demasiado, pero solo lo hacía porque estaba convencida de lo bien que les haría tener contacto con Jess—. Conoce a mucha gente, de todos los estatus sociales. Incluso si Trish consiguiera enterarse, podría protegerte. O procurarte un nuevo comienzo en otro lugar.

Por un momento, creí ver en el rostro de Thea una leve esperanza, pero entonces endureció el semblante y negó con la cabeza con vehemencia.

—Por mucho que quiera, no puedo hacerlo. Ya vivo en un miedo constante a que Trish descubra la existencia de Lilly. Si me pongo en contacto con Jess, existe el riesgo de que se entere.

—¿Y si él se pusiera en contacto contigo? Alguien podría decírselo sin que su madre se diera cuenta.

—¿Quién? No conozco a nadie en quien confíe lo suficiente para eso.

Estuve a punto de ofrecerme voluntaria, pero tal como había dicho hacía dos minutos, yo no tenía permitido hablar con Jess. Yo era la candidata menos apropiada si no quería poner el juego la seguridad de Lilly y el bienestar de mi familia.

—Ahora mismo no lo sé. Pero seguro que se me ocurre algo. No me cabía duda de que podría encontrar a alguna persona que pudiera establecer el contacto. La mirada de Thea recorrió el mobiliario de la casa con un sentimiento desgarrador. Entendí el conflicto. Si quería ofrecerle a su hija un entorno mejor, una vida mejor, debía arriesgarse a perderla. No me pude imaginar lo duros que habrían sido los últimos años teniendo que tomar esa decisión una y otra vez.

—Hagamos una cosa, te voy a dar mi número. —Cogí el bloc de notas que había sobre la mesa y escribí—. Y cuando te lo hayas pensado, me mandas un mensaje. Como te he dicho, nadie odia a Trish Coldwell más que yo. Jamás permitiría que se enterara de esto.

Tal vez pudiera impedir que viera a Jess, pero eso no implicaba que tuviera algún poder sobre mí.

—De acuerdo. —Thea aceptó la nota y se la guardó en el bolsillo antes de volver a mirar a Lilly—. Se parece mucho a Adam, ¿sabes? Siempre intenta complacer a todo el mundo. Espero conseguir que se relaje antes de que llegue a adulta. Adam siempre vivió bajo mucha presión, incluso cuando todavía estaba en el instituto y en la universidad, y la cosa empeoró cuando entró a trabajar en la empresa. Creo que empezó a cuidarse más cuando salió de desintoxicación y, por suerte, conoció a tu hermana.

Un momento. Me quedé de piedra. ¿Qué acababa de decir?

—¿Adam estuvo en desintoxicación? —pregunté intentando con todas mis fuerzas no parecer demasiado cotilla, aunque el corazón me latía en la garganta—. No sabía nada de eso.

Thea parecía algo desconcertada.

—Nadie lo sabía —afirmó en voz baja—. Yo lo descubrí porque me dijo que no podría visitarnos durante tres o cuatro semanas.

Al principio pensé que se iba de vacaciones, pero lo forzó tanto que empecé a sospechar. Al final me lo contó.

Esta información me sorprendió más de lo que quise admitir. Jess había dicho que Adam jamás había probado las drogas, al igual que Trish en todas las entrevistas que dio. «Mi hijo tenía una vida demasiado estructurada como para involucrarse en algo tan estúpido como las drogas». Toda Nueva York la había creído, al contrario de lo que pensaban de mi hermana. ¿Y ahora venía a enterarme por la exnovia de Adam que estuvo en una clínica de rehabilitación? Tenía que asimilarlo.

—¿Sabes por qué tuvo que ir? O sea, ¿a qué... era adicto? —formulé la pregunta vacilante, porque no sabía cómo tomarme la respuesta.

—No, no quería hablar del tema. Creo que le resultaba un asunto muy incómodo.

Mi mente se aceleró. ¿Sería a la cocaína? ¿Sería Adam el que tuvo la idea aquella noche de drogarse? No me parecía probable después de lo que sabía de la pelea con Pratt, después de haberlo echado de la habitación esa misma noche, pero quizá fuera por otros motivos. ¿O le habría quitado la droga porque no quería que la vendiera en otro lugar y al final no pudo resistirse?

«Helena, no te obceques», me advirtió una voz que, por primera vez, no sonaba a la de Valerie, sino más bien a la de Lincoln. No sabía si con esta información tendría suficiente para sacar conclusiones, pero era una nueva pista que podía investigar igualmente. Incluso aunque no confiara en que me llevara a nada.

—Yo... —Me interrumpí cuando oí que alguien llamaba a la puerta y gritaba: «¿Hola?». Thea se puso en pie de un salto.

Capté la indirecta y me levanté también de la silla, me despedí de Lilly y seguí a su madre por el pasillo. Allí se encontraba su compañera de piso quitándose los zapatos y apenas me prestó atención cuando pasó a mi lado para ir hasta la cocina.

—Llámame, ¿vale? —dije—. Si necesitas ayuda, aunque no quieras hablar con Jess.

Deseé con todas mis fuerzas que Thea fuera capaz de superar sus miedos y me dejara entablar contacto con él. Seguramente Jess odiaría un poco menos Nueva York si supiera que tenía una sobrina cerca. Y disponía de dinero de sobra para alquilarles un ático en la Quinta Avenida, aunque no fuera ese su estilo. Pero estaba convencida de que estaría encantado de echarles una mano y, por eso, esperaba que Thea se lo pensara. Esta asintió, y en su gesto no dejó entrever nada de esto.

—Gracias, Helena. Ha sido un verdadero placer conocerte.

—Lo mismo digo. —Sonreí, y salí de la casa, en la cabeza me flotaban cientos de preguntas, al igual que sentimientos en el estómago. Mientras me dirigía a la calle y sacaba el móvil, intenté ponerlos en orden.

Aunque ahora sabía que Carter Fields había mentido y que Valerie no le había dado dinero, no podía usarlo para exonerarla. No obstante, ahora tenía una nueva pista que seguir, la rehabilitación de Adam, a pesar de que deseaba que fuera falsa. Luego estaban Thea y su hija, que necesitaban ayuda, pero le tenían miedo a Trish Coldwell, y Jess, que no sabía nada de todo esto. Me habría encantado decírselo, contarle todo lo que había averiguado desde la última vez que nos vimos. Recordé de nuevo cómo se había quedado plantado en la acera, mirándome, y la nostalgia ahogó el resto de los sentimientos de mi corazón. Lo echaba muchísimo de menos.

El teléfono que tenía en la mano sonó de repente. La pantalla rezaba: «Papá».

Respiré hondo y contesté.

—Hola, ¿qué pasa?

—Hola, Helena, ¿dónde estás?

—Sigo en la universidad —mentí sin dudar—. Estoy con unos compañeros preparando un trabajo en grupo.

—Pero llegarás para la cena, ¿verdad? Va a venir el alcalde.

Eso significaba otra comida con personas ante las que tenía que fingir que estaba del todo satisfecha con mi vida, a pesar de que era todo lo contrario. Ojalá hubiera podido poner una excusa.

—No te preocupes —respondí, conteniendo un suspiro—. Allí estaré.

La cena con el alcalde Roscott fue mucho más agradable de lo que esperaba, sobre todo teniendo en cuenta que no solo vino con su mujer, sino también con su hijo, que, a los ojos de mi madre, constituía la pareja perfecta para mí. Intentó por todos los medios que Mitchell y yo entabláramos conversación, pero el chico dejó claro desde el primer momento que no tenía interés alguno en ese emparejamiento. Tuve que controlarme para no reírme cuando vi que mi madre endurecía la expresión. No tardó ni un segundo, una vez se hubieron ido los Roscott, en empezar a criticarlo.

—Qué chico más impertinente —espetó mientras retiraba los vasos y las tazas de café de la mesa y las colocaba en una bandeja, y nuestra criada Rita permanecía a su lado inmóvil—. Cualquiera pensaría que el hijo del alcalde tendría mejores modales.

—Querida, deja los vasos en su sitio. —Mi padre acababa de salir del salón, donde había servido un par de copas de whisky para los dos, y le dio una de ellas.

Paige y Lincoln estaban sentados en el sofá, hablando en voz baja. Me acerqué a ellos y me senté, después me quité los incómodos tacones altos que llevaba y solté un suspiro al posar los pies desnudos sobre la mullida alfombra. Detestaba los zapatos de tacón, siempre los había odiado, y estos nuevos negros con tiras alrededor de los tobillos eran especialmente incómodos.

—¿Por qué os hacéis eso? —preguntó mi hermano, que torció el gesto cuando vio las marcas en mi piel.

—Porque la sociedad espera que las mujeres sean altas, delgadas y sexis, y los zapatos de tacón te ayudan a cumplir ese objetivo —respondí, y me tapé la boca para bostezar. Acto seguido, le quité la copa a Lincoln y di un sorbo de whisky. El día de hoy había sido bastante duro: primero, la conversación con Thea y su hija, y luego, la cena. Lo cierto era que necesitaba algo más que un trago de alcohol.

—Tú ya eres alta y delgada —expresó mi hermano con una ceja levantada.

—Sí, pero no sexy —bromeé—. Pregúntale al hijo del alcalde.

—Anda ya, ese te considera algo más que eso —dijo Paige—. Estaba sentada enfrente y he visto cómo te miraba. Simplemente no quiere relacionarse con chicas de su entorno porque está rebelándose contra su padre.

Me encogí de hombros.

—No me extraña. Yo tampoco querría a mamá de suegra.

Lincoln sonrió y Paige se sonrojó.

—Solo era una broma, P —le aseguré rápidamente—. Tener a mamá de suegra es mucho más divertido que tenerla de madre.

Ninguno de los dos tuvo tiempo de responder antes de que mis padres entraran en el salón y se sentaran frente a nosotros. Aparentemente, mi padre había conseguido convencer a mi madre de que dejara trabajar al personal.

—Ha sido una velada estupenda, ¿verdad? —Sonrió satisfecho. Por supuesto, la conversación de la cena había girado en torno al proyecto de Winchester, pero mis padres también habían propuesto un par de ideas nuevas para renovar la ciudad. Era todo un honor que Roscott y su familia vinieran a cenar a nuestra casa, el reconocimiento oficial de que los Weston volvían a estar en la cima.

—Excepto por su hijo —dijo mi madre, que por lo visto era incapaz de olvidar el comportamiento de Mitchell—. Es inaceptable la forma en la que ha tratado a Helena.

—Mamá, no me interesaba en absoluto —repliqué poniendo los ojos en blanco y levantándome para volver a llenar la copa de Lincoln—. En realidad te ha ofendido a ti, no a mí.

—Bueno, afortunadamente siguen quedando jóvenes decentes en esta ciudad —comentó alegre y, por la mirada que me dedicó a continuación, supe que no me esperaba nada bueno—. ¿Has llamado a Ian? El evento de Broadway es este sábado.

—No, todavía no.

Había estado muy ocupada con la investigación de la muerte de Valerie y echando de menos a Jess. Además, tampoco sabía si debía retomar el contacto con Ian. ¿Y si lo interpretaba como un interés serio y se pensaba que quería volver a intentarlo? No deseaba hacerle daño.

—¿Ian? ¿Ian Lowell? —Lincoln me miró sorprendido y yo asentí.

Paige nos miró fijamente.

—Pero no será de los famosos Lowell, ¿no?

No me extrañó en absoluto que conociera a la familia de Ian. La prometida de mi hermano parecía tener en casa una carpeta con información sobre todas las familias acaudaladas de la ciudad. Y no cabía duda de que los Lowell, dueños de un imperio de joyería, pertenecían a esa categoría.

—Sí, esos mismos —respondió mi hermano—. Helena e Ian estuvieron juntos cuando estaban en el instituto. No sabía que había vuelto a la ciudad, ni que habíais salido juntos.

Solo yo fui capaz de interpretar su mirada a la perfección: se preguntaba si ya habría superado a Jess. Estuve a punto de reírme como una histérica, porque aquello no podría haber estado más alejado de la realidad.

—No hemos quedado —dejé claro—. Digamos que nos vimos por casualidad y mamá tuvo la idea de que fuéramos juntos a un evento en Broadway.

—Es un chico maravilloso —comentó mi madre en dirección a Paige—. Educado, atractivo, con modales, tiene buena relación con su familia, respeta a sus padres, adora esta ciudad... Es un partidazo, la verdad.

«Sí, es cierto», pensé. «Solo hay un problema: no es Jessiah Coldwell».

—¿Por qué lo dejasteis entonces? —me preguntó Paige.

—Mi hermana murió y me mandaron a Inglaterra. —La comisura de mis labios se torció en una sonrisa triste—. Yo tenía diecisiete años, Ian dieciocho, en aquel momento apenas llevábamos dos meses juntos. Era imposible mantener a flote esa relación.

Mi madre dejó su copa a un lado.

—Es mejor ahora que los dos habéis vuelto y tenéis una segunda oportunidad.

«No quiero tener una segunda oportunidad con Ian», me habría encantado decirle. «Solo quiero una oportunidad con Jess, me cago en todo». Pero, evidentemente, no lo dije en voz alta y permanecí en silencio.

—Pero lo vas a llamar, ¿verdad? —insistió mi madre—. Es un evento muy importante y no puedes ir sola.

—Entonces me llevaré a Lincoln —sugerí señalando a mi hermano.

—¡Por el amor de Dios, Helena! —Mi madre me miró como si hubiera propuesto ir acompañada de Marilyn Manson—. ¿Cómo de claro quieres dejarle a la gente que eres incapaz de encontrar un acompañante?

Lincoln enderezó la postura.

—Perdona, pero soy un acompañante de categoría.

—Para tu hermana no —contrarrestó mi madre, que volvió a mirarme—. Si no quieres pedírselo a Ian, de acuerdo, ya te encontraré a otra persona.

«Ay, Dios, otra vez no».

—Hablaré con él —me apresuré a decir—. Mañana mismo, ¿vale?

Mi madre sonrió con amabilidad.

—Muy bien. Después podremos hablar otra vez sobre tus estudios.

Me sentó fatal que vinculara su permiso a cambiarme de universidad, o al menos de especialidad, a mi elección de pareja, pero lo cierto era que funcionaba. Además, tampoco me importaba quedar con Ian, lo que no quería era ser su novia.

Mi hermano frunció el ceño.

—¿Tus estudios? ¿Qué hay que hablar de eso?

Todavía no le había contado que le había pedido permiso a mi padre para ir a la Universidad de Nueva York.

—Helena prefiere estudiar Turismo y viajes en vez de Psicología —explicó mi padre con una leve sonrisa—. Pero implicaría cambiarse también de universidad y eso es un poco más complicado.

—¿Tendría que ir a la NYU? —Lincoln me lanzó una mirada y yo asentí con pesar antes de agachar la mirada. No me parecía factible que mis padres me permitieran cambiarme a una universidad que no perteneciera a la Ivy League, pero la esperanza es lo último que se pierde—. Pues me parece muy buena idea.

Miré a mi hermano sorprendida cuando escuché sus palabras. Y no se detuvo ahí.

—La NYU es una universidad muy valorada y, si Helena estudia allí, dejaríamos claro que no somos ajenos a esa realidad. En serio, hay mucha gente que piensa que somos unos esnobs elitistas que solo se preocupan por edificios viejos y valores anticuados. Pero el proyecto de Winchester demuestra que podemos hacer las cosas de otra forma, y que Helena vaya a la NYU lo confirmaría, sobre todo porque se trata de una carrera moderna que no sigue los patrones clásicos y trillados. A mí me parece bien que se cambie.

Me conmovió tanto el fervor con el que me defendió que los ojos se me llenaron de lágrimas y no conseguí decir nada. Mi padre hizo girar su copa.

—Es que nos preocupa. Después de lo que pasó con Valerie…

—Helena no es Valerie —interrumpió mi hermano—. Es de justicia que confiemos en ella después de todo lo que ha hecho por esta familia desde que volvió.

Mis padres intercambiaron una mirada.

—Nos lo pensaremos —dijo mi madre y, por primera vez, no me pareció que solo lo dijera para postergar la decisión.

—Bien. —Lincoln se puso en pie—. Entonces será mejor que nos vayamos ya. Mañana a primera hora tengo una reunión con los arquitectos.

—Os acompaño a la puerta —dije rápidamente, y lo seguí a él y a Paige hasta el vestíbulo de la entrada. Allí le di un fuerte abrazo a mi hermano y él me devolvió el gesto de la misma manera—. Gracias —susurré, y lo liberé del abrazo.

Mi hermano me sonrió.

—Has hecho todo lo posible por salvar a esta familia —respondió en voz baja para que solo yo lo escuchara—. Es lo mínimo que puedo hacer por ti. —Me acarició la mejilla—. Anímate, hermanita. Las cosas irán a mejor.

No me atreví a asentir, pero le dediqué una sonrisa sincera. Y, cuando salió por la puerta y se dirigió al ascensor con Paige, me pregunté si esa última frase la decía por mí o, más bien, por sí mismo…

13

Jessiah

Probablemente fuera la primera noche que tenía libre desde hacía dos semanas; no debía visitar ningún restaurante o ir a ninguna inauguración, ni Trish quería que la acompañase, algo que sucedía con cada vez menos frecuencia. Sabía que no se debía a que mi madre quisiera ahorrármelo porque era consciente de la relación que teníamos. Seguramente más bien le preocupara que pudiera encontrarme con Helena. Desde que los Weston habían vuelto al ruedo, volvían a invitarlos a todos los eventos relacionados con la construcción en Nueva York. Era evidente que Trish no quería correr el riesgo de que me encontrara allí con Helena.

Así que, como no tenía nada que hacer, me encontraba en chándal y camiseta en el sofá, viendo *Sons of Anarchy* en Netflix y acercando la mano una y otra vez a la monstruosa bolsa de patatas fritas que tenía a mi lado sobre el terciopelo verde. En un principio, pensé en pasarme por el Tough Rock, pero desde que le conté a Demi lo que había pasado con Trish, me miraba con preocupación cuando iba. Así que decidí decantarme por la opción menos saludable para pasar la noche. El apartamento seguía recordándome a la noche que pasé con Helena, pero ya me había acostumbrado al dolor. Aun así, era incapaz de dormir en mi cama y, de todas formas, el sofá era igual de cómodo.

«Más quisieras».

Traté de desconectar la mente y centrarme en lo que estaba pasando en la pantalla. Lo logré a medias. Pero, en algún punto del tercer capítulo, oí un golpe en la puerta. Un golpe que sonaba a que había pasado algo. Me recordó muchísimo a la noche en la que Helena se presentó en mi casa, así que pausé la serie rápidamente, me puse en pie de un salto y abrí. Pero no era ella, como descubrí decepcionado, a la vez que me llamaba idiota por haberlo esperado. Era Thaz.

—Tío, pero ¿qué llevas puesto? —comentó. Y tenía razón. A su lado, que lucía un traje gris de tres piezas, una camisa blanca y una corbata rosa, yo iba realmente mal vestido. Aunque, claro, yo no tenía nada que hacer.

—Pues llevo el uniforme de «me voy a tirar en el sofá a ver una buena serie», ya que lo preguntas —respondí, y lo dejé pasar.

—Ya veo. —Thaz cogió la bolsa de patatas fritas y miró la imagen que aparecía en mi pantalla—. Ah, Charlie Hunnam. Está buenísimo.

—Tú lo sabrás mejor que yo. —Le arrebaté la bolsa y señalé cómo iba vestido—. ¿A qué feria vas con este traje?

—Me alegro de que lo preguntes. —Me sonrió de lado y me quedó claro que no había venido a acompañarme en mi noche de holgazanería—. Esta noche es la proyección especial de *Hamilton*, que, como sabes, es el evento benéfico que organiza Andrew

Sanderson todos los años. Tengo dos entradas, así que he pensado que podría llevar a mi buen amigo Jess.

Puse los ojos en blanco y me quedé callado treinta segundos.

—Estarás de coña —dije cuando encontré la respuesta apropiada—. Si de verdad crees que me voy a vestir voluntariamente con un traje incómodo para acompañarte a ver un musical... Es que no sé ni cómo acabar la frase.

—Venga ya, JC. No es un musical cualquiera, sino uno de lo más chulos, con hip-hop, movimiento, toda la pesca. Hasta a Obama le gusta.

Sabía de sobra cómo era *Hamilton*, había que vivir debajo de una piedra para no haberse enterado. Pero, aun así, no me apetecía. Además, me pareció extraño que Thaz quisiera llevarme a mí y me avisara con tan poca antelación. Algo había pasado.

—Te han cancelado una cita y estás desesperado, ¿verdad? —supuse sin entusiasmo.

Mi amigo compuso una expresión ofendida.

—No me parece bien que me acuses de algo así y...

—Dime la verdad, Thaz, y quizá haya una posibilidad de que vaya contigo.

—Vale —resopló—. Me han cancelado una cita y estoy desesperado. Me costó la vida conseguir estas entradas, pero Dave ha decidido que era un evento demasiado «vinculante». Me dijo que podría pasarse después. Le enseñé el dedo corazón como respuesta.

Reprimí un bufido y, en su lugar, le dediqué una mirada comprensiva.

—¿De dónde sacas a esos tíos? —En realidad no siempre eran tíos, también salía con chicas, pero Thaz tenía una habilidad innata de encontrarse con gente poco comprometida de todos los géneros.

—Estamos en Nueva York, ¿de verdad necesitas una respuesta? —Me dedicó su mejor cara de corderito—. Venga, Jess. Si voy solo, será un bochorno absoluto.

—Puedes ir con tu madre —propuse, aunque no lo decía en serio. Sin embargo, imaginar a su madre viendo *Hamilton* me resultó gracioso. Solté aire—. Balthazar, en serio, hoy es la primera noche en semanas que no tengo nada. Lo último que quiero es ir a ver una obra de Broadway.

—Lo entiendo, tío. De verdad que lo entiendo. Pero es por hacerme el favor.

—Siempre te hago favores —le recordé—. Esto es todo lo que te ofrezco.

Mi mirada se posó en el sofá, en la bolsa de patatas que estaba en la mesa y en la pantalla congelada con la imagen de *Sons of Anarchy*. Thaz se quedó de pie, con un gesto tan triste que no pude quedarme impasible. Mi negativa empezó a desmoronarse y, finalmente, cedió. Respiré hondo. «Maldito seas, Balthazar Lestrange».

—Está bien, tú ganas. Voy a cambiarme.

Balthazar levantó un puño victorioso.

—No te arrepentirás, te lo prometo.

—Claro —dije en tono seco mientras abría la puerta del baño—. Pero si ya me estoy arrepintiendo...

Thaz había contratado esa noche al chófer de su madre, así que fuimos en limusina hasta el Teatro Richard Rodgers, que se encontraba entre Broadway y la calle Ocho. Mientras mi amigo se tomaba una copa, comprobé mi móvil y vi que tenía un mensaje nuevo de Delilah.

«El jueves a las once lo tengo libre. Te va a encantar este sitio, te lo prometo».

—Demasiadas promesas en una sola noche —musculé, y respondí para confirmar la reunión.

—¿A quién le escribes? —Balthazar se inclinó hacia mí para ver la pantalla—. ¿Delilah Warren? Un nombre muy pomposo. ¿Quién es?

—Una posible clienta. Aún no he decidido si puedo ayudarla, o si quiero. —La idea de un club social privado seguía sin entusiasmarme demasiado—. Vino a hablar conmigo en la cena que dio Trish a su regreso a finales de agosto. Lo cual ya sería motivo suficiente para rechazar la oferta, pero al menos quiero echarle un vistazo a la ubicación del sitio.

Thaz levantó una ceja.

—¿A la ubicación o a Delilah Warren? Por la foto que tiene de perfil parece una tía muy sexy.

Le eché un vistazo a la imagen, a la que no había prestado atención hasta el momento. Era una de esas fotos de negocios que se cuelgan en los anuncios y en las páginas web.

—Es posible —dije evasivamente.

—Vale, entiendo —asintió Thaz con lentitud. Había captado que Delilah solo era una conocida profesional y, además, una sobre la que tenía mis dudas—. Oye, ¿cuándo fue la última vez que viste a Samara?

Lo dijo de una forma que me dio a entender que preguntaba otra cosa. Aun así, le respondí como si no lo hubiera entendido.

—En verano. Está muy ocupada montando su negocio de whisky.

—Entiendo. ¿Y no hay nadie más a la vista?

Me ajusté la corbata y le dediqué una larga mirada.

—Si quieres saber si me estoy acostando con alguien, pregúntamelo y ya.

—Vale. ¿Te estás acostando con alguien?

—No.

Desde la noche que pasé con Helena, no me había sentido cómodo con la idea y yo no era del tipo que necesitaba sexo de forma regular, y mucho menos si era con desconocidas. Al contrario que Thaz, que me miraba de manera inquisitiva.

—¿Quizá tenga algo que ver con cierta muchacha del Upper East Side a la que no has mencionado ni una sola vez desde que volviste?

Fruncí los labios y no pude evitar que volviera a leer la respuesta en mi expresión. Nunca había tenido una cara de póquer especialmente buena y hoy me resultaba difícil ocultar mis sentimientos.

—¿Qué es lo que pasó entre vosotros? —El tono de voz de Thaz era suave, lo cual era peor que si hubiera tratado de hacer una broma estúpida al respecto. Nunca le había hablado demasiado sobre Helena; al principio me lo había callado para no tener que oír que estábamos condenados desde el comienzo, y después no le dije nada porque se había acabado.

—Nada. Todo. Uf, yo qué sé. —Sacudí la cabeza—. En realidad, nos dimos cuenta de que no podíamos tener nada, pero entonces se presentó en mi puerta en el aniversario de la muerte de Adam, estuvimos hablando, llorando juntos, y al final una cosa llevó a la otra… Todo era perfecto. Pero al día siguiente decidió que no quería ir en contra de su propia familia, así que lo dejamos.

No podía ni quería contarle nada de las intrigas de Trish. Contárselo a Demi era una cosa (no formaba parte de este mundillo, ni conocía a mi madre personalmente), pero Thaz era una persona volátil a la que nunca le había caído bien mi madre y se le soltaba la lengua después de un par de copas. No podía arriesgarme.

—¿O sea que te rompió el corazón hace tres meses y todavía no lo has superado? —Era evidente que no lo entendía. Thaz nunca había tenido una relación seria y dudaba que hubiera necesitado más de una semana para olvidar a nadie.

—Sí lo he superado —mentí para no tener que explicar por qué no era así—. Pero eso no cambia el hecho de que no quiera nada serio en Nueva York.

—Nadie está hablando de una relación seria, tío. —Thaz sacudió la cabeza—. Hablo de divertirse. Y parece que tú lo necesitas urgentemente.

—Pues por eso estoy sentado en esta limusina contigo, ¿no? —respondí con sarcasmo. No quería hablar de Helena, ni de sexo sin compromiso ni de que no tenía ganas de llevarme a nadie a casa. Lo único que quería era que pasara la velada para poder volver al sofá.

—Ja, ja —soltó Thaz, que permaneció en silencio un instante antes de mirarme con seriedad—. ¿Sabes que el Harper está prácticamente vendido?

Ignoré el evidente tono acusatorio.

—Eso he oído —dije mirando por la ventana. Todavía me dolía haber dejado escapar el restaurante, pero mi voluntad de no vincularme a esta ciudad era más fuerte que nunca—. Sabes que hice todo lo posible para convencer a Mick de que te lo vendiera. Pero es testarudo de cojones.

—Sí, a quién se parecerá —murmuró Thaz, pero no siguió insistiendo, quizá porque ya le estaba haciendo un favor o tal vez porque un segundo después frenamos delante del teatro.

Habían acordonado una parte de la calle y habían extendido una larga alfombra roja frente a la entrada, donde se habían apostado un puñado de fotógrafos. Como llegábamos tarde, la mayoría de los invitados ya se encontraban dentro del teatro, así que cuando nos detuvimos y bajamos del coche, toda la atención se centró en nosotros, rodeados de cientos de clics y gente que nos hacía preguntas al mismo tiempo. Me di cuenta de que Thaz quería quedarse, le encantaba llamar la atención más que a nadie, pero le lancé una mirada para darle a entender que, si pretendía dárselas de *influencer*, desaparecería de inmediato.

—Aguafiestas —me dijo en voz baja cuando cerramos la puerta a nuestro paso y dejamos atrás a los periodistas. Sin embargo, no llegué a responder, porque el vestíbulo se encontraba prácticamente vacío y un hombre bajito y regordete corría hacia nosotros.

—La función empieza en menos de diez minutos —nos informó—. Deberán darse prisa para llegar a tiempo a sus asientos. —Entonces su mirada recayó en mí y su rostro se iluminó—. Señor Coldwell, qué sorpresa. No sabía que iba a honrarnos con su presencia.

—Yo tampoco lo sabía hasta hace media hora, señor Reese —respondí con una sonrisa amable. Lo conocía de un evento al que había acudido en primavera; formaba parte de una iniciativa que pretendía renovar los teatros de Broadway. Trish no lo podía ni ver, así que a mí me caía bien por eso.

Miró nuestras entradas y sacudió la cabeza.

—Le hubiéramos buscado un mejor asiento si hubiéramos sabido que venía, señor. Unas entradas de tribuna no son el sitio apropiado.

—La tribuna es más que suficiente —le aseguré. Cuanto más arriba me sentara, menos gente se daría cuenta de que estaba allí. Y así me ahorraría un montón de conversaciones triviales durante el descanso.

—¿Vamos entrando ya? —preguntó Thaz, cuya expresión me hizo recordar una conversación que habíamos tenido en el último evento al que habíamos asistido.

«¿Cómo es posible que me vuelva invisible en estos círculos si estoy a tu lado, JC?».

«Muy simple: a la gente le da más miedo mi madre que la tuya».

—Por supuesto. Por aquí, por favor.

El señor Reese echó a andar y nos condujo por el vestíbulo hasta una puerta tras la cual seguramente desperdiciaría las próximas dos horas de mi vida.

14

Helena

El Teatro Richard Rodgers era uno de los más bonitos de Broadway, algo que volvió a quedarme patente cuando aquella noche nos bajamos del coche delante de la entrada principal. Ya había estado antes allí; primero de niña para ver una representación de *Tarzán* y más tarde, de adolescente, para una adaptación de *Romeo y Julieta*, con Orlando Bloom. Eran recuerdos felices. De hecho, la segunda vez que vinimos, nos hicieron un tour por el teatro y nos dejaron echar un emocionante vistazo entre bambalinas. Desde hacía un par de años, aquí se representaba el musical de *Hamilton*, al igual que hoy. Pero esta vez no se trataba de una representación cualquiera, sino de una recaudación de fondos organizada cada año por Andrew Sanderson, por lo que las entradas costaban varias veces más de lo habitual. Los beneficios iban destinados a un fondo para artistas y, normalmente, mis padres donaban una buena suma adicional a las entradas.

—¿Has visto alguna vez el musical? —me preguntó Ian cuando nos bajamos del coche y pisamos la alfombra roja que habían dispuesto delante de la entrada. Durante unos segundos, nos dedicamos a sonreír con confianza delante de las cámaras y, luego, Ian me posó la mano en la espalda y entramos en el teatro. Aún quedaba media hora para la función, así que teníamos tiempo de sobra.

—No, por desgracia no —respondí finalmente a la pregunta de Ian—. Este verano lo he pasado casi entero en los Hamptons, así que no he tenido tiempo.

Además, tampoco habría sabido con quién ir. Mi círculo de amigos en Nueva York era más que reducido y no conocía a nadie al que le entusiasmaran los musicales. De hecho, consideraba que mis padres estaban contentos de no tener que venir, a pesar de que *Hamilton* prometía ser excepcional.

—Creí que quizá lo habrías visto en Inglaterra.

Negué con la cabeza.

—Durante mi tiempo en Cambridge solo estuve un par de veces en Londres, pero fui principalmente a ver los museos.

Ian tomó el fino abrigo que yo llevaba esa noche y se lo entregó al hombre encargado del guardarropa. Ya estábamos a finales de septiembre y habíamos dado carpetazo al verano. Pero no me parecía mal. Me encantaba el otoño en Nueva York y disfrutar cuando salía de casa por las mañanas del aire fresco que traían las bajas temperaturas.

—Veo que no has perdido los buenos modales en tu temporada en la costa oeste —le dije con una sonrisa. Aunque no me entusiasmaban tanto como a mi madre los chicos de buena cuna, tampoco tenía nada en contra. O quizá solo me alegraba de haberle pedido a Ian que me acompañara. Habíamos mantenido una buena charla por el camino y era un chico mucho más agradable que cualquiera de los que me habían buscado mis padres en los últimos meses. Ian rio.

—Sí, soy el chico de los buenos modales. Eso me decía siempre Valerie, como si... —Se interrumpió y me miró espantado—. Ay, Dios, lo siento. No quería ser indiscreto.

—No, por favor —desdeñé su disculpa—. Puedes hablar de Valerie todo lo que quieras. Odio cuando se produce un silencio incómodo cada vez que a alguien se le escapa su nombre. Prefiero recordarla, aunque me haga daño.

—De acuerdo. —Respiró hondo y echó un vistazo rápido a su alrededor, aunque no había nadie que pudiera oírnos—. Aun así, quiero disculparme contigo. Fue una putada la forma en la que lo dejamos. En los últimos años he pensado mucho en qué podría haber hecho mejor, qué debería haber hecho mejor, y lo cierto es que debería haberte apoyado, Len. Fue un momento terrible en tu vida y te dejé totalmente sola.

Agradecí que lo dijera, pero estaba equivocado.

—No me dejaste sola, Ian. Fui yo la que decidí terminar con nuestra relación, y fue lo correcto. Nos separaba un océano de distancia, yo no tenía ni idea de cómo aliviar mi pena y tú no podrías haber hecho nada para facilitarme las cosas. —Le toqué el brazo—. Dejemos el pasado atrás. Es hora de mirar hacia delante.

En cuanto pronuncié esas palabras, me arrepentí de haberlas dicho, ya que en los ojos de Ian la compasión dio lugar a algo que no quería dar pie: interés. Aunque era un chico estupendo de verdad y mi madre habría estado encantada si volviera a tener una relación con él, mi corazón pertenecía a otra persona. Y la razón no conseguiría alejarme de Jess. Eso solo lo permitiría el tiempo, si acaso.

—¿Entramos? —pregunté para olvidar este momento—. Así nos ahorramos las charlas triviales.

Aunque estuviera aquí en representación de mi familia, nadie podría tacharme de irrespetuosa si entraba unos minutos antes. Los Weston tenían todo el derecho a volver a mostrarse distantes y, en una noche como hoy, ese comportamiento valía oro, porque noté las miradas que nos dirigían a Ian y a mí.

—No escucharás ninguna objeción de mi parte. —Sonaba aliviado. Evidentemente se había dado cuenta de la atención que habíamos despertado—. Me temo que había olvidado lo que era que la gente supiera quién soy.

—Bienvenido de nuevo a Nueva York, señor Lowell. —Sonreí con malicia—. A ver quién da el primer chivatazo.

El público de esta noche tenía la edad de mis padres, pero ya había visto un par de móviles y estaba segura de que alguien publicaría una foto de Ian conmigo en Instagram. La clase alta había hablado del tema incluso cuando habíamos estado juntos anteriormente; que una Weston y un Lowell salieran juntos era la combinación perfecta del Upper East Side. Pero ahora que éramos mayores y que todos sabían lo que había pasado entre nosotros, los chismes eran mucho más jugosos.

—Pues que lo hagan —dijo Ian, que me tendió el brazo—. Yo he venido a pasar una agradable velada, ¿y tú?

Entrelacé mi brazo con el suyo.

—Por supuesto. —Y, por lo que parecía, así iba a ser.

El acomodador nos mostró nuestros asientos, reservados para los invitados más exclusivos, donde reinaba la paz. Al otro lado del telón ya se veía en el escenario una parte del decorado: unas escaleras de madera y barandillas sobre muros de piedra. Miré a Ian mientras nos sentábamos. La verdad era que ese traje a medida le quedaba como un guante y lamenté de corazón tener que rechazarlo tarde o temprano.

—Has cambiado mucho en el tiempo que has estado en Inglaterra —dijo Ian mientras esperábamos a que el resto de los invitados entraran y tomaran asiento en nuestro palco.

—También tengo tres años más —repliqué con una leve sonrisa, y me encogí de hombros.

—Sí, pero no se trata de eso. Tienes más seguridad en ti misma que antes, eres más directa, más fuerte. No sé qué esperaba, pero estoy muy impresionado.

—No sabes lo equivocado que estás —contradije. Intenté enmascarar la réplica con una sonrisa, pero la mirada de Ian se tornó seria.

—¿Va todo bien, Len? Si puedo ayudarte en algo, dime…

Le interrumpí antes de que hiciera una promesa que no podría cumplir.

—No, estoy bien. De verdad. —Forcé una sonrisa. Estábamos aquí como amigos y no quería dar alas a sus esperanzas.

La sala se fue llenando, y saludé a un par de personas que se sentaron en el palco de al lado o me habían visto en el vestíbulo. Muchas personas compusieron un gesto sorprendido al ver a Ian a mi lado y empecé a sentirme incómoda. No lo había pensado detenidamente al pedirle que me acompañara, pero estábamos causando más revuelo del que había anticipado. Esto no era un partido de los Yankees en el que te sentabas en las gradas con gorra y camiseta y compartías una ración de patatas fritas. Era un evento de gala y la gente sabía que, si traía a alguien, era porque debía de ser importante.

Mi teléfono vibró en el bolsito que llevaba a juego con mi vestido y lo saqué, ya que aún no había empezado la obra. Era un mensaje de un número desconocido.

«Lo he estado pensando y creo que tienes razón. Sería genial que encontraras a alguien que pudiera establecer el contacto con J. Thea».

Estuve a punto de soltar un grito de alegría, pero no me olvidé de dónde estaba ni de quién me estaba observando. Ni siquiera Ian notó mi entusiasmo, observaba la tribuna donde ya estaba todo el mundo sentado.

—Vaya, siempre hay alguien que llega a última hora —comentó cuando el señor Reese trajo a dos rezagados a la primera fila de la tribuna, que se encontraba a la misma altura que nuestro palco. Les dediqué un vistazo rápido, pero me quedé petrificada cuando caí en la cuenta, como un mazazo, de que uno de ellos era Jess.

Al contrario que en nuestro último encontronazo hacía dos semanas, esta vez fui yo quien lo vi primero. Llevaba un traje parecido al de la primera vez que nos vimos, pero en esta ocasión sus rizos rubios no estaban sueltos sino recogidos en un moño apretado que acentuaba aún más sus rasgos.

«Mierda, está increíblemente guapo».

El corazón me latió deprisa, pero no solo eso: todo mi cuerpo reaccionó al verlo. Empezó a dolerme el estómago, me sudaban las manos, se me entrecortó la respiración y se me secó la boca. No podía apartar la mirada de él mientras le daba las gracias con amabilidad al señor Reese, se sentaba junto a Balthazar y charlaba con tranquilidad con su amigo. Unos segundos después, Thaz notó mi mirada. Sus ojos se abrieron ligeramente y le dio un codazo a Jess. Aparté la vista tan deprisa como me fue posible, pero no tardé en levantarla de nuevo, no pude evitarlo. Los dos alzamos la vista en el mismo instante, nuestros ojos se encontraron.

Y el mundo se detuvo.

En un teatro lleno de gente, de repente, solo estábamos nosotros dos. Jess me miró a los ojos y, aun estando a metros de distancia, lo sentí como un gesto íntimo, como si me estuviera acariciando. Los latidos de mi corazón se ralentizaron y, al mismo tiempo, se tornaron más intensos, como si estos sentimientos fueran demasiado. Disimuladamente cerré la mano en un puño, como si así pudiera evitar que me sobrecogiera la añoranza. Jess se dio cuenta y vi que hacía el amago de levantarse. Yo quise hacer lo mismo, salir corriendo de este palco y tirarme a sus brazos, pero, al igual que cuando nos vimos en el Village, ambos contuvimos el impulso. Con todo nuestro ser. Y más que eso.

Entonces, la mirada de Jess recayó en el asiento que había a mi lado.

—Los Coldwell y los Weston siguen a la gresca, ¿no? —Cuando oí la voz de Ian, me sobresalté un poco, como si hubiera olvidado que había más gente a nuestro alrededor—. Jessiah te está mirando como si estuviera planificando un asesinato.

«No, es a ti a quien mira así», se me pasó por la cabeza. Era evidente que la mirada de Jess estaba dirigida a Ian, a mí nunca me habría mirado de esa forma. Lleno de dolor. Lleno de celos. Pero como si supiera lo peligroso que era mostrar sus sentimientos en público, agachó la mirada un segundo después y se centró de nuevo en Balthazar. Respiré hondo e intenté recobrar la compostura. Lo logré a medias.

—¿Va todo bien? —Ian me rozó levemente el brazo—. Tú ignora a ese tío. Que no te arruine la noche su presencia.

Solté una leve carcajada y recé para que a oídos de Ian no sonara tan desesperada como a los míos. «Si supieras que quiero hacer de todo menos ignorar a Jessiah Coldwell, nunca habrías venido aquí conmigo».

Me sentía abrumada por que Jess estuviera en el teatro, porque en ningún momento lo había considerado una posibilidad. En primer lugar, no había acudido a ningún compromiso al que hubiera ido mi familia últimamente y, además, este evento era el típico que solía evitar la gente joven de la clase alta. Quizá se debiera a Balthazar, que se encontraba sentado a su lado; no lo sabía. Lo único en lo que podía pensar era que estábamos a unos veinte metros de distancia, sentados en la misma sala, que un segundo después se oscureció. Jess desapareció casi al completo de mi vista, pero aún era consciente de su presencia, como si estuviera sentado a mi lado. Aun así, me obligué a mirar al escenario.

Sonaron las primeras notas musicales (golpes fuertes de tambor combinados con unas teclas claras de piano) y, en el escenario de atrás, salió un actor que empezó a rapear al ritmo de Alexander Hamilton. Pero, aunque me alegraba de ver la obra, no podía concentrarme. Solo pensaba en que Jess estaba aquí, en lo mucho que deseaba hablar con él, al igual que había querido la última vez. Pero no podía hacerlo, joder. No solo porque pusiera en riesgo a mi familia, sino, sobre todo, porque me vendría abajo más de lo que ya estaba.

«Pero sería una oportunidad de contarle lo de Lilly».

El pensamiento se me plantó en la cabeza, venido de la nada, y me avergoncé un poco de estar pensando ahora en Thea y su hija. Acababa de darme permiso para que estableciera contacto con Jess, pero, una vez que lo había visto, la mente se me había quedado en blanco, pues el corazón necesitaba de todas sus energías. Sin embargo, ahora que lo pensaba, me daba cuenta de que era una oportunidad única. Trish no estaba aquí, la sala estaba a oscuras y, si no recordaba mal, quedaba una hora para el intermedio. Nadie se daría cuenta de que habíamos salido, y no sería mucho tiempo, solo un cuarto de hora. Era tiempo de sobra para contarle a Jess lo de Lilly.

Sentí calor en las entrañas al imaginarme que iba a hablar con él, aunque también sabía que no mejoraría las cosas. Además, había otro problema. ¿Cómo iba a avisarle de que tenía que verle? Tenía mi móvil conmigo, pero no me fiaba de que Trish tuviera controlados los mensajes que le llegaban a Jess. Aunque siempre ponía «cifrado de extremo a extremo», Malia me había explicado que sí que podían hackearse los chats si se quería. Así que era inviable. Pero no había venido sola.

Me incliné hacia Ian.

—¿Me dejas un momento tu móvil? —pregunté en voz baja.

—¿Ahora?

Incluso en la oscuridad vi que arrugaba el ceño.

—Sí, por favor. He olvidado recordarle una cosa importante a mi padre y me acabo de quedar sin batería.

Sin pronunciar una palabra más, Ian sacó el teléfono del bolsillo interior de su chaqueta y me lo dio.

—Ahora mismo vuelvo —prometí, me levanté y me escabullí hasta el pasillo. Afortunadamente, no había ningún acomodador allí, así que salté por encima del cordón y subí las escaleras sin ser vista. Acto seguido, busqué la puerta que daba al piso superior del teatro. Allí solo se encontraba el cuartillo del vestuario y un par de salas de aspecto técnico que reconocí de mi visita guiada. Puede que no apareciera nadie durante la función.

La puerta del cuartillo estaba abierta, y el olor a terciopelo polvoriento y a acondicionador de cuero me embargó al entrar. Abrigos, vestidos y disfraces varios colgaban de una barra a dos metros de altura, bajo los que se encontraba una hilera interminable de zapatos. Revisé toda la habitación para asegurarme de que no había nadie, tal como me había imaginado. Rápidamente tecleé en el móvil de Ian el número de Jess, que había memorizado tras borrarlo de mi teléfono por razones de seguridad. No porque creyera que Trish Coldwell podía descubrir que aún lo tenía guardado, sino porque me daba miedo llamarlo sin querer en un momento de debilidad.

Le escribí a Jess un mensaje que no daba mucho a entender.

«Tengo que hablar contigo. Segundo piso, cuartillo de vestuario. Se entra por detrás de los palcos. A.».

Tras un instante de vacilación, lo mandé. Era evidente que lo que estaba haciendo era increíblemente peligroso. El teatro estaba lleno de gente que no solo conocía a mis padres, sino a la madre de Jess, y cualquiera de ellos podría delatarme si descubrían que había hablado con él. Pero aquí no estaba siguiendo mis propios deseos. Estaba haciéndolo por Thea y su hija.

«Ah, ¿sí?, ¿solo por eso?».

No respondí a mi propia voz interior.

El mensaje estaba enviado, pero no sabía si Jess lo había leído o no, ya que no tenía guardado el número de Ian. Así que esperé, inquieta y nerviosa, caminando de un lado a otro, mirando el reloj cada diez segundos, y preguntándome si quizá no estaba pendiente del móvil, tenía un nuevo número o si se lo habría dejado en casa. A cada minuto que pasaba, mi esperanza decaía, pero, cuando estaba a punto de volver al palco…, se abrió la puerta.

15

Jessiah

Fue una única frase de Thaz la que hizo que aquella noche pasara de un evento aburrido de la clase alta a un absoluto desastre. Acabábamos de sentarnos cuando me dio un codazo.

—¿Has visto quién está aquí?

Señaló los asientos que había arriba y me quedé petrificado cuando reconocí a Helena. Llevaba un vestido oscuro y el pelo suelto, como solía hacer, y me estaba mirando de una forma que me hizo desear que nos encontráramos en mi apartamento en vez de rodeados de personas. O en cualquier parte en la que estuviéramos solos y no tuviésemos que fingir que no sentíamos nada el uno por el otro.

Respiré hondo y sentí el dolor profundo que siempre me atenazaba cuando pensaba en ella, aunque ahora era mucho peor. Y no fui el único. Vi que Helena apretaba un puño contra su corazón y sentí el impulso de levantarme y acudir a ella, sin importarme una mierda las consecuencias. Logré controlarme a duras penas.

Entonces me di cuenta de que iba acompañada. Estaba sentada al lado de un chico de cabellos oscuros que, en ese momento, notó mi presencia y le dijo algo, probablemente sobre mí. Brotó en mí la envidia, o más bien unos celos ardientes contra este chico. ¿Estaba con alguien? No, no era posible. Había visto cómo me había mirado en la calle del Village. Igual que cómo me miraba ahora. No podía estar con otra persona. ¿O sí?

El chico dijo algo más y Helena se rio, aunque más bien parecía que quería llorar.

—Ya veo que no la has superado —afirmó Balthazar, y caí en la cuenta de que estaba mirando fijamente a Helena en una sala llena de gente y mi semblante era como un libro abierto. Enseguida compuse otra expresión y bajé la mirada.

—¿Quién es el que está con ella? —pregunté pasando por alto su comentario. Conocía a la mayoría de la gente de estos círculos de Nueva York, pero no había visto nunca al acompañante de Helena. Quizá Thaz supiera algo sobre él, al fin y al cabo había pasado aquí todo el verano.

—Ian Lowell. —Fue la rápida respuesta de mi amigo—. De los joyeros Lowell, ya sabes. Estaba estudiando en Stanford, pero supongo que echaría de menos a la familia y por eso ha vuelto. Helena y él estuvieron juntos antes de que Valerie y Adam murieran.

¿Habían sido pareja? Eso explicaba el trato de confianza que se dispensaban. Pero ¿eso era todo? ¿O habían decidido intentarlo de nuevo ahora que lo nuestro no tenía ninguna oportunidad? En realidad, sí que deseaba que Helena fuera feliz. Sin embargo, por otro lado, no soportaba verla al lado de ese tipo.

Como si el teatro me hubiera escuchado, en ese mismo instante las luces se atenuaron hasta sumirnos en la oscuridad y empezó el musical en el escenario. Me obligué a observar a los actores, pero mi mirada vagaba empedernidamente en busca de Helena. Ella no me correspondió, tenía la vista fija en el escenario, pero noté que estaba tensa. Entonces se produjo un cambio de escena y las luces se apagaron por completo.

Unos minutos después, volvieron a atenuarse, y Helena había desaparecido. Solo quedaba Lowell, que no parecía preocupado. ¿Cuándo había salido? ¿Debía salir en su busca para verla? ¿Para hablar con ella aunque fuera brevemente?

Me vibró el móvil y lo saqué enseguida. Cuando vi el mensaje que había recibido, contuve la respiración.

«Tengo que hablar contigo. Segundo piso, cuartillo de vestuario. Se entra por detrás de los palcos. A.».

Provenía de un número desconocido, pero no me cupo duda de quién lo había escrito. «A» de «amapola». No lo había olvidado.

—Ahora mismo vuelvo —le dije a Thaz en voz baja y me levanté de mi asiento.

—Si te largas del teatro y me dejas aquí solo, nunca te lo perdonaré. —Mi amigo me miró fijamente con cierto enfado.

—Que no. Solo tengo que llamar por teléfono. Es urgente. —Señalé mi móvil—. Me ha llamado Eli y tengo que saber qué le pasa.

No fue muy honrado por mi parte contarle aquella mentira sobre mi hermano pequeño, pero sabía que me perdonaría en ese caso.

Tras mascullar muchas disculpas a toda mi fila de asientos, me abrí camino en la oscuridad hasta la salida lateral. Por fortuna, había una cortina delante de la puerta que impidió que alguien viera la luz cuando entré en el pasillo.

Tenía el pulso desbocado, como si hubiera estado boxeando en el Tough Rock, y sabía exactamente por qué: estaba a punto de volver a ver a Helena y no desde la lejanía. Por fin me encontraría de nuevo con ella en una misma habitación, donde podríamos vernos. Aunque no tenía ni idea de por qué quería verme, tenía la esperanza de que hubiera recapacitado. Quizá había dado con la forma de proteger a su familia de Trish, o al menos estuviera dispuesta a correr el riesgo. Fuera como fuese, podría significar un cambio de esta terrible situación en la que nos encontrábamos, y no había nada que yo necesitara más.

Deprisa corrí hacia los palcos, hasta que me topé con una de esas cuerdas que se utilizaban para evitar que la gente se colara en zonas restringidas. Miré a mi alrededor y salté por encima, luego recorrí los últimos escalones y busqué la puerta correcta. Cuando leí las letras redondeadas de metal que indicaban que había llegado al vestuario, me quedé quieto, respiré hondo y giré el pomo.

—¿Hola? —pregunté antes de entrar por completo. Antes de verla.

Se encontraba al fondo, delante de una hilera de disfraces, y en ese instante se giró hacia mí. Dios, a pesar de lo mucho que pensaba en ella, nunca terminaba de asimilar lo guapa que era y lo mucho que me alteraba el corazón.

—Hola —respondió ella, y me dedicó una sonrisa, aunque solo levemente.

—Hola —repliqué yo, y mi euforia empezó a esfumarse. No parecía que Helena quisiera decirme que había esperanza para nosotros. Tenía la misma mirada que en mayo, cuando se plantó en mi apartamento para contarme que no teníamos futuro.

Me acerqué un par de pasos, pero noté por su postura que intentaba con desesperación mantener las distancias entre nosotros.

—Helena… —empecé en tono amable.

—No —me interrumpió y sacudió la cabeza—. Por favor, no digas nada. Ya es bastante doloroso.

Tenía los puños apretados, los labios fruncidos, tratando por todos los medios de mantener la compostura. Joder, cuánto quería acariciarla, tomarla en mis brazos para hacer desaparecer esa tensión que sentía, tanto ella como yo. Pero respeté lo que me pedía y me quedé donde estaba.

—¿Por qué querías hablar conmigo? —pregunté, empleando el tono más neutral que me fue posible. Fracasé estrepitosamente.

—Yo… Hay algo que debo decirte. —Se cuadró de hombros, un gesto muy Weston. Me dolió que creyera que tenía que esconderse—. Es muy importante, pero también bastante peligroso. Necesito que me jures que no se lo dirás a nadie. Ni a Thaz ni a Eli. A nadie.

—Tienes mi palabra. He estado ocultando durante cuatro meses lo que Trish nos hizo. Sea lo que sea, podré callármelo. —Mi tono era lúgubre y Helena percibió mi rabia, al igual que la vio en mis ojos. Pero no hizo ningún comentario, solo se limitó a respirar hondo.

—Si es así, yo… No, no es eso. Debido a circunstancias que no vienen al caso en este momento, he descubierto una información que ni quiero ni puedo ocultarte. —Vaciló de nuevo, como si estuviera buscando las palabras adecuadas.

—Suéltalo —dije con suavidad, conteniendo a duras penas su apodo. Estaba deseando decirlo para, al menos, acortar la distancia entre nosotros. Me mataba tenerla a dos metros de mí y aun así sentirla tan lejos.

Helena pareció armarse de valor.

—No tenemos mucho tiempo, así que iré al grano: Adam tuvo una hija. Una niña que tiene casi seis años. Ella... Se llama Lilly.

Miré fijamente a Helena y, durante unos segundos, me olvidé de todo, lo que sentíamos y lo que se interponía entre nosotros, porque mi mente solo consideraba un pensamiento. «Pero. Qué. Cojones».

—Eso no es posible —dije lo primero que me vino a la cabeza—. Si fuera así, lo sabría.

—Créeme, es cierto. He estado allí, la he visto, no me cabe ninguna duda. Y no habría corrido este riesgo si no estuviera absolutamente segura. —Helena volvió a sonreír, esta vez algo más intencional que antes.

Mi corazón retumbó con rapidez un par de veces, pero mi atención seguía fija en lo que acababa de decir. ¿Adam tuvo una hija? ¿Yo tenía una sobrina? Era demasiado.

—¿Quién... quién es la madre? —Quise hacer los cálculos yo mismo para averiguarlo, pero la cabeza no me funcionaba con normalidad.

—Thea Wallis. —Helena se rodeó con los brazos.

—¿Thea?

Tenía un vago recuerdo de ella. En aquella época, me preocupaban otras cosas que no incluían de quién se había enamorado mi hermano. Helena asintió.

—Adam y ella estuvieron juntos un tiempo cuando estaban en el instituto. Lo dejaron antes de que Thea se diera cuenta de que estaba embarazada y decidieron mantenerlo en secreto. Por tu madre.

Solté una carcajada, pero sonó más como un bufido.

—Por supuesto que por Trish. Esa mujer no sabe más que destrozar todo lo que tiene algo de bueno.

Helena hundió la cabeza, porque sabía mejor que nadie a qué me refería, pero apenas tardó un segundo en recobrar la compostura.

—Te lo estoy contando porque Thea necesita ayuda. Hace un año, Lilly tuvo un accidente, no fue nada grave y ya se encuentra bien, pero la atención médica agotó todos sus ahorros. Y desde la muerte de Adam, es ella la que debe encargarse de todo por su cuenta. Thea dice que está bien, y al principio no quería que hablara contigo, porque tiene miedo de que Trish lo descubra y se lleve a Lilly. Pero le he asegurado que tú nunca dejarías que sucediera algo así. Por eso me dio permiso para contártelo.

Asentí lentamente. Aunque lo cierto era que me sentía incapaz de asimilar todo lo que me estaba contando. Que existiera una niña cuyo padre fuera mi hermano. O que yo no tuviera ni idea del asunto. No obstante, a pesar del caos monumental de mi cabeza y que no conocía a esta chica, ya sabía que haría todo lo que estuviera en mi mano por ayudar a la pequeña.

—¿Por casualidad tienes el número de teléfono o la dirección de Thea?

Todavía no tenía ni idea de cómo iba a contactar con ella sin que nadie se diera cuenta. Pero, para empezar, podría crear una cuenta para Lilly usando algún que otro medio que no pudiera vincularse conmigo.

—Tengo su número. Poner la dirección por escrito me parecía demasiado arriesgado. Pero vive en Elizabeth, Nueva Jersey.

Helena abrió su bolso y sacó un trozo de papel. Luego dio dos pasos en mi dirección y me lo entregó. Cuando lo tomé de su mano, nuestros dedos se rozaron, apenas levemente, y eso causó toda una cascada de reacciones en mi cuerpo. Un aleteo desbocado en el estómago. Calor repentino. Y nostalgia. El roce solo duró un segundo, pero, aun así, provocó más en mí que cualquier beso con otra mujer. Helena me miró a los ojos y entendí que ella sentía lo mismo, que quería aprovechar este momento. Pero entonces dio un paso atrás e interpuso de nuevo la distancia.

—Está codificado —me dijo con voz áspera—. La verdadera cifra es el número que aparece más dos. Pensé que así sería más seguro.

Metí el trozo de papel en el bolsillo de mis pantalones de traje y apunté mentalmente aprenderme de memoria el número lo antes posible. Así podría destruir el papel y no correríamos el peligro de que nadie lo descubriera.

—Encontraré la forma de ayudarlas sin que Trish se entere de nada —prometí.

Helena parecía aliviada.

—Gracias, Jess.

Era la primera vez que pronunciaba mi nombre, y recordé aquella noche en la que lo había pronunciado de otras muchas formas. Primero dudosa. Luego triste. Más tarde suplicante. Sin aliento. Y finalmente, con cariño. Respiré hondo.

—Gracias por contármelo.

Se había arriesgado lo indecible para hacerme partícipe, y eso solo demostraba de nuevo lo buena persona que era.

—No podía no hacerlo —afirmó Helena.

—¿Y cómo te enteraste de la existencia de Lilly? —pregunté. No podía haber sido fácil encontrar a la hija de Adam, sobre todo si su madre había hecho todo lo posible por ocultar la existencia de la niña.

—Ya te he dicho que eso no tiene importancia —respondió Helena, evasiva, y me di cuenta de que se sentía incómoda. ¿Qué me estaba ocultando?

—Claro que la tiene. Si tú las has encontrado, ¿qué impide que Trish también lo haga? Tal vez pueda hacer algo para evitarlo.

—Eso no va a pasar —repuso rápidamente—. Lo supe por... alguien que nunca dejaría que tu madre se enterara. Y como ambos odiamos a Trish de la misma forma, el secreto está a salvo.

—¿Alguien que odia a Trish? —repetí—. ¿Quién?

—No puedo decírtelo. Pero, créeme, tu madre no sabrá nada de Lilly si te aseguras de que no te descubra a ti.

Tenía muchas ganas de enterarme de dónde había sacado Helena la información sobre Thea y su hija. Pero la conocía lo suficiente como para saber que no iba a contármelo. Y todavía confiaba en ella. Señaló la puerta.

—Por esto quería hablar contigo. Será mejor que volvamos, antes de que alguien se dé cuenta de nuestra ausencia.

—Querrás decir, antes de que Lowell se dé cuenta.

No logré esconder el tono celoso de mi voz. Me cabreaba que él sí tuviera permitido verse con ella en público, sentarse a su lado, hablar con ella. Y me estaba volviendo loco imaginar que fuera más que eso: que estuviera con ella por las noches. Que fuera a él a quien despertara de madrugada. Apreté las manos en puños sin darme cuenta. Helena sí lo vio, pero no pareció sentirse culpable. Solo triste.

—Ian y yo no estamos juntos —dijo—. Lo estuvimos antes de la muerte de Valerie y nos entendemos bien, eso es todo.

El alivio recorrió mi cuerpo, aunque sabía de sobra que daba igual si estaba con él o no, porque igualmente no podíamos estar juntos. Helena dio un paso al frente.

—De verdad que tengo que volver ya al teatro, antes de que alguien nos vea aquí.

Tenía toda la razón, pero, al mismo tiempo, todo mi ser se negaba a alejarse otra vez de ella. Aunque tuviéramos que estar aquí para hablar entre nosotros, ya era una mejora respecto a los meses anteriores. Había echado tanto de menos a Helena que cada segundo con ella me sanaba, aunque fuera de forma dolorosa.

—Espera —dije en voz baja cuando caminó en busca de la puerta. La detuve con el brazo sin llegar a tocarla—. Por favor…, dime cómo estás, amapola.

No podía dejar que volviera al teatro sin tener esa respuesta. Ella se quedó quieta y me miró, abriéndose por completo, sin el muro Weston que tan bien dominaba. Y, cuando respondió, habló en voz baja y con cierto temblor.

—¿Tú qué crees?

16

Helena

«Por favor…, dime cómo estás, amapola».

Seis palabras. Seis palabras fueron suficientes para que perdiera la compostura en un solo instante. Sobre todo por la última de ellas, que derribó los muros que me quedaban. Me sorprendía que no hubiera sucedido antes, ya que, desde que Jess había entrado en el vestuario, me pareció casi imposible mantener a raya mis sentimientos. Su mera presencia provocaba que me temblaran las rodillas, pero conseguí hablar de Lilly y Thea sin vacilar. Hasta que pronunció esta súplica.

Y caí con todo.

—¿Tú qué crees? —respondí en voz tan baja que hasta a mí me costó escucharme. Admitir ante él que me sentía como una mierda también era reconocérmelo a mí misma. Llevaba cuatro meses ocultándoselo a todo el mundo, pero con él me resultaba imposible.

La mano de Jess rozó la mía, muy suavemente, pero, aun así, se me erizó el vello de todo el cuerpo. Lo miré sin poder apartar la vista y, por un momento, ninguno de los dos nos movimos. Entonces él me acarició el dorso de la mano y me pasó los dedos por el brazo. Contuve el aliento, queriendo al mismo tiempo disfrutarlo e interrumpirlo, pero no conseguí hacer ninguna de las dos cosas. La caricia me recordó muchísimo a aquella noche en la que nos tratamos con mucho más cariño que aquí y ahora. En la que estábamos totalmente de acuerdo en lo que queríamos, que era estar juntos. Mi mirada se encontró con la de Jess, y en sus ojos solo vi una verdad sincera y sin palabras, antes de que las pronunciara.

—Te echo mucho de menos. —Lo dijo con voz amable, ronca, y estuve a punto de tirar por la borda todas las precauciones y echarme a sus brazos, aunque solo fuera por un momento. Quería tenerlo en mi vida, no había nada que deseara más que eso. Pero, cada vez que pensaba en ello, siempre aparecía mi voz interior a rebatirme: «¿Estás preparada para sacrificarlo todo por ello?».

No lo estaba.

Con un último esfuerzo, puse distancia entre nosotros, la suficiente para romper el contacto.

«¿Por qué lo haces? Aquí no hay nadie que pueda veros».

Era cierto. Pero, si me permitía ceder a este impulso ahora, después sería peor. Mucho peor de lo que ya era. Si quería sobrevivir a esto, si quería pasar página de alguna forma, debía irme ahora mismo.

—Tengo que marcharme —dije sin mirar a Jess.

Acto seguido, corrí hacia la puerta y la abrí apresuradamente. No había nadie en el pasillo y estaba segura de que Jess esperaría unos minutos antes de volver también a la sala del teatro. Así que caminé deprisa hacia la escalera, bajé, pasé por encima del cordel y, al segundo intento, di con la puerta correcta del palco. En el escenario parecía estar desarrollándose una escena de duelo, pero no podría haberme interesado menos. Todavía sentía la caricia de Jess en la piel, todavía había una parte de mí que quería salir corriendo para refugiarme en sus brazos, aunque solo fuera para sentir durante un instante que todo iba bien. Sentirme plena durante un solo momento. Pero sabía que ese momento nunca sería suficiente. Así que enterré en lo más profundo esos sentimientos, volví a mi butaca y traté de recuperar el control.

Ian levantó la vista cuando me senté a su lado y le devolví el teléfono. Por supuesto, ya había borrado el mensaje que había mandado a Jess.

—Has tardado mucho. ¿Va todo bien con tu padre?

—Sí, perfectamente. —Mi corazón latía con fuerza, pero no se debía a haber vuelto corriendo, sino a Jess. Con esa simple caricia había hecho trizas toda la fuerza de voluntad que había amasado en los últimos meses. Solo podía rezar por que Ian no se diera cuenta de nada—. Solo nos ha costado un poco cuadrar nuestras agendas para la semana que viene. Ya sabes, por los preparativos de boda de Lincoln y Paige.

Era una mentira a medias. Dentro de poco tendríamos varias reuniones en ese sentido: búsqueda de local, prueba de vestidos y, por supuesto, la elección de la tarta. Me habría encantado evitar todo esto, pero al menos estaba ya todo planeado. Y como Paige me había pedido expresamente que la ayudara en la búsqueda del lugar perfecto para su boda, no podía negarme.

Ian pareció aceptar mi respuesta y cuando Jess regresó a la tribuna unos minutos después, ni siquiera se dio cuenta. Yo sí que noté cuando él me miró, reconociéndonos cuando la luz del escenario se intensificó, y en su semblante percibí aún el deseo, aunque también algo de desafío.

«¿Qué esperabas?», pensé.

La esperanza se abrió paso en mi mente, al igual que el miedo. Dos sentimientos que siempre estaban presentes cuando pensaba en Jess, porque éramos quienes éramos y queríamos lo que queríamos.

Esperanza y miedo. Miedo y esperanza.

Si se hubiera escrito un musical sobre nosotros, ese habría sido el título.

—Hemos pasado una noche estupenda —comentó Ian cuando nos marchamos en el coche contratado por su familia. O bien no se había dado cuenta de que había estado todo el tiempo distraída o estaba intentando ser educado.

Apenas le había dirigido tres frases durante el intermedio y después de que finalizara la obra, ya que estaba ocupada intentando no cruzarme con Jess en el vestíbulo. No porque me diera miedo que alguien nos viera, sino porque me daba miedo que mi sensatez no fuera tan fuerte como para no acercarme a él. E incluso ahora que ya estaba fuera de peligro, no conseguía relajarme.

—¿Va todo bien de verdad? Llevas un buen rato un poco rara. —Ian entrecerró los ojos. Al parecer sí que se había dado cuenta—. ¿Tiene algo que ver con Coldwell? Te miró de una forma muy desagradable.

—Su familia cree que Valerie fue la responsable de la muerte de Adam —contesté, y la mentira salió fácilmente de mis labios. Al fin y al cabo, era cierto en el caso de Trish, aunque no fuera así para Eli y Jess—. ¿Acaso te extraña que me mire como si fuera su enemiga?

Ian negó con la cabeza.

—Aunque me extraña que estuviera allí. Según dicen, odia a la clase alta y no se lleva muy bien con su madre. Y de joven provocó un montón de escándalos. Esta noche era un evento para las altas esferas. ¿Qué hacía allí?

«Verse conmigo en el vestuario y correr más peligro de la cuenta».

—Estaba allí con un amigo, Balthazar Lestrange, puede que lo conozcas, y por cómo estaba disfrutando del musical, yo diría que fue idea suya. —También explicaba por qué era este el primer evento en el que me encontraba con Jess. Seguramente, Trish no sabía nada de la obra y dudaba que la hubieran invitado. Los teatros de Broadway seguían estando en mano de los ricos de siempre y, por lo tanto, era una de las pocas instituciones de la ciudad que no cumplían las órdenes de la madre de Jess con solo chasquear los dedos—. Déjalo estar, ¿vale? —le pedí a Ian—. No merece la pena ni mencionarlo.

En realidad, no sabía cuánto tiempo podría soportar hablar de Jess Coldwell como si fuera mi enemigo, cuando era todo lo contrario.

—Vale, como quieras. —Ian me miró y no pareció estar muy convencido. Probablemente percibió algo en mi actitud que malinterpretó—. ¿Te apetece que vayamos a tomar algo? Cerca de mi casa, en Lexington, han abierto un bar nuevo.

Contuve el aliento.

—No te enfades, pero preferiría irme a casa. Anoche no dormí muy bien y me gustaría irme a la cama.

—Por supuesto.

De nuevo compuso una sonrisa, pero sabía que estaba inquieto. Era de recibo que le dijera la verdad. Era un buen tío y no se merecía que lo tuviera esperando.

—Ian, escúchame —decidí decirle la verdad—. Me alegro de que hayas vuelto y me lo paso bien contigo.

Ian rio.

—El «pero» va a ser tan grande que podrían haberlo puesto en una de las pantallas de Times Square. Perdona, te he interrumpido.

Sonreí de lado.

—¿Podríamos ser solo amigos? Ahora mismo tengo muchas cosas en el aire en mi vida y en mi familia está la cosa un poco caótica.

«¿Solo verdad a medias, Helena?».

Suspiré mentalmente.

—Además, estaba con alguien y no acabó bien. Creo que todavía no lo he superado.

La mirada de Ian se tornó compasiva.

—No lo sabía, lo siento.

—Yo también.

Pensé en el encuentro de hoy con Jess y deseé por enésima vez que las cosas fueran diferentes. Pero la vida no era un cuento de hadas y los deseos no se hacían realidad.

—Para mí tampoco fue fácil la ruptura con Chloe —afirmó Ian—. Te preguntas si deberías haber aguantado o si podrías haberte esforzado más, pero ahora soy consciente de que tomé la decisión correcta. Estoy seguro de que tú también llegarás a ese momento.

Estuve tentada de reírme como una histérica, pero me contuve, al igual que de decirle que la decisión de no estar con Jess nunca sería la correcta.

—Sí —dije—, supongo.

—Me parece bien que seamos amigos, Len, al fin y al cabo es lo que éramos al principio.

—Cierto. —Sonreí, y esta vez de verdad.

—Bueno. —Presionó el botón del interfono—. Entonces te llevo a casa.

Le dio al conductor la dirección. Yo me recliné en el asiento y solté aire. Había salido todo a pedir de boca, ¿no? Mi madre no me buscaría más candidatos mientras Ian estuviera presente, y me caía bastante bien como para que las citas fueran agradables. No le molestaba que no quisiera tener una relación. Era una victoria para todos.

Entonces ¿por qué me sentía tan mal?

Ian me dejó en casa y, afortunadamente, no hubo ningún momento incómodo al despedirnos. Me alegré de haberle contado mis problemas y de que todo se hubiera aclarado, así no esperaría que volviésemos a estar juntos.

Mientras caminaba por el vestíbulo de mi casa, me vibró el móvil. Menos mal que no lo había hecho en toda la noche, o mi mentira sobre la batería agotada habría sido en vano. Fruncí el ceño al ver que se trataba de Malia, y descolgué.

—Hola, ¿qué pasa? —Nunca me llamaba a estas horas, a menos que hubiera descubierto algo nuevo. Desde que visité a Thea, habíamos intentado descubrir dónde había ido Adam a rehabilitación, pero no habíamos tenido éxito.

—Nada bueno. —Malia sonaba muy seria—. Hoy estaba revisando de nuevo los extractos bancarios de Adam y mi capitán lo ha visto.

«Mierda».

203

—¿Y qué pasó? —Contuve el aliento.

—Me preguntó por qué me interesaba por Adam Coldwell, porque había oído que ya había estado investigando sobre el tema antes. No sé cómo se ha enterado, siempre he sido muy cuidadosa y me he asegurado de que no hubiera nadie cerca cuando descargaba los extractos o documentos. Y dudo que haya sido el compañero que me vio hacerlo. Pero es evidente que alguien se lo ha contado.

—¿Qué le dijiste? ¿La verdad?

—No, por supuesto que no. Improvisé y le dije que había recibido un soplo anónimo y que por eso tenía que revisar las cuentas de Adam.

Me cambié el teléfono de mano.

—¿Se lo ha tragado?

—Espero que sí. —Respiré aliviada, aunque sabía que eso no era todo—. Pero luego me dio una buena charla, diciendo que yo no era inspectora y que, si quería serlo algún día, debería ocuparme de mi trabajo. No fue una advertencia oficial, pero faltó poco. Estoy segura de que estará pendiente de mí a partir de ahora, al igual que de mis investigaciones. Lo que significa que no voy a poder ayudarte en las próximas semanas, no quiero arriesgarme. Estoy atada de pies y manos, Len.

Respiré hondo e intenté asimilar las malas noticias. Malia no solo era mi compañera en este asunto, sino la fuente de información más importante en todas las investigaciones que hacía. Que tuviera acceso a la base de datos de la policía de Nueva York valía su peso en oro.

—Lo importante es que no hayas sufrido ninguna consecuencia —dije—. Todo lo demás tiene solución.

Quizá podía contratar a alguien que se encargara de recabar información.

«Sí, ¿a quién? O mejor dicho, ¿cómo vas a evitar que se enteren tus padres o, peor aún, que Trish Coldwell te descubra?».

—Lo siento mucho. Habíamos llegado tan lejos... —Malia sonaba más que triste.

—No ha sido en vano. Encontraré una forma de dar con la clínica de rehabilitación de Adam. Y ya veremos qué hacemos después. —Mi voz sonaba más segura de lo que me sentía. Pero Malia no necesitaba más motivos para sentirse culpable.

—No hagas nada que te ponga en peligro, ¿vale? —me pidió—. Prométemelo, por favor.

—Te lo prometo —mentí—. Hablamos, Malia.

Y colgué, quedándome inmóvil en la entrada de mi casa, sintiendo pánico después de esta noche tan dolorosa. ¿Cómo iba a continuar sin la amiga de Valerie? ¿Cómo iba a limpiar el nombre de mi hermana sin su ayuda, si las causas de su muerte eran tan confusas como parecían? ¿Cómo?

No tenía ni la menor idea.

17

Jessiah

El coche serpenteó por las estrechas calles de Nolita y, por primera vez, tuve la oportunidad de ver cómo Nueva York pasaba por la ventanilla. Delilah había insistido en que me recogiera su chófer y, aunque ese tipo de conductas formaba parte de las cosas que odiaba de la clase alta, quise ahorrarme la discusión. Sin embargo, a pesar de que tenía la oportunidad de disfrutar de no hacer nada durante ese cuarto de hora en coche, no podía concentrarme en el mundo exterior, sino en lo que me pasaba por la cabeza.

Después de que llegara a casa del teatro hacía cinco días, lo primero que hice fue abrir una cuenta bancaria para Thea y Lilly que no pudiera vincularse conmigo. Afortunadamente, conocía a gente que sabía de ese tema; antiguos contactos de mi padre que, aunque no hacían nada implícitamente ilegal, se sabían todos los trucos. Así podría ayudar a mi sobrina (aún me parecía surrealista pensar en esa palabra) y a su madre sin correr el riesgo de que Trish lo descubriera todo. Un par de días después, cuando estuvo todo arreglado, alguien del banco llamó a Thea para informarla de que existía una nueva cuenta a su nombre. Evidentemente, me habría encantado subirme a mi coche y conducir hasta Jersey, pero no podía hacerlo hasta que estuviera seguro de que Trish no se enteraría de nada. Y apostaba a que, aunque ya no me siguiera como hacía antes, tenía alguna forma de mantenerme vigilado desde que le ofreció el trato a Helena.

Helena… En la mayor parte del tiempo que pasaba consciente, me centraba en mi trabajo y en los muchos proyectos que tenía entre manos, o pensaba en Lilly y Thea. Helena siempre me sorprendía en los momentos más inconscientes. Al despertarme, a la hora de irme a la cama, a veces en mitad de la noche. Ya me sucedía antes de habernos visto en el teatro, pero desde entonces la sensación se había vuelto más fuerte. Aquella noche apenas la había rozado y, sin embargo, el deseo había sido tan intenso como si nos hubiéramos acostado. Quizá me sentía ahora tan mal porque no había llegado a pasar nada entre nosotros.

También había una parte de mí que tenía un mal presentimiento cada vez que pensaba en lo que me había contado sobre Thea. O más bien, en cómo se había enterado. Confiaba plenamente en Helena y en lo que me había dicho de que Trish no podría obtener la información de la misma forma que ella, pero no era capaz de imaginar que se hubiera enterado por otra persona. En aquel momento no quise indagar más, porque estaba demasiado distraído por ella y por las noticias tan fuertes que había recibido. Pero ahora que había tenido tiempo de reflexionar…, me parecía raro. Al principio lo había achacado a que no pensaba con claridad cuando se trataba de Helena, que eran imaginaciones mías para sentirla cerca de mí de alguna forma. Sin embargo, esa sensación no terminaba de esfumarse, así que el día anterior me había puesto en contacto con alguien que podría procurarme información. Desde entonces esperaba a que me llamara.

—Ya hemos llegado, señor Coldwell —anunció el conductor desde la parte delantera, sacándome de mis cavilaciones. Primero tenía que sortear esta reunión, así que desterré a Helena de la cabeza, ya que del corazón hacía tiempo que lo había hecho.

Delilah me esperaba delante de la puerta de un hotel de la calle 41, que yo conocía como Randy East, pero que, aparentemente, se había vendido y estaba siendo renovado. El contenedor de escombros situado delante de la puerta principal era un signo claro de ello. No me sorprendió que no estuviera al corriente de este proyecto; por mucho que supiera sobre el tema, no podía saberlo todo, y los hoteles no eran mi especialidad. Quizá me hubiera enterado de algo si hubiera pasado el verano en Nueva York, pero lo cierto era que no tenía ni idea de quién era el nuevo dueño del hotel. O dueña.

—¿No es un poco arriesgado comprar un edificio de varios pisos para montar tu club? —bromeé mientras salía del coche y saludaba a Delilah, que, al contrario que la última vez que la vi, llevaba unos vaqueros y una camisa de color claro y parecía sorprendentemente normal.

Esta sonrió con malicia y me tendió la mano.

—Buenos días a ti también, Jess. Y no te preocupes, no he comprado todo el hotel. Solo he alquilado una parte. —Me señaló la puerta—. ¿Pasamos?

La seguí y sentí su entusiasmo cuando entramos al vestíbulo, que tenía la pinta que cualquiera podría esperar: un caos absoluto. Ya habían arrancado y tirado la moqueta, y los trabajadores se afanaban por limpiar los restos de pegamento del suelo de hormigón, mientras otros se encargaban de quitar el papel pintado antiguo de las paredes. No obstante, no tuve demasiado tiempo para verlo todo, ya que Delilah giró a la derecha y atravesó una lona que hacía las veces de puerta. La seguí, aparté el plástico y me encontré en un espacio de techos más bajos que el vestíbulo.

—Aquí estamos —dijo abriendo los brazos—. ¿A que es perfecto?

Seguí avanzando y miré a mi alrededor atentamente. Tenía razón, el local tenía buen tamaño y, aunque en estos momentos parecía que había sido atacado por una bola de demolición, la estructura era sólida, al menos hasta donde yo veía. Aquí se podía montar algo con futuro. Que tuviera que ser un club privado era otra cuestión. Pero por el momento fui lo bastante profesional como para dejarlo pasar.

—¿Existe una entrada separada o la gente tiene que pasar por el vestíbulo del hotel?

A pesar de la aversión que me provocaban este tipo de sitios, sabía lo que valoraban los clientes: discreción y privacidad. Mi padre solía recibir muchas invitaciones a clubs de este tipo y siempre las rechazaba. «No me interesa hacer que los hombres poderosos se sientan aún más poderosos», solía decir. Me dolió un poco el corazón al acordarme. Lo echaba en falta. Mi padre siempre había sabido lo que era importante en la vida.

Delilah rio con suavidad.

—Ahí delante hay una entrada lateral, pero mis clientes no tendrán problema en pasar por el vestíbulo. No vienen a hacer negocios turbios con puros y luces tenues. Es más bien un intercambio de opiniones y un sitio en el que conocer gente. O simplemente porque se sienten solos en esta enorme ciudad.

—Entonces ¿podrá entrar todo el mundo? —pregunté—. ¿Sin tener que pagar una cuota de socio de cinco cifras ni tener una carta de recomendación?

Su sonrisa se debilitó un poco.

—Evidentemente tendremos criterios de admisión; si no, no sería un club.

—¿Y cuáles serán estos?

Me dirigí a la siguiente sala, separada de la estancia principal por una pared y varios escalones. Unas ventanas estrechas y altas daban al patio interior. No tenían la mejor de las vistas, ya que lo que se veía ahora eran cubos de basura y otro contenedor para los escombros. Pero eso se podía cambiar. También era posible decorar el patio o cerrar las ventanas y aportar luz de otra forma.

Un momento, ¿por qué estaba pensando en cómo mejorar este sitio? Todavía no habíamos llegado a ese punto.

—Quiero que el concepto abarque a gente joven y ambiciosa entre veinticinco y cuarenta años. Así que no habrá ni cartas de recomendación ni privilegios familiares. —Delilah miró por la ventana y torció el gesto, pero no dijo nada de las vistas—. Habrá un proceso de admisión, pero también quiero acercarme a candidatos en persona. De hecho, ya he hecho una lista de personas que me parecen interesantes. —Me miró—. Tú estás entre ellas.

Tuve que reírme.

—Es un honor, pero intento relacionarme con gente rica lo menos posible.

—Ah, ¿sí? ¿Eso también se aplica a Helena Weston?

La sonrisa se me borró de la cara. Me giré abruptamente hacia Delilah.

—¿Qué estás insinuando con eso? —pregunté con más intensidad de la que pretendía. ¿Cómo se había enterado de lo mío con Helena?

—Nada. —Alzó las manos un poco sorprendida—. Solo quería hacer una broma por los rumores que corren por ahí. No significa nada.

—¿De qué rumores estás hablando? —La miré fijamente, incapaz de dejarla escapar con tanta facilidad. Si sabía algo de nuestro encuentro en el teatro, mi madre también podría enterarse y, por lo tanto, los Weston estarían perdidos.

—Que había algo entre vosotros, como si fuera la continuación de la trágica historia de amor de vuestros hermanos. —Delilah parecía sentirse muy incómoda de haber sacado el tema—. No quería insultarte, perdona. Sinceramente, pensé que no sería para tanto.

—Y no lo es.

Me quedé algo más aliviado, ya que parecía que solo eran rumores. Había quien se había fijado en las miradas que Helena y yo nos dedicamos en la inauguración del Mirage en primavera. Pero no parecía que se dijera nada de las últimas semanas.

—Siento haber sacado el tema. —Delilah se encogió de hombros, incómoda.

—No pasa nada. —Quizá debería haberme disculpado por mi reacción; sin embargo, no lo hice, ya que no quería que pareciera que sí que había sucedido algo. En su lugar, me encaminé hacia la cocina—. ¿Me enseñas el resto?

—Por supuesto.

Delilah pareció aliviada, pero, antes de que pudiera decir nada más, se abrió el plástico que hacía las veces de puerta.

—Oye, aquí no admitimos vagabundos —dijo alguien.

Me giré y sonreí cuando vi quién acababa de entrar.

—¿Qué haces tú aquí entonces? —repliqué con sorna.

—Esa ha sido buena.

El intruso sonrió de forma maliciosa y se acercó, con las manos en los bolsillos de sus pantalones oscuros, seguramente a medida, a juego con su camisa y chaleco, seguramente también a medida. Llevaba el cabello rubio cortado con pulcritud y peinado a la perfección. Sin duda alguna, a su lado, con mis vaqueros y camiseta, sí que parecía un vagabundo, pero no me importó. Nunca lo había hecho.

—Finlay Henderson. —Le tendí la mano—. Te has hecho viejo.

—No aparento más de veinticinco, idiota. Hace mucho que no nos vemos —respondió Finlay. Tenía razón, hacía un montón de tiempo que no nos veíamos, la última vez había sido hacía más de un año—. ¿Qué haces aquí, tío? —me preguntó—. ¿Vienes a ver qué se cuece en el viejo Randy East? Te hubiera llamado para que me ayudaras a dejarlo bonito, pero Delilah fue más rápida. —Nos miró de hito en hito y no esperó una respuesta—. Ah, ya entiendo, tú ya estás en el ajo.

—Yo no diría tanto —negué con la cabeza.

—Me costó mucho convencerlo de que viniera a verlo —explicó Delilah—. Y creo que ha querido salir corriendo un par de veces antes de que llegaras.

—Ya veo. —La sonrisa de Finlay se ensanchó con complicidad—. Estas cosas exclusivas no son lo tuyo, ¿verdad? Lo tendría que haber imaginado.

—Y yo que tú estarías totalmente encantado —repuse. Finlay Henderson era conocido por disfrutar al máximo de una vida de

213

riquezas y famoseo, y no trataba de ocultarlo—. ¿En serio has comprado este hotel? —le pregunté.

Cuando nos conocimos hacía algo más de dos años, me contrató para que le ayudara a reformar unos cuantos clubs, porque a Finlay le encantaba tener clubs, pero nunca había dicho nada de que quisiera ir en esta dirección, y eso que su familia era considerada prácticamente de la nobleza en la profesión. El Grupo Henderson poseía hoteles de lujo en los rincones más bonitos del planeta.

—Eso parece —respondió Finlay—. Pero si lo que quieres es saber por qué, entonces tendrás que preguntarle a la loca que me convenció de comprar con ella esta ruina.

—La loca te ha oído.

De repente, como de la nada, apareció una mujer de pelo moreno que llevaba unos vaqueros y un jersey de lana grueso que encajaba mucho mejor en el lugar que nos encontrábamos que el atuendo de su novio. Se abrió paso implacable entre los rollos de alfombra vieja y el mobiliario decrépito.

—Jessiah Coldwell. —Me miró de arriba abajo—. Ya veo que sigues siendo el tío más buenorro de la ciudad.

—Edina Henderson —repliqué en el mismo tono, ignorando la mirada indignada de Finlay—. Veo que sigues siendo una de las mujeres más guapas de la ciudad.

—¿Una de las más guapas? La última vez que nos vimos no compartía el primer puesto con nadie. ¿Qué ha pasado? —Edina me lanzó una mirada curiosa desde sus ojos azules, que me recordaron un poco a los de Helena. Aunque su mirada era mucho más inquisitiva—. ¿Tienes algo que contarme?

En ese momento, Delilah me miró de nuevo, como si fuera una serie de televisión de lo más interesante. Solté un bufido.

—En absoluto, simplemente no quería que Finlay me partiera la crisma con una de esas sillas destartaladas —comenté—. ¿Podemos hablar ya de por qué habéis comprado esta ruina?

—Es una historia rápida. —Edina se encogió de hombros, y vi por el rabillo del ojo que Delilah aceptaba una llamada y salía de la habitación—. Acababa de terminar la universidad, así que Fin y yo estuvimos pensando de qué queríamos vivir en el futuro.

—Y en qué podríamos despilfarrar nuestra herencia —añadió Finlay.

—Despilfarrar no, invertir —asintió—. Entonces nos enteramos de que el Randy East estaba en venta. Y, por algún motivo, nos miramos y supimos que queríamos intentarlo. Los Henderson llevamos los hoteles en la sangre, así que hay muchas posibilidades de que no la caguemos.

Tenía sentido. Y, de repente, el club de Delilah me pareció mucho más interesante.

Un hombre ataviado con un mono meneó una llave sueca entre la cortina de plástico y Edina le hizo un gesto.

—Tengo que ir a hablar con los albañiles —dijo—. Pero, Jess, si te apetece, cuando termines la reunión con Delilah, súbete al último piso. Tenemos un café decente.

—Siempre tengo tiempo para un café decente —reí, y se fue.

Como Delilah aún no había vuelto, Finlay me miró.

—¿Tienes tiempo para una visita? Puedo enseñártelo todo.

—Por supuesto.

A pesar de que había venido para hablar con Delilah de su club, no me importaba tomarme ese periodo de gracia antes de tener que decidirme. Lo que me había contado no sonaba mal, pero aún no estaba seguro de que me encantara el concepto. Por mucho que aceptara miembros sin importar sus antecedentes o su familia, seguía siendo un círculo elitista.

Nos encontramos con ella en el vestíbulo, donde, a juzgar por el gesto serio de su rostro y las respuestas cortas, contestaba a una llamada de teléfono importante. Le indiqué con una seña que iba a ver el resto del hotel y asintió.

—¿Qué tamaño tiene? —le pregunté a Finlay. El Randy East había sido un hotel de gama media para turistas y gente de negocios con presupuesto reducido, pero eso era todo lo que sabía del tema.

—Tenía unas cien habitaciones, pero eran demasiado pequeñas y ni siquiera cumplían con la normativa actual contra incendios. —Finlay cruzó una puerta y la mantuvo abierta para mí—. Así que decidimos quitar algunas paredes y pasar de cien a sesenta habitaciones. En realidad, es como volver a los orígenes, porque en los cincuenta este hotel estaba reservado para los políticos más famosos.

Dejé pasar a dos hombres que cargaban una larga tabla de madera entre ambos y eché un vistazo a la siguiente estancia, que era mucho más grande.

—Este es el salón de desayunos —explicó Finlay—, o lo será en algún momento.

—¿No tenéis pensado montar un restaurante? —Sabía que el club de Delilah se encontraba donde había estado el restaurante del hotel, así que quizá les faltaba espacio.

—Sí, pondremos uno, pero no tan grande, con una cocina más sencilla. —Finlay tomó la esquina y, de repente, ya no había nadie a la vista. Tras girar una esquina más, nos plantamos delante de un ascensor estrecho—. Esta es mi parte favorita del hotel —comentó entusiasmado—. El ascensor vip de la época, por donde subían los políticos.

—Querrás decir el ascensor de la época en el que pedían prostitutas a sus habitaciones, ¿no?

—Qué cabrón más poco romántico eres. —Finlay fingió ofenderse y yo me reí—. Pero, aunque puede que tengas razón, ahora mismo nos sirve para poder subir sin que nos vean. Aquí siempre hay algún problema y cada dos minutos te está buscando alguien.

Las puertas del ascensor se abrieron y entramos. Finlay presionó el botón del último piso y el ascensor se estremeció antes de ponerse en marcha con un respingo. Confié en que nos llevara hasta arriba sin quedarse parado.

—¿Tenéis arriba vuestros despachos? —pregunté.

—No solo eso. Ese piso tiene los techos más bajos y abuhardillados, porque estaba destinado a los empleados del hotel, así que no podíamos usarlo para los huéspedes. Hemos arreglado un par de habitaciones para vivir aquí mientras dure la obra.

Nos bajamos, y ante nosotros se extendía otro pasillo que era mucho más estrecho y, en efecto, tenía los techos más bajos. Finlay sacó una llave y abrió una de las puertas; al otro lado había una habitación pequeña, pero bastante acogedora. Cuando vi la cafetera profesional sobre la encimera, supe por qué Edina había mencionado lo del café decente.

—¿Quieres uno? —me preguntó Finlay.

—Siempre —asentí.

Mi móvil sonó con un tono suave y melodioso y lo cogí rápidamente. Cuando vi quién me había escrito el mensaje, no pude evitar ponerme en tensión. Era el conocido al que le había pedido que averiguara si mis sospechas sobre Helena eran infundadas o no.

«Parece que tus sospechas tienen razón de ser», decía el mensaje. Nada más. Necesitaba mantener a raya esta mezcla entre miedo y rabia que empezaba a amenazarme.

—¿Va todo bien, tío? —Finlay estaba llenando de café molido la cafetera y me miró—. Tienes cara de que ha pasado algo malo.

—Sí. No. ¿Puedo llamar un momento a alguien?

—Claro. Ve dos puertas más allá, está abierto.

—Gracias, ahora mismo vuelvo.

Salí deprisa de la habitación y seguí las instrucciones de Finlay, hasta que llegué a una habitación que era igual que la anterior, pero estaba amueblada con una cama y un armario. Allí me acerqué a la ventana y seleccioné el número que acababa de enviarme un mensaje.

—Me imaginaba que ibas a llamarme —contestó Garrick White sin dedicarme un saludo.

—No tenía mucho de dónde tirar con el mensaje que me has mandado, Garry.

Lo conocía de mi época rebelde después de la muerte de mi padre. Era uno de sus amigos, y me había sacado de más de un apuro cuando me metía en líos. En mi opinión, se alegró de que me fuera del país y, desde que había vuelto a Nueva York, no habíamos tenido casi ningún contacto. Sin embargo, fue la primera persona en la que pensé cuando supe que necesitaba información, ya que Garrick llevaba veinte años siendo capitán de la policía de la ciudad y, por tanto, tenía acceso a todo. Además, por decirlo suavemente, no le entusiasmaba mi madre, así que siempre era de fiar.

—A veces suenas como tu padre —dijo, y oí la sonrisa en su voz—. Echo de menos a ese viejo.

—Yo también. —Respiré hondo y me armé de valor—. Bueno, ¿qué tienes para mí?

—Pues, tal como sospechabas, la pequeña de los Weston parece estar llevando a cabo una investigación sobre su hermana. He estado revisando quién ha accedido a documentos relacionados con Valerie o Adam últimamente, y se trata de una compañera de la vigésima compañía: Malia Williams. Por lo que he entendido, la agente Williams es amiga de la familia Weston y empezó a interesarse por el tema en la misma época que Helena volvió a la ciudad.

Me dejé caer en la cama cuando todo aquello que había temido me cayó como un mazazo. Todas mis suposiciones tenían sentido ahora: que Demi me dijera que Helena había preguntado a Simon por Valerie, que se hubiera enterado de lo de Thea y Lilly, nuestra cena en el Bella Ciao y cómo había reaccionado cuando hablamos de Pratt y su ataque. Helena no estaba interesada en saber las últimas horas de vida de su hermana. Lo que quería saber es si Pratt sabía algo sobre su muerte, y para ello había corrido un tremendo peligro. En su día, pensé que lo de Pratt había sido algo puntual y que había aprendido de ello, pero, si seguía investigando, corría el riesgo de que se repitiese algo así, o incluso mucho peor. El miedo me atenazó la garganta.

—Jess, ¿sigues ahí? —preguntó Garrick.

—Sí, perdona, es muy… fuerte. No tenía ni idea de que Helena estaba haciendo eso. —Intenté recobrar la compostura—. ¿Se lo has contado a alguien?

—No. Sí que hablé por teléfono con el capitán de la vigésima para que estuviera pendiente, pero me dijo que ya había hablado con ella y le había dejado claro que ese caso está cerrado. Por lo visto, se había dado cuenta de que Williams buscaba información sobre Adam y Valerie. La mantendrá vigilada.

Eso significaba que Malia ya no podía seguir dándole información a Helena. ¿Era algo bueno porque ya no podía investigar? ¿O malo porque buscaría otras fuentes de información? No lo sabía. Al igual que no sabía por qué lo hacía. Sí, la primera vez que nos vimos, me amenazó diciendo que no volvería a permitir que Trish ensuciara el nombre de Valerie. Pero ¿qué esperaba descubrir? Valerie y Adam habían esnifado cocaína adulterada y habían muerto a causa de ello. Aunque encontrara al vendedor culpable, no conseguiría restaurar la reputación de su hermana.

—Si me permites la pregunta, Jess, ¿qué sucede con esta chica? —Escuché la preocupación en la voz de Garrick, y también todo lo que no decía. «¿Es que quieres repetir la historia de vuestros hermanos? ¿O es todo lo contrario?». Odio o amor, esas eran las únicas opciones que imaginaba la gente cuando se trataba de Helena y de mí.

—Nada en absoluto —repliqué sin molestarme en dar explicaciones. Actualmente ya no había nada entre nosotros y lo único en lo que podía pensar era en el miedo cada vez mayor que sentía por Helena. Me habría encantado ir a su casa y preguntarle en qué cojones estaba pensando poniéndose en peligro de esa forma para conseguir la verdad.

—Si tú lo dices —dijo Garrick, y sonó de todo menos convencido. Oí que alguien le hablaba de fondo y el capitán respondió con brevedad antes de decirme—: Tengo que irme.

—No te entretengo más. Gracias, Garry. Has sido muy amable echándome un cable.

—De nada, hijo. Sabes que aquí me tienes si me necesitas. Siempre y cuando no vuelvas a ponerte en pelotas en el Empire State. Entonces afirmaré categóricamente que no te conozco de nada.

Solté una carcajada seca al acordarme de ese episodio.

—No te preocupes, eso ya quedó atrás.

—Me alegro de oír eso. Hasta pronto, Jess. Cuídate.

—Igualmente, y gracias de nuevo.

Colgué y respiré hondo, sentado con el teléfono en la mano, pensando qué debía hacer a continuación. Que Helena hubiera averiguado lo de Thea indicaba que no se trataba de un pasatiempo de poca monta, sino de una misión en toda regla sobre la que yo sabía muy poco, ya que no tenía ni idea de que existía siquiera. Noté una punzada leve de traición, pero la deseché. Por supuesto, me habría encantado que me hubiera hablado del tema cuando estuvimos juntos el día del aniversario de la muerte de nuestros hermanos, pero aquella noche estábamos muy frágiles y no teníamos tanta confianza. Sin embargo, ahora sí lo sabía y no podía ignorarlo.

No podía evitarlo; tenía que encontrar la forma de hablar con ella, estuviera o no permitido. Debía hablar con ella del tema lo antes posible, saber qué necesidad tenía de ponerse en peligro. Pero no podía hacerlo por teléfono, así que necesitábamos un sitio en el que encontrarnos donde nadie nos descubriera, donde nadie nos viera ni pudiera afirmar habernos visto. Una misión prácticamente imposible teniendo en cuenta los habitantes que tenía Nueva York y que Trish y los padres de Helena tenían ojos en todas partes.

Necesitaba un plan en condiciones si quería conseguirlo.

Y ya tenía una idea de a quién podía pedírselo.

18

Helena

—¿Más café, señorita Weston?

—Sí, gracias, Rita —respondí con una sonrisa, y empujé mi taza en su dirección para que nuestra empleada doméstica pudiera verter mejor el café. Cuando terminó, asintió y desapareció. Me di cuenta de que esta mañana de domingo había hablado más con ella que con mi familia, y eso que Rita tan solo me había servido el café un par de veces y me había traído un cruasán de la cocina.

Mis padres estaban sentados a la mesa, pero mi padre estaba oculto detrás de su ordenador mientras mi madre tecleaba con gesto serio en su móvil, seguramente respondiendo algunos correos. De vez en cuando intercambiaban unas cuantas palabras sucintas, pero a mí me ignoraban por completo. No porque yo hubiera hecho algo malo, sino porque estaban concentrados en su trabajo. Así que saqué mi móvil del bolsillo de mi bata y revisé Instagram sin mucho entusiasmo. Como ya no me interesaba quién iba a qué fiesta, todos los vídeos eran de dueños de perritos que ladraban a sus mascotas y estas saltaban confundidas. Mucho más divertidos que los cotilleos.

—¿Vas a ir hoy a la recepción del Met? —le preguntó mi padre a mi madre.

—Ese es el plan. ¿Seguro que no puedes venir? Max Hollein nos invitó expresamente a los dos.

Mi padre la miró con pesar.

—Lo siento, querida, pero tengo la partida de póquer benéfica del club de campo.

Intenté contener la risa, pero no lo conseguí.

—¿Qué tiene de gracioso, Len? —Me miró mi padre.

—Ah, nada, es que esa frase parece sacada del guion de la nueva serie de *Dynasty*.

Mi padre sonrió de lado, seguramente él mismo se había dado cuenta.

—Bueno, ya se sabe que todos los estereotipos tienen algo de verdad, ¿no? Oye, ¿y por qué no acompañas a tu madre al Met? A ti te encanta el museo.

Intercambié una mirada con mi madre para ver su reacción.

—Sí, ¿por qué no? —dijo ella—. Sería una buenísima oportunidad de pasar tiempo juntas.

—De acuerdo —me limité a asentir.

Mi madre y yo nunca habíamos estado tan unidas como mi padre y yo, pero desde mi regreso tenía la impresión de que apenas teníamos relación. Solo se interesaba por mí cuando debía causar buena sensación en sociedad o, por supuesto, a la hora de encontrarme un novio que le pareciera adecuado. Por eso no me entusiasmaba demasiado pasar una noche con ella en el Met. Mi madre alzó el mentón.

—¿Cómo os va a ti y a Ian? ¿Has vuelto a verlo desde que fuisteis al Teatro Rodgers?

—No —negué con la cabeza—, pero vamos a quedar la semana que viene.

—Me alegro mucho, Helena. Es un jovencito estupendo.

De nuevo, parecía como si viera todo mi futuro en su mente, y, de repente, sentí el impulso de hacerle la pregunta para la que llevaba una eternidad esperando respuesta.

—¿Habéis tomado ya una decisión respecto a mis estudios?

Había evitado hablar con ellos durante un tiempo porque me daba miedo enterarme de cuál sería la decisión final. Si decían que no, todo habría acabado. Mientras no dijeran nada, aún había esperanza. Pero había llegado el momento de saber la verdad.

—Sí, sobre eso… —Mi madre mi miró y yo temí que dicha esperanza hiciera las maletas y se esfumara en menos de dos minutos—. Tu padre y yo lo hemos estado hablando en varias ocasiones y, por supuesto, hemos tenido en cuenta lo que nos dijo Lincoln. Pero en estos momentos seguimos estando en el punto de mira de toda Nueva York y no podemos permitir que la gente hable de nosotros. Así que, por desgracia, no puedes cambiarte a la NYU.

Y con eso, acabó todo. Rápido e indoloro.

—Pero, si quieres, puedes cambiar de especialidad en la Universidad de Columbia, cariño —intentó mi padre para contener la decepción que se colaba en mi cuerpo como un veneno. Estudiar Turismo era lo único que podía arreglar la situación tan miserable en la que me encontraba. Después de que Malia tuviera que abandonar la investigación, nos fue imposible descubrir dónde había hecho Adam su rehabilitación, ya que no teníamos más pruebas, y Jess seguía estando prohibido. El cambio era lo único que podría haberme dado un poco de felicidad.

—Tendré que hacerlo, sí —repliqué en tono apagado, sin ocultar mi decepción. Ni siquiera me respetaban lo suficiente como para permitirme satisfacer un puto deseo. Quería que supieran que me habían hecho daño. En ese momento, estuve tentada a contarles toda la verdad: el trato que había hecho con Trish, la relación que había tenido con Jess y que en lo único que pensaba cada mañana al despertarme era él. Pero con eso solo habría conseguido hacerles daño a ellos, y me habría puesto a su nivel.

Sonó el teléfono fijo del pasillo y Rita acudió a responder a la llamada. Escuchó, asintió, contestó brevemente y se acercó a la mesa.

—Señorita Weston, es para usted. Una tal Edina Henderson.

—¿Henderson? —Aquello despertó la atención de mi madre—. ¿De los hoteles Henderson? ¿Os conocéis?

Dije que no y me pregunté que querría de mí Edina Henderson un domingo. Por supuesto, sabía quién era; el grupo hotelero Henderson era conocido en todo el mundo y había estado en boca de todos cuando hacía unos años uno de los miembros de la familia cometió un asesinato. No obstante, aquel escándalo no dañó especialmente su reputación; hasta donde yo sabía, disfrutaban del mismo éxito que siempre. Y dos de ellos vivían en Nueva York: Edina y su primo y novio, Finlay Henderson. Otro escándalo, pero de los inofensivos, los ricos no se conmocionaban con ese tipo de cosas.

Como no quería hacerla esperar más, cogí el teléfono inalámbrico y me lo llevé a la oreja mientras caminaba hacia la sala de estar.

—¿Diga? Helena Weston al habla.

—Helena, qué alegría dar contigo. —Tenía una voz cálida y un acento escocés muy fuerte—. No me voy a andar por las ramas. Es posible que te hayas enterado de que hemos comprado el Randy East con intención de renovarlo.

—Sí, algo he oído —respondí, aún expectante.

—Genial. A lo que iba, actualmente me estoy encargando de las relaciones públicas del hotel, de los paquetes que puedo ofrecer a la gente para que tengan una experiencia de Nueva York completa. Por lo que me han comentado, eres una verdadera experta de la ciudad y conoces todos los rincones secretos.

¿Cómo sabía eso? Valerie y yo no habíamos compartido con nadie nuestra idea de visitas por la ciudad con todo incluido. Aunque sí lo había hablado con el padre de Paige en una comida hacía unos meses, y también lo sabían algunos amigos de antaño. Quizá así se hubiera enterado Edina.

—Yo no me consideraría una verdadera experta —maticé un poco su afirmación—, pero sí que conozco mucho de la ciudad y sus secretos.

—¿Crees que podrías ayudarme en calidad de asesora? Te pagaríamos acorde, por supuesto.

—Eh… Sí, claro, sería una pasada.

Sentí un hormigueo en los dedos, como si mi cuerpo supiera que algo bueno estaba pasando. Después de la decisión de mis padres de no dejarme estudiar Turismo, esto era lo más parecido a un rayo de esperanza. Claro que eso no implicaba que fueran a cambiar de opinión solo porque Edina Henderson me pidiera consejo. Pero quizá existía alguna posibilidad de trabajar en este ámbito sin tener que estudiar en la NYU.

—Estupendo. Por desgracia, no tenemos mucho tiempo, porque queremos abrir como muy tarde en marzo, y para entonces debemos tenerlo todo listo. —Sonaba algo arrepentida—. ¿Te importaría venir algún día de estos?

Me lo pensé unos segundos.

—¿Qué tal te vendría hoy mismo? —Miré a mis padres por el rabillo del ojo. Hacían como si estuviesen ocupados, pero yo sabía que estaban prestando atención a lo que hablaba con Edina—. Esta noche tengo un compromiso, pero hasta entonces nada. —«Y necesito urgentemente algún triunfo».

—¡Nos vendría genial! —El entusiasmo de Edina a través del teléfono era contagioso y no pude evitar sonreír—. Enviaré un coche a recogerte. ¿Nos vemos dentro de una hora?

—Perfecto. Nos vemos en nada. Ha sido un placer.

Colgué y mi sonrisa se ensanchó cuando volví junto a mis padres.

—¿Qué quería de ti? —preguntó mi madre mientras yo bebía el último sorbo de café. No tenía mucho tiempo, todavía tenía que ducharme y prepararme. Edina Henderson era la favorita de todos los diseñadores, así que no podía presentarme allí con vaqueros y una chupa de cuero. Me senté.

—Quiere que la cuente un poco sobre los rincones ocultos de Nueva York para los huéspedes de su hotel. En calidad de asesora, por así decirlo.

—Anda, ¿en serio? ¿Cómo ha dado contigo? —Mi padre sonaba tan sorprendido como yo cuando escuché la petición de Edina.

—No tengo ni idea, pero se lo preguntaré. Vienen a recogerme dentro de una hora.

—¿Vais a veros hoy mismo? —Por la expresión de mi madre, supe que consideraba que era inapropiado. Un Weston no quedaba de un día para otro, qué iban a pensar, bla, bla, bla. Pero se mordió la lengua y sonrió—. Me alegro. Edina Henderson es una jovencita increíble, y te vendría bien tenerla como amiga. Así tienes a alguien con quien quedar.

Era evidente que mis padres habían notado que no contaba con muchas amistades nuevas desde que había roto la relación con los amigos de Valerie y los conocidos que teníamos en común. Y yo tuve que admitir que había momentos en los que echaba en falta poder abrir mi corazón. No se me daba especialmente bien hacer amigos, ya que mi mejor amiga desde la infancia había sido mi hermana y nadie podía compararse con ella. Por supuesto, había tenido amigas en el instituto y en Cambridge, pero en nuestros círculos había que tener cuidado de a quién le contabas ciertas cosas, porque nunca se sabía si iban a utilizarlo en tu contra o incluso filtrarlo a la prensa. Así que jamás me resultó fácil confiar en los demás. En los últimos tres años solo me había dejado llevar por una única persona, y ahora tenía prohibido tener contacto con ella.

Pensar en Jess me entristeció, pero lo desdeñé rápidamente.

—Ya veremos. No nos conocemos de nada, es posible que no encajemos.

—Me extrañaría mucho. La conocí el año pasado en una gala y me recordó un poco... —Mi madre se interrumpió y vi incertidumbre en sus ojos—. Me recordó un poco a Valerie —terminó la frase en voz baja.

Rara vez expresaban mis padres lo que sentían por la muerte de Valerie, pero en este caso lo hizo de forma explícita. Posé una mano sobre el hombro de mi madre, y ella cerró su mano sobre mis dedos. Resultó reconfortante no sentirme tan sola con mi pesar durante esos segundos, pero entonces mi padre se aclaró la garganta, Rita entró a limpiar, y el momento pasó.

—Voy a prepararme —anuncié, y me dirigí a las escaleras y subí con rapidez. Todavía me quedaban más de tres cuartos de hora para que me recogieran. Tocaba darse una ducha.

El chófer de Edina fue increíblemente puntual. Cuando salí de casa y me colgué el bolso en el hombro, ya me estaba esperando y me saludó con cordialidad.

—¿Señorita Weston? Soy Clark Morris. Me envía a recogerla la señorita Henderson.

—Muy amable por su parte, muchas gracias. —Obviamente era su trabajo y tampoco era que tuviera elección, pero fue tan amable que quise corresponderle el gesto.

Clark me acompañó y cerró mi puerta antes de sentarse en el asiento del conductor y alejarse de la acera. Me alisé la falda Moschino que llevaba, que no era una de las prendas más caras de mi armario, pero sí una de las más elegantes, y revisé de nuevo que estuvieran en la tablet todas las fotos que quería enseñarle a Edina. Desde que estábamos en el instituto, Valerie y yo íbamos fotografiando nuestros lugares preferidos de Nueva York, recopilándolas como si fuera una base de datos para nuestras visitas guiadas. Solo podía esperar que así convenciera a Edina de lo que tenía que contarle. Lo cierto era que me notaba las manos frías de la emoción. Aunque tampoco había motivos, era ella la que me lo había pedido y no había tenido tiempo para prepararme. Sin embargo, era la primera vez que alguien me pedía consejo para algo que me importaba de verdad.

El viaje no duró demasiado, llegamos a Lexington Avenue y aparcamos junto a la entrada lateral de un edificio que estaba escondida dentro de un patio interior. ¿A qué venía esto? Casi parecía que mi visita debía permanecer en secreto.

—Están cambiando la puerta delantera —me dejó saber Clark como si se hubiera percatado de mi sorpresa—. Es mejor que entre por aquí.

En cuanto el chófer me abrió la puerta, me encontré en la puerta a una chica joven de cabello oscuro que se acercó a nosotros. Entre la ducha y el cambio de ropa, había tenido la oportunidad de buscar en Google a Edina, y las fotos hacían justicia a su aspecto. Era una mujer alta, bastante más que yo, tenía una figura esbelta y un rostro bonito de inteligentes ojos azules. Y aunque en realidad no se parecía a Valerie, supe a qué se refería mi madre: Edina Henderson tenía el mismo carisma, seguridad en sí misma y una actitud ligeramente descarada, como mi hermana.

—Helena, qué alegría que estés aquí. —Me abrazó con calidez, como si fuéramos amigas de toda la vida.

—Gracias por invitarme —respondí con una sonrisa.

Edina me pidió que la acompañara con un gesto entusiasta.

—Vamos a ir al salón grande. Sí, es ruidoso y está sucísimo, pero estamos renovando. Tú ten cuidado por dónde pisas.

Entramos al edificio por la entrada lateral y, en efecto, había mucho ruido y estaba sucio, como era habitual en las obras. Sin embargo, yo había ido a bastantes reformas de mis padres como para no dejarme amilanar por el polvo y la suciedad, así que seguí a Edina hasta un ascensor que había al final del pasillo.

—¿Cómo has dado conmigo? —pregunté cuando nos subimos al ascensor—. Casi nadie sabe que quería hacer visitas guiadas por la ciudad.

—¿Visitas guiadas? ¿En serio? —No parecía saber nada de eso, pero una ceja alzada me dio a entender que no se esperaba algo así de una chica del Upper East Side—. ¿Y cómo que «querías»? ¿Lo has descartado?

—Sí, hace ya tiempo. Era un proyecto que teníamos mi hermana y yo y… supongo que sabes que murió.

Edina asintió con pesar.

—Sí, lo siento mucho, fue una tragedia.

—Cierto. —Sonreí con coraje, ya que no quería hablar de Valerie—. Entonces ¿quién me ha recomendado?

El ascensor se abrió y nos encontramos en un pasillo que era evidente que no estaba pensado para los huéspedes, porque tenía los techos bajos y era demasiado estrecho. Edina pareció vacilar antes de darme una respuesta, pero finalmente se plantó delante de una puerta y contestó.

—Espero que no te lo tomes a mal, pero no he sido del todo sincera contigo por teléfono. Es cierto que quiero contar contigo para las visitas por la ciudad, pero no es tan urgente como he dado a entender.

—Vale… —dije expectante. De repente, empecé a sentirme algo incómoda y me encogí de hombros cuando Edina abrió la puerta y me invitó a pasar—. Entonces ¿qué estoy haciendo aquí? —pregunté al entrar y me detuve en seco cuando vi quién estaba apoyado en la ventana.

—Culpable —dijo Jess, y sentí que mi corazón se aligeraba y dolía al mismo tiempo. ¿Dejaría de doler cada vez que lo viera?

—Os dejo a solas. Luego hablamos de las visitas, Helena.
—Edina me dedicó otra sonrisa de disculpa y cerró la puerta antes de marcharse.

Miré fijamente a Jess.

—¿Qué estás haciendo aquí? ¿Qué significa esto?

¿Le había pedido a Edina que me trajera aquí de forma encubierta para que ni mis padres ni nadie sospecharan? Pero ¿por qué? Nunca nos sentíamos mejor después de vernos, más bien al contrario. La fuerte nostalgia que había en mi interior se volvía más profunda a cada segundo que pasaba con él en la misma habitación.

—Tenemos que hablar. —Su tono era tranquilo, pero el brillo de sus ojos verdes delataba todo menos eso. Una tormenta se había desatado en su interior y sospeché que no me había hecho llamar para decirme que no soportaba la distancia y que quería verme. Estaba dolido, y yo no tenía ni idea de por qué.

—¿De qué? —Detesté cómo sonaba mi voz insegura.

Me miró con más dureza.

—De la investigación que estás llevando a cabo sobre la muerte de Valerie.

19

Jessiah

Helena me miró fijamente, atónita.

—¿Cómo te has enterado?

Al menos no lo negaba. Me daba miedo que lo hiciera. Desde que le pedí a Edina y Finlay que me ayudaran a hablar con Helena sin que nadie se enterara, me había imaginado todo tipo de escenarios y cómo reaccionaría ella. Este no era el peor de los comienzos.

—Cuando me contaste lo de Thea y Lilly, me pregunté cómo te habrías enterado. Entonces recordé que Demi me había dicho que estuviste preguntándole a Simon sobre la noche en que murieron Valerie y Adam. Eso, junto a lo de Pratt…, siempre me pareció extraño. Así que pregunté a un amigo de la policía de Nueva York y me confirmó que tu amiga Malia Williams y tú habíais estado buscando información sobre el caso.

Helena contuvo el aliento y se rodeó con los brazos, como siempre hacía cuando se sentía insegura. La habitación era pequeña para estar separados, apenas cabían una cama, un armario y un escritorio estrecho, pero se las arregló para mantener toda la distancia posible, pegada a la puerta que tenía detrás. Me molestó, pero ese sentimiento no era comparable a la preocupación y la rabia que se alternaban en mi interior desde que había descubierto su misión.

—¿Cuánto tiempo llevas haciéndolo? —pregunté, tratando de mantener la tranquilidad en mi voz, aunque lo que quería era espetarle por qué cojones era tan insensata.

—Desde que volví —respondió en voz baja mirando al suelo. O sea, desde febrero.

—No le preguntaste a Pratt cuáles fueron las últimas palabras de Valerie, sino por la noche en que murió, ¿verdad?

Levantó la cabeza y asintió.

—No pretendía mentirte en el Bella Ciao, pero en aquel momento no podía arriesgarme a decirte la verdad. No nos conocíamos lo suficiente como para confiarte algo así.

—No te lo pregunto por eso —repliqué, y mi rabia fue abriéndose paso poco a poco—. Sino porque estoy preocupado. ¿Tienes idea del peligro que corres cuando provocas a una persona así? ¿Por qué haces algo tan estúpido?

—¡Porque quiero exonerar a Valerie, joder! —exclamó Helena—. Todo el mundo cree que fue responsable de lo que pasó ¡y yo quiero demostrar que no tuvo nada que ver! —Me miró molesta—. Era mi hermana, Jess. La culparon injustamente de todo. ¿Cómo no voy a intentar demostrar lo contrario? ¿Qué tipo de persona sería si no tratara de limpiar su nombre?

Resoplé.

—¿Y de verdad crees que Valerie aprobaría lo que estás haciendo? ¿Acaso querría que pusieras en peligro tu vida? ¡Ese cabrón te tenía con una navaja al cuello, Helena! ¡Podría haberte matado!

—¡Pero no lo hizo! —gritó—. ¿Y qué sabes tú sobre Valerie? ¡Si estuviera en mi lugar, habría hecho lo mismo por mí!

—Estoy convencido de que no querría que su hermana pequeña se infiltrara en una puta misión suicida —espeté a voces—. ¡Te estás poniendo en peligro para salvar algo que se perdió hace mucho tiempo! ¿Qué más te da lo que piensen esos idiotas de tu hermana? Pasa olímpicamente de lo que digan.

Helena frunció los labios.

—No puedo hacerlo.

¿Por qué estaba siendo tan terca? Me entraban ganas de zarandearla.

—Entonces ¿te da igual si te acaban haciendo daño? ¿Te da igual acabar muerta como ella si se interpone en tu camino gente como Pratt?

Helena se encogió de hombros, obstinada, pero la determinación en sus ojos intensificó mi miedo.

—Qué más da. El mundo sobrellevó estupendamente la pérdida de una de las hijas Weston. Quién sabe, lo mismo se lo toman como un dos por uno.

—¡Deja de hacer bromas sin gracia sobre eso! —bramé.

—¡Entonces deja de intentar impedirme que descubra la verdad! —Sacudió la cabeza y vi que tenía lágrimas en los ojos—. No tienes ni idea de por lo que pasé cuando estuve en Inglaterra, mientras contemplaba desde la distancia cómo mancillaban el nombre de Valerie, ¡cuando todo lo bueno y honesto que había en ella se convirtió en todo lo contrario! Sé sincero, Jess, ¿podrías aceptarlo si se tratara de Adam? ¡Ya te digo yo que no!

Tenía razón, y con ello consiguió desarmarme por completo. Dejé escapar un suspiro y negué con la cabeza. Sabía perfectamente qué la había impulsado a hacer esto, sobre todo, después de hablar sobre Valerie en la noche del aniversario de sus muertes. Para Helena, Valerie había sido la persona más importante del mundo y no merecía que la trataran de esa manera, pero, aun así, ella estaba muerta y Helena todavía vivía, y estaba convencido de que ninguna reputación valía arriesgar su vida. Sin embargo, no se me ocurrió cómo disuadirla, solo decir la verdad.

—¿Tienes idea del puto miedo que paso por ti, amapola? —La miré para hacerle saber lo que significaba para mí, incluso después de casi cuatro meses sin tener contacto alguno. Helena jadeó, pero yo seguí hablando—. Si no eres capaz de dejar de buscar una verdad que quizá no exista, entonces hazlo por mí. Detente, por mí. Porque, si no, me pasaré cada minuto que esté despierto preocupado por que te pase algo.

No era justo ni propio de mí utilizar esta estrategia, pero no me quedaba otra opción, ya que no se me permitía estar cerca de ella para protegerla. Helena apartó la mirada, tragó saliva y luchó por contener las lágrimas. Sin embargo, a diferencia de lo que sentía habitualmente, no quise sostenerla en las manos para consolarla. Lo único que quería era que me prometiera que no volvería a ponerse en peligro.

—Sabes que haría lo que fuera por ti —respondió Helena con suavidad—, pero, por favor, no me pidas que renuncie a esto. Esta misión es lo único que me queda. Mi vida es un cúmulo de cosas que no he decidido por mí misma. No puedo estudiar lo que quiero, no puedo tener la pareja que quiero. Si no intento salvar la reputación de Valerie, ya no me quedará nada que haya decidido por mí misma.

—Entiendo. —Asentí lentamente, mientras en mi cabeza tomaba forma una idea que, de algún modo, me parecía la correcta.

Porque aún existía una posibilidad, aunque la hubiera descartado hasta ahora. Así que la dije, sin pensarlo demasiado—. Entonces te ayudaré a hacerlo.

—¿Qué? ¡No! —Helena negó rotundamente con la cabeza, a pesar de que, en un primer momento, noté que pensaba en otra cosa muy distinta—. ¡No podemos ni hablar el uno con el otro, Jess! Esto que estamos haciendo está más que prohibido. ¿Cómo vamos a investigar juntos?

—No tenemos que vernos para resolver esto juntos —afirmé, aunque me di cuenta de que no lo había pensado tan a fondo—. Y, ahora que lo sé, no puedo dejar que lo hagas sola.

—No estoy sola —repuso Helena—. Malia me está ayudando.

—Vaya, ¿no lo ha dejado porque su capitán se ha dado cuenta de que mostraba demasiado interés por el caso?

Helena abrió los ojos de par en par.

—¿Cómo sabes eso?

—¿Qué pensabas? No me gusta Nueva York, pero tengo contactos de sobra en esta ciudad. Contactos que podrían sernos útiles a la hora de descubrir lo que sucedió de verdad aquella noche.

Todavía no estaba seguro de que Helena no estuviera siendo demasiado obstinada. Aunque hacía mucho que había dejado de creer lo que mi madre comunicó en los medios, que Valerie convenció a mi hermano de meterse cocaína, eso no significaba que no se tratara de un trágico accidente. Quizá ambos se vinieran arriba aquella noche del compromiso y dijeran: «Al carajo, estamos de celebración, será solo esta vez». ¿Cómo íbamos a saberlo?

Helena negó con la cabeza.

—Es imposible. Aunque no nos veamos, tendremos que comunicarnos de alguna forma. Si tu madre se entera, mi familia volverá al mismo punto que a principios de año. Y aunque pudiéramos ocultar todas las llamadas o los correos... —Frunció los labios y dejó la frase sin acabar. Se me partió el alma, otra vez. ¿Cuántas veces podía quebrarse hasta que ya no quedara ni rastro? Esta vez me atreví a alejarme de la ventana y di un paso en su dirección. Ella lo permitió, e incluso pareció aceptarlo.

—No puedo hacerlo —dijo Helena en voz baja e impotente—. No puedo tener ningún contacto contigo. Apenas soy capaz de pensar en ti sin montarme en el primer taxi que pase para ir a tu casa.

—Una parte de mí desearía que lo hicieras. —Sonreí con tristeza. Y, aunque sabía que estaba mal, alcé una mano para acariciarle la mejilla. Helena respiró entrecortadamente, como si le hiciera daño, pero dejó escapar un suspiro suave y cerró los ojos. No obstante, apenas duró un segundo, los abrió de nuevo y sacudió la cabeza con pesar.

—¿Ves? A esto me refiero —afirmó—. Lo único que quiero es esto, a pesar de los meses que han pasado. Necesito de toda mi fuerza de voluntad para no ceder y pasar de las consecuencias. Pero, si trabajamos en esto juntos, sé que en algún momento dejaré de contenerme y me mataría ser consciente de que lo he mandado todo a la porra.

—Todo no —objeté. Porque entonces estaríamos juntos y, aunque ya no era la persona que se anteponía a los demás, la idea se me antojó increíblemente tentadora.

—No, todo no. Pero sí lo suficiente como para arrastrarnos al abismo. ¿O acaso crees que tu madre no encontrará otra forma de separarnos? —pronunció con amargura, y se alejó de mí, se acercó a la ventana, volvió a rodearse con los brazos y miró a lo lejos. Parecía tan sola en este momento, que de nuevo deseé poder hacer algo por cambiar la situación. No obstante, si no podía hacer eso, entonces tenía que protegerla.

—Por favor, déjame ayudarte con esto —supliqué—. No tenemos por qué tener contacto entre nosotros. Puedo contratar a alguien que nos mantenga informados a ambos. Un investigador que haga seguimiento de tus pistas para que tú no tengas que correr riesgos. Lo que sea con tal de asegurarme de que no te pasa nada.

Helena no parecía convencida con la idea.

—Ya lo he pensado, pero no sé si podría confiar en alguien a quien no conozca. Tu madre tiene ojos en todas partes. Y si descubre lo que estoy haciendo, hará todo lo posible por impedirlo.

Me senté en la cama.

—¿Y qué es lo que esperas encontrar? ¿Que alguien los obligó a tomar cocaína? ¿O pruebas… de que fue un crimen?

El pensamiento se me ocurrió por primera vez en ese momento. Hasta entonces, consideraba que la muerte de nuestros hermanos había sido una tragedia, pero Helena debía de tener un objetivo en mente si estaba tan segura de que iba a encontrar algo.

—No, no lo creo —respondió Helena, y sacudió la cabeza—. O no quiero creerlo, no sé. Quiero encontrar al responsable de que hubiera cocaína en la habitación y descubrir por qué la tomaron. Sé que Valerie no fue quien los llevó a hacerlo.

—Pero entonces ¿quién? ¿Alguien que estuvo con ellos y le mintió a la policía? ¿O te refieres a Adam? —No lo había dicho en serio, pero, en cuanto lo solté, algo cambió en el semblante de Helena—. ¿Lo culpas a él de la muerte de ambos?

—No, por supuesto que no —repuso ella—. Simplemente…
—Me miró, insegura—. Me han dicho que Adam estuvo en rehabilitación un año antes de conocer a Valerie. Y, después de todo lo

que he descubierto hasta la fecha, esa es mi única pista por el momento.

—¿En rehabilitación? —repetí en voz baja—. ¿Estás segura?

Adam nunca había tomado drogas y se oponía a ellas con todo su ser, a pesar de que en sus círculos era habitual consumir cocaína y otras sustancias más fuertes. Yo la había probado una vez, pero, hasta donde yo sabía, él no lo había hecho nunca.

«Ya, ¿y cómo sabes lo que estaba haciendo cuando estabas en Australia? Puede que la presión le pudiera».

—Me lo contó Thea, y no creo que mienta —replicó Helena, y sonó tan triste como yo me sentía. Este descubrimiento era como una piedra en el estómago. Primero la hija de Adam y ahora la rehabilitación. ¿Es que no conocía a mi hermano en absoluto?

—No, yo tampoco lo creo —susurré.

—¿Te has puesto en contacto con ella?

—Todavía no, quiero estar seguro primero. Pero ya he abierto una cuenta para que estén atendidas económicamente. Y estoy buscándoles un piso.

—Eres muy amable. —Sonrió Helena, y yo me encogí de hombros.

—Es lo menos que podía hacer.

Era cierto. Ya me parecía terrible que Thea y la hija de Adam tuvieran que ocultarse por miedo a lo que les pudiera pasar si mi madre se enteraba. Asegurarme de que no tenían problemas financieros no era todo lo que quería hacer por ellas, pero era un comienzo.

—Jess, ¿crees que es una buena idea? —La mirada de Helena se desvió hacia mí cuando volvió a retomar el tema de la investigación. O más bien, si debíamos continuarla juntos. A diferencia de antes, me dio la impresión de que ya no rechazaba de plano la idea de aceptar mi ayuda; quizá porque carecía de recursos ahora que ya no contaba con Malia. Sin embargo, una parte de mí esperaba que no se tratara solo de eso, sino que creyera que este tipo de contacto era mejor que no tener ninguno. Aunque no nos lo pusiera más fácil.

—Sí, lo creo —afirmé—. Necesitas ayuda en esto, sobre todo, si no quieres contratar a un experto. Y no estamos hablando únicamente de la muerte de tu hermana, sino también de la de mi hermano. Si crees que hay algo que descubrir, entonces quiero saberlo.

Helena tomó aire, sopesando los pros y los contras antes de dejar escapar el aire.

—De acuerdo, lo intentaremos. Pero si en algún momento existe el riesgo de que tu madre nos vea juntos o se entere de que tenemos alguna relación…

—Lo dejamos —asentí.

—Bien. —Helena asintió igualmente y me alegré de que estuviera de acuerdo—. Quizá debería contarte lo que he descubierto hasta ahora, ¿no?

—No estaría mal para empezar.

Helena se sentó en la cama a una distancia prudencial de mí y me explicó cómo había empezado a recopilar información en Inglaterra, desde identificar a las personas involucradas a prepararse para el momento en el que volviera a Nueva York. Me explicó que Simon había sido su punto de partida, ya que había declarado en comisaría que estaba seguro de que Valerie y Adam no habían permitido drogas en su fiesta, y había avisado del camello que se había pasado por la habitación. Sin embargo, cuando llegamos al momento de cómo descubrió a Pratt, Helena se detuvo y me miró con culpabilidad.

—¿Qué sucede? —pregunté. Ella hundió la mirada.

—Hay algo que hace mucho que quiero contarte, pero no sabía cómo hacerlo y...

—Suéltalo —le pedí, en un tono más suave que la palabra.

—No fui a tu casa para buscar la sudadera de Valerie —me contó Helena con tanta prisa que sospeché que quería acabar con esto lo antes posible—. Sino por una libreta que pertenecía a Adam. Simon me había dicho que ahí aparecían todos sus prestatarios, incluido Pratt, y Malia leyó en el informe que tú habías sido el que había recogido los efectos personales de tu hermano.

Sus efectos personales. Cuando ordené el armario de Adam, metí la bolsa de plástico en una de las cajas y nunca volví a prestarle atención, pero recordaba esa libretita.

—¿Te la llevaste aquel día?

—Sí.

Me quedé callado mientras asimilaba la información. Siempre había sabido que había acudido a mí con un pretexto, y si no la hubiera perdonado hacía tiempo, no nos encontraríamos donde estábamos emocionalmente. También entendía que no me lo hubiera pedido, porque seguro que no se la habría dado. Aun así, me dolía. Siempre había pensado que habíamos partido desde la sinceridad.

Helena se retorció las manos.

—Siento mucho no habértelo contado, pero en el Mirage pasó todo muy rápido y cuando estuve contigo en el aniversario de sus muertes, no quería que nada se interpusiera entre nosotros, así que...

—No dijiste nada —terminé por ella.

—Lo pensé cuando nos sentamos en tu terraza de la azotea. Pero la verdad es que me daba miedo estropearlo todo. Y lo mismo a la mañana siguiente.

Sabía a qué se refería. No quería chafar aquella noche y el poco tiempo que pasamos juntos después de despertarnos hasta que revisó su móvil. Y, de alguna forma, me alegré de que lo hubiera hecho, así que hice lo que siempre hacía en estas situaciones: aceptar los hechos y dejarlo pasar. ¿De qué me servía enfadarme por eso? Helena no lo había hecho con mala intención y, si era sincero, también la entendía.

—¿Hay algo más que no me hayas contado? —pregunté.

—No, nada. —Entonces pareció acordarse de algo—. Aunque cuando tenía quince años, robé una pulsera por una apuesta. Y tampoco creo que estuviera bien llevarse tres bolsas regalo del desfile de Balenciaga en la Fashion Week.

Fingí sorprenderme con los ojos de par en par.

—Madre mía, me dejas de piedra. Si vamos a ponernos así, yo tengo que confesar muchas cosas.

—Muy bien. —Helena se cruzó de piernas y me miró expectante—. Pues cuéntame.

Tuve que reírme.

—Tal vez en otro momento.

—Vale, te tomo la palabra. No creas que me voy a olvidar.

Asintió con seriedad, pero reconocí la sombra de una sonrisa en sus ojos, y me sentí genial al verla tan contenta, aunque fuera un instante. Sin embargo, al mismo tiempo, me di cuenta de que nuestra conexión no se había debilitado ni un ápice. Helena también pareció advertirlo, porque su gesto se tornó serio y, a pesar de que acercó la mano como si quisiera recortar la distancia entre nosotros, finalmente se controló y la dejó caer sobre la colcha.

—¿Qué pasó después de lo de Pratt? —reconduje al tema en cuestión. Era evidente que me habría encantado hacer lo contrario, sentarla en mi regazo y besarla hasta quedarnos sin aliento, pero, si lo hacía, sería la prueba de que jamás funcionaría lo de trabajar juntos. Y no quería perder la oportunidad de ayudarla y protegerla, así que recobré la compostura, aunque me costó horrores.

Helena respiró hondo.

—A ver, te cuento…

20

Helena

Una vez que cedí a la petición de Jess de contarle mi misión y confesar lo de la libreta de Adam, fue relativamente sencillo compartir todo lo que había descubierto entre tanto. La mención de Pratt sobre Carter Fields, las palabras que este pronunció contra mi hermana. O cómo había descubierto que el dinero era, en realidad, para Adam y, desde ahí, había llegado hasta Thea y Lilly.

Sin embargo, no me fue sencillo estar con él en una misma habitación, mirarle a los ojos y, aun así, mantener las distancias. Ambos nos esforzamos en fingir que lo único que nos interesaba era intercambiar información, pero no faltaron las miraditas ni los impulsos por tocarnos el uno al otro. Y cuanto más tiempo pasaba, menos convencida estaba de que hubiera tomado la decisión correcta al dejar que me ayudara. Tal como le había dicho, no tenía ni idea de cómo iba a contenerme si teníamos que hablar más a menudo y vernos de vez en cuando. Estar a su lado ponía contra las cuerdas toda mi fuerza de voluntad y me reabría la herida en el corazón. «Lo que podría haber sido» flotaba en el ambiente como un sueño cruel que jamás se haría realidad. Aun así, sabía que nunca dejaría pasar la oportunidad de verlo, sobre todo ahora que Malia estaba fuera del caso y teniendo en cuenta que Jess tenía muchos contactos. Esos eran los motivos que me habían hecho decidirme al final.

Cuando terminé de contar mi historia, Jess frunció el ceño y me miró.

—¿Cuál es el siguiente paso que tienes en mente?

Solo tenía una pista, y era bastante floja, así que no fue difícil responder.

—Quiero averiguar en qué clínica de rehabilitación estuvo Adam y, sobre todo, el motivo de su ingreso. Thea no sabe por qué estuvo ingresado allí y quizá puedan contarme qué problema tenía. —Negué con la cabeza—. De verdad que no creo que fuera responsable de sus muertes, si no, ¿por qué habría echado a Pratt? Pero es un hilo del que tirar, aunque no sea bueno.

Jess asintió lentamente.

—Creo que después deberíamos hablar con Carter Fields. Te mintió por algún motivo.

—Solía pensar que había mentido porque no quería que lo relacionaran como cliente de Pratt —respondí, aunque mi mente empezó a darle vueltas. Lo había tachado de mi lista cuando Lincoln me dijo que Carter solo quería desentenderse del asunto, pero tal vez Jess tuviera razón. Tal vez hubiera algo más—. Podría hablar otra vez con él.

—¿Para que te vuelva a tomar el pelo y quedes como una ingenua e ignorante? ¿Por qué quieres hacer eso? Los tíos como Field son escurridizos. Preguntar con educación no servirá de nada. —Jess compuso una mueca sombría.

—¿Y qué quieres hacer? ¿Ponerle un cuchillo en la garganta?

—Si es necesario.

—Jess...

—Solo era una broma. —Sonrió ligeramente—. Conozco a un detective privado muy bueno que no puede ni ver a Trish desde que una vez lo contrató y no le pagó porque no obtuvo los resultados que ella quería. ¿Te parece bien si él se encarga de Carter?

No lo dudé demasiado.

—Sí, ¿por qué no? No nos vendría mal conocerlo más a fondo. —Porque Jess tenía razón, Carter era como el teflón. Sin la munición adecuada, atacarlo no serviría de nada.

Miré la hora para saber si podría hacer sospechar a mis padres, pero entonces sonó el teléfono de Jess. Este miró la pantalla y luego a mí, se llevó un dedo a los labios y descolgó.

—Trish —dijo en un tono que jamás le había escuchado, frío y ausente. Conocía al Jess dolido, triste, desesperado, y también al apasionado y cariñoso, pero esa actitud gélida me era desconocida y dejaba claro lo mucho que se había deteriorado la relación entre madre e hijo.

Por mi parte, no hice ningún ruido ni me moví lo más mínimo. Como si temiera que Trish percibiera mi presencia, contuve hasta el aliento.

—No, estoy fuera. En el centro, en un proyecto. Sí, perfecto, yo me encargo. Envíame la dirección. —Su madre respondió algo y su mirada se posó en mí. Y entonces vi el odio que le despertaba Trish por lo que nos había hecho. Aun así, se contuvo, a pesar de los músculos hinchados de su mandíbula, y cuando respondió, lo hizo en un tono calmado y controlado—. Por supuesto, yo me paso sin problema.

Cuando colgó, multitud de sentimientos le cruzaron rápidamente por el rostro. Todos sus músculos parecían estar en tensión. Sin pensarlo demasiado, estiré la mano y le rocé el brazo para aliviar un poco la tensión de su cuerpo. Fue una idea estúpida, la verdad. El calor de su piel bajo mis dedos despertó los recuerdos de aquella tarde y noche que habíamos pasado juntos. Nuestra conversación en la azotea, el momento en que me llevó en sus brazos, aquella increíble intimidad en todos los aspectos. Y no solo me sucedió a mí, noté que los músculos en tensión de Jess decían lo mismo. Aparté la mano rápidamente.

—Lo siento —me disculpé, y no tuve claro si lo hacía por la caricia o por la conversación de Trish. Me apresuré a dar una explicación—. Por eso mismo no quería contarte lo que había hecho, para que no tuvieras que fingir que no lo sabes todo.

Jess sacudió la cabeza con suavidad.

—Siempre hemos tenido una relación de mierda, esto solo fue la gota que colmó el vaso. Además, quería saberlo. No hiciste nada malo.

De eso no estaba tan segura.

—¿Qué quería de ti?

—Que recogiera a Eli de un sitio. Trish no puede llegar a tiempo y el chófer no está disponible ahora mismo. —Jess pareció entonces acordarse de algo y me miró—. Por cierto, mi hermano me contó que le echaste un cable en el instituto. Te lo agradezco. Creo que fuiste más útil que la mujer que le cobra quinientos dólares la hora.

—No hay de qué —respondí algo avergonzada—. Simplemente pensé en qué necesitaría yo en una situación así y lo combiné con lo que sabía del instituto. ¿De verdad no le sirve para nada la psicóloga? ¿Por qué no cambia de profesional? —Nueva York ofrecía más psicólogos que taxis, así que no debía de ser complicado encontrar a otra persona.

—Se cambió en primavera —resopló Jess—. Está con una experta en terapia de confrontación, pero no le está ayudando más que la anterior.

Me sorprendió.

—En realidad, es un buen enfoque en los casos de ansiedad y estrés postraumático. —Este tipo de terapia exponía al paciente a situaciones controladas que le ayudaban a habituarse progresivamente al trauma que había sufrido.

—Lo sé, pero no parece ser la apropiada para Eli. A veces creo que no es capaz de superarlo porque hasta el día de hoy no sabe quién lo secuestró ni por qué. —Arrugas de preocupación se extendieron por el rostro de Jess—. Eli es una persona muy analítica e inteligente, y no ser capaz de solucionar este problema le da la sensación de que no puede controlar nada más.

—Es lo que les sucede a la mayoría de las personas inteligentes con problemas de ansiedad, pero si no progresa con esa psicóloga, será porque no confía en ella —reflexioné—. Uno de mis profesores mencionó a una psicóloga de Queens especializada en jóvenes superdotados traumatizados. Si quieres, puedo preguntar cómo se llama.

—Sería genial. Aceptaremos todo lo que pueda ayudar. No obstante, debo irme ya, no quiero que se quede esperando. —Jess se dirigió a la puerta y la abrió, pero se detuvo en el umbral—. Me pondré en contacto contigo cuando sepa cómo continuar.

—De acuerdo —asentí, y me puse también en pie—. Estupendo.

Jess se quedó callado y me miró de una forma que hizo que el estómago se me retorciera dolorosamente.

—Ha sido genial volver a verte —susurró.

No pude responder nada a eso, me lo impedía el nudo que se me había formado en la garganta. Pero al verlo allí plantado delante de mí, no pude evitar la tentación. No sería capaz de besarlo y luego dejarlo ir, pero sobreviviría a un abrazo. O eso esperaba, al menos.

Acorté la distancia que nos separaba, rodeé su cuello con mis brazos y lo acerqué a mí. Oí que Jess tomaba aire y, por un desesperado segundo, tuve miedo de que se alejara, pero entonces me devolvió el abrazo y dejó escapar el aire poco a poco, como si fuera lo mejor que le había pasado en mucho tiempo. Yo me sentía igual. Nadie podía abrazarme como Jess, y estaba segura de que nunca me sentiría tan bien como en sus brazos.

Pero también era un acto peligroso y, un instante después, noté que algo cambiaba entre nosotros, sin que pudiera hacer nada por detenerlo. Mis manos vagabundearon hasta el cuello de Jess, mis dedos le acariciaron la piel, aspiré su aroma y, en lo más profundo de mis entrañas, sentí que algo que mantenía bajo control se había despertado. Jess también debió de sentirlo, porque me abrazó con más fuerza y, de repente, noté su cuerpo contra el mío, cada centímetro de piel. Y supe que solo tendríamos que separarnos un poco para llegar a besarnos.

El pensamiento se me formó en la cabeza y fui incapaz de deshacerme de él. Me moví con suavidad y Jess hizo lo mismo. Su mejilla rozó la mía, buscamos la mirada del otro, nuestros labios separados a menos de un suspiro. No había nada en mi cabeza, salvo la necesidad de sucumbir al deseo. Nada. Excepto un pensamiento.

«Esto solo empeora las cosas».

Un pensamiento que lo destrozó todo.

Rompí el contacto visual y solté a Jess con la respiración entrecortada. Y cuando la distancia volvió a interponerse entre nosotros, entendí que había sido una ingenua al pensar que un abrazo sería suficiente. Cualquier acercamiento entre nosotros nos hacía más difícil separarnos y, aunque me hubiera encantado olvidarlo, no podíamos permitir que pasara lo que queríamos ambos.

—Tienes que irte —le recordé, y no fui capaz de volver a mirarlo a los ojos.

—Sí, es cierto —replicó Jess, y oí en su voz lo molesto que estaba—. Ya hablaremos.

No conseguí más que asentir y, en cuanto salió de la habitación, me hundí con pesadez en la cama y me froté la cara. Siempre me dolía tener que despedirme de Jess, pero en este momento no podía ni soportarlo. La pena me paralizó hasta tal punto que no volví a moverme hasta que alguien me habló.

—¿Helena? —Edina estaba en el umbral de la puerta abierta. Me recompuse rápidamente—. ¿Va todo bien?

—Por supuesto —mentí, y me cuadré de hombros para ocultar lo que sentía. Aunque era evidente que Jess había hablado con ella, eso no significaba que supiera de nuestra situación—. ¿Vamos?

—Podemos hablar de las visitas en otro momento si no te apetece —ofreció. Supuse que, por muy bien que se me diera mentir, no había logrado mantener a raya las emociones de mi expresión.

—No, ahora es buen momento —asentí. Tal vez me vendría bien tener otra cosa en la que pensar, ocupar la mente con Nueva York en lugar de la desesperación que se había adueñado de todas mis fuerzas. Habría accedido a cualquier cosa que me hubiera hecho sentir menos perdida. Menos sola.

Pero mientras seguía a Edina hasta la cocina, comprendí algo que hacía mucho que era verdad: ese deseo, al igual que todos los demás, nunca se cumpliría.

El Loft and Garden del Rockefeller Center era una de las mejores ubicaciones para celebrar una boda. No solo porque allí se hubieran casado varias parejas de famosos, sino porque también había aparecido en películas y series, como *Spiderman* y *Los cuatro fantásticos*. Si querías demostrarle al mundo quién eras, esta azotea era una apuesta segura, y por ello empezamos allí nuestra búsqueda de localizaciones. Por otra parte, también estaba un poco trillado y ya no tenía nada de especial. Ni siquiera lo habría añadido a la lista de no ser porque Lincoln mencionó que había quedado muy impresionado con las vistas de la catedral de San Patricio una vez que fue a una recepción allí. Sin embargo, mi hermano estaba ahora ocupado hablando por el móvil mientras Paige lo hacía con la organizadora de bodas.

Cuando vi a Lincoln al teléfono, saqué mi propio móvil y miré si tenía alguna llamada perdida. Nada. Cinco días habían pasado desde que me encontré con Jess en el hotel de Edina y, desde entonces, ninguna noticia. Sabía que era estúpido por mi parte sentirme tan decepcionada, ya que primero tenía que encontrar la forma de comunicarnos sin correr riesgos y, en ocasiones, pensaba que quizá era mejor que no la encontrara para que así mi familia estuviera a salvo. Pero, al mismo tiempo, esperaba cada minuto que pasaba que llegara ese mensaje, ese correo, esas señales de humo. Después de vernos, apenas podía pensar en otra cosa que no fuera él.

Paige se acercó a mí y yo guardé el teléfono.

—¿Qué te parece? —le pregunté.

—Es precioso. —Miró la iglesia maravillada y pareció imaginarse cómo sería ir hasta el altar—. Pero no estoy segura de que sea el sitio correcto. ¿Qué piensas tú?

Sonreí levemente.

—No soy yo quien se casa, Paige. No creo que mi opinión sea relevante en este caso.

—Para mí sí que es importante —repuso ella—. Lincoln dice que eres la persona que conoce que más adora esta ciudad. Así que dime, ¿qué te parece?

Miré de nuevo a mi alrededor.

—Con esta terraza es imposible equivocarse. Es un lugar clásico, establecido, muy elegante. Casarse aquí indica que sabes quién eres y cuál es tu sitio. —No estaba segura de si debía decir más. Mi relación con Paige había mejorado desde el verano, pero todavía estábamos lejos de ser amigas y probablemente no tuviéramos la misma concepción de lo que era una boda perfecta en Manhattan.

—Tienes razón —admitió Paige—. Es como la sala de banquetes del Hotel Plaza. Un clásico, pero un poco… esperable. No sé si Lincoln y yo deberíamos decantarnos por un sitio algo más especial.

Ensanché la sonrisa, ya que era justo lo mismo que yo pensaba, aunque por motivos diferentes.

—Tenemos más sitios en la lista, incluidos algunos en los que no seríais la milésima pareja en casarse allí. Seguro que encontramos el adecuado.

—¿Dónde te gustaría casarte a ti cuando llegue el momento? —me preguntó Paige.

Dudé apenas un instante.

—En el Elizabeth Street Garden —contenté con sinceridad finalmente—. Es un parquecito en...

—En Nolita —terminó Paige—. Sí, es cierto, Linc ya me contó lo mucho que te gusta ese parque. Entonces tú lo tienes fácil.

—Lo tendría si mis padres se plantearan siquiera dejar que me case allí. No tiene el prestigio suficiente —resoplé—. Y si te soy sincera, tampoco me imagino casándome ahora mismo.

Paige rio, pero sonó tensa.

—Tienes veinte años, todavía te queda mucho tiempo.

—Ah, ¿sí? —Sonreí de lado—. ¿No eres de las que con quince años ya sabía cómo sería su vestido de novia y que en su baile de debutante pensó si sentiría lo mismo cuando llegara el gran día?

Vi que la había pillado.

—Bueno, vale, pero mi caso es distinto. Tú eres una Weston. No necesitas un hombre para ser alguien en esta ciudad.

—Tú tampoco —solté de forma impulsiva. Claro que tenía a Paige por una de esas mujeres que se casaban con alguien de un estrato social más alto, y el apellido Weston era como una medalla que colocarse después de la boda. Pero nunca habría pensado que ella fuera tan consciente de ello—. ¿De verdad piensas eso? ¿Que necesitas a mi hermano para ser alguien?

—Vamos, Helena. —Paige me miró y su mirada fue más sincera que nunca—. No es ningún secreto que este matrimonio tiene como objetivo cumplir ciertos propósitos. Soy la hija pequeña de tres hermanos, y la única mujer. Mi camino lleva mucho tiempo trazado.

—Entonces ¿no lo quieres?

Le había preguntado lo mismo a Lincoln hacía tiempo y me había dado una respuesta poco aclaratoria. Suponía que Paige pensaba lo mismo, pero, por supuesto, nunca lo admitiría delante de mí.

—Claro que quiero a Lincoln —juró tal como esperaba, pero, sorprendentemente, por algún motivo... la creí. Ese brillo y calidez en sus ojos era algo que no se podía fingir, o al menos ella no lo hacía—. Cómo no hacerlo. Es un hombre maravilloso, atento y cariñoso. No podría haber encontrado una pareja mejor. Simplemente... —Le lanzó una mirada, pero mi hermano no se dio cuenta, ya que seguía al teléfono—. Creo que no es correspondido.

Y ahí estaba yo, en la terraza del Rockefeller Center, dándome cuenta de que mi futura cuñada, a la que había tratado con condescendencia compasiva cuando nos conocimos, era mucho más consciente de lo que yo pensaba. El bochorno me subió por el cuello y traté de buscar las palabras apropiadas.

—No lo creo —dije, aunque no soné muy convencida—. Lincoln me ha dicho que te tiene mucho cariño. Eso para él es un gran cumplido.

Paige me dedicó esa sonrisa del Upper East Side que tan bien componíamos todos, con la que pretendía fingir una despreocupación que no sentía en absoluto.

—Ya, estoy segura de que sí. —Asintió en dirección a la organizadora de boda—. Se me había olvidado hablarle de la lista de invitados. Ahora mismo vuelvo.

Me quedé mirándola y me pregunté por qué me sentía tan triste, a pesar de que no hacía mucho le había espetado a mi hermano cómo podía casarse con esa mujer. Tal vez me resultara más fácil mantener una distancia emocional si tenía a Paige como una trepa de cuidado. Pero ahora me encontraba ante dos personas que se encaminaban hacia un matrimonio desdichado y me parecía terrible.

—Perdona, es que era importante. —Lincoln había terminado de hablar por teléfono—. ¿Habéis decidido ya todo el tema de organización?

—¿El tema de organización? —«Si te refieres a que tu prometida sí que te quiere, mientras que tú consideras este matrimonio una unión ventajosa, entonces sí». Pero no hablaba de eso—. Espera, ¿crees que os vais a casar aquí?

—Ah, ¿no? —Señaló las vistas—. Pero si es muy bonito. Me gusta el ambiente, estamos al aire libre, me parece perfecto. —El móvil volvió a sonar y eché un vistazo a la pantalla. Solo aparecía «A. C.», y conociendo la costumbre de mi hermano por guardar los contactos con nombre y apellidos y, normalmente, la empresa a la que pertenecía, levanté una ceja.

—¿A. C.? —pregunté—. ¿Quién es, tu amante secreta?

Lincoln endureció el semblante antes de descartar la llamada.

—Por supuesto que no —respondió con una risa que sonó tan verdadera que le hubiera creído si no supiera lo bien que se le daba mentir. Aunque no tanto como a mí.

Paige seguía hablando con la organizadora, así que cogí a mi hermano del brazo y lo llevé hasta la barandilla. El viento había arreciado y en la calle de abajo había tanto ruido en ese momento que nadie podía escuchar lo que hablábamos.

—¿Estás engañando a Paige? —pregunté sin rodeos—. ¿Antes de casaros?

Los cuernos no eran algo inusual en nuestros círculos, pero no me lo esperaba de mi hermano, a quien tenía por una de las personas más honestas que conocía. Y después de haberme dado cuenta de que su prometida sí que lo quería de verdad, me parecía una afrenta aún mayor.

—No la estoy engañando, aunque ese asunto sea delicado —dijo mi hermano en voz baja—. Alice Cromford no es mi amante. Es una detective privada. —Notaba que aún se resistía a hablar—. La he contratado para recabar información.

—¿Sobre Paige? ¿De verdad crees que vas a encontrar algo?

Después de la conversación que había tenido con ella, ya no creía que quisiese casarse con Lincoln únicamente por su apellido.

—No se trata de Paige. —Se acercó un poco más para poder hablar más bajo—. La he contratado para investigar a Trish Coldwell.

—¿Qué? —exclamé, llamando la atención de Paige y de la organizadora de bodas. Compuse una sonrisa rápida para dejar claro que no había motivos de preocupación y me giré de nuevo hacia mi hermano—. ¿Has puesto a alguien a seguir a Trish? ¿Por qué?

—¿Por qué crees tú? Todo lo que hemos recuperado, nuestra reputación, nuestro proyecto, nuestros contactos, todo depende de la palabra de una mujer que nos odia con todo su ser. No sabemos si podría involucrarse en el proyecto de Winchester si así lo quisiera. Sería una estupidez no intentar encontrar algo que la mantenga a raya.

—¿Te has vuelto loco? —Lo miré fijamente—. ¿Quieres descubrir los trapos sucios de Trish Coldwell? ¿Es que has olvidado quién es? ¿Lo que hace cuando alguien intenta acorralarla? —Si se enteraba de esto, adiós a nuestro acuerdo, lo perderíamos todo.

El semblante de mi hermano se tornó más serio.

—Somos los Weston, Helena, nuestra familia lleva jugando a este juego mucho más tiempo que ella.

—Sí, pero nosotros nos regimos por unas normas, aunque sea normal pasarse de la raya. Deja lo que estás haciendo ahora mismo, Linc, o te convertirás en su próxima víctima.

Si existiera la posibilidad de vencer a Trish en su propio juego, el mismo Jess lo habría intentado hacía mucho tiempo. Pero él tenía mucho que perder con Eli y nosotros también.

—Por favor, llama a la investigadora —le supliqué—. No tienes ni idea de en dónde te estás metiendo. No quiero que tu reputación acabe igual que la de Valerie, ¿de acuerdo?

—Está bien —asintió, aunque en tono vacilante, y yo me incliné para darle un beso en la mejilla.

—Gracias, Linc, es lo correcto.

Y, acto seguido, fui a decirle a Paige que nos fuéramos a ver el siguiente sitio.

Cuando llegué a casa esa misma tarde, estaba deseando darme un ducha caliente o, mucho mejor, un baño ardiendo. Nos habíamos pasado las últimas cinco horas en la calle y el viento se había vuelto realmente frío. Nueva York en otoño podía ser preciosa, pero también era implacable. Hoy la ciudad nos había mostrado su lado más crudo.

Las hojas me siguieron cuando entré por la puerta y el portero, Lionel, levantó la cabeza cuando vio que me acercaba.

—Señorita Weston, ha llegado un paquete para usted.

Metió la mano en un estante que tenía a la espalda y me entregó un paquetito envuelto en papel marrón. Lo acepté y le di la vuelta, pero no aparecía ningún remitente, solo una pegatina con mi nombre y una nota que rezaba «confidencial».

«Curioso».

—¿Quién lo ha entregado? —pregunté.

No esperaba ningún envío por internet y no le había pedido a nadie que me mandara nada. Un momento. ¿Sería...? El corazón empezó a latirme con fuerza.

Lionel señaló el paquete.

—Un mensajero en bicicleta, aquí tengo el recibo. ¿Le preocupa que sea algo peligroso? Puedo pedir que lo revisen si así lo desea.

—No —repliqué—, no será necesario. Seguro que no es una bomba.

El portero palideció. Había olvidado que no entendía mi sentido del humor.

—No pasa nada, Lionel, de verdad. Una amiga me dijo que me enviaría muestras de una nueva línea de cosméticos. Se me había olvidado.

Pareció que se relajaba y yo me despedí deprisa, corrí hasta el ascensor y presioné el último botón. Estuve a punto de abrir el paquete en ese mismo momento para ver si mis sospechas eran acertadas. Pero había una cámara en el techo, así que fingí despreocupación hasta que subí al ático, cerré la puerta de mi casa y saludé a Rita, que, al pasar, me preguntó si necesitaba algo.

—Tranquilidad —dije con una sonrisa—. Ha sido un día duro, voy a darme un baño.

Rita asintió, le di mi abrigo y subí al piso de arriba, donde cerré con manos temblorosas la puerta de mi habitación y me acerqué a la cama para romper el envoltorio del paquete. Lo abandoné sin miramientos sobre la moqueta y tiré de la cinta que abría la cajita de cartón hasta que se abrió con un fuerte chasquido.

En el interior había una bolsa de plástico negra que no dejaba ver su contenido. En mi mente apareció fugazmente la imagen de una bomba, pero luego abrí la bolsa y saqué un móvil del interior. No era un móvil moderno, sino uno antiguo con tapa de color gris que no podía conectarse a internet. Era uno de esos teléfonos desechables que solo usaba gente sospechosa para que nadie registrara sus pasos. No por ello se calmó mi pulso. Y, cuando vi la nota que había pegada al dorso, mi corazón se volvió a acelerar. «Contactaré contigo dentro de poco». No ponía nada más, ni firma ni iniciales, y sabía por qué. El móvil provenía de Jess y nadie debía saber que yo lo tenía.

Encendí el aparato y lo primero que hice fue configurar el código pin de bloqueo por si alguien lo descubría. Luego busqué si había algún otro número guardado, pero no había nada. Debía esperar a que él contactara conmigo. ¿Cómo iba a soportar la espera?

Me quedé sentada varios minutos sobre la cama, mirando fijamente el móvil, como si pudiera hacerlo sonar mediante mi propia fuerza de voluntad. No me hizo ese favor. ¿Cómo iba a saber Jess cuándo recogería el paquete y lo abriría? Apenas eran más de las cinco, así que seguramente estaba fuera de casa encargándose de alguno de sus proyectos. Podría tardar horas en llamar. O ni siquiera hacerlo hoy.

Me recompuse, me puse en pie y me dirigí al baño, donde dejé el móvil sobre el lavabo y giré el grifo de la bañera. Ya no había cabida para relajarme, pero si tenía que esperar, lo haría mientras me daba un baño caliente.

21

Jessiah

Había tardado casi una semana en encontrar una forma segura, o más bien, a salvo de los ojos de Trish, de enviar un teléfono de prepago a Helena. Pero el día que logré contratar a un mensajero con nombre falso para que llevara el móvil desde el restaurante de uno de mis protegidos había tenido que ir a otra cita importante. Y era en Nueva Jersey.

Después de conseguir los teléfonos desechables, me quedó claro que un dispositivo imposible de rastrear era la mejor forma de comunicarse en secreto, así que le envié un mensaje a Thea. No pasaron ni cinco minutos hasta que me respondió y me dio las gracias, porque ya tenía acceso a la cuenta bancaria. También le conté lo del piso que tenía en mente y quedamos en vernos allí hoy para que ella pudiera verlo.

Mientras conducía el coche de un conocido sobre el río Hudson, estaba entusiasmado, aunque no del todo, porque me preocupaba que alguien me descubriera. Las probabilidades de que

Trish supiera de la existencia de la ex de Adam eran prácticamente nulas; de lo contrario, haría tiempo que sabría de Lilly, pero, aun así, di varias vueltas de camino a Elizabeth para asegurarme de que nadie me seguía. No, mi entusiasmo se debía a que hoy iba a ver por primera vez a la hija de Adam, a mi sobrina, cuya existencia desconocía. Eso, combinado con la perspectiva de poder llamar a Helena aquella noche, convertía este día en el mejor desde hacía mucho tiempo.

El apartamento frente al que aparqué se encontraba en uno de los mejores barrios de Elizabeth, tenía tres habitaciones, una cocina bonita y un baño recién reformado. Me habría encantado comprarles a Thea y a Lilly una casa propia, con jardín y más comodidades, pero habría sido demasiado peligroso. La gente hablaba, y si una madre joven y soltera se mudaba de repente a una casa que no se podía permitir con su sueldo, llamaría la atención. Por ahora, esta era la mejor forma de ayudarla sin levantar sospechas y, como pensaba comprar la casa a través de un testaferro si a Thea le gustaba, Trish nunca podría rastrearlo hasta mí por mucha investigación que hiciera.

Antes de bajarme del coche, me puse la capucha sobre la cabeza y comprobé que no hubiera mucha gente en los alrededores. Era una tarde tranquila, así que me dirigí deprisa a la puerta principal y llamé al timbre. Thea había recibido las llaves del agente inmobiliario que se encargaba de vender el apartamento, así que probablemente ya estuviera allí.

La puerta principal se abrió y pasé al interior, donde subí unas escaleras luminosas y me acerqué a la única puerta abierta del rellano. Llamé en el marco y oí una voz que decía: «Adelante», y entré y cerré la puerta a mi paso. En cuanto me bajé la capucha, apareció Thea en el vestíbulo.

—Hola —saludé, y puse la oreja para ver si escuchaba a alguien más, pero estaba todo en silencio. Por lo visto, no había traído a Lilly consigo.

—Hola. —Thea se quedó mirándome fijamente y supuse por qué: Adam y yo siempre nos habíamos parecido, pero ahora tenía casi la misma edad que él cuando murió. Para alguien que lo había visto por última vez poco antes de morir, debía de ser toda una conmoción—. Vaya —soltó Thea sin contenerse—, sí que has crecido.

—Es lo que consigue el paso del tiempo —respondí con una sonrisa irónica.

Cuando Adam y ella estaban saliendo, yo me encontraba en el apogeo de mi época rebelde y no me interesaba en absoluto la novia de mi hermano. Apenas nos habíamos visto un par de veces, y a mí me había dado igual cuando Adam me dijo que lo habían dejado.

—Ya veo, sí. —Thea me devolvió la sonrisa, aunque algo avergonzada—. El joven que yo conocí hace siete años no se habría preocupado por conseguirnos una vivienda u ocuparse de nuestra seguridad financiera.

—El joven de entonces no tenía ni idea de cómo ocuparse de esas cosas. Ha pasado mucho tiempo desde entonces. —No se trataba solo de haber emigrado o de la muerte de Adam, que me obligó a regresar a la ciudad; no era algo que yo hubiera planeado, pero al final era inevitable madurar—. Las responsabilidades te hacen ver el mundo con otros ojos. Tú debes de saberlo mejor que nadie.

Thea asintió.

—Sí, es cierto. Y precisamente por eso me resulta increíble que hagas esto por nosotras. Gracias, Jess. Cuando Helena vino a visitarnos, no quería que te contara nada, pero para nosotras ha sido una bendición y un gran alivio.

—Para mí es lo más lógico del mundo.

Ambas formaban parte de la familia de Adam y, aunque yo nunca había reivindicado pertenecer a la misma, teníamos una conexión, y mi hermano habría querido que lo sustituyera. Era evidente que lo ideal habría sido que ninguno de nosotros tuviéramos miedo de que Trish descubriera a Lilly, pero sea como sea, me alegraba de estar allí, aunque Thea no hubiera traído a su hija.

—¿Has venido sola? —pregunté tratando de no sonar muy decepcionado.

—No exactamente. Lilly está con mi compañero de piso fuera, en el parque que hay en la esquina. —Thea señaló por la ventana y me miró con un gesto serio—. ¿Estás seguro de que no te ha seguido nadie? Trish estuvo siguiéndote en el pasado.

La contemplé atónito.

—¿Cómo sabes eso?

Thea asintió.

—Adam me lo contó. En su opinión, lo hacía para asegurarse de que no te pasara nada, pero yo no creo que fuera por eso.

—No. Pero ya entonces me di cuenta y lo habría advertido también hoy si me estuviera siguiendo los pasos. De todas formas, por seguridad, he dado un par de vueltas de más.

Era más probable que Trish hubiera vigilado a Helena, pero supuse que se fiaría de la lealtad de la familia Weston y creería que ambos lo habíamos superado hacía tiempo. Trish nunca había entendido el amor. Y nunca lo haría.

—Vale. —Thea pareció relajarse un poco—. Espero que no creas que soy un monstruo por mantener a mi hija alejada de esa parte de tu familia.

—Por supuesto que no. Conozco a mi madre lo suficiente para entender tus motivos. Yo habría hecho lo mismo —añadí lúgubremente.

—Helena me dijo que odiabas a Trish. No quise creerlo, al fin y al cabo es tu madre, pero ahora que te veo…

—Mi madre destroza todo aquello que le importa a los demás —expliqué—. Nadie lo sabe mejor que Helena.

Thea me miró con tristeza.

—Parece una persona más que decente, al igual que su hermana. Siento mucho que Trish haya arruinado vuestra relación.

Respiré hondo e intenté no dejarme llevar por lo que estaba sintiendo, no solo por mi madre, sino, sobre todo, al pensar en Helena. Si no fuera por Trish, me habría despertado esta mañana junto a ella y le habría preparado unos gofres antes de irse a la universidad. Me habría alegrado de volverla a ver por la noche y dormir el uno al lado del otro. En su lugar, había tenido que comprar teléfonos prepago y tomar cientos de medidas de seguridad para poder hablar con ella cinco minutos. Era indignante.

Pero hoy no se trataba de mí o de Helena, sino de Thea y Lilly.

—Para mí es importante que sepas que haré todo lo posible para que Trish nunca sepa de la existencia de Lilly. Y si llegara a pasar algún día, puedes contar conmigo para que os proteja con todos los medios de los que disponga.

Jamás había empleado ninguna medida extrema contra mi madre, ya que no quería arriesgarme a que me prohibiera el contacto con Eli, pero, si era necesario, lo haría.

—Te creo. —Thea sonrió—. Es genial que estés aquí, Jess. No solo por el apartamento tan bonito y demás, sino… Adam siempre decía que eras buena persona y a la vista está que tenía razón. Siempre me sentí mal por cortar el contacto con la familia paterna de Lilly, y si te soy sincera, he soñado más de una vez que tenía que decirle a los quince o dieciséis de qué familia era, y al final siempre acababa odiándome.

Sonreí de lado.

—Por lo que tengo entendido, es normal que odien a sus padres a esa edad.

—Sí, es cierto, pero prefiero que me odie porque le he prohibido salir de fiesta que porque descubra que tiene parientes de los que no sabía nada. Cuando te conozca... Creo que será bueno para ella a largo plazo. —Thea tomó aire. Al parecer, yo no era el único que estaba nervioso—. Pero antes de ir a buscarla, tenemos que decidir cómo vamos a proceder. Tiene seis años y ya es consciente de muchas cosas. Me da miedo decirle quién eres de verdad. Si suelta en el colegio que su tío ha venido a visitarla, suscitará unas preguntas que no quiero responder.

No había pensado en eso, pero, claro, mi experiencia con niños se reducía a Eli, y de eso hacía ya mucho tiempo.

—¿Qué quieres decirle por ahora? ¿Que soy un amigo? —¿Funcionaría? Si era tan despierta como decía Thea, ¿no se daría cuenta?—. Antes me has mirado como si fuera un fantasma. Si se acuerda de Adam...

—Sí, lo sé, os parecéis demasiado.

Thea parecía un poco insegura, esta situación también debía de ser anómala para ella. Mantener a su hija alejada de todo lo que tuviera que ver con nuestra familia seguro que le había resultado más fácil que encontrar una forma de combinar ambos mundos sin ponernos en peligro.

—Es tu decisión, pero creo que no nos servirá de mucho decirle que soy el primo Jay o algo así, y que luego descubra que no es verdad. —Caí en algo—. Sabe que Adam ha muerto, ¿no?

Thea asintió con pesar.

—Sí, claro. No paraba de preguntar por él, porque venía a vernos a menudo, así que tuve que explicarle lo que había pasado... de forma que ella lo entendiera. Cuando alguien le pregunta por su padre, dice que está en el cielo.

—No ha debido de ser fácil para ella —dije en voz baja. Yo mismo había perdido a mi padre cuando era adolescente, y había sentido que el mundo se desmoronaba a mi alrededor. Y aunque la pieza central del mundo de Lilly era su madre, me habría gustado que disfrutara de su padre un poco más de tiempo.

—Lo sobrelleva bien. —Thea se recompuso—. De acuerdo, hagamos una cosa, voy a ir a buscarla y le digo que ha venido alguien a visitarnos. Cuando veamos cómo reacciona, decidiremos cómo presentarte.

—Está bien.

Thea bajó las escaleras y yo no quise acercarme a la ventana que daba a la calle, sino al balcón de la parte trasera, donde vi que había un parquecito con algunos columpios. Si vivían otros niños por allí, Lilly podría hacer amigos.

«Estás a punto de conocer a tu sobrina».

Noté que el pulso se me desbocaba; estaba más emocionado que ante cualquier otra reunión que hubiera tenido en mi vida. Y cuando oí los pasos por la escalera, me volví al salón y contuve el aliento al ver a Thea entrar con su hija.

«Dios mío».

Helena ya me lo había comentado, pero no había querido creer que tuviera razón: Lilly era igualita que Adam. Y que yo, si lo pensaba. Tenía los mismos rizos rubios que nosotros y los mismos ojos azul grisáceos que mi hermano, y no pude evitar que se me saltaran las lágrimas cuando asimilé que aquella personita era realmente su hija.

«Di algo, por el amor de Dios. No te quedes mirándola así».

—Hola, Lilly —rompí el silencio con voz tomada.

La niña no respondió, solo se limitó a mirarme, como si hubiera algo en mí que le resultara familiar, y luego acudió en busca de su madre, como si no supiera qué pensar de mí.

—¿Quién es, mamá? —susurró como suelen hacerlo los niños, más alto de lo que hablarían normalmente—. ¿Por qué se parece a papá?

Se acabó lo de intentar convencerla de que solo era un amigo. Thea y yo intercambiamos una mirada.

—Se llama Jess —le dijo a su hija. Por lo visto, ya había tomado una decisión—. Es el hermano de tu padre.

La niña abrió los ojos de par en par cuando volvió a mirarme.

—¿Su hermano? Entonces ¿es mi...?

—Tu tío, eso es. —Thea sonrió con calma, como si no fuera importante, aunque ambos sabíamos que sí que lo era.

Lilly se volvió entonces más atrevida y dio un par de pasos en mi dirección, alzó el mentón y me miró desde su altura. Hice lo que mi instinto me pedía y me agaché para no parecer tan grande.

—¿Por qué vienes ahora por primera vez? —me preguntó mi sobrina con un deje de reproche, que correspondí con una sonrisa torcida.

—Por desgracia, no he podido venir antes, lo siento mucho.

Era algo realmente asombroso; no conocía de nada a esta niña y, sin embargo, sentía una conexión con ella. ¿Qué habría sentido Adam?

—¿Es por la mujer mala? —Lilly miró a Thea y luego a mí de nuevo—. Mamá me ha dicho que no puede saber nada de mí.

Me sorprendió que Thea le hubiera contado a Lilly sobre Trish, pero supuse que no habría tenido otra opción. Aunque no estábamos en Nueva York, sí nos encontrábamos lo bastante cerca como para correr el riesgo de que las descubrieran. Si quería que Lilly no contara su vida a los cuatro vientos, tenía que estar al tanto.

—Sí, así es, por eso no he podido venir a verte. —No le dije que hasta hacía poco ni siquiera sabía de su existencia; no necesitaba saberlo.

—Mmm. —Me miró a los ojos y ensanchó la sonrisa—. Bueno, pero ahora estás aquí. ¿Quieres ver lo que he aprendido hoy en el colegio?

—Claro.

La seguí hasta la mochila que había traído consigo y sacó un cuaderno en el que me mostró que podía escribir la letra ese.

—¿Tú también sabes hacerla? —me preguntó mirándome.

—La verdad es que no me salen tan bonitas como a ti, pero puedo intentarlo —respondí, sentándome en el suelo y aceptando una cera para demostrar mis habilidades de escritura. Mi sobrina pareció satisfecha, y me señaló una hoja.

—¿Puedes escribir también mi nombre?

—Por supuesto. —Se lo escribí.

—Me has mentido, sí que sabes escribir bien —me dijo, y yo solté una carcajada.

—Estoy seguro de que, si practicas un poco, tendrás mejor letra que yo.

Pasamos una hora más juntos, en la que Lily me habló de su colegio y me enseñó un baile que estaban ensayando. Yo respondí a todas sus preguntas sobre mi trabajo y le enseñé cómo hacer una rana con una hoja de papel, lo que la impresionó muchísimo. Thea permaneció en el salón, pero se hizo a un lado y nos miró desde la distancia. Tal vez fueran imaginaciones mías, pero noté que estaba más relajada. Quizá fuera porque había resuelto sus problemas financieros, pero también era posible que se hubiera dado cuenta de que su hija y yo nos entendíamos de una forma que no tenía explicación.

—Nunca había congeniado con nadie tan rápido —dijo Thea cuando nos despedimos en la puerta mientras Lilly recogía la rana de papel que había dejado en la cocina—. Se te dan muy bien los niños.

—No, es por ella. Es una niña estupenda. Has hecho un trabajo increíble.

Thea rio.

—Ojalá sea así. Pero dentro de menos de diez años, dirá que le doy vergüenza y se irá a Nueva York a salir de fiesta. Y yo me quedaré despierta toda la noche pensando en si hice lo suficiente.

—Cuando llegue el momento, avísame y me encargo de que alguien le eche un ojo. Conozco a la mayoría de los dueños de discotecas de la ciudad, así que Lilly no podrá hacer ninguna locura.

—Sabía que era buena idea ponerme en contacto contigo —bromeó Thea, que me abrazó con fuerza—. No sé cómo agradecértelo, Jess, al igual que a Helena. Si no nos hubiera encontrado, no habría sucedido nada de esto.

Agaché la vista un instante, pero luego recapacité.

—Díselo, seguro que se alegra de oírlo.

—Lo haré.

—¡La tengo! —Lilly llegó corriendo por el pasillo con la rana en la mano. Entonces me miró—. ¿Cuándo vienes de nuevo, Jess? Sonreí abiertamente.

—Todavía no lo sé, pero seguro que dentro de poco.

Solo cabía esperar que Thea pudiera explicar a su hija por qué debíamos mantener en secreto que me había conocido. Ambas se fueron y, desde la ventana, vi que Lilly subía a un coche pequeño. Se marcharon poco después. Esperé unos minutos más, me eché de nuevo la capucha sobre la cabeza, con la suerte de no encontrarme con nadie en las escaleras, y me subí al coche prestado para irme de Elizabeth.

Mientras conducía, pensé en lo feliz que me sentía por haber conocido a Lilly, y lo mucho que deseaba contárselo a alguien. No, no podía hacerlo, solo podía hablarlo con Helena. Eran poco más de las cinco, ¿habría recibido y encendido ya el teléfono? Aunque así fuera, el mío se encontraba dentro de la caja fuerte de mi apartamento, ya que no quería arriesgarme a llevarlo conmigo. Pero, en cuanto llegara a casa, nada me impediría llamarla. Tal vez empeorara las cosas, al fin y al cabo nuestra situación no había cambiado, pero sentí una enorme anticipación al saber que al menos podía contactar con ella de esta forma.

Ya estaba de vuelta en Manhattan y había doblado la esquina en dirección al restaurante de Tarek para hacer el cambio de coche, cuando me sonó el móvil. Al ver el nombre en la pantalla, descolgué rápidamente.

—Hola, Archie, ¿qué tienes para mí?

—Pues buenas y malas noticias —respondió el detective privado. A pesar de que era bastante joven, era uno de los mejores de la ciudad. Me había ayudado en numerosas ocasiones a conseguir información sobre la competencia de mis restaurantes o de mis clientes. Y, además, detestaba a mi madre—. ¿Cuál quieres escuchar primero?

—La buena, supongo.

—Vale. He encontrado dónde estuvo tu hermano en rehabilitación. Es una pequeña clínica psiquiátrica en Riverhead, se llama Gregory Health Clinic, y la lleva una tal doctora Zoe Harding. Allí hacen de todo, no solo tratamiento de adicciones.

¿En Riverhead? Esto estaba por Long Island, casi en los Hamptons. ¿Por eso había ido Adam a tratarse allí, porque le preocupaba que alguien de Manhattan se enterara? Aparqué el coche prestado y apagué el motor.

—¿Y las malas noticias? —recordé que Archie no había acabado.

—No he podido acceder a su historial. Allí trabajan como si estuvieran en la Edad Media, con documentos de papel en taquillas metálicas. Quería hackearles el sistema y, al principio, pensaba que habían invertido una buena cantidad de dinero en un cortafuegos, pero entonces me di cuenta de que no había ninguno. No tienen guardados en el servidor los datos personales de nadie.

Puede que ese fuera el motivo por el que Adam había ido allí. Si no existían documentos electrónicos, era imposible saber rápidamente quién se había tratado en la clínica.

—¿Crees que soltarían esa información si les ofrecemos dinero? —pregunté. Todo en esta vida tenía un precio. Si ofrecía lo suficiente, quizá se olvidaran de sus medidas de confidencialidad.

—Imposible, tío. Ya he probado a hacerlo, evidentemente sin mencionar el nombre de Adam, pero el equipo que trabaja allí también es del siglo pasado y completamente incorruptible. La única alternativa sería entrar por la noche y robar los documentos, pero ya sabes que no hago esas cosas.

Lo sabía, y tampoco conocía a nadie que hiciera esas cosas por dinero y en quien confiara ciegamente. Y como no podía saber si Adam había mencionado a Thea o a su hija creyendo que las conversaciones eran confidenciales, ya podía ir olvidándome de esos documentos; no quería que alguien viera el apellido Coldwell y pensara en vender la información a Trish por el doble del precio acordado.

A menos que lo hiciera yo mismo.

—JC, no estarás pensando lo que creo que estás pensando, ¿no? —me preguntó el detective.

—No tengo ni idea de qué estás pensando, Archie —repliqué en tono inalterado—. Gracias por tu trabajo, mándame la factura, y sigue investigando a Carter. Pronto necesitaré esa información.

—No hagas ninguna gilipollez —me advirtió, luego se despidió y colgó.

No perdí el tiempo, me bajé del coche para devolverle las llaves a Tarek y fui a por mi camioneta. Tenía que volver a casa lo antes posible.

Tenía una llamada urgente que hacer.

Cuando entré en casa, ya se había hecho de noche. Enseguida encendí la luz y subí a mi dormitorio en busca del armario que había al fondo. Allí me arrodillé, abrí mi caja fuerte, saqué el teléfono desechable y lo encendí. No tenía guardado el número del teléfono que le había enviado a Helena, pero me lo había aprendido de memoria y lo marqué. Sonó una vez, dos, me entró miedo de que no lo oyera. Y entonces descolgó.

—Hola, desconocido —me saludó.

—Hola, desconocida —respondí con una sonrisa, porque no podía evitarlo cuando oía su voz.

—¿Estás seguro de que podemos llamarnos por teléfono? —Helena sonaba dudosa.

—Los teléfonos provienen de un contacto que me ha asegurado que no queda ningún registro —le prometí—. Estamos a salvo. Aun así, los cambiaremos cada dos semanas para no arriesgarnos. Y no puedes enseñarle el móvil a nadie, para que a ninguna persona se le ocurra buscar el número y rastrear las llamadas.

Helena soltó un bufido para dar su aprobación.

—No pensaba hacerlo, no quiero que nadie me vea con este trasto.

Tuve que reírme.

—Y ahí está de nuevo la princesa del Upper East Side.

—Quien tuvo, retuvo, Jessiah —repuso, y me alegré de que pudiéramos hablar con normalidad, aunque fuera por un rato, como si pudiéramos olvidar que mi madre no nos permitía estar juntos.

—Te llamo por un motivo. Hoy he estado con Thea.

—Ay, qué bien —exclamó Helena—. Porque supongo que ha ido bien, ¿no?

—Sí, ha sido… ha sido una pasada conocer a Lilly. Es un poco descarada, pero parece inteligente. Es encantadora.

—Lo habrá sacado de su tío, como todo, vaya.

Solté otra carcajada.

—Pronto tendrán un apartamento nuevo en un barrio mejor e intentaré visitarlas a menudo en el futuro.

—Me alegro mucho por ti, de verdad. Te mereces esas buenas noticias. Te lo mereces todo, Jess.

«Por favor, deja de decir mi nombre de esta forma o me subo al coche y voy directito a tu casa. Me dan igual las consecuencias». Me aclaré la garganta y reprimí el deseo todo lo que pude. Era mejor mantener las distancias, por mucho que me costara.

—Es todo gracias a ti. Te lo agradezco, y Thea también.

—Fue un placer poder ayudar. —Helena suspiró de forma sonora y empleó un tono más sobrio que me dio a entender que ella también intentaba mantener la distancia—. ¿El teléfono es por si acaso o tenemos alguna novedad?

Aparté de mi mente los pensamientos sobre nosotros y recordé que había un motivo por el que estábamos hablando, y ese era que queríamos resolver el caso.

—En realidad, sí. Archie, mi detective privado, ha dado con la clínica de rehabilitación en la que Adam estuvo hace cuatro años. Es un centro pequeño en Riverhead.

—¿Riverhead donde los Hamptons? ¿Por qué se fue hasta allí?

—Probablemente porque no tienen nada digitalizado. Esa es la mala noticia: no quieren facilitarnos ninguna información sobre el motivo de su ingreso y mucho menos su historial. Y no podemos conseguir nada de forma electrónica, así que o estamos en un callejón sin salida o…

—O conseguimos los documentos de otra forma. —Helena lo dijo con una naturalidad que no me sorprendió. Cuando sucedió lo de Pratt, dejó claro lo en serio que se tomaba la investigación por la muerte de Valerie.

—Sí —afirmé—, pero no conozco a nadie que sea de confianza como para encargarle algo así. Y no quiero que esta información caiga en las manos equivocadas.

—Vale, entonces los conseguiré yo —decidió Helena.

—¿Qué? No, de ninguna manera.

—Lo dices como si la decisión fuera tuya. —Lo afirmó con un tono que se asemejaba aterradoramente al que usaba su madre—. Esta es mi misión, Jess, siempre lo ha sido. Y solo porque te hayas involucrado ahora no significa que vaya a dejarte hacer todo el trabajo. Iré hasta allí y conseguiré los documentos.

—¿Y cómo piensas hacer eso? —Era mejor que preguntara ahora, así tendría argumentos para que no lo hiciera, fuera su misión o no. No solo había accedido a ayudar a Helena por Adam, sino, sobre todo, para protegerla. Dejar que fuera sola a esa clínica iba en contra de ambos motivos.

—Ya se me ocurrirá algo —respondió ella—. Me inventaré cualquier cosa para poder entrar y me haré con esos documentos. Has dicho que es una clínica pequeña, así que no tendrán mucho personal de seguridad. Será un juego de niños.

Me reí con sequedad, ya que no me parecía para nada divertido.

—¿Como cuando viniste a mi casa para quitarme la libreta?

Silencio.

—Jess…

—No, escúchame. ¿Qué pasa si alguien te reconoce? Riverhead no es Nueva York, pero tampoco está tan lejos.

Noté que se rendía entonces, y oí cómo suspiraba.

—Entonces ¿qué propones?

—Iré por la noche, cuando no haya nadie en administración. Entro, salgo, será cuestión de un cuarto de hora. En una clínica de ese tamaño no puede haber un archivo muy grande. Y no me vería nadie.

—Querrás decir que no me vería nadie a mí —me corrigió, impasible.

—Helena...

—Que no, joder —me interrumpió molesta—. No vas a hacer nada solo, ¿entendido?

Sabía que no había más vuelta de hoja. Sí, podía subirme a mi coche y encargarme de todo sin decirle nada, pero no quería hacerlo así. Siempre había sido honesto con ella y no quería romper su confianza de esa manera. Intenté pensar en una solución que fuera viable y, entonces, se me ocurrió una tercera alternativa.

La solté sin pensar.

—Podemos ir juntos —sugerí, provocando que se me activaran todas las alarmas en la cabeza. Era justo lo que no debíamos hacer, pasar tiempo juntos, aunque fuera de este modo. Apenas habíamos sido capaces de quitarnos las manos de encima la última vez que nos vimos, y ahora estábamos hablando de dos horas de viaje en coche. Era una locura, incluso ignorando el hecho de que podrían pillarnos. No obstante, no podía permitir de ninguna manera que Helena fuera allí sola.

Helena no respondió al momento, como si lo estuviera reflexionando.

—No creo que sea prudente, Jess —sentenció finalmente con un tono casi asustado. Con toda probabilidad, había pensado lo mismo que yo, qué ocurriría si pasábamos tiempo juntos o si nos sorprendían intentando colarnos en una institución médica.

—Lo sé, pero ninguno de los dos va a ceder, así que esa es la única alternativa que nos queda.

En realidad, siendo sensatos, era buena idea que no fuéramos solos ninguno de los dos. Yo había hecho mis pinitos colándome en edificios durante mi época rebelde, pero nunca venían mal un par de ojos echando un vistazo junto a la puerta. Y no podía ni quería que nadie más se involucrara en este asunto.

—De acuerdo, lo haremos juntos. —Helena respiró hondo—. Entérate de cuándo está Trish fuera del país, solo para asegurarnos. Mis padres tendrán que ir dentro de poco a Chicago, así que no se enterarán de nada. Me pondré en contacto contigo cuando sepa más.

—Vale.

Me sentí aliviado de que estuviéramos de acuerdo.

—Entonces… ¿nos volveremos a ver cuando tengamos trazado el plan? —me preguntó y, de nuevo, sonaba más suave y cercana, como si acabara de caer en que, al estar de acuerdo, volveríamos a vernos. Los dos solos. Juntos.

—Sí —respondí, y tragué saliva; ese tono nunca me dejaría indiferente. Llegó el momento de terminar con la conversación antes de que dijera algo de lo que me arrepintiera—. Que descanses, amapola.

—Igualmente, Jess.

Y colgué.

22

Helena

El viento gélido de noviembre me hizo estremecer mientras miraba en torno a la calle y esperaba. La siguiente farola estaba a unas casas de distancia, por eso no solo me había vestido con ropa negra, sino con las capas más gruesas que tenía, totalmente a propósito. Por quinta vez en los últimos dos minutos, miré el reloj. Eran las doce. Y aunque estaba en un inofensivo barrio residencial de Queens, justo donde me había dejado el taxi, no me sentía muy segura. Aquí era improbable que me reconociera nadie, pero esta ciudad tenía ojos y oídos en todas partes.

—¿Dónde coño estás? —mascullé en voz baja. Recé para que no hubiera pasado nada; había esperado casi cuatro semanas para que se diera esta oportunidad.

A la mañana siguiente de hablar con Jess por teléfono, creí que todo había sido un sueño, hasta que me di cuenta de que era real. No solo habíamos tenido la posibilidad de hablar el uno con el otro, sino que también había accedido a ir con él hasta Riverhead para conseguir el historial de Adam. En muchos aspectos, era una idea estúpida que nunca debería haber aceptado, pero lo cierto era que no podía resistirme a pasar tiempo con Jess, aunque fuera en un viaje a los Hamptons en mitad de la noche. Además, era algo que no podía permitir que hiciera él solo. No porque no confiara en él, sino porque no era lo correcto.

Así que solo nos quedaba esperar hasta que mis padres y la madre de Jess salieran de la ciudad, un favor que no nos hicieron en varias semanas. Cuando mis padres fueron a Chicago, Trish estaba en Nueva York y, cuando esta finalmente se fue de viaje una semana a Dubái, mis padres ya habían vuelto. Hoy, por fin, había llegado el momento: los tres estaban fuera y, por ello, Jess y yo no perdimos ni un segundo en poner en marcha nuestro plan.

Habíamos hablado por teléfono un par de veces en ese tiempo, aunque fueron conversaciones cortas y mensajes al grano, como si supiéramos que era mejor mantener las distancias. Sin embargo, hubo un par de momentos en los que nuestros sentimientos se abrieron paso. Un comentario que me dejó sin aliento y despertó el anhelo en mí. Una risa áspera por su parte que hizo que sintiera que me recorría una descarga eléctrica por todo el cuerpo. Ese era uno de los motivos por los que esperaba en tensión a que Jess me recogiera.

Dos minutos y cuatro miraditas al reloj más tarde, un todoterreno utilitario de color negro giró en la esquina y se dirigió lentamente hacia mí. No habíamos elegido este punto de encuentro al azar, sabíamos que a estas horas no habría nadie en el barrio. El vehículo se detuvo a mi lado y, tras mirar a mi alrededor y antes de abrir la puerta, reconocí a Jess en el asiento del conductor y me subí enseguida.

—¿Creías que era un criminal que venía a robarte? —dijo con media sonrisa.

—¿Es que no lo eres acaso? —repliqué.

—*Touché* —rio en voz baja—. Hola.

—Hola.

Lo miré. Estaba igual que la última vez que nos vimos: el pelo recogido, una sonrisa torcida en los labios, y en sus ojos esa mirada vivaz tan típica de Jess que hacía que el corazón me fuera a mil por hora. Cada vez que lo miraba era como si el universo entero contuviera la respiración. Tal vez fuera yo la única que lo hacía, estar tan cerca de él provocaba que todo mi interior se removiera. Aparté la vista para que se me calmara el pulso.

—¿Estamos listos? —pregunté en un intento de superar ese momento.

—Sí —asintió Jess, que puso el coche en marcha y giró a la derecha en el siguiente cruce—. Tal como hemos hablado, los historiales de la clínica que tienen más de tres años de antigüedad se guardan en una oficina del primer piso, donde no hay nadie por las noches. No cuentan con ningún dispositivo de seguridad ni alarma en las ventanas. Por lo visto, les da igual la información que tienen allí.

—Probablemente porque no tengan ningún motivo para ello.

La clínica en Riverhead no se parecía a otros centros de rehabilitación de Nueva York, donde los escándalos se producían de forma habitual. Aunque se encontraba cerca de los Hamptons, los famosos y los ricos no solían ir allí, tal como había averiguado el detective privado de Jess. Era probable que por eso la hubiera elegido Adam, para que nadie le reconociera y contara que estaba en rehabilitación. ¿Descubriríamos hoy por qué? Desde que Thea me desveló que Adam había pasado por una clínica, me debatía entre el miedo de llegar a un callejón sin salida y desear que así fuera. Porque incluso si descubríamos que había sido adicto a la cocaína, no querría arruinar su reputación a costa de salvar la de Valerie. Siempre me había caído muy bien, y mi hermana no habría querido eso. Aun así, quería saberlo, y tal vez hubiera algo en los documentos que me ayudara a seguir con el caso.

—No debería ser muy difícil colarnos y hacer fotos a los documentos —dijo Jess—. Archie no encontró nada que indique lo contrario.

—Bien —acepté.

La pantalla de su teléfono, que estaba en el centro del salpicadero del coche, se iluminó y mostró un mensaje. Como Jess acababa de girar en la 278 hacia Brooklyn, lo señaló con la barbilla.

—¿Puedes mirar de quién es?

La pregunta me pilló desprevenida.

—¿Quieres… que te lea tus mensajes?

Ni siquiera Valerie me permitía hacerlo; de hecho, nadie que yo conociera lo permitía. Pero Jess parecía confiar en mí plenamente, porque no le dio la mayor importancia. Cuando me di cuenta, noté una sensación cálida en el estómago.

—Sí, por favor, puede que sea importante. —Seguía empleando un tono natural, así que cogí el móvil y miré.

—Es un mensaje de Eli. —De inmediato, Jess se puso en tensión y yo me apresuré a continuar—. Solo quiere saber si irás a la cena de Acción de Gracias.

Jess dejó escapar un bufido, a medio camino entre un resoplido y un gemido crispado.

—Será mamoncete. Sabe que odio pasar Acción de Gracias con Trish, pero no dejará de insistir.

—¿Y al final acabarás cediendo porque no quieres decirle que no? —dije sonriendo.

—Es posible —farfulló Jess—. Lo mismo pillo la gripe. Total, está todo el mundo enfermo últimamente.

—Me encantaría hacer eso, pero, por desgracia, sigo viviendo en casa —suspiré en voz baja.

—¿Tan mal te va viviendo con tus padres? —preguntó Jess en tono compasivo, y el estómago se me encogió al oírlo, pero de una forma agradable. Me resultaba familiar hablar con él, y lo había echado mucho en falta.

—Pues como siempre. —Me quedé callada un momento—. Hace un tiempo les pedí que me dejaran cambiarme a la NYU para estudiar Turismo, pero no me lo permiten. Qué pensará la gente que espera que estudies en la Ivy League, ya sabes cómo es. Desde entonces, los ánimos están un poco caldeados. Sé que no quieren hacerme daño, pero después de todo lo que…, de lo que hemos… —Me interrumpí—. Me parece tremendamente injusto y no puedo ni siquiera decirles por qué. Es un círculo vicioso.

—Lo siento mucho. —De nuevo, ese tono comprensivo y suave, muy cercano, jodidamente íntimo. Lo bonito que sería poder hablarnos así siempre. Que pudiera llamar a Jess cuando quisiera para contarle cómo estaba y escuchar cómo le iba a él. O vernos, tirarme a sus brazos o limitarnos a quedarnos callados, plenamente feliz de estar a su lado. O despertarlo por la noche, como la última vez, para acostarme con él. Todos esos momentos me pasaron por la mente como una película que terminaba en aquella horrible conversación, cuando había hecho el trato con su madre.

Tragué saliva.

—¿Y por qué no haces el cambio de universidad igualmente? —preguntó Jess—. Eres una adulta, no pueden impedírtelo.

Reí con amargura.

—No, en teoría no. Pero aparte de no poder pagar los estudios, porque mi fideicomiso no entra en vigor hasta que cumpla los veinticinco, implicaría romper para siempre con mi familia. Y es la única que tengo.

Me había planteado muchas veces el marcharme, bien por terquedad o desesperación, pero, después de la muerte de Valerie, no podía hacerles eso.

—¿Te has preguntado alguna vez dónde acabarás si llevas hasta el final esa maldita lealtad familiar? —Jess me miró y vi lo serio que se había puesto—. ¿En un trabajo que no soportas? ¿Casada con un tío como Lowell? ¿Con una vida que no has decidido? Eso no puede ser lo que quieres.

Sacudí la cabeza.

—Tú no lo entiendes. Ser una Weston también significa no cumplir tus propios deseos.

—Sí, pero ¿para qué te sirve? ¿Para que esos gilipollas de clase alta no hablen de ti? A Valerie le importaba un comino.

Yo misma se lo había contado, la noche del aniversario de sus muertes. Lo fuerte y valiente que había sido mi hermana, a la que jamás le importó lo que los demás pensaran de ella.

—Mis padres sufrieron mucho cuando murió —respondí con voz apagada—. No puedo hacerles eso también.

—Ser feliz no es algo que se les haga a los padres —dijo Jess en tono tranquilo, pero percibí su rabia—. O no debería serlo, al menos.

Hundí la mirada y sospeché que no solo estaba hablando de mí, sino también de sí mismo y de lo que podríamos ser si nuestras familias no fueran así.

—Sabes que eso no cambiaría nada en nuestro caso. Nunca me perdonaría que tu madre llevara a mis padres a la ruina.

Jess resopló con tristeza.

—No me refería a eso. Pero cada vez que te veo pareces más triste, y me rompe el corazón no poder hacer nada. Ojalá hubiera algo…, alguna solución…

—Ya —dije con voz temblorosa—. Ojalá.

Nos quedamos callados, rodeados de oscuridad. Pero la negrura no solo se extendía al otro lado de las ventanas, sino también en mi interior. Era como un agujero negro que consumía todas mis esperanzas, y dolía más que nunca.

Jess respiró hondo.

—¿Y si te dejo el dinero para que puedas estudiar en la NYU? Lo consideraríamos un préstamo y me lo devolverías en cuanto tuvieras acceso a tu fideicomiso. Si quieres, también puedo pagar el alquiler de un piso para que…

—Jess, basta —supliqué—. Te lo agradezco, de verdad, no te haces una idea de cuánto, pero, por favor, basta.

«Porque, si no lo haces, acabaré cediendo y será el principio del fin». Aunque pudiera aceptar su dinero y construir mi propia vida, nunca podría tenerlo a él. Eso era lo que más anhelaba, estar juntos, para siempre. El simple hecho de que me lo ofreciera me reafirmaba por qué me había enamorado tan perdidamente de él. Coloqué las manos sobre mi regazo para evitar la tentación de tocarlo.

—De acuerdo —accedió—, pero quiero que sepas que la oferta sigue en pie, sin importar cuándo decidas aceptarla.

—Gracias —respondí con voz ahogada.

Volvimos a sumirnos en el silencio unos minutos y, después, hablamos de temas más livianos, como los proyectos de Jess y de Eli, al que volvería a ver la semana que viene en el programa de mentores. Al final, le habían asignado a Olivia Montgomery, que era una chica muy amable y que seguramente no lo presionaría demasiado, y me alegré de que la directora hubiera tomado esa decisión.

—Te di el nombre de la psicóloga aquella —le recordé a Jess mientras dejábamos atrás el cartel que rezaba «Riverhead»—. ¿Habéis hablado con ella?

Jess negó con la cabeza.

—Trish considera que no tiene sentido volver a cambiarse de profesional, o eso me ha dicho Eli. No he hablado con ella del tema, pero, si tengo que pasar Acción de Gracias en su casa, podré preguntárselo.

—¿Y arriesgarte a una nueva pelea?

Jess se encogió de hombros.

—Eso va a pasar igualmente.

—¿No hubo ningún momento de tu vida en el que te llevaras bien con ella? —pregunté con curiosidad.

—Quizá cuando era pequeño, pero no lo recuerdo. La verdad es que nunca estaba en casa, porque solo se preocupaba de la empresa. Con Adam sí tuvo cierto instinto maternal, pero, para cuando llegué yo al mundo, ya tenía otros proyectos más interesantes. —No lo decía con amargura, y supuse por qué: su padre había estado siempre presente para él y era con quien se había sentido seguro. Jess no había necesitado a Trish ni tampoco la necesitaba ahora. Con toda seguridad le hubiera gustado no tener que volver a hablar con ella, y lo entendía perfectamente.

—No le dirás nada de nuestro trato, ¿verdad? —lo dije en voz baja pero suplicante. Sabía que Jess era impulsivo y que su madre y él conformaban una mezcla explosiva. ¿Y si algún día se le escapaba lo que nos había hecho? Tampoco podría culparlo.

—Nunca —respondió—. La odio por lo que hizo, pero lo que siento por ti siempre será más importante que ese odio. Quizá no te hayas dado cuenta, pero sería capaz de soportar cualquier cosa con tal de protegerte.

Me quedé sin aliento cuando expresó esa afirmación tan cargada de significado. Necesité un instante antes de ser capaz de ofrecerle la única respuesta posible.

—No deberías decir esas cosas.

—¿Por qué no? —replicó con dureza—. Es la verdad.

—Porque solo lo hace más difícil.

Ya era bastante malo que allí, sentada a su lado, fuera consciente de que nuestra relación se hacía más fuerte a cada minuto que pasaba, pero, cuando escuché lo que significaba para él, me resultó insoportable. ¿Cómo íbamos a superar esto? ¿Cómo demonios se superaba algo así?

Jess soltó una carcajada y fue el sonido más triste que jamás había escuchado.

—Es imposible que sea más difícil, Helena.

El silencio siguió a sus palabras, que cobraron más importancia cuando usó mi nombre verdadero en lugar del apodo que me había puesto después del desastre con Pratt. Sabía que debía decir algo, pero no se me ocurría nada que, en contra de su afirmación, lo complicara aún más. Así que me quedé callada, hasta que poco después llegamos a nuestro destino.

—Es aquí.

Jess aparcó y apagó el motor. Estábamos parados en una calle, en cuyo extremo se encontraba un bloque de media altura. A su lado había un enorme edificio de ladrillo con un par de ventanas con las luces encendidas. En teoría, esa era la clínica, pero en el bloque anexo estaba a oscuras.

—¿Y estás seguro de que no hay nadie? —pregunté mientras Jess sacaba la llave.

—Tienen turnos de noche en la clínica, pero no en el edificio de administración. —Jess señaló al otro lado del parabrisas—. Ahí solo tienen una recepción, el despacho de la directora en el primer piso, y al otro lado, el archivo con los historiales. ¿Por qué iba a haber alguien ahí a estas horas?

Todo lo que decía tenía sentido, así que traté de pasar por alto el nudo que se me formó en el estómago. Me había jurado a mí misma que haría todo lo que fuera necesario para limpiar el nombre de mi hermana, y eso incluía también los posibles delitos. Para eso le pedí a alguien que me enseñara a abrir puertas sin llaves. No pensaba acobardarme ahora, con independencia del miedo que tuviera de que nos pillaran.

—No te preocupes —dijo Jess, que pareció notar mi inquietud—. No es un edificio de máxima seguridad. Pero, si tienes dudas, será mejor que te quedes aquí y vigiles que no venga nadie.

Algo en su tono me puso en alerta. Lo decía como quien no quiere la cosa, como si tratara de impedir que lo acompañara de forma discreta.

—Buen intento —espeté—. Pero ¿de verdad crees que voy a quedarme aquí esperando a que vuelvas?

—Sinceramente, era mi esperanza. —Suspiró y su tono se volvió más amable—. Preferiría que te quedaras al margen.

Lo miré con incredulidad.

—¿Solo accediste a que viniera contigo porque creías que me quedaría esperando en el coche? ¿De verdad pensaba que haría algo así?

Sus ojos se tornaron más intensos y, de repente, sentí que mi estómago se estremecía de una forma muy distinta a hacía unos minutos.

—Ya te lo he dicho: haría lo que fuera por protegerte. Lo que estamos a punto de hacer es un delito, Helena. Y si te pillan, te meterás en un buen lío. No quiero que te pase nada.

—Yo tampoco quiero que te pase nada a ti —respondí con vehemencia—. Solo estás aquí por mí, soy yo la que quiere descubrir todo sobre sus muertes. Si te pillan, nunca me lo perdonaría.

Nos miramos el uno al otro y mantuvimos este duelo sin palabras, pero no hubo ningún ganador. ¿Cómo iba a haberlo? Nuestra necesidad de proteger al otro impedía que llegáramos a una solución amistosa.

Jess me miró con seriedad.

—De verdad quieres seguir adelante, ¿no?

—Sí —asentí.

—Vale, pues en marcha.

Y ya estuvo todo dicho. Salimos del coche y nos acercamos al edificio. No había nadie en la calle, en los sitios como estos había poco movimiento por las noches. Esa era nuestra ventaja. El patio interior del edificio pequeño también estaba vacío. La ventana de la oficina de la directora se encontraba en el primer piso, pero en la planta baja había una hilera de ventanas. Jess se aproximó a una de ellas.

—Voy a intentar abrirla —anunció y sacó una herramienta del bolsillo de la chaqueta que parecía una palanca pequeña.

Me parecía inverosímil que este edificio no tuviera ninguna medida de seguridad, pero apenas hicieron falta un par de movimientos expertos de Jess para que la ventana se abriera. Unos segundos después, se agarró al alféizar, saltó por encima y desapareció en el interior.

—Te toca.

Me dio la mano y trepé la pared para subir por la cornisa. Pero, cuando intenté saltar a la habitación, los cordones de los zapatos se quedaron atrapados en el marco de la ventana. Resbalé, perdí el equilibrio y, por un segundo, me vi cayendo sin remedio. Pero entonces Jess me atrapó, su cuerpo contra mi cuerpo, y mi conmoción se transformó en otra cosa cuando descubrí que su rostro estaba a unos centímetros del mío.

A pesar de nuestras chaquetas, sentía todos y cada uno de sus músculos, y recordé vivamente los momentos en los que no había ropa entre nosotros. «Por favor, no me dejes ir», supliqué para mis adentros, aunque ya no había riesgo de que cayera. Jamás me había sentido más segura que en los brazos de este hombre. No quería que nunca acabara.

«Por favor, no me dejes ir».

Jess inspiró hondo, pero no soltó el aire.

Y luego, me dejó ir.

23

Jessiah

Solté a Helena y dejé escapar el aire. Podíamos darnos con un canto en los dientes de que estuviéramos intentando colarnos en este edificio; de lo contrario, la habría besado. Era incapaz de contenerme, así de egoísta era. No hacía ni una hora le había asegurado que haría lo que fuera por protegerla, y ahora me tenía que tragar mis propias palabras, al menos en parte. Claro que la protegería con mi vida y, curiosamente, eso no me daba miedo, pero no podía mantener las distancias, aunque supiera que era lo mejor para su seguridad.

Helena dio un paso atrás, vacilante y lenta, y a pesar de que sabía que era lo correcto, lo lamenté. Volver a tenerla entre mis brazos había sido una sensación maravillosa, jodidamente perfecta. Porque éramos perfectos. No en el sentido de que no cometeríamos errores si estuviéramos juntos, sino en el de que los errores solo nos acercarían más el uno al otro. No tenía ninguna prueba de ello, pero lo sabía. Sabía que habríamos sido felices si lo hubiésemos intentado.

Pero no podíamos hacerlo.

Volví a cerrar la ventana y saqué una linternita que siempre guardaba en el coche. Nos encontrábamos en una oficina, probablemente administrativa, a juzgar por los escritorios y las estanterías que había. La puerta que daba al pasillo estaba en la pared contraria, y hacia allí nos dirigimos.

Helena la abrió con cautela y echó un vistazo.

—Está oscuro, no hay nadie.

Nos adentramos en el pasillo y caminamos en línea recta hacia la escalera. Por ahora, el plan iba según lo previsto, y eso me tranquilizó, porque Helena estaba conmigo. Sabía que era poco probable que se hubiera quedado al margen, pero ahora debía tener más cuidado de que todo saliera bien.

El edificio era a todas luces viejo, casi olía el moho de los años setenta mientras subíamos al primer piso y buscábamos el despacho de la directora. Aún se me antojaba absurdo que Adam hubiera decidido venir a este lugar. Si quería pasar desapercibido, podría haberse ido al extranjero. Sin embargo, había venido aquí.

Llegamos ante una puerta que tenía una placa en la que aparecía el nombre de la directora, pero estaba cerrada con llave. Al parecer, aquí acababa la confianza que el personal tenía en la humanidad. Aunque me hubiera extrañado que el despacho no estuviera cerrado con llave.

Estaba pensando en la mejor manera de abrir la puerta cuando Helena se agachó.

—Yo me encargo.

Del bolsillo de su chaqueta sacó un estuche que contenía varias ganzúas. Con una habilidad que me dejó pasmado, sacó dos y, medio minuto de forcejeo después, se abrió.

La miré.

—¿Dónde has aprendido eso?

Forzar cerraduras no era una afición muy popular entre los residentes del Upper East Side, solían darle más bien al golf y al polo.

—En Inglaterra —respondió Helena de buena gana—. Lo aprendí cuando me estaba preparando para limpiar el nombre de Valerie. Pensé que no me vendría mal saber hacerlo —añadió encogiéndose de hombros.

Y vaya si sabía. Lo cierto era que ya me había demostrado en el Tough Rock que nunca hacía las cosas a medias. Todavía me dolía en el ego la facilidad con la que me había engañado. Y también en el corazón, ya que en ese encuentro fue cuando surgió algo intenso por primera vez: esta atracción entre nosotros, que era palpable incluso ahora que debíamos concentrarnos en una cosa totalmente distinta.

—Un momento. —Caí en la cuenta—. Nunca pensaste en colarte así en mi casa para encontrar la libreta de Adam, ¿verdad?

Helena bajó la mirada.

—No —dijo en voz baja—. Sabía que había una alarma, así que no me quedó más remedio que buscar otra alternativa.

Que fue colarse en mi casa con una excusa. Pero de eso ya había pasado mucho tiempo y yo la había perdonado. Por aquel entonces no nos conocíamos de nada y Helena creía, con razón, que yo era cómplice de la ruina de la reputación de su hermana.

—Siento de verdad lo que te solté en el Tough Rock sobre Adam y lo de ser padrino —añadió cuando no dije nada—. Eso no era mentira.

—Lo sé —repliqué acariciando levemente su brazo, ignorando cómo me latían las puntas de los dedos al contacto con su piel—. Eso es agua pasada, ¿vale? Ya está olvidado.

Helena se limitó a asentir, hizo girar el picaporte y entramos en el despacho, donde había un escritorio descomunal y varias estanterías con libros de temática especializada, al igual que una puerta que daba al archivo de la clínica. Helena repitió su truco con las ganzúas y no tardamos en encontrarnos en el almacén en el que debía hallarse el historial de Adam. Era una estancia larga y estrecha, repleta de armarios metálicos de media altura. Olía a papel y a polvo. Cerré la puerta y encendí la luz del techo.

—Necesitamos el año correcto —dije, caminando junto a la hilera de armarios mientras echaba un vistazo a los cartelitos que había en cada cajón—. Aquí está.

Cuando encontré el año que andaba buscando, me detuve. Había cinco cajones llenos de archivos y no estaban catalogados por meses. Elegí uno al azar.

—Vale, estuvo aquí desde principios de marzo a finales de abril. —Helena pasó los dedos por la ristra de documentos en la que aparecían solo apellidos.

Entonces me di cuenta de algo.

—¿No están ordenados?

Había confiado en que los historiales estarían ordenados por mes y apellido, pero no parecía ser el caso. ¿Cómo íbamos a encontrar el de Adam sin echar varias horas?

—Puede que estén catalogados según las distintas enfermedades. —Helena ladeó la cabeza. Parecía sentirse incómoda a la hora de entrometerse en los asuntos privados de gente desconocida, pero, al final, cogió uno de los historiales y lo abrió, y luego un segundo y un tercero.

—Aquí están los trastornos de la alimentación —dijo, y guardó los documentos donde estaban—. Creo que lo mejor es que busquemos los casos relacionados con drogas, ¿no? Thea dijo que había sido una desintoxicación.

—Por lo que veo, estos son trastornos de la personalidad. —O al menos, los diagnósticos de las primeras páginas hablaban de patrones narcisistas, paranoia o de trastornos límite de la personalidad.

Seguimos repasando los cajones y revisando los diagnósticos, que solían ser parecidos, ya que ese parecía ser el sistema de organización que habían usado. Estaba abriendo un nuevo cajón cuando Helena habló.

—¿Jess?

—¿Sí? —Jamás me cansaría de que pronunciara mi nombre, ni siquiera cuando lo hacía para hacerme entender que había encontrado algo. Señaló el contenido del cajón con el ceño fruncido.

—Aquí tengo casos de abuso de sustancias. Es alcohol, pero creo que este podría ser el armario correcto.

—Vale, perfecto. Pues manos a la obra.

Solo se podía abrir un cajón del armario a la vez, ya que uno bloqueaba a otro, pero había suficientes historiales como para poder trabajar rápidamente entre dos. Leí los nombres pegados en los bordes de las carpetas. Adam no estaba allí, ni tampoco en el cajón de más abajo. Helena también permaneció en silencio mientras buscábamos. Sin éxito. Empecé a preocuparme por que no encontráramos nada. Tal vez mi hermano se hubiera ocupado de hacer desaparecer sus archivos. Al fin y al cabo, había sido muy cuidadoso al elegir esta clínica.

No obstante, seguimos buscando. Y, de repente, allí estaba, donde yo estaba revisando, justo allí estaba el nombre que había esperado y temido encontrar. Una etiqueta pequeña, en blanco y negro, que rezaba: «Coldwell, A.».

—Lo tengo —anuncié en tono tranquilo, y saqué el historial, aunque por dentro estaba hecho un manojo de nervios. ¿Qué iba a encontrarme dentro de esa carpeta de papel? ¿Más secretos que mi hermano no me había contado? ¿Problemas que desconocía?

Helena se acercó, pero no estiró la mano para coger la carpeta.

—¿Quieres abrirla tú o lo hago yo? —me preguntó, y sentí calidez en mi interior al saber que me dejaba a mí tomar esa decisión, aunque seguramente se estaría muriendo por echarle un vistazo. Pero ese no fue el único motivo por el que se la entregué, también era demasiado cobarde como para hacerlo yo mismo—. ¿Estás seguro?

Me limité a asentir. En su rostro se cruzó un sentimiento de compasión, pero también cierta tensión. Ninguno de los dos sabíamos qué íbamos a encontrar.

—De acuerdo.

Helena cogió la carpeta y, antes de que pudiera abrirla, oímos un ruido. Provenía del otro lado de la puerta y parecía como si alguien estuviera en el despacho.

—¿Qué ha sido eso? —Helena me miró alarmada.

—Ni idea —susurré.

¿Por qué vendría alguien aquí de madrugada? ¿Se habría olvidado algo la directora? ¿O nos habrían pillado?

Oímos otro ruido, que esta vez identifiqué como pasos sobre la moqueta. Había alguien en el despacho situado al otro lado de la pared. Y si nos encontraban aquí, nos habríamos metido en un buen lío.

Cerré el cajón de documentos lo más silenciosamente que pude y, después, presioné el interruptor de la luz. La lámpara del techo se apagó y nos sumimos en la más absoluta oscuridad. Oía la respiración de Helena y noté su mano aferrada a mi brazo. Aunque no era necesario, me acerqué a ella y entrelacé mis dedos con los suyos.

—¿Qué hacemos ahora? —susurró.

Esa era una buena pregunta. El archivo no tenía una segunda salida y, aunque ahora nos refugiaba la oscuridad, si el desconocido abría la puerta y encendía la luz, estaríamos jodidos.

—Esperaremos y nos mantendremos calladitos —respondí en voz baja. Era la única opción. Con un poco de suerte, esa persona se marcharía sin echar un vistazo al archivo.

Durante un rato no oímos nada más, y llegué a pensar que quizá nos lo habíamos imaginado y en realidad no había nadie. Pero cuando quise decirle a Helena que podíamos arriesgarnos a irnos, lo volvimos a oír: pasos. Se oían con claridad; pasos pesados y cautelosos de alguien que estaba de guardia.

Contuvimos el aliento mientras la persona ralentizaba el paso y se detenía, probablemente delante de la puerta del archivo. Helena se agarró con más fuerza, la apreté contra mí y sentí su tensión en mi cuerpo. Ambos sabíamos que sería una catástrofe si alguien nos descubría aquí. No solo porque pudieran acusarnos de robo, sino porque, si así era, mi madre se enteraría de que nos habíamos visto. Debería haber insistido en venir solo.

Repasé nuestras opciones. ¿Podría reducir al hombre e intentar escapar? ¿Seríamos capaces de correr y rezar para que fuéramos más rápidos que él? Pero si se daba cuenta de que alguien había estado aquí, sin duda harían una investigación. No, debíamos desaparecer sin que nadie sospechara de nosotros. Así que me quedé quieto donde estaba, aunque la adrenalina de mis venas me instaba a luchar o huir.

Rompió el silencio un estallido de estática, proveniente de un transceptor de radio, si no me equivocaba. No se entendió nada, pero, cuando la persona al otro lado respondió, lo escuchamos alto y claro.

—Estoy en el despacho de la directora —dijo una voz grave que no sonaba especialmente joven—. No, aquí no hay nadie. ¿Estás seguro de que has visto algo? Lo mismo era el reflejo de un coche en la ventana... Sí, echaré otro vistazo. Que no se diga que no me gano el pan.

Con Helena sujeta a mi brazo y siguiendo una corazonada, retrocedí hasta la parte posterior de los archivos. Si el hombre entraba y encendía la luz, era imposible que no nos descubriera, pero así me parecía más seguro. Cuando volví a escuchar la voz del vigilante de seguridad, dimos un respingo.

—Aquí no hay nadie —repitió—. Voy a echar un vistazo al resto de los despachos y ya me voy. Pero parece que te lo has imaginado. Además, ¿quién iba a querer entrar aquí?

Los pasos se alejaron, el hombre siguió hablando con su compañero a través del transceptor. Yo permanecí donde estaba, todavía con Helena entre los brazos, hasta que dejamos de escucharlo. Entonces decidí que era el momento de irnos.

Abrí la puerta que daba al despacho lentamente y comprobé que no hubiera nadie. Pero cuando quisimos salir al pasillo, la puerta volvía a estar cerrada con llave y, desde allí, podía oír la voz del vigilante de seguridad.

—Por la ventana —propuso Helena. Era la única opción. Me parecía demasiado arriesgado volver por el mismo camino por el que habíamos llegado. El edificio no era muy grande y tal vez regresase el vigilante.

La ventana daba a un patio interior y, al abrirla, me asomé y miré hacia abajo. El muro no era del todo liso, tenía algunas irregularidades. Con eso bastaría. Había escalado lo suficiente en los últimos años como para sentirme seguro.

—¿Quieres bajar por ahí? —La mirada de Helena me indicó que no era su caso.

—Sí, puedo hacerlo. Y, cuando esté abajo, empujaré el contenedor de basura contra la pared para que te sea más fácil.

—De acuerdo. —Apenas veía su rostro en la penumbra, pero noté que le temblaba la voz—. Toma, cógelo tú.

Helena me entregó el historial, y yo lo cogí, lo enrollé y lo metí por dentro de la chaqueta. Luego cerré la cremallera.

—Lo conseguiremos —dije para tranquilizarla, y luego me subí al alféizar de la ventana, tensé los músculos y bajé tan lento como era necesario, pero tan rápido como me permitían mis brazos. Busqué apoyo con los pies, probé un par de protuberancias y, finalmente, encontré una piedra lo bastante ancha como para sostenerme. Concentrado, descendí por la pared, con el pulso retumbándome tan fuerte en los oídos que me dio la sensación de que me oirían a un kilómetro a la redonda. Conseguí llegar abajo sin resbalar.

Cuando pisé el suelo, me fijé con detenimiento en la puerta del patio y luego corrí hacia el contenedor y desactivé los frenos. No podía empujarlo debajo de la ventana de forma silenciosa, pero me daba igual. Helena tenía que salir del edificio antes de que la descubrieran.

—Estoy listo —anuncié, salté sobre la tapa del contenedor y estiré los brazos para mostrarle a Helena que estaba allí para ayudarla. Esta se colgó con cautela de la ventana, dejó colgando las piernas y se aferró con las manos al alféizar. Pero entonces dejó de moverse y me miró por encima del hombro.

—¿Me cogerás si caigo? —me preguntó.

—Siempre —respondí—. Ya lo sabes.

Mi promesa pareció darle valor, porque eligió un camino hábilmente y, cuando estaba lo bastante cerca de mí, la ayudé a aterrizar sobre el contenedor. Entonces soltó aire y supe que había estado conteniendo el aliento todo este tiempo.

—¿Estás bien? —le pregunté.

—Sí —afirmó—. Vámonos de aquí.

Nos bajamos del contenedor y lo dejamos donde estaba. Helena había tenido tiempo de cerrar la ventana, así que, con suerte, nadie se daría cuenta de nada. Eché a correr, con ella siguiéndome los talones, y llegamos hasta la calle, pero entonces bajé la velocidad. Dos personas que corrían siempre eran sospechosas. Dos personas que se limitaban a pasear, no tanto. Tomé la mano de Helena.

—¿Qué haces? —me preguntó.

—¿Confías en mí? —repliqué.

—Por supuesto.

Echamos a andar, y estábamos lo bastante lejos como para no resultar sospechosos, cuando una puerta se abrió más allá. El vigilante salió del edificio y se encaminó directo hacia nosotros, mirando a su alrededor con atención. Al otro lado de la calle, había un hombre paseando a su perro, así que no éramos los únicos. Una ventaja. Y ya tenía un plan.

Mientras seguíamos caminando, pasé un brazo por los hombros de Helena, incliné la cabeza hacia ella y me reí como si hubiera dicho algo gracioso. Helena lo comprendió al instante y me siguió la corriente, pasándome un brazo por la cintura y acurrucándose contra mí. Aunque no se debía exclusivamente a esta pantomima, me acerqué y la besé de forma cariñosa en la sien. En ese momento, pasó junto a nosotros el vigilante de seguridad que nos dedicó una sonrisa que rezumaba un: «Ah, el amor joven». Y se alejó de nosotros sin volver a mirarnos. En cuanto estuvo lejos, me despegué de Helena.

—Lo siento, no se me ha ocurrido nada mejor en el momento.

Al menos no me había visto obligado a empujarla apasionadamente contra una pared para besarla, como hacían en las películas de espías cuando no querían llamar la atención. De haber sido así, estaba seguro de que no habría podido parar.

—No pasa nada, además, ha funcionado, ¿no? Y seguro que no nos ha reconocido. Todo ha salido bien —asintió con énfasis, como si quisiera convencerse a sí misma.

Seguimos nuestro camino y nos dirigimos al coche. Nos subimos en silencio y empecé a conducir, pero no saqué la carpeta de mi chaqueta hasta que nos alejamos un par de calles de la clínica.

—Toma —dije, y se la entregué a Helena. Esta la aceptó con gesto vacilante, pero no la abrió, simplemente la dejó sobre su regazo—. ¿No quieres abrirla?

—Creo que es mejor que lo hagamos juntos —respondió—. En un lugar tranquilo donde nadie nos moleste.

No tuve que pensar mucho para dar con el lugar perfecto, y entonces, asentí.

—De acuerdo. Ya sé dónde tenemos que ir.

En cuanto lo dije, pisé el acelerador y nos marchamos de Riverhead de forma tan desapercibida como habíamos llegado.

24

Helena

La adrenalina me mantuvo el cuerpo en tensión todo el tiempo, mientras nos reincorporábamos a la autovía de Long Island en dirección a Manhattan. No solo porque hubieran estado a punto de pillarnos, sino también por esos cincuenta metros en los que habíamos fingido que éramos lo que queríamos ser: una pareja feliz. Una pareja que reía por la calle, sin miedo a ser descubierta. Había sido una sensación maravillosa, preocupantemente maravillosa, porque quería más. Tal vez tenía que pasar un par de semanas en la clínica de Riverhead. Diagnóstico: adicta a Jess Coldwell. Probabilidades de recuperación: cero.

«No seas ridícula».

Puede que eso también se debiera a la adrenalina.

Me pasé todo el viaje con las manos firmemente aferradas a la carpeta, y los bordes no tardaron en doblarse un poco. Claro que me planteé leer su contenido, pero no me parecía bien. Adam era el hermano de Jess y no quería decirle a qué había sido adicto mientras estábamos parados ante un semáforo en rojo. Habría sido cruel. En realidad, nuestra intención había sido hacerles fotos a los documentos, no robarlos, así que no nos quedaba otra que confiar en que a nadie le diera por buscarlos. Por otro lado, ¿acaso no era habitual la desaparición de documentos de este tipo de archivos? Probablemente no despertaría ninguna sospecha.

Condujimos de vuelta a Queens, pero, entonces, Jess tomó un desvío y se dirigió al sur hasta que empezó a reducir la velocidad. Estábamos en un aparcamiento pequeño que se encontraba vacío y abierto por los lados. Si alguien se acercaba, lo veríamos de inmediato.

—¿Estamos en Rockaway Beach? —pregunté cuando las nubes se disiparon dejando ver la luna y me di cuenta de que el aparcamiento estaba justo detrás de la playa.

—Sí. —Jess giró las llaves y apagó el motor—. En noviembre no viene casi nadie, y por las noches, menos aún. Es el sitio perfecto si uno busca tranquilidad.

Lo dijo de una forma que llamó mi atención.

—¿Vienes mucho a surfear? —Sabía que le encantaba este deporte más que ningún otro. Y no había ninguna otra playa cerca de Manhattan, donde él vivía.

—Siempre que puedo —afirmó Jess con brevedad.

—¿Incluso en esta época del año? —Me eché a temblar solo de pensar en lo gélida que debía de estar el agua. Por mucho que usara neopreno, no sería suficiente.

—Durante todo el año.

Jess miró el mar desde la ventanilla del coche y percibí un brillo oscuro en sus ojos. El estómago se me revolvió ligeramente cuando entendí que esto era algo más que un pasatiempo.

—¿Jess? —pregunté en un susurro, y esperé a que me mirara. No lo hizo, pero seguí hablando igualmente—. ¿También vienes a surfear por las noches?

Yo no tenía ni idea de este deporte y nunca lo había probado, pero, aun así, sabía que era peligroso subirse a una tabla en plena noche y con temperaturas heladas, por mucha experiencia que se tuviera. De hecho, un par de surfistas murieron en esta playa hacía unos años debido a ese tipo de incursiones.

Al principio, Jess no dijo nada, pero al final habló.

—A veces —cedió—. Cuando todo se pone cuesta arriba, esto es lo único que me ayuda.

Sentí que me enfadaba con él por haber sido tan imprudente, y quise echarle la bronca por poner en peligro su vida con unas acciones tan egoístas, pero entonces me miró y mi ira desapareció de un plumazo. Vi que no se trataba de egoísmo, ni tampoco de un reto deportivo, se trataba de sobrevivir.

Le posé una mano sobre el brazo, porque necesitaba tocarlo, tener la certeza de que estaba sentado a mi lado, con vida. Y quise decir algo, lo que fuera, pero no me salieron las palabras. Pedir perdón no serviría de nada, ni tampoco sentirme culpable. ¿Qué era lo que había dicho en el viaje de ida? «Es imposible que sea más difícil, Helena».

Entonces se me ocurrió una cosa.

—¿Alguna vez te has subido a una tabla de noche por mi culpa?

Tal vez se tratara de una pregunta presuntuosa; estaba segura de que tenía problemas más importantes en su vida que no poder estar conmigo. Pero aun así, no la retiré.

—No —respondió, y estaba a punto de respirar aliviada, por no ser el motivo por el que ponía su vida en peligro, cuando añadió—: Pero sí por nosotros.

Me quedé callada, repasando mentalmente y sin querer todas las posibilidades. Nuestro encontronazo en el Mirage, el reencuentro en el Emperador, la noche que pasamos juntos en mayo y las pocas veces que nos habíamos visto desde entonces. Ni siquiera quería saber la frecuencia con la que había venido aquí, pero necesitaba que me prometiera que no volvería a hacerlo.

—La próxima vez que sientas la necesidad de venir aquí por la noche, llámame —le pedí.

Jess resopló levemente.

—¿Y de qué serviría? ¿Vendrías a verme sin importar lo que le pasara a tu familia?

—Lo haré si así no pones en peligro tu vida —respondí con firmeza, y recordé las palabras que había pronunciado antes y que tanto me habían conmovido—. Sería capaz de soportar cualquier cosa con tal de protegerte.

—Nunca te pediría eso. —Negó con la cabeza y sonrió un poco—. No te preocupes por mí, amapola. Estaré bien, ¿vale?

Me rompía el corazón tener que escucharle decir eso y saber que era verdad, pero solo hasta cierto punto. No quería que estuviera bien. Quería que fuera feliz. Preferiblemente conmigo, pero, si eso no era posible, pues sin mí.

Jess respiró hondo.

—Vamos a echar un vistazo al historial, que para eso hemos venido.

Encendió la calefacción del coche y salió para entrar por la puerta de atrás. Desterré de mi mente todo lo que no estuviera relacionado con Adam y Valerie y le seguí. El viento era frío y me apresuré a meterme de nuevo en el coche. Cogí la carpeta del asiento. Jess se sentó más cerca de mí que antes y nuestras rodillas se rozaron cuando encendí la luz de lectura del techo. No me fue difícil ignorarlo, ya que los documentos que tenía en la mano parecían pesar una tonelada.

—¿Listo? —le pregunté a Jess. Este asintió.

—Ábrela.

Así lo hice. Bajo la luz blanquecina quedó a la vista una hoja que estipulaba los datos de Adam: nombre, fecha de nacimiento, profesión y una serie de información médica, tales como grupo sanguíneo, operaciones pasadas (al parecer, le habían extirpado el apéndice a los dieciséis años), alergias. Sin embargo, el diagnóstico no aparecía allí, a diferencia del resto de los expedientes. Tal vez estuviera en la próxima hoja.

Jess pareció tener el mismo pensamiento, porque cogió la hoja y la pasó. Casi sentía lo tenso que estaba y entendí por qué. Adam le había ocultado la existencia de su hija. ¿Por qué no podría haber hecho lo mismo en otros aspectos, como, por ejemplo, una adicción a la cocaína?

Mis ojos recorrieron la página, que contenía más información impresa, en vez de las notas del terapeuta, que seguramente estuvieran más adelante. Busqué algo que hiciera referencia a una adicción, o alguna palabra pedante en latín que viniera a decir lo mismo, y encontré una nota a pie de página escrita a mano. Contuve el aliento al leer lo que ponía.

«Posible diagnóstico: abuso de benzodiacepina por estrés».

—Joder, menos mal —se me escapó. Jess me miró inquisitivo y señalé la nota—. Eso significa que era adicto a las benzodiacepinas.

Sentí que las lágrimas se me asomaban a los ojos y me di cuenta de lo mucho que había temido que se tratara de otra cosa.

Jess se quedó mirando fijamente las palabras, y percibí que había pensado lo mismo que yo.

—Estaba cagado creyendo que era cocaína —confesó.

—Yo también —dije.

Nos miramos, ambos aliviados, queriendo de alguna forma darle espacio a ese consuelo, pero, aunque me habría encantado darle un abrazo, no me pareció buena idea. Jess rompió el contacto visual y señaló la página que seguía a la vista sobre mi rodilla.

—Benzodiacepina. Es para relajarse, ¿no?

Asentí.

—Son calmantes, por así decirlo. Suelen recetarlos para el insomnio por estrés, los problemas de ansiedad grave y antes de las operaciones. El problema es que generan adicción muy rápidamente. En pocas semanas pueden desencadenar aquello mismo que pretendían solucionar: ataques de pánico, insomnio, ansiedad, estrés.

—¿Por qué tomaría algo así? —preguntó Jess.

—Buena pregunta. Cuando yo lo conocí, me pareció una persona muy centrada, pero esto sucedió un año antes de que Valerie y él se conocieran.

—Y medio año después de que yo me fuera. —Bajó la vista al historial—. Creía que todo iba bien. Eli estaba bien en aquel momento, Adam no parecía tener ansiedad o que no tuviera su vida bajo control. Si lo hubiera sabido…

—Para —lo interrumpí antes de que descendiera por esa espiral—. Es posible que Adam tomara estos medicamentos para solucionar algún problema a corto plazo, incluso algo inofensivo. Tal vez tuviera un proyecto estresante entre manos o un acuerdo complicado para la empresa. Tal vez se angustió más de la cuenta y el médico le dijo que, si se tomaba una pastilla al día, todo mejoraría. Y como se sintió mejor, las tomó más tiempo del recomendado y desarrolló una adicción. —Miré a Jess con seriedad—. Estoy segura de que no tuvo nada que ver con que te fueras.

Él se limitó a asentir, aunque no supe si mis palabras le habrían convencido.

—¿Dice ahí por qué las tomaba?

Pasó a las siguientes páginas, donde empezaban las notas escritas a mano que yo esperaba. El terapeuta o la terapeuta encargado de tratar a Adam había apuntado todo lo que consideraba relevante para el diagnóstico y el tratamiento. La mayoría eran interpretaciones de declaraciones y, a menudo, las propias declaraciones del paciente. Miré a Jess con duda.

—Podría ser algo bueno, pero ¿estás seguro de que quieres leerlo? Serán reflexiones muy personales sobre la psique de tu hermano.

—Tengo que saberlo. Por Trish. Si es la culpable de que él pensara que debía tomar esas pastillas, entonces…

Sacudí la cabeza.

—En el historial no vas a encontrar a ningún culpable, ni siquiera a tu madre. Esto no es un caso criminal, donde al final hay un responsable claro. Si hay algún punto sobre las causas, serán suposiciones de Adam o del terapeuta correspondiente.

—Lo sé —replicó Jess—. Pero quiero saber si era Trish quien ejercía esa presión sobre él, si lo instó a trabajar más y más, porque, si es así, entonces tengo… entonces tengo que hacer algo.

Al principio me desconcertó, pero luego entendí de inmediato a qué se refería.

—Hablas de Eli, ¿verdad?

Jess asintió.

—Adam era tan exasperadamente responsable que siempre quería hacer lo correcto y que todo el mundo a su alrededor estuviera contento. Eli es igual. Y sé que a Trish le importará una mierda si él está bien o no, al igual que hizo con Adam. No pienso permitir que le pase lo mismo.

Pues claro que no. Al fin y al cabo, su hermano era el motivo por el que llevaba más de tres años viviendo en Nueva York y por el que soportaba todos los problemas que tenía con su madre.

—¿Qué edad tiene Eli ahora? —pregunté.

—En enero cumplirá dieciséis años.

—Entonces todavía queda mucho tiempo hasta que termine el instituto y pueda tomar decisiones sobre su propia vida.

—¿Y qué pasará entonces? —resopló Jess, pero sonaba más triste que enfadado—. Adam era más que adulto cuando murió y Trish lo tenía controlado igualmente. ¿Por qué iba a ser distinto para Eli cuando sea mayor de edad?

—Porque te tiene a ti, Jess. —Sonreí cuando me miró—. Tiene un hermano mayor que le demuestra que no hay que doblegarse para agradar a la gente, que puede hacer lo que quiera y cuidar de los demás al mismo tiempo, y que hay otras cosas en la vida aparte del éxito y el dinero. ¿Quieres que alguien le enseñe a ser él mismo? No se me ocurre una persona mejor preparada para eso que tú.

Jess rio por lo bajo, un poco abochornado.

—Tienes una imagen de mí demasiado buena, amapola.

—No, creo que tú la tienes demasiado mala.

Nos miramos el uno al otro, nuestros ojos se encontraron y saboreé esa mezcla entre dolor y algo más poderoso que siempre me invadía cuando estaba cerca de Jess. En la penumbra, sus ojos parecían más oscuros de lo normal, pero reconocí la expresión: deseo. El mismo deseo que me acompañaba desde hacía seis meses y suplicaba para verse satisfecho.

No pude evitarlo; levanté la mano, retiré un mechón de pelo del rostro de Jess, le acaricié la mejilla y estuve a punto de suspirar. Joder, cómo lo quería. Desde siempre y para siempre, por los siglos de los siglos, y más aún si era posible. Jamás en la vida me habría imaginado que alguien pudiera provocar en mí algo así. Algo tan auténtico, tan real. Y como en ese momento, a solas en aquel aparcamiento vacío, no fui lo bastante fuerte para resistirme…, cedí.

Ninguno podría haber asegurado quién besó a quién. Fue como si tomáramos la decisión al mismo tiempo y nos encontráramos a medio camino, sus labios sobre los míos. Y no pude seguir conteniendo ese suspiro por más tiempo. Besar a Jess fue como una verdadera catarsis, un sentimiento de felicidad absoluto. Mi corazón latió con rapidez, pero, por primera vez en mucho tiempo, no se debía a la pena y al dolor. Un hormigueo se extendió por todo mi cuerpo y me sentí más viva que nunca, como si acabara de despertar de un sueño confuso y aterrador después de seis meses.

Mis manos rodearon su cuerpo y Jess se acercó a mí, pero no era suficiente. Quería estar pegada a él, hasta que nada pudiera separarnos, ni la familia ni los acuerdos ni los pensamientos. La carpeta cayó al suelo del coche cuando me coloqué sobre su regazo, pero ni siquiera me di cuenta. Solo sentía los brazos de Jess rodeándome, su torso contra el mío, su piel contra la mía. Abrimos la boca y gemimos al mismo tiempo cuando nuestras lenguas se rozaron y sentí que una descarga eléctrica me atravesaba todo el cuerpo. Sentí un calor en mi interior que se acumuló y empezó a latir en lo más profundo de mi ser. Seis meses. Seis putos meses desde que habíamos hecho algo así. ¿Cómo lo había sobrellevado sin volverme loca?

El beso se volvió más intenso, eché mano a la cremallera de mi chaqueta, la bajé y me quité la prenda con impaciencia. Las manos de Jess me rodearon el trasero y, cuando me apretó contra él, sentí su erección contra mis piernas. Jadeé, y sus dedos se deslizaron hacia arriba hasta meterse por debajo de mi jersey donde me acarició la piel de la espalda. Pero, de repente, se calmó, sus labios se relajaron y dejó de besarme.

—Helena, para. Espera. —Me sujetó la cara con las manos y sus ojos se tornaron serios—. ¿Estás segura de que esto es lo que quieres?

Su voz era áspera y sonó en mis oídos tremendamente seductora, pero la pregunta caló en mi cerebro, aunque fuera muy distinta a la que Jess me había planteado. Por supuesto que quería hacerlo, no quería otra cosa. Imaginar que volvía a sentirlo de nuevo estuvo a punto de llevarme a la locura. Pero ¿de verdad quería acostarme con él y luego volver a Manhattan? ¿Despedirme de él en alguna calle paralela sabiendo que no teníamos permitido vernos? ¿Que nunca deberíamos haberlo hecho?

Sabía la respuesta.

Sin embargo, aún no estaba lista para expresarla en voz alta. Así que me bajé de su regazo, me hundí en el asiento y me eché el cabello hacia atrás. Pero ya no soportaba estar ni un segundo más a su lado, así que abrí la puerta, me bajé del coche, apoyé la espalda contra la carrocería fría y dejé que el aire gélido llenara mis pulmones. Me ayudó, poco a poco, se me fue aclarando la cabeza, y fui consciente de lo que había hecho.

«Mierda».

La puerta del lado contrario del coche se abrió y volvió a cerrarse. Jess le dio la vuelta al coche y me tendió mi chaqueta.

—Deberías entrar, hace frío. —Sus palabras sonaron preocupadas y sentí que, de nuevo, me ardía la cara de la vergüenza.

—Perdóname —dije en voz baja. Yo era quien había hecho el trato con Trish, por lo que debería haber sido la más sensata de los dos. Pero lo único que había hecho era complicarnos las cosas a ambos.

—No tienes por qué disculparte —respondió Jess. Resoplé.

—Claro que sí. Debería saber cómo controlarme después de anteponer mi familia a lo nuestro.

Jess se acercó y me puso la chaqueta sobre los hombros.

—No, no deberíamos estar en una situación en la que haya algo que controlar. —Me acarició el pelo con suavidad—. Nunca me pidas perdón por besarme. Nunca.

Entonces me rodeó con los brazos, parecía saber que eso era lo que necesitaba. Un simple abrazo, tal como hizo cuando me presenté en su casa vestida de Elsa. Seguridad, intimidad, calidez, nada más. No tenía claro qué echaba más de menos, lo que habíamos estado a punto de hacer o lo que hacíamos ahora. Cuando Jess se apartó de mí, me sentí tan mal como en su día, cuando decidí ahorrarnos el sufrimiento.

—Venga, sube —dijo con calma—. Tenemos que volver a casa.

Hicimos el camino de vuelta en silencio, acompañados únicamente del motor del coche y de la música de ambiente que sonaba

315

por la radio. Y, aunque habíamos puesto freno a nuestros impulsos, todavía temía el momento en que debiéramos despedirnos de nuevo. ¿Habría sido peor si Jess no hubiera interrumpido el beso para preguntarme si realmente era lo que quería? ¿O a fin de cuentas no habría cambiado nada y al menos habríamos sido felices durante un rato? No tenía respuesta.

—¿Qué hacemos ahora? —preguntó Jess cuando empezamos a divisar los bloques de pisos de Manhattan. Entendí que no se refería a nosotros, porque no existía un nosotros. Se refería a la investigación.

—No lo sé. Ahora mismo no sé por dónde tirar.

El descubrimiento de hoy nos dejaba en un callejón sin salida. Aunque no podíamos descartar que Adam hubiera consumido cocaína después de probar la benzodiacepina, me pareció bastante improbable teniendo en cuenta lo que sabía de la noche de sus muertes.

—Archie seguirá investigando a Carter Fields. Sabiendo que te mintió, no puedo evitar pensar que oculta algo más. —Jess enfiló por la Quinta Avenida y condujo en paralelo a Central Park—. Si surge algo, me pondré en contacto contigo.

Asentí.

—Vale, de acuerdo.

Carter estaba curtido en estos temas, así que lo más seguro es que no encontrara nada en su contra, pero valía la pena intentarlo, sobre todo, si no había más caminos que investigar. Y no tenía nada más. Tendría que repasarlo todo de nuevo a ver si me llegaba la inspiración o si encontraba algo que hubiera pasado por alto.

Jess se detuvo muy cerca de mi casa, tan solo tenía que doblar la esquina y llegaría a la entrada. Pero, a pesar de que era arriesgado no bajarme de inmediato, permanecí sentada. Mi corazón aún no estaba preparado para dejar marchar a Jess de nuevo. No estaba preparada en absoluto.

—¿Irás a la cena en el casino del alcalde? —pregunté. Era una de las citas fijas en el calendario de la alta sociedad, así que tanto mis padres como su madre estarían allí.

—Trish lo mencionó —respondió en un tono que me dio a entender que ya estaba buscando alguna excusa para escaquearse—. Pero, si tengo suerte, no me necesitará allí.

—Eso… sería una pena —dije en voz baja.

Jess apagó el motor entonces y me miró fijamente.

—¿Una pena? ¿En serio? —Empleó un tono grave que me permitió oír la rabia de su voz—. ¿Te parece una pena que no tengamos que pasar una noche entera torturándonos? Yo no sé poner cara de póquer, Helena. ¿De verdad quieres que vaya allí para que todo el mundo, incluida mi madre, se dé cuenta de lo enamorado que estoy de ti?

Mi estómago se encogió de una forma que me hizo sentir mal y bien al mismo tiempo, y por un instante fui incapaz de respirar. «Lo enamorado que estoy de ti». Ya cuando estuvimos en el Mirage hubo personas que notaron nuestras miradas, entre ellos, mi hermano. Seguramente era mejor que Jess no fuera. ¿De qué me serviría? Sí, podría verlo, pero no podría hablar con él. Jess tenía razón, no sería más que una tortura.

—No —respondí sacudiendo la cabeza—. Pensé…

—¿Pensaste que sería una oportunidad maravillosa para vernos? —Sonaba sarcástico—. Sí, tienes razón, me encantaría autoflagelarme y que toda la alta sociedad viera cómo intento ignorar tu presencia.

Percibí su rabia y me dolió, pero no porque me molestara que lo dijera, sino porque tenía razón. La cena en el casino no era una oportunidad de ver a Jess. Solo era una oportunidad de recordarnos una vez más que no podíamos estar juntos.

—Tienes razón —admití—. No debería haberlo dicho.

—No, yo... —Tomó aire—. He sido un borde, perdona. Supongo que a veces no soy tan justo como debería.

—Eres más que justo, créeme. —Sonreí de lado y puse la mano en la manilla. Ya llevábamos mucho tiempo en esta calle y, aunque había pocas probabilidades de que alguien que me conociera pasara caminando por aquí a estas horas de la madrugada, si me veían en un coche con Jess, sería una catástrofe—. Gracias por ayudarme hoy. Me alegro de que mis sospechas sobre Adam no fueran ciertas.

Jess asintió. Luego pareció recordar algo y señaló el asiento trasero.

—¿No quieres llevarte el historial?

Estaba sobre la tapicería, ahí donde había caído cuando salí del coche después de besarnos. Negué con la cabeza.

—Deberías tenerlo tú. Si quieres saber si Trish está poniendo en peligro a Eli, tendrías que leerlo.

Era posible que contuviera algo relacionado con él mismo, pero seguro que era consciente de ello.

—Gracias.

Jess me sonrió levemente y deseé poder decirle que siguiera conduciendo y me llevara a su casa con él. Que fuéramos a su casa para seguir donde lo habíamos dejado. Que pudiera despertarme a su lado porque nada me hacía más feliz que eso. Pero era imposible. Y después de haber pensado tantas veces esa última frase, tal vez era hora de tatuármela en alguna parte.

Recobré la compostura, tiré de la manilla y me bajé del coche.

—Buenas noches, Jess —me despedí, mirándolo por última vez.

—Buenas noches, Helena —respondió él.

Me llamó la atención el tono que usó al despedirse, como si quisiera imponer cierta distancia entre nosotros. Sabía que solo trataba de protegerse a sí mismo, y tenía todo el derecho a hacerlo. Pero, aun así, tras cerrar la puerta y dirigirme a toda velocidad a mi casa, me quedé parada y volví a mirar el coche con una sola pregunta en mente: ¿cuándo dejaríamos de sentir que era el fin del mundo cada vez que nos despedíamos?

¿Cuándo, joder?

25

Jessiah

Tardé menos de veinte minutos en hacer el cambio de coche y conducir hasta mi casa y pronto estaba subiendo las escaleras hasta mi apartamento, totalmente extenuado y, al mismo tiempo, con ganas de coger mi tabla y volver a la playa después de haber estado con Helena. Pero no podía hacerlo. Aunque ella no lo supiera, había logrado su objetivo; nunca volvería a ir a Rockaway Beach para deshacerme de esta horrible sensación claustrofóbica. Porque, en cuanto aparcara allí mi coche, lo único en lo que pensaría sería en nuestro beso, en los labios de Helena sobre los míos, y en su cuerpo presionado contra el mío de la mejor manera posible. Estar cerca de ella de nuevo y expresar por fin mis sentimientos, aunque solo fuera durante un par de minutos…, me había hecho más feliz que en los últimos seis meses. A pesar de que ahora la caída era aún más fuerte.

«Me cago en todo. Joder».

¿Cómo podíamos estar en una situación tan jodida?

Cerré la puerta del apartamento y me sorprendí al ver que había una luz encendida. ¿Se me habría olvidado apagarla cuando me fui? Nunca me había pasado, pero tal vez la perspectiva de embarcarme en una misión con Helena me había vuelto algo despistado.

Tardé dos pasos hacia el salón en darme cuenta de que no me había olvidado ninguna luz encendida, sino que mi hermano pequeño estaba durmiendo en el sofá enorme, debajo de la manta que solía estar en el respaldo. En cuanto lo vi, empecé a preocuparme. No habíamos quedado en vernos y, a pesar de que tenía llave, Eli nunca venía sin avisar. ¿Y por qué hoy?

Dejé el historial de Adam en uno de los armarios menos utilizados de la cocina. Acto seguido, volví a la puerta de entrada, la abrí y la cerré haciendo el ruido necesario para que un adolescente se despertara de su sueño profundo. Funcionó. Eli abrió los ojos y miró a su alrededor confundido.

—Hola, enano. —Sonreí al acercarme—. ¿Qué estás haciendo aquí?

—Tenía… tenía que salir de casa. —Se incorporó y se pasó las manos por el cabello oscuro despeinado antes de estirar el cuello—. No vienes con una chica, ¿no? Sería muy incómodo para los dos.

—No, no hay ninguna chica. —Porque la única a la que querría traer aquí jamás volvería a pisar este apartamento. La pena me embargó de nuevo, pero desterré los pensamientos sobre Helena y me senté junto a Eli en el sofá—. ¿Por qué tenías que irte de casa? ¿Te has peleado con Henry?

Como Trish estaba de viaje toda la semana, estaba viviendo con su padre. Eli negó con la cabeza.

—Entonces ¿qué ha pasado? —pregunté con un deje de impaciencia. Eran más de las cinco de la mañana y no tenía el temple necesario para sonsacarle las cosas.

—Mamá y papá estaban hablando por teléfono, con el manos libres, y los he escuchado.

—Vale. ¿Y de qué estaban hablando? —Trish y Henry no solían ponerse de acuerdo, por eso mismo llevaban separados una temporada. Seguramente se habrían peleado.

—De mí. —Mi hermano frunció los labios—. Estaban hablando de qué hacer a continuación, ya que la mierda de la terapia de confrontación no está funcionando. Y entonces mamá dijo que sería una buena idea enviarme a un internado en Europa. Y papá estuvo de acuerdo.

Entonces lo entendí. Pero, antes de preocuparme por eso, necesitaba más información.

—¿Sabe tu padre que estás aquí?

Yo me había marchado pasadas las once, así que Eli debía de haber llegado más tarde. Este negó con la cabeza.

—No se habrá dado cuenta. Salió en cuanto creyó que estaba durmiendo.

—¡Joder, Elijah! —exclamé—. ¿En qué estabas pensando después de lo que pasó?

—¿En qué están pensando ellos? —respondió acaloradamente—. No pueden decidir sin más enviarme al extranjero solo, ¡a un lugar desconocido con gente que no conozco! —El pánico era audible en su voz, y supe que debía mantener a raya lo enfadado que estaba por lo que había hecho.

—Para eso ya encontraremos una solución, pero si sales corriendo y asustas a tu padre, estaremos empezando con mal pie,

¿no crees? —Saqué el móvil y le mandé a Henry un mensaje en el que le contaba que Eli estaba conmigo y que yo me encargaría de que fuera al instituto mañana.

—Estará seguramente con su nueva novia. —Eli puso los ojos en blanco—. Le importa una mierda dónde estoy.

Le lancé una larga mirada.

—Lo dudo mucho. ¿Cómo has venido hasta aquí? ¿Te ha traído Frank?

Eli asintió.

—No estaba seguro de si estarías aquí, pero como tengo una copia de las llaves, accedió a traerme.

—De acuerdo. —Henry sabía lo que había pasado y Eli no había corrido peligro de camino a mi casa, todo estaba bien. Excepto el asunto del internado—. ¿Cómo de serio parecía lo de enviarte a Europa?

Trish ya lo había mencionado en otras ocasiones, pero en los últimos meses no había dicho nada. «Claro, y tú eso lo sabes porque últimamente has hablado mucho con ella, ¿no?».

—No lo sé. —Eli se encogió de hombros—. Ayer papá quería que fuera a comer con su novia actual, para que pudiera conocerla. Le dije que no me apetecía, así que puede que ese haya sido el desencadenante. Se cree que quiero sabotear su relación.

Estuve a punto de soltar una carcajada, porque Eli era el adolescente mejor educado que había conocido en mi vida.

—¿Y eso es lo que estás haciendo?

—No. Me da igual con quién se acueste, siempre y cuando no tenga que conocerla.

Esta era una nueva faceta de mi hermano y, aunque quizá no debería ser así, me sentí orgulloso de él. Eli siempre había sido muy complaciente y accedía a todo, si no se lo impedían los ataques de pánico. Me pareció bien que dijera que no en algún momento.

—Lo entiendo, aunque tu padre lo vea de otra forma.

—Venga ya, Jess. Las novias tienen tu edad y se echa una nueva cada dos meses. ¿Cómo pretende que me lo tome en serio? —Mi hermano sacudió la cabeza—. Además, eso es solo una excusa. Simplemente no saben qué hacer conmigo, cómo convertirme en la persona que quieren que sea. De ahí lo del internado, para que puedan cargar en otros la responsabilidad de mi mente aturullada. —Me miró—. No quiero ir al internado, de verdad que no. ¿No puedo venirme a vivir contigo?

Inspiré y espiré hondo, sin dejar ver que yo también lo había pensado. Pero intentarlo implicaría ir a la guerra con Trish, y no sabía cómo podía ganar si sacaba el armamento pesado.

—Sabes que no es tan fácil —me limité a decir—. Pero hablaré con Trish sobre el internado, ¿vale?

—De acuerdo.

Eli bostezó y miré la hora; eran casi las cinco y media de la mañana. Me levanté.

—Deberías volver a dormirte, pequeño. En dos horas tienes que estar en el instituto. ¿Quieres dormir arriba o te quedas aquí?

—Me quedo aquí. Demasiados escalones.

Eli se echó la manta por encima. Sonreí.

—De acuerdo. Que descanses. Lo conseguiremos.

Eli asintió y, a pesar de que hacía tiempo que ya era mayor y normalmente parecía muy adulto, en aquel momento lo vi igual que cuando tenía nueve años, después del secuestro, cuando solo se sentía asustado e indefenso. Adam y yo hicimos todo lo que pudimos para que volviera a sentirse seguro, para que recuperara esa sensación de que no estaba solo y de que todo iría bien.

Recé para poder conseguirlo esta vez, pero una cosa estaba clara: no podría hacerlo sin hablar con mi madre. Y no podía presentarme en su casa ni llamarla, necesitaba dar con un momento en el que estuviera receptiva a que yo interfiriera en la educación de Eli, y eso no sucedía muy a menudo. Afortunadamente, por así decirlo, pronto llegaría una posibilidad de intentarlo. Si estaba dispuesto a hacer el sacrificio, y yo estaba dispuesto a todo por Eli.

Solo quedaba esperar que mi cara de póquer fuera mejor de lo que le había dicho a Helena.

Si había algo sagrado para las altas esferas de Nueva York era la noche en el casino del alcalde. Durante décadas, este evento era una tradición perenne que no se había visto afectada por ningún ataque o catástrofe. Cualquiera que tuviera algo que decir en la ciudad acudía aquí, escudado en la beneficencia, aunque en realidad lo hiciera por otro motivo. Si no te invitaban, no pertenecías a la élite. Una élite de la que me habría encantado alejarme (como de cualquier otra ocasión en donde fuera obligatorio ir de etiqueta), pero aquí estaba. En esmoquin. Y estrechando la mano del alcalde.

—Jessiah, qué alegría. Hacía mucho que no nos veíamos.

—Sí, para mí también es un placer, señor. Muchas gracias por invitarnos. —Sonreí para dar énfasis a mis palabras, a pesar de que estar en el Hotel Plaza me producía de todo menos ilusión. Pero tenía que poner al mal tiempo buena cara por Eli.

—¿Dónde está tu madre? —Roscott miró a su alrededor con curiosidad.

—La he debido de perder por el camino —respondí con mi sonrisa imperturbable.

Trish había sido interceptada nada más entrar por un compañero de negocios que quería presentarle a alguien de Japón, así que me había acercado al alcalde por mi cuenta. Solo podía esperar que la noche y mi presencia la calmaran lo suficiente como para permitir que la disuadiera de lo del internado.

Mis perspectivas no pintaban mal, ya que mi madre todavía deseaba mejorar nuestra relación. Sabía que, si lo hacía bien, podría librar a Eli del miedo de tener que mudarse solo al extranjero. Por eso había venido.

El alcalde fue a saludar a otros invitados y yo me acerqué a la barra y me puse en la cola para pedir una copa. Cuando me di la vuelta para saber dónde se había metido mi madre, me encontré a alguien a mi lado.

—Jess Coldwell en la noche en el casino del alcalde. —Delilah, que llevaba un vestido de noche morado, sonrió de lado—. Y yo que pensaba que no soportabas a la alta sociedad.

—Eso no es motivo para no venir. Deberías hacer una encuesta para saber cuántas personas en esta sala piensan lo mismo que yo.

Sonreí con ligereza, y no solo por educación, sino porque también era una de mis clientas. Hacía una semana que había cedido y le había ofrecido mi ayuda en su proyecto. No se debía a que de repente hubiera cambiado de opinión sobre los clubs elitistas, más bien era una oportunidad de ayudar a Edina y Finlay con su hotel, en el caso de que el club tuviera éxito y, además, me venía bien la distracción. El resto de mis proyectos actuales requerían una ayuda que podía ofrecer con los ojos cerrados, mientras que el club de Delilah era algo nuevo para lo que tendría que poner mi cerebro en funcionamiento.

—¿Te importaría dar una vuelta conmigo? —me preguntó—. No conozco a casi nadie y detesto andar por aquí sola.

—Por supuesto. —Le ofrecí mi brazo—. Me abstendré de decir que casi envidio que no conozcas a nadie de aquí.

La sala estaba decorada festivamente y las mesas de juego ya se encontraban bastante concurridas. Nos adentramos en la estancia y nuestra aparición conjunta hizo que algunas cabezas se giraran hacia nosotros. Que lo hicieran. Me daba igual que alguien pensara que estábamos juntos. Tal vez hasta me vendría bien que mi madre lo creyera.

—Delilah, qué alegría verte. —Y allí estaba ella, ataviada como siempre en colores claros, esta vez con un vestido increíblemente caro de lentejuelas que llegaba hasta el suelo—. Ya me extrañaba a mí que mi hijo quisiera venir por voluntad propia. ¿Es a ti a quien debo agradecerlo?

—La verdad es que no —respondió Delilah con una sonrisa precavida.

—Ya se te ha olvidado lo mucho que me gusta ver a los ricos perder su dinero, Trish —le recordé a mi madre con dulzura. Podría haber sido menos provocativo, pero seguramente eso le habría hecho sospechar.

—Cierto. —Sonrió—. ¿Te importa si luego vas a hablar con Hank Larsson? Me interesa un terreno que tiene en el distrito financiero, pero tiene tendencia a divagar y a nadie se le da mejor que a ti amortiguarlo.

Asentí y pensé en Eli.

—Por supuesto.

—Estupendo. Entonces pasadlo bien, luego nos vemos.

Y se fue a hablar con alguien que seguramente fuera más importante que Delilah y yo.

—¿La llamas por su nombre de pila? —me preguntó esta—. ¿Solo en público o siempre?

—Siempre. Es una antigua tradición nuestra, por así decirlo. —Sonreí de lado y no le di más explicaciones—. ¿Quieres que tomemos algo?

—Con mucho gusto.

Volvimos a la barra y pedimos algo de beber. Mientras esperábamos, me embargó la sensación de que debía prestar atención a algo. Debía de tener una especie de radar que me avisaba de que Helena se encontraba cerca porque, en el momento en el que me giré hacia la puerta, entró ella. Por supuesto, estaba increíblemente guapa, como siempre, ya fuera con un vestido de noche negro hasta el suelo o con una de mis camisetas y en ropa interior sobre la encimera de mi cocina. Pero después de dos semanas sin vernos, la vi más guapa que nunca. Y aún más inalcanzable.

Intenté mantener la compostura, pero no pude evitar que mis ojos se entrecerraran cuando vi que no había venido sola. Y no me refería a su familia, sus padres, su hermano y la prometida de este la acompañaron al entrar en la sala. No, su mano se posaba en un brazo y ese brazo pertenecía a Ian Lowell. Su exnovio, que ese momento le dijo algo y le provocó una sonrisa. Joder, cómo odiaba a ese tío.

—¿Va todo bien? —me preguntó Delilah. No me extrañaba, no era difícil leer mis sentimientos en mi expresión.

—Sí, estupendamente.

Rompí el contacto visual con ambos y agradecí al camarero la copa que me entregaba. Pero luego volví a mirar a Helena, porque no podía contenerme.

Los Weston estaban saludando al alcalde como si fueran la familia real y se encontraran en el palacio de Buckingham, mientras que Trish fingía indiferencia y seguía charlando. Entonces, la mirada de Helena vagó por la estancia y se encontró con la mía. Hice todo lo posible por no parecer un libro abierto, aunque ella consiguió no mostrar ningún sentimiento. Sus ojos se posaron sobre mí un par de segundos con una expresión vacía. Luego se giró.

Seguí mirando cómo hablaba con su padre, y lo que noté en el estómago fue como si me hubiera tragado un bloque de hormigón. No sabía si esa calma era de cara a la galería. Evidentemente, ella ya sabía que hoy yo estaría aquí, ya que le había enviado un mensaje a su móvil desechable. No habíamos vuelto a hablar por teléfono, puesto que Archie no había acabado con su investigación sobre Carter Fields y porque sabía que lo mejor para ambos era que no nos llamáramos sin más. Al mensaje me respondió con un simple «Vale», lo cual no me sorprendió teniendo en cuenta cómo reaccioné cuando me preguntó por este evento. Pero quizá la respuesta se debía a Lowell; no me había dicho que vendría con él.

—¿Listo para perder un poco de dinero? —Delilah me sacó de mis pensamientos.

—Listo. —Di un sorbo a mi whisky y asentí.

Helena se acercó con Ian a una de las mesas de *blackjack*. Por supuesto, fue él quien se sentó a jugar mientras ella se quedaba detrás de pie, mirando cómo lo hacía. Porque en este mundo, las

relaciones funcionaban igual que el siglo pasado: el hombre llevaba la batuta y la mujer no era más que un florero bonito. De repente, sentí un respeto aún mayor por Valerie, que no quiso some-
terse a toda esta mierda.

Delilah y yo nos aproximamos a una ruleta, pero era incapaz
de concentrarme, porque necesitaba todas mis energías para no mirar a Helena. Tal vez lo consiguiera unos diez minutos, pero no
podía contenerme más tiempo. Y, entonces, como si Helena también tuviera un radar para mí, alzó la vista y volvió a encontrar mi
mirada. Por un instante, vi la mezcla habitual de anhelo y dolor en
sus ojos, antes de que se diera cuenta de la presencia de Delilah y
agachara la vista rápidamente. Pero, incluso desde la distancia,
noté que apretaba con fuerza el respaldo de la silla en la que se
sentaba Lowell. Respiré hondo. No le resultaba indiferente que
estuviera allí. A ambos nos afectaba y, aunque eso no era motivo
de alegría, me aliviaba.

Durante el transcurso de la siguiente hora, jugué un poco a la
ruleta, observé a Delilah jugar una partida de bacará y de *blackjack*, y rechacé la invitación a una partida de póquer con el jefe de
policía y el fiscal superior de la ciudad, que me habrían desplumado
vilmente. Hablé con gente a la que nunca había visto y que, con
suerte, jamás volvería a ver y, como si hubiera un acuerdo tácito,
mantuve la mayor distancia que pude con Helena. Ella permaneció en el extremo contrario de la enorme sala y no me dirigió ni
una sola mirada o, al menos, no lo hizo cuando yo la miraba de
reojo. Sin embargo, siempre que Lowell la tocaba, sentía la necesidad de acercarme y darle un puñetazo, lo cual era un comportamiento de lo más neandertal, pero no podía evitarlo. Odiaba que
él tuviera permitido estar aquí con ella y yo debiera permanecer lo

más alejado posible para no levantar ninguna sospecha. En varias ocasiones, me planteé hacerle alguna señal para vernos a solas en algún lugar del hotel, pero lo descarté. Ese precisamente era el motivo por el que no había querido venir, porque no me ayudaba verla, porque nunca me ayudaba verla si no podía estar a su lado. Y no podía acercarme.

—¿Te estás divirtiendo?

Sin previo aviso, mi madre se puso a mi lado, y yo recé para que no se hubiera dado cuenta de cómo miraba a Helena. Aunque eso era irrelevante en cuanto al acuerdo que había hecho, lo único que importaba era cómo se comportaba Helena, y su cara de póquer era perfecta, salvo algún que otro desliz.

—Ya sabes la respuesta a esa pregunta. ¿Tenemos a Larsson disponible?

Me di la vuelta para buscar al empresario con la mirada, y este seguía jugando a la ruleta.

—No, no he venido por eso. —Trish me contempló atentamente—. Parece que te entiendes bien con Delilah. Me alegro.

—Estamos trabajando juntos en su club. Es simpática.

—Es una chica estupenda, la verdad. —Trish asintió con aprobación—. Lo que no es tan estupendo es que solo hayas tenido ojos esta noche para Helena Weston.

Estuve a punto de atragantarme con la bebida y solo logré salvarme gracias a mis excelentes reflejos. ¿Cómo era capaz de mencionar algo así de forma casual? ¿Y qué debía hacer yo ahora?

«Primero, ganar tiempo».

—¿Qué quieres decir con eso?

—Lo sabes de sobra, hijo. Nunca se te ha dado bien ocultar tus sentimientos. Veo que tienes algunos hacia ella.

«¿A pesar de que obligaste a Helena a que me dejara?». Estuve a punto de decirlo en voz alta. O más bien, de gritarlo, para que todos los que nos rodearan supieran lo manipuladora y pérfida que era Trish, incluso con los miembros de su propia familia. Pero conseguí reprimirme. La vida de Helena dependía de que así lo hiciera. Se lo había prometido y no pensaba romper esa promesa.

—¿Y qué más da? —repliqué—. Ella no siente nada por mí, así que da igual lo que yo quiera.

Trish entrecerró los ojos y vi que no me creía.

—Jess, no me tomes por tonta. ¿Sigues viéndote con ella? —preguntó en tono cortante. Esto era lo que había conseguido por venir aquí. Jamás en mi vida deseé tanto saber mentir de forma convincente. Me aclaré la garganta.

—Helena me dejó hace meses. Y en realidad, tampoco es que estuviéramos juntos. —No era mentira, aunque sonó muy poco convincente—. Y al contrario de mí, ella hace tiempo que lo superó, como puedes ver.

Señalé a Helena y a Lowell, que en este momento estaban sentados junto a sus padres y parecían hablar animadamente. Los Lowell parecían tratar bien a Helena y, de nuevo, deseé con fuerza ser Ian. ¿Cómo sería tener unos padres que se alegraban por tu felicidad? Nunca lo había experimentado, por desgracia. A mi padre le habría encantado Helena, estaba seguro de ello, pero Trish la odiaba más que a cualquier otra persona de Nueva York.

—Entonces es hora de que tú sigas tu propio camino, ¿no?

Trish me miró y yo sentí que la rabia se extendía por mi interior. Aun así, reuní toda mi fuerza de voluntad y conseguí asentir.

—Sí, puede que tengas razón. —Me pregunté cuánto tiempo sería capaz de mantener esta fachada sin acabar explotando. Tenía que salir de aquí para que no sucediera—. ¿Me disculpas un momento? Tengo que ir a ver a Delilah. —Esta había salido de la sala hacía cinco minutos, así que era la excusa perfecta.

—Por supuesto.

Trish me lanzó una última mirada penetrante, pero, justo cuando me alejé de ella, creí reconocer en sus ojos algo parecido a la tranquilidad.

Había conseguido convencerla.

Había conseguido evitar que Helena sufriera algún daño permanente.

Al menos, por el momento.

26

Helena

La noche fue una verdadera tortura, tal como había vaticinado Jess cuando llevamos a cabo el robo, y como era habitual, tenía razón. No fue porque estuviera allí, sino porque apenas podía retirar la vista de Ian o de las mesas de juego. En todo momento sentía miedo de mirar a Jess, no ser capaz de controlar mis emociones y que Trish Coldwell presenciara en vivo y en directo cómo fracasaba en mi intento por ignorar a su hijo.

Gracias a mis meses de práctica, conseguí aguantar casi una hora y media. Reí con Ian, aunque hubiera querido llorar. No se debía a él, estuvo maravilloso como siempre, sino a que el hecho de que me acompañara no había sido decisión mía, al igual que todo lo que sucedía en mi vida actualmente. Y cada minuto que pasaba que no miraba a Jess, que no me acercaba a él, algo en mi interior iba muriendo.

Hasta que ya no pude mantener la fachada ni un segundo más.

Me disculpé ante Ian con la excusa de que tenía que refrescarme (en nuestros círculos no se podía decir que uno necesitaba ir al baño), y salí de la sala. Notaba el pecho cerrado de la tensión y los sentimientos reprimidos y me hubiera encantado salir a tomar el aire fresco, pero estábamos a mediados de noviembre y hacía un tiempo frío, lluvioso y desagradable. Así que debía buscar un rincón tranquilo del hotel, lo cual no era muy difícil. Conocía el Plaza desde que era niña y sabía dónde ocultarme de las miradas curiosas.

Uno de esos rincones se encontraba al final del pasillo, donde había una pequeña sala de reuniones que estaba vacía los fines de semana. Allí no iba ningún miembro del personal ni tampoco los invitados, así que era el lugar perfecto para descansar un poco de mantener la sonrisa falsa. Estaba de camino, notando que el bullicio disminuía a mi paso, y estaba a punto de llegar a mi destino cuando pasé junto a unas grandes escaleras y, por el rabillo del ojo, vi a una persona vestida con esmoquin que bajaba por ellas. Me detuve en seco.

Era Jess.

Este detuvo sus pasos en cuanto me reconoció y me miró. Y, como cada vez que lo veía, me sobrecogieron las ganas de estar a su lado. No me importaba si estábamos condenados: habría dado todo lo que tenía por pasar diez minutos en sus brazos.

Eché un vistazo rápido a mi alrededor. No había nadie. Tal vez pudiéramos hablar al menos. Una conversación breve que consiguiera borrar levemente este horrible sentimiento de soledad.

Había dado el primer paso en su dirección cuando su mirada se detuvo en algún sitio y sus ojos se abrieron por un instante. Acto seguido, me miró de nuevo y sacudió la cabeza de una forma casi imperceptible, como si fuera una advertencia. Y yo reaccioné acorde. Tan deprisa como pude, encaminé mis pasos hacia el pasillo y me dirigí a la salida de emergencia, donde la luz del techo estaba averiada. Sin embargo, al parecer no era la única que pretendía esconderse. A escasos diez metros de mí vi la sombra de dos personas que estaban muy cerca la una de la otra y que no habían notado mi presencia. Una de ellas susurró algo y, cuando reconocí la voz, olvidé a Jess al instante.

—¿Lincoln? —La pareja se separó y yo abrí los ojos de par en par en cuanto vi con quién estaba en aquel rincón oscuro—. ¿Y... Penelope?

Me quedé mirándolos a los dos, sin asimilar lo que estaba viendo. Conocía a Penelope Waterson de toda la vida. Había estado con Lincoln durante el último año del instituto, pero lo dejaron cuando él se fue a Brown a estudiar y ella se marchó al extranjero. Siempre me había parecido una pena, porque me caía bien Penny. Hasta Valerie le había dado el visto bueno, cosa que no ocurrió con ninguna de las novias de Lincoln que vinieron después.

—Hola, Helena —me sonrió Penelope, aunque daba la impresión de que quería que se la tragara la tierra. Entendía por qué. Los había pillado con las manos en la masa, a ella y a mi hermano. Ese que pensaba casarse.

—Creo que será mejor que vuelvas a la fiesta —dije en tono frío. Que me cayera bien no significaba que aprobara lo que estaba pasando.

Penelope intercambió una mirada con mi hermano y este asintió, así que siguió mi consejo y se marchó. En cuanto se hubo alejado, miré fijamente a mi hermano.

—¿Qué cojones estás haciendo? —le espeté, y en ese momento, me convertí en la hermana mayor y él en el hermano pequeño que la había liado, o eso parecía cuando torció el gesto y me miró con pesar.

—Yo… No ha sido adrede, Len, te lo juro.

—¿El qué no ha sido adrede?

Parecía que ambos tenían mucha confianza hacia el otro, pero no estaba segura de si se habían besado o si tenían una aventura.

—Volverme a enamorar de Penny.

La mirada de Lincoln era tan triste que la rabia dio paso a la compasión.

—¿Enamorar? —repetí en tono apagado. No sabía qué era lo que esperaba. Que se acostaran ya me parecía bastante horrible, pero si se trataba de amor…, entonces estábamos hablando de algo mucho más serio—. Joder —dije, y dejé escapar el aire—. ¿Cómo ha podido pasar?

—No lo sé. Y tampoco lo andaba buscando. Estaba satisfecho con la relación con Paige, había hecho las paces con eso, pero entonces me encontré de nuevo con Penelope y volví a sentir lo mismo que en aquel entonces. —Respiró hondo—. No sé cómo evitarlo, de verdad que no lo sé. Tú deberías entenderlo, Len.

Me pedía comprensión y, hasta cierto punto, lo entendía. Había sido yo la que le había soltado a principios de año en nuestra cocina que estaba loco por querer casarse con una mujer a la que no amaba. Sin embargo, eso no significaba que me pareciera bien este engaño, sobre todo, teniendo en cuenta que Paige sí que sentía algo por él. No se merecía algo así.

—¿Desde hace cuánto estáis así? —pregunté.

—En realidad no hay nada. Hoy ha sido la primera vez que hemos sucumbido. —Se pasó la mano por el pelo y vi lo molesto que estaba—. Nos vimos una noche de verano en los Hamptons, en casa de los Wiltshire. Tú no estabas disponible y mamá quería que fuera alguien de la familia. No sabía que Penny estaría allí, creía que seguía en Europa. Pero allí estaba, y fue como si todo este tiempo no hubiera pasado.

Recordaba haberme negado a ir a esa cena porque, para hablar con los amigos de Valerie, la mejor opción era ir a la fiesta en la piscina de Amanda Vanderbilt.

—¿Y entonces? —seguí preguntando. No sabía por qué. Tal vez porque quería encontrar una solución y, para ello, debía enterarme de cómo de serio era este asunto entre Lincoln y Penelope.

—No pasó nada —insistió—. Ni siquiera nos dimos nuestros números de teléfono. Pero entonces se inauguró una galería de arte en Brooklyn y nos encontramos allí, estuvimos hablando mucho rato… y me di cuenta de que despertaba algo en mí. Algo muy intenso, a pesar de que Penny sabía que yo estoy comprometido y por ello manteníamos las distancias.

Por supuesto, ese no era el final de la historia.

—Hasta hoy —dije. No era una pregunta. Lincoln asintió.

—Mamá y papá no paran de hablar de la boda con cualquiera que pase por allí, y me he dado cuenta de lo mucho que me ahoga no poder tomar ninguna decisión por mí mismo. Como si estuviera en un coche, directo a una pared, y no pudiera frenar. Al ver a Penny aquí, sentí que se abría otra posibilidad, una alternativa a la vida que han diseñado para mí.

Lo entendía perfectamente. Mejor de lo que él creía.

—¿Y qué crees que va a pasar? ¿Te vas a casar con Paige y a tener una aventura con Penny?

—No quiero tener una aventura con ella. La quiero, Len.

—Entonces ¿vas a romper el compromiso con Paige?

Su mirada se tornó aún más triste.

—Sabes que eso sería un desastre para su reputación, Len. Y para la relación empresarial entre nuestras familias.

—Creo que para Paige sería una catástrofe mayor pasarse toda la vida casada con un hombre que quiere a otra —expresé en tono suave, mi enojo se había diluido hacía rato. Me daba pena Lincoln, y también Paige y Penelope. Los tres estaban atrapados en una situación imposible donde ninguno iba a ser feliz.

Mi hermano me miró y reconocí el miedo en sus ojos.

—No puedo dejarla —afirmó en voz baja—. Mamá y papá se volverían locos si lo hiciera.

—¿Qué pasará si descubren que estás enamorado de otra persona? ¿O si al final no consigues mantenerte alejado de Penny y todo esto sale a la luz? ¿Crees que les parecerá bien?

Lincoln apretó los labios y pareció llegar a una conclusión.

—Tengo que dejar a Penny —dijo, como si no fuera la primera vez. Seguramente lo sabía desde hacía tiempo, pero, en cuanto volvió a ver a Penelope, abandonó cualquier razón y se dejó llevar por el deseo de un amor verdadero y auténtico. Sabía lo que era eso. Después de todo, estaba enamorada del único hombre al que no me permitían tener.

—¿Estás seguro de que esa es la decisión correcta?

Evidentemente, sería un buen palo para Paige superar esta ruptura y hablarían de ella durante un par de semanas, pero después la gente se olvidaría del asunto y pasaría al siguiente. No ocurriría como con Valerie, de la que, gracias a Trish Coldwell, aún se hablaba después de tres años. Paige no era tan importante y, además, estaba viva.

«Suertuda».

—¿Me estás aconsejando que la deje y vuelva oficialmente con Penny? —Lincoln me miró.

—No puedo aconsejarte nada. Pero quiero que seas feliz, Linc.

—Feliz —resopló con tristeza—. Como si eso fuera una opción.

Tenía razón, era una situación jodida, y lo pensaba yo, que tampoco estaba muy bien. Si Lincoln se casaba con Paige, mantendría el acuerdo entre nuestras familias y nuestra reputación, al igual que la de su prometida, pero se condenaba entonces a una vida de infelicidad. Si se separaban y aparecía con Penelope, no solo pondría en peligro la reputación de Paige, sino también la de nuestra familia, que seguía bajo escrutinio. Daba igual lo que decidiera, siempre saldría perdiendo. Y cuando vi su mirada, comprendí que él también lo sabía.

—Decidas lo que decidas, aquí estaré, ¿de acuerdo? —No era mucho consuelo, pero quería decírselo.

—Gracias, Len. —Me abrazó brevemente—. Lo mismo digo, ya lo sabes.

—Sí. —Sonreí. Tal vez debería aceptar ese apoyo en algún momento. Si seguía guardándome todo lo relacionado con Jess, acabaría implosionando.

Volvimos deprisa y ya no pudimos hablar abiertamente hasta que nos encontramos de nuevo en la entrada del pasillo. Le dije a mi hermano que quería ir al baño un momento y dejé que se marchara solo. Tras ver la cola que había en el aseo de ese piso, subí al siguiente y me dirigí a los servicios de la zona de reuniones. Casi me había olvidado de Jess con todo el asunto de Lincoln. Casi. Me demoré algo más de lo necesario para prepararme para pasar lo que quedaba de noche en la misma habitación que él, pero sin poder mirarlo siquiera.

Cuando salí, alguien me estaba esperando. Detuve mis pasos al instante y me quedé petrificada cuando vi quién era. Me embargó el pánico.

—Helena —dijo Trish Coldwell—. Tenemos que hablar.

Me habría encantado rechazar esa orden con un tono brusco y la barbilla levantada, pero no era capaz de ofrecer una respuesta con voz firme.

—Claro —repliqué, ya que no se me ocurrió nada mejor.

Había sido astuta, sabía que aquí no estaría ninguno de los invitados de la noche en el casino. Sentí que el frío desaparecía y empecé a sudar. ¿Se habría enterado de que Jess y yo nos habíamos visto? No, era imposible. ¿O no?

—Parece que te manejas muy bien en este sitio —me dijo señalando la puerta de los baños—. Supongo que es lo que suele pasar cuando entras y sales de uno de los edificios más exclusivos de la ciudad desde la infancia.

Estuve a punto de echarme a reír. ¿En serio quería ponerse a charlar? ¿Después de todo lo que me había hecho?

—¿Qué quieres de mí? —pregunté con toda la frialdad que me fue posible. Mostrar mi miedo me delataría, así que hice todo lo que pude por mantener la fachada.

—¿Estás segura de que quieres emplear ese tono después de haberme encargado personalmente del resurgimiento de tu familia? —Negó con la cabeza—. Tus padres, tu hermano y tú estáis siendo tratados como si fuerais los Kennedy.

—Estoy segura de que no has venido hasta aquí para buscar mi agradecimiento —respondí. Era mejor que acabara con esto deprisa.

Trish sonrió, aunque parecía que más bien se limitaba a enseñar los dientes.

—Siempre supe que eras la inteligente de los Weston. Tus hermanos, al igual que tus padres, tienden a tomar las decisiones equivocadas, pero tú tienes más sentido común, Helena.

—Si tú lo dices, así será.

—Estoy totalmente segura. —De nuevo esa sonrisa—. Por eso me resulta difícil pensar que seas capaz de romper nuestro acuerdo.

Quise hundir la mirada para que no pudiera interpretarla, pero me contuve. Jamás había necesitado tanto mi talento para mentir como ahora.

—No me atrevería. —La espalda recta, las palabras sonaban sinceras. Me merecía un puto Óscar por esto, la verdad.

—Sí, eso sería lo mejor. Hay demasiado en juego, ¿verdad?

Me lanzó una mirada que se asemejaba a aquello que decía la gente sobre Trish Coldwell: un cíborg equipado con visión láser y otros añadidos tecnológicos. Me escaneó el semblante y cada movimiento de mi cuerpo. Traté de mantener la calma, los brazos relajados, sin cerrar las manos en un puño, respirando con tranquilidad.

—Jess y yo no tenemos nada. Desde hace ya mucho tiempo.

Tenía que creerse esa mentira, costara lo que costase. Me habría encantado haberle dicho lo contrario. Cómo me habría gustado poder decirle que ningún plan del mundo eliminaría lo que siento por Jess. Que no consiguió separar a Valerie y a Adam, y mucho menos a nosotros. Pero ya lo había conseguido, y no me quedaba más que doblegarme.

Trish me dedicó otra de esas miradas láser, pero no pronunció palabra alguna. Madre mía, ahora entendía por qué esta mujer nunca perdía ninguna negociación.

—Ahora estoy con Ian Lowell —añadí una nueva mentira para asegurarme—. Y somos muy felices.

Como si lo hubiese invocado, en ese preciso instante apareció Ian y se acercó a nosotras. Miró a Trish con recelo antes de volverse hacia mí.

—Len. —Se puso a mi lado—. ¿Va todo bien? Te he estado buscando, pero no te encontraba por ninguna parte.

Vi que Trish empezaba a preguntarse si Ian era tan posesivo que no me dejaba ni ir diez minutos al baño.

—Todo genial, cariño. —Sonreí, y lo cogí de la mano—. He estado hablando con mi hermano y luego quería retocarme el maquillaje. Eres un encanto por salir a buscarme.

—Señor Lowell. —La madre de Jess miró fijamente a Ian y extendió la mano—. No hemos tenido el placer.

—Me alegro de conocerla, señora Coldwell.

Estrechó su mano porque, a pesar de que no podía ni verla, le habían educado con los mismos modales que a mí. No ser maleducado, no decir la verdad, no ser tú mismo. Cómo lo odiaba.

—Hacéis muy buena pareja. —Empleó un tono amable, pero la expresión de sus ojos seguía siendo fría como el hielo. Y yo entré en pánico. Sabía que estaba esperando a que cometiera un error, así que debía mantener esta farsa hasta que estuviera convencida. Tenía que hacerle ver lo feliz que estaba con Ian, o sacaría sus propias conclusiones. Así que rodeé el cuello de Ian con mis brazos, le dirigí una sonrisa con todo el cariño que sentía... y lo besé.

Era nuestro primer beso después de tres años y, aunque era falso, sentí algo. Un eco del pasado que me recorrió suavemente antes de separarme de él. Confié en que eso fuese suficiente para Trish.

—Qué bien. —Sonrió con algo parecido a la satisfacción y pareció convencida, aunque no supe por qué—. Os dejo tranquilos.

Ian me miró enervado en cuanto se fue.

—¿Me explicas a qué viene esto? —Entonces miró por encima de mi hombro, asintió y soltó dos amargas palabras—: Vale. Entendido.

Me di la vuelta para tratar de entender a qué venía esá comprensión tan repentina, y no tardé en encontrarla. Al final del pasillo se encontraba Jess. Y tenía razón: su cara de póquer era una mierda.

Jess apenas tardó dos segundos en girarse y desaparecer. Me quedé mirándolo, quería salir corriendo en su busca, pero sabía que tenía un problema mucho mayor, y estaba a mi lado. Ian parecía haber entendido lo que pasaba y podría destruir todo lo que yo había salvado.

—No es lo que parece —solté la excusa cliché por excelencia. Al igual que en el noventa y nueve por ciento de los casos, esta vez también era lo que parecía.

Ian rio.

—¿Te estás riendo de mí o qué? Primero me dices que solo seamos amigos, luego te pasas toda la noche fingiendo que somos una parejita y ahora vas y me besas. ¿Para quién es toda esta farsa si no para los Coldwell?

«No era por Jess, sino por Trish». Era la verdad, pero no podía decírselo.

—Por eso nos miraba así en el teatro —masculló Ian—. No te estaba mirando a ti, sino a mí, porque tenéis algo, ¿no? ¿Querías ponerlo celoso o qué?

345

Solté un bufido.

—¿Celoso? ¿Qué tengo, doce años?

—Entonces ¿a qué ha venido eso?

—No puedo decírtelo, pero no hay nada entre Jessiah y yo, te lo prometo. —Confié en que me creyera.

—¿Sabes qué? Me da igual. —Ian sacudió la cabeza—. Me voy a casa, ya he tenido bastante. Avísame cuando sepas lo que quieres.

—Ian —dije para detenerlo—. Por favor, no se lo cuentes a nadie, ¿vale? Podría tener consecuencias para mi familia.

Por un instante vaciló, pero finalmente asintió.

—Nadie se enterará por mí. Ya nos veremos, Len.

—Hasta pronto —mascullé.

Aunque él ya se había ido.

27

Jessiah

Lo había besado.

Helena había besado a Ian Lowell.

Todavía ahora, dos horas después, mientras volvía en coche a casa, me sentía algo entumecido. Jamás habría pensado que me desarmaría tanto lo que vi cuando doblé la esquina y la encontré en aquel pasillo. Me había dolido mucho. No porque estuviera celoso, o al menos no en el sentido clásico. Evidentemente, mi primer instinto había sido retorcerle el pescuezo a ese tío por poder hacer lo que yo tenía prohibido, pero sospechaba que Helena solo lo había hecho para demostrarle algo a mi madre, que también estaba presente. Ambos habían pasado la noche sin hacer nada parecido, ¿por qué lo hacían ahora delante de Trish? No, ese no era el problema. Lo que me estaba volviendo loco era que fuera necesario. Que fuera necesario simplemente porque nos encontrábamos en el mismo sitio y yo no había sido capaz de ocultar mis sentimientos hacia Helena. En realidad, Ian la había salvado de algo que era culpa mía.

Solté un rugido de frustración. Helena me había visto justo después del beso y, por su mirada, entendí que había querido hablar conmigo, pero también que le daba miedo que alguien nos descubriera. Yo mismo había salido a buscarla porque mi madre había desaparecido de la sala de fiesta, así que entendía perfectamente ese miedo. Así que me di la vuelta y me marché rápido sin que pareciera que estaba huyendo. Ese era yo. No paraba de huir de mis sentimientos por esta chica que acabarían siendo mi perdición.

—Ya hemos llegado, señor Coldwell —anunció el chófer de Delilah desde el asiento delantero. A ella la había dejado en su casa del Upper East Side y había sido tan amable de llevarme a mí a la mía. Aunque antes había cumplido mi deber y había ayudado a Trish con Hank Larsson, no sabía cómo lo había conseguido. Puede que ya me hubiera convertido en uno de esos robots de las altas esferas. No había podido sacar el tema del internado. A Eli no le habría hecho ningún favor si lo hubiera mencionado hoy. Tenía que encontrar otro momento.

Subí las escaleras hasta mi apartamento y me quité el esmoquin, tirándolo sin cuidado en el sofá. Después me puse unos pantalones de chándal y una camiseta y me fui a mi dormitorio, no sin antes rendirme a la tentación de mirar el móvil de prepago, que siempre estaba en la caja fuerte cuando no lo usaba. Lo saqué y lo encendí conteniendo el aliento. Entonces sonó el pitido de un nuevo mensaje. Era breve.

«Por favor, déjame explicártelo».

Suspiré. Por una parte, había encendido el móvil porque esperaba recibir ese mensaje y hablar con Helena después de no poder hacerlo en toda la noche. Por otra parte, sabía que esta conversación no nos llevaría a ninguna parte, porque no había solución. Al final, siempre acabaría besando a alguien que no era yo. Aun así, no podía evitar hablar con ella. La echaba demasiado de menos como para perder esa oportunidad. Pasarme toda la noche a diez metros de ella me había llevado al límite, y la escenita con Ian todavía más. Quería hablar con ella, aunque no fuera lo más inteligente.

«Estoy en casa». No escribí nada más. Acto seguido, me tiré en la cama y esperé. Apenas un minuto después, sonó el teléfono. Descolgué.

—Hola —dije en tono amable para dejarle claro que no estaba enfadado, y mucho menos con ella. La rabia que sentía hacia Trish bullía en mi interior, pero la aparté por el momento. Mi madre ya nos lo había arruinado todo. No dejaría que también estropeara esta oportunidad.

—Hola, Jess. —Helena sonaba arrepentida—. Me alegro de que podamos hablar.

—Sí, yo también.

—Lo de Ian era todo mentira —dijo de inmediato—. Tu madre vino a buscarme y me preguntó por ti, y entonces apareció Ian y… Me dio miedo que sospechara algo, así que lo besé. No significó nada y lo siento.

Era la confirmación que esperaba pero no necesitaba. Por lo visto, Trish también la había buscado para preguntarle por mí.

—Es lo que me imaginaba. —Dejé escapar un suspiro de cansancio—. La vi marcharse.

—Ay, Dios, menos mal —expresó Helena aliviada—. Pensaba que quizá creías que…

—No, no es así. —Deseé sentir el mismo alivio que ella, pero solo notaba una presión queda en el estómago—. Ha sido culpa mía.

—¿Por qué lo dices?

—Trish sabe que todavía siento algo por ti. Ya te dije que mi cara de póquer era una mierda. —Resoplé—. Se dio cuenta de cómo te miraba. Por eso fue a buscarte. Si me hubiera controlado mejor…

—Basta —me interrumpió Helena con suavidad—. No has hecho absolutamente nada malo. Además, al contrario que tú, yo sí que sé mentir, y me ha creído, ¿de acuerdo? Todo va bien.

—¿Todo va bien? ¡Nada va bien, amapola! —Fui incapaz de contener el deje de desesperación—. ¿Qué crees que va a pasar? ¿Quieres que nos sigamos encontrando de esta forma y tener que luchar con todas nuestras fuerzas por ocultar lo que sentimos? ¿Cuántas veces crees que conseguirás engañarla?

Se produjo un breve silencio.

—Las que haga falta.

Un afecto cálido me inundó el cuerpo cuando la oí decir eso con tanta firmeza y convicción, pero el dolor no tardó en apoderarse de todo. No era una solución. No había ninguna solución.

—¿Y cuánto tiempo crees que tardará en darse cuenta de que me estás mirando y se vaya todo a la porra? —pregunté—. No creo que quieras eso.

—No, no es lo que quiero —afirmó Helena con voz estrangulada—. Te quiero a ti. Solo te quiero a ti, Jess.

Cerré los ojos y el dolor que sentí al escuchar esas palabras me provocó un nudo en la garganta.

—No digas esas cosas —le supliqué.

—¿Por qué? ¿Lo hará más difícil? —Se rio con amargura—. Tú mismo lo dijiste: no podría ser más difícil.

—No, porque me duele en el alma.

Escucharla decir que me quería, solo a mí y a nadie más, estuvo a punto de romperme. Porque a mí me ocurría lo mismo. Porque pensaba en ella cada segundo que pasaba despierto, porque era mi último pensamiento por la noche y el primero por la mañana. Pero eso mismo era lo que nos estaba destrozando. Nos acercábamos el uno al otro para luego salir corriendo de ese muro que otras personas habían levantado entre nosotros.

—Lo siento —se disculpó tras un breve silencio, y noté que estaba a punto de llorar—. Siento haberte hecho daño. Créeme que es lo último que pretendo.

El nudo en la garganta se me apretó aún más y oí mi propia voz distinta cuando respondí:

—No tienes por qué pedir perdón. No puedes hacer nada.

Helena estaba en la misma situación que yo, solo que ella además tenía la carga de proteger a su familia. Nada de esto era justo.

Nos quedamos callados, entre nosotros se extendía tanto dolor como intimidad. Y recordé que ya nos habíamos visto en este punto antes, en el cumpleaños de Helena en el Emperador. Parecía una historia interminable que nunca acabaría: la nostalgia, la desesperación. ¿Alguna vez mejoraría? ¿Llegaría el día en que pensáramos en el otro sin que nos doliera? Ahora mismo parecía imposible.

—¿Y ahora qué? —preguntó Helena al cabo de un rato, y me partió el corazón lo triste que sonaba. Porque al igual que yo, sabía que si seguíamos con esta conversación solo conseguiríamos hacernos más infelices. Ya lo habíamos vivido antes. Cercanía y distancia, nostalgia y satisfacción, aunque fuera por poco tiempo. Estuve a punto de pedirle que viniera a verme, solo hoy, solo esta noche. Habría sido un gran alivio tenerla a mi lado, entre mis brazos, y olvidar durante un par de horas lo que nos separaba.

Pero sabía que, si lo hacía, no la dejaría marchar a la mañana siguiente. Si volvía a sentir lo que había entre nosotros, lo auténtico que era, jamás la dejaría ir. Y no tenía más opción que hacerlo, porque sabía cuánto se odiaría Helena si su familia lo perdía todo por su culpa.

Así que debía dejarla marchar ya.

—No podemos vernos más. —Las palabras me salieron de la boca a duras penas, pero debía decirlas, porque había prometido proteger a Helena.

—¿Te refieres a eventos públicos? No hay problema, puedo escribirte avisándote de adónde voy con mis padres y...

—No —la interrumpí—. Nunca más.

Se quedó callada y supe por qué: sabía que tenía razón. En realidad, no era nada nuevo, no deberíamos haber mantenido el contacto en todo este tiempo. Pero por lo visto se nos había olvidado.

—¿Tampoco podemos... volver a hablar?

Percibí su miedo, que era el mismo que yo sentía. Los tres meses que habíamos pasado sin contacto alguno, por absurdo que sonara, habían sido los peores. Desconocer por completo cómo estaba era un infierno. Por eso me convencí de que, aunque solo fuera por el caso de Valerie y Adam, no podíamos quemar todos los puentes. Tal vez no ayudara, pero quizá así algún día lográramos olvidarnos el uno del otro.

—Cuando tenga novedades por parte de Archie, te avisaré —prometí.

Helena suspiró aliviada.

—Vale, gracias.

Y ya no hubo más que decir, excepto: «Te echo en falta. Te echo de menos. Me gustaría estar contigo». O alguna otra cosa parecida que no podía decir en voz alta porque no quería hacerle daño. Tenía que finalizar la conversación, pero no sabía cómo hacerlo.

—Bueno, pues… —dije.

—Sí…

—Que descanses —decidí, sin mencionar su apodo por los pelos.

—Igualmente.

Y colgó, pero no fue lo bastante rápida. La oí sollozar antes de que se cortara la conexión. Me llevé la mano a la boca y me convencí de no volverla a llamar. No serviría para nada. Mientras no pudiera abrazarla y sostenerla en mis brazos, para siempre y toda la eternidad, no serviría de nada. Así que no la llamé y aguanté el dolor que se expandía en mi interior al saber que Helena estaba sufriendo. Sufría igual que yo, pero no podíamos consolarnos. Estábamos condenados a la soledad.

Para siempre.

Durante toda la eternidad.

28

Jessiah

Diciembre se tornó frío en un abrir y cerrar de ojos y el humor de los neoyorquinos empeoró de la misma forma, así que solía preferir quedarme en casa tranquilo. Aquella noche estaba sentado en mi sofá y, sobre la mesa, se encontraba el historial de Adam de la clínica psiquiátrica. Me debatía entre el deseo de leerlo y el miedo por lo que fuera a encontrar. Llevaba más de un mes en mi poder, pero había sido incapaz de tomar una decisión. Cuando lo robamos, estaba seguro de que debía saber si había sido Trish quien había sometido a Adam a demasiada presión. Por Eli. Sin embargo, cuanto más lo pensaba, más dudaba sobre si era lo correcto entrometerme así en la vida de mi hermano fallecido. Y así permanecía el historial delante de mí, cerrado, como siempre. Estaba a punto de levantarme y guardarlo en la caja fuerte cuando mi móvil indicó que había recibido un mensaje. Era de Archie.

«Ya tengo algo de CF».

Rápidamente seleccioné su número y pulsé el botón de llamada. Archie respondió al primer toque.

—Hola, tío —saludé.

—Hola, JC. —El detective privado parecía de buen humor—. Me pediste que investigara a fondo a Carter Fields y, con sinceridad, debería cobrarte de más por las cosas que he tenido que ver; no me las quito de la mente ni con lejía. Y, joder, qué difícil ha sido. Pero he encontrado lo que andaba buscando: una de las chicas con las que estaba la noche de la muerte de Adam. Hace tres años trabajaba de señorita de compañía, pero ahora está estudiando, así que no le daba miedo arriesgarse a hablar conmigo. Me contó que Carter volvió a salir durante la noche. Entró en la habitación del Mandarin Oriental a eso de la una y volvió sobre las tres y media.

Esa era la hora de la muerte de Valerie y Adam. El corazón me dio un vuelco y necesité un instante para aclararme los pensamientos.

—¿Sabe si fue al Vanity?

—No estaba segura, pero sí que dijo algo como que ya era hora de «recoger los frutos de su trabajo» y que «así entenderá de una vez quién es la mejor opción».

Lo pensé unos momentos.

—¿Crees que hablaba de Valerie? Habían sido pareja.

Todo el mundo que se movía en esos círculos lo sabía. De hecho, era parte del argumentario en contra de Valerie: si había estado con tipos como Carter Fields, ¿cómo de serio iba a ir con alguien tan estable como Adam? Pero yo sabía lo en serio que se había tomado su relación con Adam, y era posible que Carter tuviera una espinita clavada por eso.

—Podría ser, pero no es seguro —replicó Archie—. Si quieres, puedo interrogarlo al respecto. Aunque es posible que tenga consecuencias.

—No —respondí lentamente—. No quiero que lo interrogues.

Archie era excepcional en su trabajo, pero Carter era un capullo con dos dedos de frente. No revelaría nada con un par de preguntas.

—¿Y qué vas a hacer?

—Hablaré con él yo mismo.

Solo nos conocíamos de vista, pero estaba seguro de que sabía quién era yo. No se negaría a hablar conmigo, solo tenía que elegir un escenario en el que no pudiera engañarme como había hecho con Helena.

—Vale, hazlo, pero ahora mismo no —dijo Archie—. Volvió a las Bahamas hace un par de días, por supuesto, con el jet privado de su padre. No sé cuándo piensa volver.

—Seguro que pronto. —Asentí, aunque mi interlocutor no podía verme—. Échale un ojo y avísame cuando vuelva. A partir de ahí, me encargo yo.

—A su servicio, señor —respondió Archie con sorna, y colgó.

La fiesta que Carter Fields daba en el ático del Hotel Vanity era exactamente como me esperaba: la gente lucía ropa ridículamente cara que no les permitía sentarse ni bailar, llevaban bebidas supervistosas en la mano y no paraban de mirarse los unos a los otros. No, mentira: desde hacía un minuto lo único que miraban era a mí. Ninguno de ellos se habría imaginado que, de entre todas las personas, sería yo quien aparecería por aquí, precisamente el hotel en el que murieron mi hermano y su novia, solo a dos pisos de donde me encontraba. Se estarían preguntando a qué habría venido, si finalmente había decidido unirme a la clase alta o si tendría algún otro motivo especial para hacerlo.

«Creedme, es lo segundo sin lugar a dudas».

Correspondí las miradas curiosas y sensacionalistas con una sonrisa perezosa y reafirmé por qué siempre había detestado tanto las fiestas privadas de la clase alta. Nadie se lo pasaba bien. Ni siquiera las personas encorvadas sobre la mesita de café que se estaban metiendo una raya. Cuando vi la cocaína, me entraron ganas de tirar la mesa por la ventana, pero me contuve. Esa sustancia había matado a mi hermano, pero yo no había venido para evitar que alguien más siguiera sus pasos. Había venido a hablar con Carter, que no estaba por ninguna parte. Aunque me hacía una idea de dónde podría encontrarse.

Me dirigí al pasillo y atravesé la puerta que daba al exterior. Hacía frío, estábamos a mediados de diciembre, faltaba poco para Navidad. El ático contaba con una terracita revestida de madera, muy parecida a la mía, aunque ahora en invierno carecía de plantas; seguramente habían tenido que meterlas en el interior. Sin embargo, los oscuros muebles de teca, tapizados para la fiesta, sí que seguían fuera, junto a las estufas que evitaban que los fumadores murieran de frío. Aunque ahora solo había dos personas. Una de ellas era Carter, que estaba sentado en el sofá en una postura relajada. La otra era una chica joven. Demasiado joven. Estaba arrodillada entre sus piernas, solo con su ropa interior, y movía la cabeza de una forma más que obvia.

—Hola, Carter —dije en voz alta.

La chica se sobresaltó y se separó de él, Carter levantó la mirada.

—¿Qué haces tú aquí? —me espetó, pero se cerró rápidamente la bragueta. Parecía haberse dado cuenta de que esa mamada no iba a tener final feliz.

—Tenemos que hablar de una cosita —respondí. Carter soltó un bufido.

—Y una mierda. Lárgate, tío. Estoy ocupado. —Señaló a su acompañante, que seguía arrodillada en el suelo, temblando y rodeándose con los brazos, sin saber qué hacer.

—Será mejor que entres —dije con un tono que no admitía discusión.

La chica ni siquiera intercambió una mirada con Carter antes de ponerse en pie. Yo sacudí la cabeza cuando este no hizo ni el amago de ofrecerle su chaqueta, que tenía a mano, así que me quité la mía y se la di a la chica.

—Toma —dije en voz baja—. Y dile a los demás que no queremos que nos molesten, ¿entendido?

La chica asintió, aceptó la chaqueta con expresión agradecida y se la puso antes de marcharse.

—Jessiah Coldwell, el caballero de todas las mujeres desamparadas —entonó Carter Fields con sorna mientras se abrochaba la camisa—. No tenías por qué ponerte así, estoy seguro de que nos la habría chupado a los dos.

—Cállate la boca, Fields —gruñí. Lo que acababa de decir ni siquiera parecía una broma, a pesar de que la chica no parecía ser mayor de edad. Me habría encantado darle una paliza, pero tenía algo que hacer primero.

—Ah, claro, según dicen, tú solo quieres follarte a Helena Weston. Yo también lo intenté, pero su hermana la tenía muy protegida en ese tema.

Vale, lo mismo podía hacerle el interrogatorio después de darle una paliza. Me acerqué a él y lo agarré del cuello de su camisa para levantarlo del suelo. Carter empezó a reírse.

—Ah, entonces es cierto. Pues menuda pareja trágica estáis hechos. Casi peor que Adam y Valerie.

Noté en sus ojos que iba drogado hasta las cejas. Mejor. La gente solía volverse más sincera cuando se encontraba en ese estado.

—Hablando del tema —empecé yo—, ¿te importaría decirme qué pasó la noche en que murieron? ¿Dónde estabas tú, por ejemplo?

Su risa se esfumó unos instantes y alzó las dos manos.

—No he hecho nada, agente. —Sonaba burlón y, en algún lugar de mi mente, estalló una chispa. ¿Quería tomarme el pelo? Muy bien. Tendría que conseguir que hablara de otra forma.

Apreté los puños y arrastré a Carter hasta el borde de la terraza, donde una única barandilla endeble nos separaba de una caída libre de dieciocho pisos. Lo levanté lo suficiente para que asomara levemente por la mampara de cristal. Por suerte, Helena no estaba conmigo. No podía asegurar que le hubiera gustado lo que estaba haciendo en estos momentos. Me había dejado venir a regañadientes después de contarle lo que Archie había descubierto. Había sido nuestra única conversación en las últimas tres semanas y apenas había durado cinco minutos, los mejores y peores cinco minutos desde la noche en el casino. Pero, aunque le hubiera encantado venir, Helena sabía que yo obtendría mejores resultados que ella.

—Dime lo que quiero saber o te juro por Dios que te tiro —siseé.

Carter intentó zafarse y resopló con desdén.

—Todo el mundo te ha visto aquí. ¿Cómo piensas ocultar este numerito?

—No pienso hacerlo —respondí como quien no quiere la cosa, y lo empujé un poco más hacia el abismo. Empezaba a tener frío sin mi chaqueta, pero apenas lo sentía—. Créeme, me encantaría ir a la cárcel por cargarme al tío que mató a mi hermano.

—¿Qué? ¡No! —Entonces apareció el pánico en sus ojos y se agarró firmemente a mis brazos, que lo mantenían en el sitio—. Jess, tío, lo digo en serio, ¡no tuve nada que ver con la muerte de Adam! ¡Tienes que creerme!

—No tengo que creer nada, cabrón asqueroso. —Un par de centímetros más. Cuando miré los hombros de Carter, reconocí Lexington Avenue más abajo—. Qué pequeños se ven los coches desde esta distancia —comenté.

Funcionó. Carter empezó a sudar del miedo y dejó de moverse.

—¡No fui yo quien les dio la cocaína! —exclamó—. En serio. Contraté a Pratt porque creí que sería divertido hacer rabiar a Valerie. No aceptaron el regalo, así que ahí se quedó la cosa.

Era un comienzo, pero no era todo.

—¿Por qué mentiste cuando Helena te preguntó por qué habías enviado a Pratt a la habitación? Le dijiste que Valerie te lo había pedido y que incluso te había pagado.

—Joder, ¿por eso has venido? ¿Ya no eres el caballero de las doncellas, sino el escudero personal de Helena o qué? Madre mía, cómo se enteren vuestras familias… —La risa de Carter emergió temblorosa, y yo apreté con más fuerza—. Vale, vale, está bien, te lo diré. Estaba celoso.

—¿Estás de coña? —No podía creerlo.

El miedo en los ojos de Carter se mezcló con la vergüenza.

361

—No. Llevaba años enamorado de Valerie y, por fin, un día lo conseguí: salimos juntos, nos acostamos, todo iba bien. Pero entonces apareció Adam, el bueno y el perfecto de Adam, con sus putos principios y su historial impecable. Y Valerie me dejó. ¿Qué es lo que me dijo? Ah, sí: «No me gustas de esa manera, Carter. Ha sido divertido, pero no quiero nada serio contigo». —Soltó un bufido de desdén—. Así que quise vengarme de ella. Pensé que, si enviaba un camello a la habitación, Adam creería que era cosa de Valerie y cancelaría el compromiso.

Por lo que sabía de Adam y Valerie, la idea me pareció ridícula y estúpida, pero era probable que Carter solo hubiera visto el lado más superficial de la hermana de Helena, al igual que muchos otros.

—¿Y luego? —insistí—. Sé que desapareciste de tu habitación en el Mandarin Oriental aquella noche.

Archie me había contado que Carter siempre iba allí cuando quería acostarse con prostitutas, ya que sus padres detestaban que las metiera en el Vanity. Abrió los ojos de par en par.

—¿Lo sabes? —Poco a poco pareció darse cuenta de que no solo estaba cabreado como un mono, sino que, además, estaba bien informado.

—Claro que sí. Dime, ¿volviste aquí?

Según el informe policial, se fue pronto de la fiesta y no regresó.

—Sí —cedió de mala gana—. Quería volver para ofrecerle un hombro en el que llorar si lo habían dejado. Pero, cuando llamé, me di cuenta de que estaban estupendamente. Val me agradeció haberles dejado la suite y me pidió que me marchara. Ahí fue cuando me di cuenta de que había sido una idea absurda. Eso fue todo.

—¿Y por qué no apareces en las imágenes de las cámaras de seguridad? —pregunté. Esto también estaba en el informe, y el investigador privado de mi madre lo había comprobado. Por el pasillo de la habitación de Valerie y Adam no había pasado nadie entre la despedida de los últimos tres invitados, dos horas antes de las muertes, y la limpiadora que los había encontrado por la mañana.

—Porque... las manipulé —confesó Carter entre dientes, y apenas lo entendí.

—¿Qué? —Lo miré atónito—. ¿Manipulaste las imágenes y no dijiste nada cuando te enteraste de que Valerie y Adam estaban muertos? ¡¿Cómo puedes ser tan hijo de puta?!

Me entraron ganas de aflojar las manos y dejar que cayera al vacío. Un Carter menos en el mundo era un buen comienzo.

—¡Quería salvarme el pellejo! —gritó apresurado—. Imagínate lo que habría pasado. ¡Me habría convertido en la última persona en verlos con vida! Habrían sospechado de mí de inmediato, ¡del ex celoso que no podía soportar que Valerie se casara con otro!

Estaba claro que no tenía conciencia ninguna. No debería haberme sorprendido, pero aún estaba sobrecogido por el horror.

—¡Murieron por culpa de la cocaína adulterada! —añadió—. ¡Solo fue un accidente!

—Entonces ¿puedes asegurarme de que en ese tramo de tiempo que manipulaste no pasó nadie por ese pasillo? —Me temblaba la voz de la rabia—. ¿O por su habitación?

De repente surgió una posibilidad que me dejó sin aliento: que no hubiera sido un maldito accidente, que alguien hubiera asesinado a Adam y Valerie. Podrían haberlos obligado a consumir cocaína en mal estado. Podrían habérsela administrado a la fuerza y luego haber fingido un accidente. Me dieron ganas de vomitar. ¿Cómo iba a contárselo a Helena?

«Aún no sabes nada seguro», me tranquilizó una voz interior. Aunque era cierto, mi intuición me decía otra cosa.

—¡Las revisé, no había nadie! —me juró Carter, pero no sonó tan convincente como él habría deseado. O yo—. En las imágenes solo salía yo.

—¿Apostarías tu vida a que dices la verdad? —rugí.

—Yo… Por favor, suéltame —suplicó Carter. No me había percatado de que lo había empujado aún más sobre la barandilla—. Haré todo lo que me pidas, pero suéltame, por favor.

Así lo hice, lo levanté de la barandilla y lo solté. Me sentía mal, apenas podía respirar. «No tiene por qué ser así», me imploró mi razón. «No tiene por qué significar nada». No, no tenía por qué, pero la sospecha era suficiente para revolverme el estómago. Afortunadamente, el aire era gélido y un par de inspiraciones profundas consiguieron calmarme. Entonces miré a Carter, que no se había movido ni un centímetro, pero temblaba de frío.

—¿Sigues teniendo las imágenes? —pregunté—. Las originales.

Asintió.

—Para cubrirme las espaldas por si alguien se enteraba. Al menos así podría demostrar que estuve poco tiempo en su habitación.

—Las necesito.

Tenía que ver esas imágenes para asegurarme. Tal vez solo fueran imaginaciones mías, pero tenía que verlas por mí mismo para descartarlas.

—Pero de verdad que no había nadie…

—Quiero esas imágenes —marqué con dureza todas las palabras.

Carter admitió la derrota.

—Pásate mañana y te las doy.

—¿Por qué no ahora?

—Porque no tengo el portátil aquí. Está en mi casa.

Me sonó a excusa de mierda. Di un paso hacia él.

—Carter, te lo juro, como me...

—¡No voy a hacer nada! —exclamó—. Has dejado muy claro que hablas en serio, tío. Te daré las imágenes. Evidentemente, te agradecería que no le dijeras a la policía... —Al ver mi mirada, se quedó callado—. Está bien. Haz con ellas lo que quieras.

No sabía cómo evitar que borrara las imágenes. ¿Qué le impedía coger su ordenador y hacerlas desaparecer del ciberespacio? Nada. Pero podía amenazarlo, ya había funcionado antes.

—Si faltas a tu palabra, te juro que me encargaré de que tengas que marcharte de tu querida Nueva York. Ya sabes que soy capaz de hacerlo.

Carter no podía desaparecer como Pratt, pero había otras maneras. Su vida se basaba en la fiesta y yo conocía a casi todos en el mundillo. Un par de rumores bien calculados y nadie querría saber nada más de él. Me habría gustado tener algo mejor, pero parecía que mi comportamiento de hoy lo había impresionado lo suficiente.

—Créeme, te mandaré las imágenes —me prometió—. Tienes mi palabra. Dame hasta mañana. Las tengo en un servidor encriptado al que solo puedo acceder desde mi ordenador. Las tendrás mañana por la tarde.

A mí se me daba fatal mentir, pero solía detectar rápido cuando alguien estaba tratando de engañarme. Y Carter Fields, por difícil que fuera de creer, estaba diciendo la verdad en estos momentos. Así que ya no me quedaba nada más que hacer. Salvo una cosa.

—Dame tu teléfono —dije, y estiré la mano. Carter lo sacó del bolsillo y lo desbloqueó antes de dármelo. Tecleé mi número en la agenda y se lo devolví—. Disfruta de la fiesta, Carter. Si me engañas, será la última vez que lo hagas, te lo juro.

Y tras decir eso, lo dejé solo, con mil preguntas en mi cabeza y solo una en el corazón. Dos palabras muy simples: ¿y si?

¿Y si?

¿Y si?

No tenía ni idea de qué haría entonces.

29

Helena

—Y ahora, pasamos a las normas legales necesarias para ingresar a un paciente.

Miré con esperanza la esquina de mi tablet, que desgraciadamente me dijo que aún me quedaba otra hora escuchando las explicaciones de la profesora, que no solo usaba un tono soporífero, sino que además hablaba de leyes, que era lo más aburrido que podía imaginar. Mi mirada vagabundeó a la fecha. Era 17 de diciembre. Hoy era el cumpleaños de Jess, lo sabía porque habíamos hablado de ello cuando estuvimos en su terraza. Como era una semana antes de Navidad, no podía celebrar una buena fiesta al aire libre y, en términos de regalos, nunca le compensaba. Yo me burlé un poco de él y no se lo tomó mal. Parecía que habían pasado años de aquello.

Cómo me habría encantado ir hoy a su casa con un regalo en la mano, por supuesto, con algún envoltorio extravagante, tal como me enseñó Valerie. «Puedes regalar lo que sea, Lenny, si está envuelto con algo chulo, siempre parecerá que lo has hecho con amor y que te has gastado mucho dinero». Aunque no habría elegido un regalo caro para Jess, sin duda se lo habría buscado con amor. Intenté seguir la clase, pero acabé dibujando círculos en mi tablet. Si estuviéramos en un mundo paralelo en el que Jess y yo tuviéramos permitido estar juntos, ¿qué le habría regalado? ¿Un delantal de cocina que pusiera «Besa al cocinero»? Posiblemente no. ¿Tal vez algún aparato de cocina como los que ya tenía, como una sartén para tortitas o una máquina para hacer dónuts? Mucho mejor. Pero, en realidad, creo que le habría regalado un tour por Nueva York. Una visita por la ciudad en la que aprendería a amarla, porque había rincones mágicos que nadie conocía. Le habría hecho una guía con fotos y mapas para que pudiera volver en cualquier momento a los sitios que más le hubieran gustado. Y si en ese mundo paralelo aún viviera mi hermana, seguro que me habría ayudado a elegir los mejores lugares y, al mismo tiempo, se habría cachondeado de que me hubiera enamorado del hermano menor de su marido y que fuera tan cursi.

Noté que se me saltaban las lágrimas solo de pensarlo, porque era todo tan perfecto que me hacía daño. Era como un cuchillo que atravesaba la realidad y me dejaba una profunda herida. Solo que de ella no manaba sangre, solo dolor y nostalgia. Echaba terriblemente de menos a mi hermana y también, aunque de otra forma, a Jess.

El compañero de clase que estaba a mi lado me miró inquisitivo cuando me froté los ojos apresuradamente.

—Alergia —masculló, y él asintió antes de volver la vista al frente. Ocultándome tras la mesa, saqué mi móvil. Necesitaba distraerme.

Tenía un mensaje de Malia, a la que había llamado hacía un par de días para ponerla al día. Aunque, en realidad, tampoco había mucho que decir. El robo en la clínica había sido un callejón sin salida y, desde entonces, no había encontrado otro hilo del que tirar. Jess no me había avisado de si Carter había vuelto a Nueva York. Solo había accedido a que Jess se encargara de interrogarlo después de recordar vívidamente cómo me había ido la última vez que hablé con el ex de Valerie, pero cuando supe que Carter había vuelto al Hotel Vanity aquella noche, no me quedó claro que pudiéramos sacar algo de ahí. Aun así, quería volver a hablar con Jess. Después de la llamada en la que me dijo que no podíamos vernos más, había estado a punto de ir a su casa tres veces al día, porque estaba segura de que, si no lo hacía, me volvería loca. Hasta el momento, había conseguido contenerme, pero no sabía cuánto tiempo aguantaría.

Malia recibió una respuesta a la foto de su diminuto árbol de Navidad, en el que apenas cabía una bola más, luego guardé el móvil y soporté lo que quedaba de clase. Afortunadamente, era la última del día, así que podía volver a casa. A una semana de Navidad, poca tranquilidad iba a encontrar allí, pero podía meterme en mi habitación y repasar de nuevo todo lo que tenía sobre la muerte de Valerie y Adam. En algún momento encontraría una nueva pista. Tenía que hacerlo.

Cuando salí de la universidad, hacía un frío que pelaba y estaba nevando, lo cual era poco habitual, normalmente el invierno duro de Nueva York empezaba en enero, no a mediados de diciembre. Me eché la capucha del abrigo sobre la cabeza y corrí hacia el coche de Raymond, que me esperaba junto a la acera.

El viaje duró más de la cuenta por culpa de las inclemencias y eran algo más de las cuatro de la tarde cuando llegué a casa. No había nadie, excepto Rita, así que me fui directa al piso de arriba y me sumergí en mis notas arrebujada en la sudadera de Columbia de Valerie. Sin embargo, por mucho que miraba el contenido de los documentos, el informe de la autopsia y mis propias notas, no conseguí sacar nada. Simon Foster me había llevado a Pratt, y este a Carter, pero, después de eso, no sabía por dónde seguir. ¿Por qué Jess no se ponía en contacto conmigo? ¿Seguiría Carter en las Bahamas?

A pesar de que la puerta de mi cuarto estaba cerrada, oí que alguien entraba en casa. Rápidamente, guardé todas las notas y los documentos en la carpeta que había estado usando desde que volví de Inglaterra y la metí en el armario. Sin embargo, cuando salí al pasillo, oí que la puerta volvía a abrirse y que mi padre saludaba a alguien. Cuando ese alguien respondió, me percaté de que era mi hermano. Hablaban en tono serio y el corazón me empezó a latir con fuerza de inmediato, porque me daba miedo. En esta familia, las malas noticias habían sido habituales en los últimos años. ¿Qué había pasado ahora?

Bajé en silencio las escaleras, porque sabía que los secretos también estaban a la orden del día en casa de los Weston. Lo había vivido demasiadas veces como para confiar en que, si me veían, me contarían por qué mi padre y Lincoln parecían tener algún problema gordo.

—Gracias por dejar que hablemos del tema sin mamá —decía mi hermano, y oí que retiraba una de las sillas del comedor para sentarse. Rita entró y preguntó si querían algo de beber y observé que salió en dirección a la cocina.

—Sabes que ya no quiero ocultarle nada a tu madre. En el pasado solo nos trajo rencor y dolor.

—Sí, lo sé, y tampoco pretendo que se lo ocultes. Solo quiero hablarlo contigo primero para que entiendas mejor la situación.

Me acerqué un poco más a la barandilla y me senté sobre la moqueta. Me recordó un poco a mi infancia, cuando Valerie y yo escuchábamos a mis padres hablar durante la cena.

Mi hermano respiró tan hondo que lo escuché.

—Se trata de mi relación con Paige. Y de la boda.

—¿Qué sucede? —preguntó mi padre en tono alarmado.

—Me temo que no puedo casarme con ella, papá. —Noté lo difícil que le resultaba a mi hermano expresarlo en voz alta—. No sería lo correcto teniendo en cuenta que quiero a otra persona.

Silencio. Contuve el aliento.

—¿A qué otra persona? —preguntó mi padre.

Estuve a punto de soltar un bufido. ¿Eso era lo primero que quería saber mi padre? ¿Quién era la mujer? ¿Sin compasión, sin entendimiento, solo una explicación de los hechos? No debería sorprenderme, pero sentí una punzada de dolor. O esta familia nunca había sido como yo pensaba o estaba claro que había cambiado.

—Penelope Waterson.

Entonces escuché la inspiración de mi padre, aguda y sibilante.

—¿Tu novia del instituto? No hablarás en serio.

—¿Estaría aquí si no fuera cierto? —Admiré a Lincoln por mantener la calma y la serenidad. Yo no lo habría hecho.

—Entonces habré subestimado tu visión de futuro. O tu madurez.

—Tal vez, pero me duele que lo veas así. La cuestión es que he venido aquí a pedirte que me dejes cancelar el compromiso con Paige.

«Ostras». Me quedé con la boca abierta. No me lo esperaba. Evidentemente era lo que deseaba después de hablarlo con él en el Plaza, pero nunca habría pensado que mi hermano tomaría esa decisión.

—Lincoln, por favor, no puedes arriesgar todo tu futuro solo porque creas que te has enamorado de una novia de la infancia. —Mi padre resopló, pero luego apostó por un tono comprensivo—. Te están entrando los nervios previos a la boda, es normal. A mí también me pasó.

—Lo que tengo con Penny no es algo puntual, papá. Si te soy sincero, nunca superé que lo dejáramos. Y no he podido sacármela de la cabeza en todo el verano. Somos como imanes, siempre nos atraemos el uno al otro, tanto si queremos como si no.

Cuando dijo esa frase, sentí en mis entrañas una réplica de sus sentimientos. Sabía muy bien a qué se refería. A Jess y a mí nos pasaba lo mismo, ¿no? Ya habíamos decidido alejarnos en varias ocasiones, y yo estaba decidida a cumplirlo, pero, cada vez que lo veía, lo escuchaba o simplemente pensaba en él, me daba cuenta de que no había cambiado nada. Quería estar con él, aunque supiera que era imposible. Que mi hermano estuviera pasando por lo mismo me rompió el corazón.

Sin embargo, mi padre no lo vio de la misma forma.

—¿Te has parado a pensar en lo que significaría para la reputación de Paige que cancelaras el compromiso a dos meses de la boda? Sería una catástrofe. La convertirías en una paria. Nadie más de la alta sociedad querría casarse con ella después de que Lincoln Weston la hubiera rechazado.

—Yo me encargaría de todo —prometió Lincoln—. Haría un comunicado oficial declarando que no tiene ninguna culpa de la separación.

—¿Y de qué serviría eso? Entonces le echarían la culpa de no haber sido capaz de retenerte. Si apareces luego con Penelope Waterson, más guapa y más interesante, todos pensarán que Paige no era lo suficiente para ti.

Mi hermano dejó escapar un gruñido desesperado.

—Por favor, papá, no me obligues a pasar el resto de mi vida en una relación que no me hace feliz.

—Feliz —pronunció mi padre con amargura—. Suenas como Valerie. Su felicidad era más importante que todo lo demás, que su familia, que nuestros valores, ¿y adónde la llevó eso? ¡A la tumba! La felicidad, hijo mío, es un estado pasajero, nada más. Lo que necesitas en la vida es estabilidad, seguridad y personas en las que confiar. Paige engloba todo eso.

—¡No la quiero, papá! —Ahora mi hermano sí sonaba desesperado, y fui incapaz de permanecer más tiempo escuchando a escondidas mientras trataba de luchar por su amor. No sabía si Penny era la mujer adecuada para él, pero mi hermano se merecía ser libre para elegir y, para eso, necesitaba mi apoyo, así que me puse en pie, e ignorando el hormigueo que sentía en los pies, me dirigí al comedor.

Los dos levantaron la vista cuando entré. Nunca había visto a mi hermano tan infeliz. Los ojos le relucían de dolor y las manos se le aferraban al borde de la mesa.

—¿Helena? —Mi padre me miró sorprendido—. No sabía que estabas aquí.

—Llevo aquí un buen rato y os he oído. —Me senté sin que me lo pidieran en la silla que había junto a mi hermano—. Si

Lincoln no quiere casarse, no debería tener que hacerlo. Ninguno de los dos se lo merece.

—Esto es algo entre Lincoln, tu madre y yo —dijo mi padre con firmeza.

—En absoluto, es algo entre él y Paige. —Levanté el mentón y supe que caminaba sobre hielo fino. Después de todo, mi presencia en Nueva York siempre pendía de un hilo y mis padres podían ponerle fin en cualquier momento. Sin embargo, el miedo no podía callarme cuando era el único apoyo que tenía mi hermano. Así que seguí hablando—: Sé que pertenecer a esta familia conlleva ciertas obligaciones, pero no estamos en el siglo XIX, papá. No puedes forzar a Lincoln a que se case con alguien solo porque es bueno para el negocio. O porque es lo que la sociedad espera.

—Tu hermano se ha comprometido —insistió mi padre—. Cuando le pidió la mano a Paige, hizo una promesa.

—¡Una que igualmente no va a cumplir! —exclamé—. Uno debería casarse con alguien por amor y confianza, no por estrategia. Nos hemos recuperado económicamente, no lo necesitamos. Y estoy segura de que, al final, Paige se alegrará de poder elegir con total libertad.

Mi padre suspiró.

—Eres una romántica, como tu hermana.

—Valerie era feliz, joder —solté—. ¡Fue feliz porque amaba a Adam! Puede que fuera un Coldwell, pero era un tío decente y la trataba bien. Que haya muerto no tiene nada que ver con su relación. No es justo que siempre la pongáis de ejemplo como si el motivo de su desgracia hubiera sido haber elegido a alguien por amor.

—¿Seguimos hablando de Valerie? —Mi padre me lanzó una mirada atenta y la correspondí.

—No —contesté—. Estamos hablando de Lincoln.

Este me dedicó una sonrisa agradecida, aunque torcida. Y, cuando mi padre se puso en pie, tuve el presentimiento de que no iba a decir nada bueno.

—No puedes romper el compromiso bajo ningún concepto. —Miró a Lincoln—. El apellido Weston significa algo en esta ciudad y mantenemos las promesas que hacemos, incluido tú. —Luego miró el reloj—. Tengo una reunión en el centro. Nos vemos mañana en la oficina.

Nos dejó solos y nos quedamos ahí sentados sin decir nada. Al cabo de un rato, posé mi mano en el brazo de Lincoln.

—Lo siento mucho.

—No pasa nada. Gracias por intentarlo —dijo, y soltó aire.

—¿Qué vas a hacer ahora? —pregunté.

—No lo sé. Decirle a Penny que no ha servido de nada, supongo, aunque debería haberlo sabido desde el principio.

—También puedes hablar con Paige y que ella te deje a ti. Mamá y papá no pueden obligarla a ella a casarse. —A ella no podían presionarla para que lo hiciera, tal como hicieron conmigo.

—No, es imposible. Papá tiene razón. —Lincoln se encogió de hombros sin fuerzas—. Paige sería una paria. Además, con ella al menos sé cómo será mi vida. ¿Quién sabe si lo de Penny duraría? Tal vez sea solo una fantasía, y entonces lo habría arriesgado todo para nada.

Era posible, pero no parecía que lo creyera así.

—No tienes ninguna garantía, pero si decides no seguir las normas de los Weston, tendrás la oportunidad de decidir tu propia vida y ser feliz.

—Ya has escuchado a papá, y también sabes cuál sería el precio.

Sí, lo sabía. Si no aceptaban sus decisiones, tendría que romper el contacto con mis padres. Abandonar la familia, al igual que la empresa. Tendría que alejarse de la vida que conocía por una relación que quizá no salía como esperaba. Pero en realidad esto no iba solo sobre Penny, iba más allá.

Lincoln me miró.

—¿Lo habrías hecho tú si no hubieras hecho el trato con Trish Coldwell? ¿Habrías perdido el contacto con mamá y papá para estar con Jess?

«Sí». Ese fue mi primer impulso. A menudo fantaseaba con la idea de subirme a un taxi e ir a su casa para encontrar un nuevo hogar en sus brazos. Pero no quería decírselo a mi hermano, porque sabía que solo conseguiría preocuparlo.

—No lo sé —elegí como respuesta para no inquietarlo—. Pero esa posibilidad no existe para nosotros, para ti sí.

Penelope provenía de una buena familia que no tenía ningún conflicto con la nuestra. No tenía nada de malo, salvo el hecho de haber llegado a la vida de Lincoln cuando ya se había comprometido con Paige. Mi hermano se puso en pie.

—Tengo que volver a casa —anunció, y le di un abrazo cuando me levanté yo también—. Gracias, Len, significa mucho para mí que estuvieras aquí.

—Siempre —respondí—. Llámame, ¿vale?

Asintió, fue al vestíbulo y le pidió a Rita que le trajera el abrigo. En cuanto cerró la puerta, subí deprisa al piso de arriba, dándole vueltas a lo que acababa de pasar. Sentí que mi familia se estaba desmoronando poco a poco, destruyéndose desde dentro por culpa de la estrechez de miras y la falta de libertad. Tal vez sí que se debiera a Valerie que ni Lincoln ni yo pudiéramos vivir nuestras vidas siguiendo las expectativas de nuestros padres. No supe cómo tomarme eso.

Cuando llegué a mi habitación, fui directa al armario y saqué el teléfono desechable. Lo necesitaba, esa sensación teórica de que podía ponerme en contacto con Jess cuando quisiera. Lo encendí, pero no había ningún mensaje, ninguna señal de vida. Respiré hondo y lo dejé a un lado. En ese momento, sonó mi móvil, que estaba sobre la cama. Era Edina.

—Hola —la saludé, tratando de sonar alegre.

—Hola, Helena —me respondió en un tono parecido—. Sé que te aviso con poca antelación, pero ¿estás ocupada esta noche? He recibido las primeras impresiones de los folletos y me gustaría que me dieras tu opinión. Y como Finlay y yo nos vamos mañana a Escocia para pasar la Navidad con nuestros padres, estaría bien que les echaras un vistazo.

Miré por la ventana y vi que seguía nevando. Además, estaba anocheciendo. En realidad, lo que me apetecía era acurrucarme en la cama, ponerme una serie y dejar de pensar en Jess.

—Puedo enviártelos a casa y hablamos por teléfono —me propuso Edina, ya que seguramente había estado callada mucho tiempo.

—No —repliqué—, es buena idea. —Al fin y al cabo, sabía que no conseguiría dejar de pensar en Jess si me quedaba en casa. Los folletos me distraerían. A menos que...—. Pero no será igual que la primera vez, ¿no? —pregunté a medio camino entre el miedo y la esperanza—. Ya sabes, que en realidad sea porque otra persona quiere que vaya al hotel.

Habíamos vuelto a quedar después de eso, pero quería asegurarme.

—Ah, no, no es por eso, de verdad. —Oí cómo Edina negaba con la cabeza con vehemencia—. Y la obra de Delilah está parada mientras se seca el suelo, así que no te lo vas a encontrar por casualidad.

—Bien —respondí, aunque en mi interior sentía lo contrario. Había sido una tontería pensar que Jess quería encontrarse conmigo en secreto. Lo había dejado muy claro cuando hablamos por teléfono la noche del casino. Y, además, hoy era su cumpleaños. Era de esperar que estuviera celebrándolo en alguna parte, sobre todo, teniendo en cuenta que era bienvenido en todas las discotecas, restaurantes y bares de Nueva York.

—Helena, ¿sigues ahí?

—Sí, claro, ¿cuándo quieres que vaya?

—Te mando a Clark si quieres. Ahora mismo está en la Quinta Avenida haciendo recados, así que puede pasar a buscarte.

—Vale, estupendo. —Con el tiempo que hacía, prefería ir en una limusina que en un taxi en el que el dueño quizá no llevara ruedas aptas para la nieve—. Ahora nos vemos.

30

Jessiah

Los cumpleaños eran una mierda. Tal vez no todos, pero el mío sin lugar a dudas. Hacía años que suplicaba a los demás que ignoraran por completo este día, que no me regalaran nada ni me felicitaran, y con algunos había funcionado mejor y con otros peor. Mi aversión por los cumpleaños no tenía ninguna causa real, simplemente no me gustaba envejecer, y menos desde que estaba en Nueva York y tenía la sensación de estar desperdiciando un tiempo muy valioso en esta ciudad.

Me habría encantado pasar el día de hoy en algún lugar que no tuviera cobertura y nadie supiera dónde estaba. Tal vez en Swan Lake, la granja de mi padre. Pero llevaba nevando desde esta mañana y las carreteras al norte estarían cerradas desde hacía un tiempo. Pasarme el día en un atasco habría ido a juego con mi estado de ánimo, pero, aun así, decidí no hacerlo. Además, estaba esperando un mensaje de Carter en el que me mandara las imágenes. Así que me encontraba en la cocina, preparando una *focaccia*. Era demasiado y no tenía mucho apetito, pero preparar la masa era una actividad satisfactoria.

No siempre había odiado cumplir años. En la época en la que mi padre aún vivía, me alegraba que llegara el día. Siempre solíamos hacer algo divertido, como ir al zoológico cuando era pequeño o, más adelante, acercarnos a Coney Island. Y por las noches siempre acabábamos en el restaurante de Taddeo y Leonora para cenar pizza. También podría haber ido allí hoy, hacía mucho que no me pasaba por el Bella Ciao, pero me recordaba demasiado al pasado. Tras la muerte de mi padre, mis cumpleaños se habían convertido en desfiles de regalos, a cada cual más caro. Cuando Trish se dio cuenta de que le daba sus prohibitivos regalos a gente sin hogar, dejó de hacerlo y, desde entonces, ignoraba mi cumpleaños tal como le había pedido.

Mi móvil emitió un pitido y me lavé las manos para echarle un vistazo. Eran poco más de las dos y todavía no me había felicitado nadie. Algo bueno. ¿Rompería este mensaje la buena racha o sería Carter avisándome de que me traía las imágenes?

No era ninguna de las dos cosas, sino Thaz: «¿Tienes ganas de salir de fiesta? Te prometo que no mencionaré ya sabes qué».

Sonreí de lado y le respondí un escueto: «En otra ocasión, ¿vale?», antes de dejar el teléfono donde estaba.

Alguien llamó a la puerta cuando estaba a punto de volver a la masa. Como siempre, tuve la esperanza de que fuera Helena, aunque estaba seguro de que no sería así. A pesar de que en el aniversario de las muertes de nuestros hermanos habíamos hablado de mi cumpleaños, dudaba que se acordara de la fecha y, aunque así fuera, no se arriesgaría a venir.

El timbre volvió a sonar y me di cuenta de que me había quedado plantado en la cocina sumido en mis propios pensamientos. Hice un esfuerzo. Tal vez fuera Carter o un mensajero de su parte, ya que era mediodía. Me puse en movimiento rápidamente. Al menos tenía las manos limpias, lo cual no podía decirse de mi camiseta negra. Tras presionar el botón que accionaba la puerta de abajo y abrir la puerta del apartamento, me sacudí el polvo blanco de la tela oscura. Me detuve de inmediato cuando vi quién aparecía por el pasillo.

Era mi madre.

—¿Trish?

Levanté las cejas. ¿Qué hacía aquí? Nadie ignoraba mejor mis cumpleaños que ella.

—Hola, Jessiah —dijo con rigidez—. ¿Puedo pasar?

—Claro. —Me hice a un lado y entró en mi apartamento—. ¿Quieres tomar algo?

Como siempre, traté de ser amable para no levantar sospechas de que Helena había roto el trato, aunque cada vez me resultaba más difícil.

—No, gracias, no me quedaré mucho. —Trish abrió su bolso de Chanel y sacó una especie de sobre de papel marrón—. Sé que no te gusta celebrar tu cumpleaños, pero espero que aceptes este regalo de mi parte. —Me entregó el sobre con gesto nervioso, lo cual era imposible, porque mi madre nunca se ponía nerviosa—. ¿No vas a abrirlo? —preguntó. Vale, quizá sí.

Abrí la solapa superior y saqué un fajo de documentos. Con el ceño fruncido, leí lo que parecía un contrato de compra de un local de Nueva York. Abrí los ojos de par en par cuando reconocí la dirección.

—¿Qué es esto? —le pregunté a mi madre—. ¿Has…?

—Te he conseguido el Harper's —confirmó con satisfacción—. Pensé que sería un regalo apropiado para tu vigésimo cuarto cumpleaños.

La miré fijamente.

—¿Por qué lo has hecho? Te dije que no quería el restaurante.

—Qué típico de ella obviar mis deseos y hacer lo que le venía en gana. ¿Creía que nuestra relación iba a mejorar si se gastaba siete cifras en un restaurante? ¿Que así acallaría su consciencia, en el caso de que tuviera alguna?

—Mick Harper estaba a punto de vendérselo a otra persona, así que el tiempo corría en mi contra, y pensé que cambiarías de opinión cuando tuvieras la oportunidad de hacer algo con el sitio.

No sabía qué responder a eso. O… más bien sí.

—Podrías haberlo dejado estar —dije, devolviéndole el sobre con gesto decidido—. No me interesa.

—Jess, te lo suplico —empleó un tono poco habitual, casi un ruego—. Solo quiero portarme bien contigo y tú te comportas como si hubiera atropellado a tu perro.

«No, eso no, pero sí me has quitado a la mujer de la que estoy enamorado y con la que habría sido feliz». Estaba deseando decírselo, gritárselo a la cara y luego echarla de mi apartamento. Mi cuerpo lo pedía con todo mi ser. Pero no podía hacerlo, a menos que traicionara a Helena, así que me recompuse.

—No es cierto —repliqué—. Nunca nos hemos llevado bien, Trish. Que me compres un restaurante no cambia eso.

—Sé que para ti fue muy duro perder a tu padre, que nunca te sentiste cómodo en las altas esferas y que siempre has odiado esta ciudad.

—¿Y? —La miré con frialdad.

—Esperaba que… pudiéramos tener una relación más cercana. Después de perder a Adam, me parece mal que no nos llevemos bien. Deberíamos intentar ser una familia.

En ese momento, recordé que Helena no había querido decirme por qué teníamos que dejar de vernos. Si no la hubiera convencido de lo contrario, no habría rechazado tan tajantemente la oferta de mi madre, pero solo era una farsa.

—Ya que hablamos de familia, ¿te refieres también a Eli?

—No era el mejor momento, pero temía que nunca se diera—. ¿Sigues pensando en enviarlo a un internado?

—Otra vez con lo mismo. —Trish puso los ojos en blanco—. Siempre dices que tiene que salir de la ciudad. Te haría un favor si se fuera a Europa, así podrías desaparecer otra vez de Nueva York.

Me habría dolido ese ataque si no fuera ya inmune.

—Quiero que se recupere. Que reciba el apoyo que necesita. Enviarlo a un internado no es la solución.

—¿Y cuál es la solución en tu opinión?

Lo dijo con tanta arrogancia que sentí que perdería los estribos. Mi madre no solo era responsable de lo que había pasado con Helena, también de que Thea tuviera que preocuparse de la custodia de su hija y, probablemente, de que Eli no fuera capaz de mejorar. Era un veneno para todos los que la rodeaban. Y no sabía cómo proteger a mi hermano de ella.

—Deja que vaya a la psicóloga que me recomendaron —probé de nuevo—. Y deja de presionarlo todo el tiempo.

—¿La psicóloga? —Se rio demasiado alto—. ¿Te refieres a la psicóloga de Queens? De ninguna manera. ¿Qué dirá la gente si mando a mi hijo con alguien de Queens?

Resoplé.

—¿Eso es lo que te importa? ¿Lo que digan los demás? No sé por qué no te llevas bien con los Weston, tienen las mismas opiniones absurdas que tú.

—La psicóloga a la que va actualmente es la mejor que existe.

—Trish se cruzó de brazos.

—Está claro que para él no.

—De ahí el internado. En Suiza hay una institución estupenda que ofrece acompañamiento psicológico. No hay nada alrededor, salvo prados y vacas. ¿Quién dice que no le sentaría bien?

Alcé el mentón.

—Lo dice Eli. No quiere irse y lo peor que puedes hacer es ignorarlo.

—Tu hermano tiene casi dieciséis años y no tiene ni idea de lo que quiere.

—Sí, y ese tipo de afirmaciones son el motivo de que siga luchando contra ese maldito trauma. Porque Henry y tú no le apoyáis en nada ni os lo tomáis en serio, ni a él ni lo que quiere. Eli será adulto en un par de años, pero ahora lo que necesita es una familia que lo apoye y lo cuide. ¿Por qué no lo entiendes?

—Y seguro que tú lo harías mucho mejor —dijo con desdén.

—¿Qué significa eso? —La miré crispado.

—No finjas que no sabes de lo que hablo. Eli ya ha hablado conmigo. El otro día estábamos discutiendo y me dijo que prefería que tú asumieras la custodia.

Ah, de eso se trataba. Probablemente de ahí viniera todo el rollo de la familia; le daba miedo perder a Eli y estaba intentando manipularme. Podría haber descartado esa opción, pero no hubiera sido lo mejor para mi hermano, y le prometí que le apoyaría.

—Supongo que esa opción no es discutible —dije sin confirmarlo ni desmentirlo.

—No seas ridículo —replicó mi madre—. No creerás en serio que voy a cederle la responsabilidad de un adolescente a alguien que lo era hace dos días. Eli está destinado a hacer grandes cosas. ¿Qué pasaría si tú te encargas de su educación? ¿Se convertiría en alguien que surfea todos los días y al que le da demasiado miedo aprovechar sus talentos?

Aquí acababa su discurso del otro día en el que decía respetar lo que hacía. Un ataque en toda regla, aunque la parte adulta en mí sabía que no era cierto. Sí, no tenía estudios en ninguna universidad de élite y no me había interesado por hacer carrera en su empresa, pero eso no significaba que no hubiera hecho nada con mi vida. Al contrario, tenía éxito haciendo aquello que se me daba bien.

Aun así, me dolió, a pesar de que creía que ya no podía hacerme más daño.

—Yo que tú me preocuparía más de que dos de tus hijos prefieran alejarse de ti y que el tercero esté muerto —dije con calma, aunque mi tono sonaba devastador—. Y ahora es mejor que te vayas.

Abrí la puerta. Trish respiró profundamente y supe que había dado en la llaga. Bien. Se lo merecía.

—Jess, lo siento —dijo, quedándose a mi lado—. Es solo que… Hay algo en ti que me hace perder los nervios con facilidad.

Por supuesto que era algo en mí. Yo era el que la hacía perder los nervios a ella. No obstante, no quise responder, sino que abrí más la puerta y la mantuve abierta.

—Gracias por tu visita, Trish —pronuncié en tono irónico—. Me alegro de que hayas venido a verme en mi cumpleaños.

Mi madre levantó la barbilla cuando pasó por mi lado y se detuvo una vez más.

—La compra del Harper's seguirá siendo válida unos días más. Si cambias de opinión, avísame.

Me ahorré decir que tenía claro que no haría nada al respecto. Si hubiera querido comprar el Harper's, lo habría hecho. Este «regalo» no solo era absurdo, sino también desproporcionado. Como Trish.

—Si quieres regalarme algo, olvídate del tema del internado —dije en su lugar, y no supe si habría servido de algo. Trish se limitó a asentir.

—Hasta pronto, Jessiah.

Se fue y, en cuanto salió por la puerta, me sonó el móvil. Corrí a la encimera de la cocina, vi el número desconocido y acepté la llamada.

—Jessiah Coldwell —respondí. La mayoría de la gente saludaba con un simple «hola», pero mi padre me había enseñado que era una cuestión de educación decir tu nombre.

—Aquí Carter Fields. Tengo las imágenes que querías.

Se me desbocó el pulso al instante.

—Bien.

Recé para que no se me notara en la voz lo nervioso que estaba, porque había dos posibilidades: que no hubiera nada en las imágenes, tal como había dicho Carter. O que alguien hubiera visitado a Adam y a Valerie antes de su muerte. Tenía muy claro qué opción prefería.

—Te dije que te las daría. ¿Dónde quieres que te deje el *pen drive*?

Mi primer impulso fue darle mi propia dirección, pero no quería vincularme de ninguna forma a este tipo en caso de que se confirmaran mis miedos. Lo reflexioné y encontré una solución.

—¿Conoces el Randy East? —No llegaba a estar a su nivel adquisitivo, así que quizá no lo conociera.

—¿La choza que están reformando los Henderson? Sí, claro. ¿Estás ahí?

—Lo estaré más tarde. Pásate por allí a las ocho, te estaré esperando en la entrada trasera.

Tenía una llave del club de Delilah y estaba seguro de que a Finlay no le importaría que me hicieran una entrega allí.

—Un momento, ¿crees que voy a hacerlo en persona? —Carter se rio con incredulidad—. No soy mensajero, Coldwell. Tengo gente que se encarga de eso.

Pues claro que sí, pero no le serviría de nada.

—De ninguna manera. No quiero que nadie sepa que hemos estado en contacto.

—De acuerdo, iré yo mismo —replicó en tono hastiado, pero no me engañaba; estaba contento de no tener que lidiar más conmigo.

—Te doy una hora. Si no apareces…

—Lo he entendido. Allí estaré.

A las ocho menos veinte aparqué junto a la entrada lateral reservada para los futuros clientes de Delilah. Estaba nevando de nuevo, esta vez con más intensidad, y hacía un viento frío y desagradable. Afortunadamente, conducía una camioneta que no tenía problema con la nieve, ya que, a pesar de que los quitanieves habían despejado las grandes avenidas, aún no habían llegado al resto de las calles.

Al cruzar los apenas diez metros que separaban el coche del hotel, me cayó tanta nieve que tuve que sacudirme la chaqueta antes de abrir la puerta. Sin embargo, en cuanto lo hice, vi el enorme cartel de advertencia en rojo y recordé que acababan de poner el suelo y que no podía pasar por allí. Así que volví a cerrar la puerta y me abrí camino hasta la puerta principal. Habían desmontado la puerta giratoria y el hueco estaba tapiado, pero a uno de los lados había una puertecita estrecha. Por suerte, la llave también encajaba aquí. Cuando entré en el vestíbulo, encontré allí a Finlay, con un abrigo y poniéndose una bufanda alrededor del cuello.

—Hola, tío. ¿Qué estás haciendo aquí? —Me miró sorprendido. Con razón, porque sabía lo del suelo y porque el tiempo no invitaba a una visita espontánea.

—Yo... —Busqué una respuesta. No era que no confiara en Finlay; al fin y al cabo había elegido su hotel para hacer la entrega de esas imágenes que podrían ser confidenciales. Simplemente no sabía cómo explicárselo sin entrar en mucho detalle.

—Jess, hola. —La aparición de Edina me ahorró tener que contestar. Salió al vestíbulo y empezó a ponerse el abrigo con una expresión en el rostro que no supe identificar—. Esto sí que es una coincidencia.

—¿Coincidencia? —pregunté. Y supe a qué se refería en cuanto vi que no estaba sola. Mi corazón dio un vuelco—. Helena —pronuncié en voz baja.

Era algo que no esperaba, a pesar de que ya nos habíamos visto aquí con anterioridad. Desde la noche en el casino, hacía más de tres semanas, no nos habíamos encontrado, pero esta vez no me sorprendió que nada hubiera cambiado. Probablemente podría dejar de verla durante cien años y, aun así, me descompondría al hacerlo de nuevo. Siempre nos pasaba. Era algo hermoso y terrible al mismo tiempo.

—Hola.

Se plantó allí con su jersey de punto fino y sus vaqueros, y su mirada se tornó insegura antes de agachar la vista. Todo mi cuerpo se tensó. Quería estar con ella, hablar con ella, besarla, y mucho más. Quizá se debiera a que parecía mucho más accesible que en el Plaza. El vestido que había llevado entonces era impresionante, pero esta Helena de ahora, con jersey y vaqueros, era mi Helena. En realidad, no. Nunca lo había sido. No de verdad.

—Tenemos que irnos —dijo Edina tras echar un vistazo al reloj—. Helena, ¿vienes? Clark te llevará a casa cuando nos deje en el Henderson —lo dijo como si ese fuera el plan original y creyera que mi presencia podía alterarlo.

—Sí, me vendría genial, gracias —asintió Helena, que continuó evitando mi mirada, determinada a cumplir nuestro acuerdo.

Me acordé del motivo por el que había venido y que todavía no le había contado mi discusión con Carter. ¿Podría hacerlo ahora? Los dos estábamos aquí y afuera estaba nevando. No parecía probable que alguien nos pillara.

«Ya, ¿y crees que sería inteligente?».

Helena ya estaba en la puerta cuando la detuve.

—Espera —le pedí—. ¿Tendrías un momento para mí?

Me convencí de que solo lo hacía por las imágenes de seguridad. Carter las traería aquí y era la oportunidad perfecta de que Helena también las viera, pero lo cierto era que no se trataba de eso.

Ella se quedó quieta, como si estuviera pensándolo, y luego asintió y se giró hacia Edina y Finlay.

—Marchaos vosotros —dijo—. Yo llamaré al chófer de mis padres para que me lleve a casa.

—De acuerdo. —Sonrió Edina—. Gracias por tu ayuda. Ya hablaremos.

Extendió la mano hacia Finlay y este la aceptó, rodeó a Edina con sus brazos y le dio un beso en el pelo. Sentí envidia. Lo habían conseguido. Seguro que no había sido fácil, pero estaban juntos. Ojalá alguien pensara lo mismo de Helena y de mí dentro de unos años. Lo más probable era que pasáramos a la historia de Nueva York como una de las parejas más trágicas, si es que alguien se acordaba de nosotros. «Si nuestros hermanos no hubieran muerto, quizá habríamos tenido una oportunidad. Pero ¿así? Había sido un despropósito desde el principio».

Finlay me miró.

—Hoy pasaremos la noche en el Hotel Henderson, porque Edina dice que necesita una ducha que no escupa el chorro de agua. Cuando os vayáis, ¿podríais cerrar la puerta? Ya tienes la llave.

—Lo haré —afirmé, y los dos desaparecieron en el exterior, donde caían gruesos copos de nieve y el viento aullaba con fuerza.

En cuanto se cerró la puerta, solté aire y no volví a respirar de inmediato. Helena se rodeó con los brazos sin atreverse a mirarme. El aire parecía pesado por lo que se interponía entre nosotros y electrizante por lo que nos unía. Solo tenía que dar dos pasos para poder tocarla. Para poder acariciarle la mejilla con la mano. Para oír cómo cogía aire y me correspondía, sus dedos vagando por mi torso, mis hombros y mi cuello. Me parecía inevitable que sucediera, pero no sucedió.

Era consciente de que había sido yo el que había dicho que no podíamos vernos más, ni en secreto ni en público, pero no podía soportarlo. Al contrario que ella, o eso pensaba yo, hasta que levantó la vista y me miró a los ojos. Entonces vi que la inseguridad había desaparecido, para dejar paso a una combinación de deseo, ira y dolor, la misma mezcla que me dejó boquiabierto la primera vez que nos vimos. Lo mismo que yo sentía. Debería haberme reprendido por haberle pedido que se quedara, pero no lo hice.

Simplemente me quedé allí plantado, mirándola, mientras el fin del mundo se desataba en el exterior.

31

Helena

Quedar con Edina cumplió con su propósito. No pensé en Jess en el par de horas que estuvimos revisando el diseño de los folletos y discutiendo los diferentes tours que podíamos ofrecer. Pero, como el universo había demostrado ser mi peor enemigo en numerosas ocasiones, esta agradable distracción terminó cuando acabé corriendo hacia los brazos del hombre al que quería desterrar de mis pensamientos. Y que me había preguntado si tenía un momento para él.

Por mucho que intenté contenerme, en el instante que nos quedamos a solas, supe que todo ese esfuerzo había sido en vano. Porque siempre sería Jess, y nunca podría mirarlo sin desear que estuviéramos en el mundo paralelo con el que había soñado.

No sé cuánto tardó él en romper el silencio que se había hecho entre nosotros.

—Carter ha vuelto a Nueva York —dijo.

La decepción de que esta información fuera el motivo por el que me había pedido que me quedara solo duró unos instantes, porque entonces mi cerebro se centró en el caso de Valerie y, aunque la tensión entre nosotros no desapareció, sí que pasó a un segundo plano.

—¿Ya has ido a verlo?

Jess asintió.

—Estuve ayer con él y le... hice unas preguntas.

Abrí los ojos de par en par.

—¿Qué tipo de preguntas? —No era que no aprobara que hubiera hecho hablar a ese cretino, pero me habría gustado estar allí.

—Simplemente lo asusté un poco, nada más.

Jess sonrió de lado, pero tuve la sensación de que se había quedado corto. Era una persona maravillosa y tenía buen corazón, pero podía ser despiadado cuando se sentía engañado. Lo había visto con Pratt.

—¿Conseguiste algo? —Yo no logré nada, pero también fui lo bastante ingenua como para pensar que Carter me estaba diciendo la verdad. Jess asintió.

—Podríamos decir que sí. No solo admitió que envió a Pratt para provocar que se separaran, sino que después volvió al Vanity para ofrecerle un hombre sobre el que llorar a Valerie, que obviamente no lo necesitaba. El muy cabrón, además, manipuló las imágenes de las cámaras de seguridad e insertó un vídeo bucle del pasillo para que nadie supiera que había estado allí.

Proferí un grito ahogado.

—¿Que hizo qué? Pero eso significa... significa...

¿Podría haber estado allí otra persona? ¿Alguien que estuviera con Val y Adam antes de su muerte? La mera posibilidad de que fuera así me provocó una presión en el pecho. No sabía qué haría si se daba el caso.

—Sí. Es posible. Afortunadamente, Carter guardó las imágenes eliminadas por si acaso. Dice que no había nada en el vídeo, pero no me fío de él ni un pelo. Por eso viene de camino para dármelas. —Jess miró su reloj—. Llegará dentro de poco, hemos quedado en la puerta lateral.

—Pues vamos —afirmé.

—Tal vez sería mejor que tú... —empezó Jess, pero ya sabía qué quería decirme.

—No me verá, no te preocupes.

Salimos del vestíbulo y nos adentramos en el pasillo que había a un lado. Era estrecho y estaba oscuro, y mi brazo se rozó con el de Jess. Ese roce accidental era el primero en semanas y me dejó sin respiración. Me quedé quieta y mascullé una disculpa.

—No pasa nada —dijo Jess, y sus palabras me erizaron el vello del brazo de forma placentera. Su voz grave con acento neoyorquino me hacía vibrar como si estuviéramos en la misma frecuencia. Se acercó y vi en sus ojos el mismo deseo desesperado que yo sentía. Estiré la mano hacia él, queriendo algo más que un simple roce, mucho más. Jess me imitó y pronto estuvimos tan cerca que pude sentir su aliento en mi rostro. Mis dedos rozaron su jersey. No podía soportarlo ni un segundo más.

De repente, se oyó un fuerte chasquido. La luz se apagó y todo el pasillo se quedó a oscuras.

—¿Qué ha pasado?

Solté a Jess, mi corazón se aceleró, aunque esta vez por motivos diferentes.

—No lo sé. —Me di cuenta de que estaba conteniendo la respiración—. Quizá hayan saltado los plomos. —Se acercó a mí, sacó su teléfono y encendió la linterna. Una luz azulada iluminó la moqueta y las paredes desnudas—. Deberíamos ir arriba para ver si solo afecta a este piso.

Las escaleras no estaban muy lejos, pero todos los pisos en los que nos detuvimos para presionar un interruptor permanecieron a oscuras. Y cuando llegamos al último piso, descubrimos por qué: un vistazo por la ventana de la cocina de Edina y Finlay nos dejó claro que no solo afectaba al hotel. Afuera todo estaba en penumbra. Más de lo que nunca había visto en Nueva York.

—Parece que ha habido un corte de luz —dijo Jess, que se encontraba a mi lado. Apagó la linterna de su móvil—. Toda la manzana está a oscuras. Puede que incluso todo Manhattan.

Supuse que se debía a la nevada. No era la primera vez que se iba la luz por culpa del mal tiempo, pero era la primera vez que me encontraba fuera de casa cuando sucedía. Respiré hondo. No me sentía cómoda.

—¿Te da miedo la oscuridad? —preguntó Jess en voz baja y sentí un cosquilleo en la boca del estómago. El corte de luz me inquietaba, pero la presencia de Jess me perturbaba de una forma muy distinta.

—Solo cuando sé que no puedo encender ninguna luz —admití.

—No te preocupes, seguro que vuelve en…

El tono de su móvil lo interrumpió y pulsó en la pantalla para aceptar la llamada. No encontré nada significativo en su ceño fruncido y sus cortas respuestas, así que tuve que esperar a que terminara.

—Era Carter. —Suspiró insatisfecho—. Las calles hasta el Vanity están totalmente bloqueadas y no puede llegar. Además, el corte de luz parece ser un problema más serio, dice que su padre tiene contactos con la empresa y que se ha producido una avería en una de las líneas importantes por culpa de la tormenta y que tardarán varias horas en que todo vuelva a funcionar.

—De acuerdo —dije expectante, porque no sabía qué significaba eso, para nosotros, en este momento.

—Me parece que vamos a tener que pasar aquí la noche —afirmó Jess—. Primero porque el tiempo está imposible, y segundo porque nunca sabes qué puede pasarte ahí fuera cuando no hay luz.

No respondí nada, porque yo también pensaba que tenía razón. Mis padres estaban en casa de unos amigos y seguramente pasarían allí la noche, así que nadie me echaría en falta hasta mañana por la mañana. Además, sabían que había ido a ver a Edina y darían por sentado que aquí estaba a salvo. «Si ellos supieran…». Solo de pensar que Jess y yo íbamos a pasar aquí toda la noche, me entró calor. Por suerte, no sabía si él estaba pensando en lo mismo, pero sí que sentía que la tensión iba aumentando entre nosotros.

—Deberíamos buscar a ver si podemos… tener algo de luz —dije y, con manos temblorosas, saqué mi móvil del bolsillo de mis pantalones y encendí también la linterna.

La pequeña sala se iluminó y fui en busca de los armarios de la cocina. No tenía ni idea de si Edina y Finlay eran especialmente románticos, pero esperaba que hubiera velas escondidas en algún sitio. Mientras buscaba, era consciente de lo cerca que Jess estaba en todo momento. También cuando las encontré y le dije que Edina y Finlay tenían un salón al final del pasillo. O cuando allí dispusimos los candelabros y yo me encargué de encender las mechas mientras Jess reavivaba las brasas de la chimenea con leños hasta conseguir un fuego crepitante. Era como si la tensión nos envolviera y nos acercara cada vez más, hasta que nos encontramos en medio del salón, y nuestras miradas se cruzaron. Y fue inevitable.

En los ojos de Jess vi esa tristeza que ya me resultaba familiar, pero también algo más que crecía en intensidad a cada segundo. Me acarició los dedos y luego subió por los brazos, poniéndome la piel de gallina por todo el cuerpo.

—Jess... —supliqué, aunque no sabía qué estaba pidiendo. ¿Que parara? De ninguna manera, aunque hubiera una mínima parte de mi razón que me dijera que no era lo correcto. Me percaté de que mi autocontrol se estaba debilitando. Era el único capaz de conseguir con un roce que solo pensara en él, en besarlo, sin pensar en lo que podía perder, sin pensar en las consecuencias.

—¿Qué? —preguntó en un susurro, y esa palabra me sonó tan tentadora que apenas logré responder. Pero tenía una respuesta, más clara que el agua, porque hacía tiempo que había tomado una decisión.

—Pregúntamelo —susurré y supe que no necesitaría más información.

—¿Estás segura de que esto es lo que quieres? —preguntó, aunque ahora solo nos separaban unos centímetros y estábamos respirando el mismo aire. Supe que él nunca sería quien se interpondría entre nosotros, por ningún motivo. Siempre querría estar conmigo, sin importar el precio que tuviera que pagar.

Lo miré un instante y en sus ojos ya no vi dolor, solo determinación. Y la voluntad de ceder al deseo. Semanas atrás me había dicho que era imposible que fuera más difícil, y tal vez tuviera razón. Siempre nos dolería no poder estar juntos. ¿Por qué no aprovechar la oportunidad que se nos presentaba? Una noche en la que nadie podría encontrarnos, nadie podría molestarnos. Una noche solo para nosotros.

—Nunca he estado más segura de nada —susurré junto a sus labios.

Y entonces, lo besé.

Había sido cosa del destino, me percaté cuando nuestros labios se juntaron. Desde el momento en el que dijo que debíamos pasar la noche aquí. La atracción entre nosotros era demasiado fuerte y la razón ya no podía ponerse en contra. Llevaba aguantando medio año.

Ya no podía seguir resistiéndome.

Rodeé su cuello con mis brazos y lo besé, y fue como volver a casa después de un viaje largo y frustrante. Jess posó las manos en mi espalda para acercarme a su cuerpo y yo cedí sin impedimentos hasta que mi pelvis chocó con la suya y noté que él quería esto tanto como yo. Lentamente, saboreándolo, abrí los labios y aguardé a que llegara. Sentí la sonrisa de Jess antes de que respondiera y se sumergiera en mi boca. Como si fuera una broma, rozó su lengua contra la mía, y las entrañas me dieron un vuelco.

«Joder, qué bien sienta».

El beso fue intenso y profundo, pero no fuimos capaces de tomarnos nuestro tiempo. Aunque no había luz, la tormenta arreciaba en el exterior y nadie nos molestaría aquella noche, había pasado demasiado tiempo como para ir con paciencia. Jess me rodeó con los brazos y nos dejamos caer sobre los cojines del viejo sofá, él sobre mí, sin que nuestros labios se separaran durante un segundo. Sus cabellos se soltaron y yo enterré los dedos en sus rizos como hacía tiempo que no había hecho. No pensé en lo que nos depararía el mañana. Solo me interesaba el ahora. Un ahora en el que estábamos juntos, tal como queríamos.

Aunque aún no me encontraba lo suficientemente cerca de él, todavía había demasiada tela entre nosotros que debía desaparecer de inmediato. Llevó los dedos al dobladillo de su jersey y acaricié los músculos fuertes bajo la piel suave y lisa. Cargada de anticipación subí el jersey y casi me quedé sin respiración cuando Jess se lo quitó y lo tiró al suelo. «Joder». No me había olvidado de lo increíblemente bueno que estaba, pero aquí, bajo el parpadeo de las velas y el fuego, su cuerpo parecía de otro mundo.

Jess se estremeció cuando le pasé los dedos por el pecho y el abdomen para asegurarme de que era real. Pero, cuando se inclinó y me besó con fuerza y desesperación, supe que estaba viviendo una realidad. Él me imitó y metió las manos por debajo de mi jersey de lana, que ya empezaba a darme demasiado calor. Me incorporé levemente para que pudiera sacármelo por la cabeza y cerré los ojos cuando Jess volvió a besarme.

Me acarició la piel del cuello y siguió con la boca, deslizando los tirantes de mi sujetador y tocándome los pechos. Sus caricias no eran pacientes, pero por eso mismo eran infinitamente más intensas, y cada una de ellas me hacía sentir que volvía a ser yo misma. Porque había decidido que no quería prohibirme esto y porque al fin estaba donde debía estar.

Jess volvió a acercarse y me besó de nuevo, se deslizó hacia atrás en el sofá, con las manos en la cintura de mis vaqueros, y empezó a bajarlos con lentitud, manteniendo el contacto visual en todo momento, como si quisiera asegurarse de que me parecía bien lo que estaba haciendo. Si hubiera sabido cuántas veces había recreado en mi mente este momento…, no lo habría dudado ni un segundo. Levanté un poco la pelvis para que pudiera quitarme los pantalones y gemí levemente mientras subía por mis piernas hasta deslizar los dedos por debajo de la cinturilla de mis bragas.

«¿Te parece bien?». No tuvo que hacer esa pregunta en voz alta y yo supe que no necesitaba respuesta. Aunque se la ofrecí de todos modos: me quité lo que me quedaba de ropa interior sin romper el contacto visual y abrí las piernas. Jess se tomó su tiempo besándome la cara interior de los muslos, hasta que al fin cedió a mis súplicas y sus labios llegaron a mi vulva.

En muchas ocasiones había pensado en lo bien que se le daba volverme loca de esa forma, pero me dio la impresión de que ahora lo hacía mejor, una vez familiarizado conmigo y con mi cuerpo. Parecía conocer el significado de todos mis movimientos y lo que necesitaba para llevarme al borde del clímax una y otra vez, hasta que sentí que la presión en mi interior se volvía demasiado intensa. Esta vez no detuve a Jess, porque no tenía el control para hacerlo. En su lugar, abrí un poco más las piernas y él captó la indirecta al instante. Se movió más concentrado y más rápido, una perfecta combinación de lengua y dedos hábiles. Cuando metió un segundo, gemí con fuerza y, unos instantes más tarde, arqueé la espalda y me corrí, mientras Jess me sostenía con firmeza, con su boca aún presionando mi punto más sensible. Fue una sensación increíble perderse de esa forma, y la oleada de placer que me recorrió el cuerpo fue intensa y menguó poco a poco. Jess se inclinó sobre mí en el sofá, me besó casi perezosamente y me saboreé al tocar su lengua.

—¿Quieres que paremos? —me preguntó en el oído con sorna. ¿No era eso lo que yo le había dicho la última vez? ¿Cómo podía convertirlo en un chiste recurrente cuando yo ni siquiera sabía cómo me llamaba?

—Solo un poco —respondí.

Sentí su sonrisa más que verla, y se tumbó a mi lado rodeándome con los brazos. Aunque podía notar su erección contra mi muslo y me imaginaba lo duro que debía de ser para él no seguir haciéndolo, fue amable y no me presionó.

Respiré hondo unas cuantas veces y me di cuenta de que no podía estar junto a Jess sin besarlo. Mis labios encontraron los suyos y siguieron hasta el cuello, rozándolo hasta que noté que jadeaba. Lentamente, pasé mis dedos por su torso, sobre su abdomen, hasta que llegué a sus vaqueros y metí la mano dentro. Agarré su miembro y moví los dedos poco a poco, hacia arriba y hacia abajo, escuchando su respiración entrecortada y mirándolo a los ojos hasta que él cerró los suyos. Ver a Jess mordiéndose el labio para contenerse hizo que me excitara de nuevo.

Quería más, así que aparté la mano, me incorporé y me senté en la parte posterior del sofá, donde me eché el pelo hacia atrás. Jess abrió de nuevo los ojos y me contempló con una mirada apasionada cuando le quité los pantalones y los calzoncillos, me incliné y rodeé su miembro con mi boca. El gemido que trató de reprimir por todos los medios sonó muy parecido a mi nombre y sonreí, porque me gustaba saber que era responsable de ese placer. Tomé confianza y fui variando la presión y la velocidad de mi lengua, primero lento y luego rápido otra vez.

Hasta que Jess me detuvo.

—Joder, tienes que parar —me suplicó en un susurro entrecortado—. Ahora soy yo quien necesita una pausa.

En sus ojos vi que no tenía pensado correrse así, y me acerqué, mi cuerpo contra el suyo, su piel contra la mía, y no me quedó más que darle la razón. Todo lo que habíamos hecho hasta ahora había sido fantástico, pero todavía quedaba lo mejor.

Jess recorrió mi vientre hasta llegar a mi entrepierna, donde me acarició y sintió que yo estaba más que lista para él. Cerré los ojos y moví mis caderas en su dirección. Sí, joder, ya era hora. Pero entonces se detuvo.

—Mierda, necesitamos... —No tuvo que terminar la frase; sabía a qué se refería.

—Espera, yo tengo algunos aquí.

Fui en busca de mi bolso, que estaba junto al sofá, me agaché y encontré dos condones que siempre llevaba conmigo.

Jess fue cuidadoso, aunque por la tensión de sus músculos supe que estaba requiriendo de todo su control. Tomé aire, lo besé con intensidad y levanté las caderas. Él llevó su mano por debajo de mi rodilla para doblarla y sentí una ligera presión cuando entró dentro de mí. Hacía casi siete meses que no me acostaba con nadie, pero, aun así, no hubo resistencia, solo anticipación y esa maravillosa sensación de tenerlo dentro de mí. Mi cuerpo lo había echado en falta todo este tiempo. Y ahora por fin volvía a suceder.

No tardamos mucho en encontrar un buen ritmo, como si hubiéramos estado en sintonía desde el principio, aunque no nos habíamos acostado muchas veces. Las caderas de Jess chocaron contra las mías y yo gemí su nombre, porque no podía ni quería contenerme. Su lengua me pasó por el cuello, y luego de nuevo por la boca, donde se encontró con la mía, y yo abrí más los labios para besarle con más intensidad. Pero entonces salió de mí, se sentó con la espalda contra el respaldo del sofá y me extendió una mano.

—Ven aquí —me dijo con voz áspera, y yo me subí sobre su regazo, agarré su miembro y lo metí de nuevo en mi interior. Jess me rodeó con los brazos y yo empecé a moverme, marcando el ritmo, besándolo, jugando con su lengua hasta que gimió en mi boca.

Sentí que se acercaba mi orgasmo e intensifiqué mis movimientos para que Jess se corriera conmigo cuando llegara al clímax. Poco después, mi vagina apretó con fuerza y, unos segundos más tarde, Jess gimió conmigo, sentí que todo su cuerpo se tensaba y noté su cálido aliento en mi cuello, abrumados por un violento estremecimiento. No tenía ni idea de qué pasaría, pero sabía que, costara lo que costara, esto merecía la pena.

Vaya si merecía la pena.

32

Jessiah

—¿Es así como te imaginabas tu cumpleaños? —Helena sonrió con malicia y me encantó verla tan feliz en aquel momento, en mis brazos, diez minutos después de haber llegado al orgasmo juntos. Y lo mejor de todo era que yo me sentía igual. Ligero. Ingrávido. Lo que me habría gustado que el mundo exterior siguiera adelante sin nosotros. Me incliné y la besé suavemente.

—No, para nada. Nunca habría imaginado que este día acabaría siendo tan perfecto.

—¿Con una tormenta de nieve y sin luz eléctrica? —bromeó.

—No. —Levanté la vista y, por un momento, me puse serio—. Contigo.

Vi lágrimas asomarse a los ojos de Helena, pero sonrió y supe que no eran de tristeza, sino de emoción.

—Te he echado de menos —susurró, y se acurrucó más.

—Yo a ti también, amapola.

Dejé caer la cabeza hacia un lado para que mi mejilla rozara la sien de Helena y recorrí la habitación con la mirada. Era una especie de salón, con este viejo sofá de pana y una gruesa moqueta. El fuego ardía en la chimenea y, junto a las velas, inundaba toda la habitación de una luz cálida y acogedora. Tampoco es que pudiera sentir frío después de lo que acabábamos de hacer.

Permanecimos callados unos minutos, en un silencio cómodo, simplemente satisfechos de estar junto al otro. Sentía el cuerpo de Helena contra el mío, su respiración tranquila, sus latidos sosegados. Para mí, se trataba del momento en el que más paz había sentido desde aquella noche de mayo. Porque todo iba bien cuando estábamos juntos, incluso si quienes nos rodeaban decían lo contrario.

En el exterior, el viento aullaba y las ventanas vibraban.

—Ahí fuera se está desmadrando —comentó Helena, aunque no parecía descontenta por ello. Subí la manta que habíamos encontrado, más para contener mis pensamientos que por necesidad. Me gané un gruñido de la chica que estaba a mi lado.

—¿Qué pasa?

—Si sigues subiendo la manta, dejaré de verte.

Me pasó los dedos con suavidad por el torso. Solté una carcajada.

—Ah, es eso. Debería haber sabido que solo buscabas eso.

—Sí, Jessiah, así es —replicó en tono burlón, y se apoyó sobre un codo para verme mejor—. Cuando digo que te he echado de menos, sobre todo me refiero a tu cuerpo.

Sonreí de lado y le aparté el pelo, que le caía en cascada por la espalda como una cortina de seda. La réplica me quedó acallada en la garganta porque, cuando volvimos a mirarnos, los ánimos cambiaron, así que no dije nada, solamente levanté su rostro y la besé, en la boca, en la mejilla, en el cuello, hasta que llegué a la clavícula. Helena gimió levemente y se acercó aún más, lo cual me encantó.

—Todo para ti —susurré finalmente, más que listo para volver a aparcar mis pensamientos. Sin embargo, cuando mis dedos acariciaron el vientre de Helena, oí un rugido. Era de su estómago, y nos quedamos quietos—. Empieza a convertirse en un clásico —comenté riéndome.

Helena se llevó una mano a la barriga.

—Sí, mi estómago va por libre.

—Vale, lo capto. —Me separé con cuidado de ella y me puse en pie—. Voy a ver si los Henderson nos han dejado algo de comer.

No albergaba muchas esperanzas, ya que sabía que les encantaba comer fuera y jamás había escuchado que supieran hacerse algo de comer. Aun así, a veces la gente tenía algún que otro ingrediente en casa con lo que se podía preparar algo. En Australia, Paul y yo siempre improvisábamos y nos salía bien.

Me puse los calzoncillos y salí descalzo del salón, usando mi móvil como linterna. En la cocina encontré varias botellas caras de alcohol, pero nada comestible, salvo unas cuantas bolsas de patatas. El frigorífico también estaba vacío, solo había bebidas. Era evidente que Edina y Finlay jamás habían cocinado aquí, así que cogí un par de bolsas de la despensa y una botella de whisky y unos vasos de la estantería. Supuse que no les importaría y, como era escocés, confiaba en que fuera de buena calidad.

—Espero que no tengas mucha hambre —le dije a Helena cuando regresé—. Porque no hay nada de comer, solo patatas.

—¿Cómo que «solo patatas»? —me preguntó indignada—. Somos estadounidenses, podemos alimentarnos de patatas durante semanas sin que nos dé un infarto.

Sin embargo, dejó las bolsas sin abrir en el suelo y, en su lugar, me arrastró de nuevo al sofá.

—Has estado lejos demasiado tiempo.

No aclaró si se refería a haberme ido a la cocina o a los meses que habíamos pasado separados, pero no pregunté, sino que me recosté a su lado y suspiré con satisfacción mientras ella me alzaba el mentón para volver a besarme. Esta vez fue tierno y cariñoso, la pasión anterior se había esfumado con el rugido del estómago. Pero no me molestó. Teníamos toda la noche, y quería disfrutar de cada segundo con Helena.

Un rato después, volvió a sentir hambre, se incorporó, se puso mi camiseta y cogió una de las bolsas de patatas. Capté la indirecta, cogí los vasos y los llené.

—Primero mi estómago, luego el whisky, por lo visto empezamos a tener tradiciones —afirmó Helena—. Y eso que apenas nos hemos visto.

Un velo oscuro se asomó a sus ojos y lamenté que el pesar se hubiera vuelto a instaurar entre nosotros.

—Ahora sí nos vemos —dije en voz baja, y acaricié con suavidad su brazo.

—Sí, y me alegro. Pero me gustaría que no tuviéramos que esperar a un estado de alarma para conseguirlo. —Dio un sorbo al whisky y me percaté de que le quemaba la garganta—. Pero así encaja mejor en mi vida.

Lo dijo tan sombría que me preocupé de inmediato.

—Habla conmigo, amapola —le pedí—. ¿Qué sucede?

Helena sacudió la cabeza.

—No. No quiero estropear el momento. Solo tenemos una noche y no... no quiero arruinárnosla.

—No harás nada de eso. —Habría dado todo lo que estaba en mi mano por mantener este estado de felicidad un poco más, pero para mí era más importante ayudarla—. Quiero saber cómo estás, qué te preocupa. Dímelo, por favor.

—¿Por dónde empiezo? —Contempló su vaso—. Lincoln le ha pedido hoy a mi padre que le permita romper el compromiso que tiene con Paige para poder estar con la mujer a la que verdaderamente ama. Pero, por supuesto, mis padres nunca le darán permiso. Los Weston tenemos que cumplir nuestras promesas, eso ha dicho mi padre. No le importa si Lincoln es infeliz, aunque lo sea toda su vida.

—¿Y va a hacer lo que le dice?

Recordé lo que me contó hacía un par de semanas, en el coche de camino a Riverhead, que como Weston tenían que dejar a un lado sus propias necesidades. Incluso ahora me preguntaba por qué. Las apariencias de una familia no eran cuestión de vida o muerte. O quizá sí, teniendo en cuenta lo que le sucedió al padre de Helena.

—No lo sé —negó con la cabeza—. Una parte de mí desearía que dejara a Paige para que cambiara algo en mi familia, pero no pasará tal cosa. Y si Lincoln se va, ¿en quién depositarán todas sus esperanzas?

Era una pregunta retórica y no respondí. Me dolía mucho ver a Helena así, tan impotente y triste. Cuando la conocí, era una chica llena de vida, tal vez no fuera feliz, pero estaba decidida. Ahora parecía rota y desesperada, y más a cada día que pasaba. Mientras buscaba qué decir para consolarla, siguió hablando.

—A veces tengo la sensación de que mi vida ya no me pertenece —dijo con voz temblorosa—. Y que cuanto más tiempo paso en esta situación, más me pierdo en mí misma. Quiero evitarlo, pero no sé cómo.

Me incliné hacia delante y posé una mano en su rodilla para que alzara la vista hacia mí.

—Sabes que mi oferta sigue en pie —dije con calma—. Una palabra tuya y me aseguraré de que puedas tener una vida si tus padres quieren arrebatártela.

—Lo sé, y te estoy agradecida por ello, pero no sería la vida que quiero. —Me miró y entendí la realidad en sus ojos. No estaba hablando de sus padres, sino de mí. Y de nuevo me pregunté por qué estábamos condenados a querernos tanto si no podíamos estar juntos. Entre nosotros no había una relación tóxica como le pasaba a mucha gente, nos tratábamos bien, increíblemente bien. Es imposible sanar a otra persona, pero sí sanar juntos porque compartíamos el mismo dolor. Sin embargo, ahí estaba el muro que parecía inexorable y, hasta el momento, no había encontrado la manera de derribarlo sin enterrar a nadie por el camino.

—¿Qué puedo hacer? —Tenía que haber algo que me hiciera sentir menos impotente. Helena sonrió irónicamente.

—Nada. Tarde o temprano nos encontraremos durante una tormenta de nieve en un viejo hotel y sabremos que todo lo que intentemos será en vano. —Se acercó a mí de nuevo y me acarició la mejilla y el pecho—. ¿Por qué tiene que ser así? ¿Cómo puede ser algo que nos haga sentir tan bien y a la vez causarnos tanto dolor?

—No lo sé —susurré.

—No es justo —siguió hablando—. Me encantaría estar contigo, hablar contigo, escucharte… Nada me gustaría más. Pero todo lo que siento cuando estoy contigo acaba siendo destrozado tarde o temprano. Lo sé y, sin embargo, no puedo evitar quererte, desear que estemos juntos.

Deslizó los dedos hacia abajo. Respiré hondo y sentí un revoloteo en mi estómago... y una clara tensión en la ingle. En aquel momento me sentí incapaz de tomar la iniciativa en esa dirección, pero tampoco podía resistirme a sus caricias, así que, para no sentirme como un mierda y olvidarme de mis preocupaciones de esa manera, elegí la salida elegante. Cogí mi vaso y me puse fuera de su alcance.

—Vaya, ya te he amargado la noche, ¿verdad? —Sacudió la cabeza.

—No, no te preocupes.

Su mirada barrió mi cuerpo y pareció entenderlo, porque compuso una sonrisa cómplice y mucho más despreocupada. Un segundo después, se encontraba sobre mi regazo, con los brazos alrededor de mi cuello y las caderas presionando las mías de una forma en absoluto inocente.

—Olvidémonos de eso, ¿vale? —ronroneó en voz baja—. Solo por esta noche.

Mi respuesta fue un beso intenso y apasionado. Y me prometí a mí mismo que haría lo que fuera por satisfacer sus deseos.

Lo que fuera.

33

Helena

A la mañana siguiente, cuando me desperté, estaba sola. Las velas se habían consumido durante la noche y, aunque Jess había añadido un par de leños antes de irnos a dormir, el fuego se había apagado hacía mucho. Me incorporé, me llevé la manta al pecho y miré en derredor. Ya se veía luz en las ventanas y era capaz de distinguir los edificios, así que seguramente habría dejado de nevar. ¿Dónde estaba Jess? Estaba recostada entre sus brazos cuando me dormí, mis piernas entrelazadas con las suyas, acurrucada junto a él. ¿No debería haber notado que se había despertado?

Al parecer no, y eso me preocupaba. Tal vez se hubiera ido en cuanto se despertó y se dio cuenta de que la tormenta se había calmado. Pero ¿por qué haría tal cosa? Lo que sucedió la noche anterior había sido perfecto, incluso mejor que la última vez. Había sido una experiencia cercana, cálida e increíblemente auténtica. No solo por el sexo, también por las conversaciones. Había disfrutado cada segundo y estaba segura de que Jess había sentido

413

lo mismo. No, no se habría ido. Seguramente estaba en la cocina haciendo café.

Me puse en pie, busqué mi ropa y me la puse antes de salir del salón. En el pasillo hacía mucho más frío, así que o bien la luz no había vuelto, o bien la calefacción no se encendía de forma automática. Para cerciorarme, presioné el interruptor que había junto a la puerta. No funcionaba.

Entre las habitaciones había un pasillo que contaba con un gran ventanal con vistas a Nueva York y que dejaba pasar algo de luz. Me encaminé a la cocina y eché un vistazo dentro, pero detuve mis pasos. Debajo de la ventana, sobre la moqueta oscura, yacía alguien inconsciente e inmóvil.

—¿Jess?

Corrí en su dirección, me arrodillé y miré su rostro. Estaba pálido e inexpresivo, los ojos cerrados. ¿Qué le pasaba? ¿Por qué estaba inconsciente? Le zarandeé un brazo, primero levemente y después con fuerza.

—Jess, ¡despierta, por favor!

No se movió un ápice y el pánico inundó mis venas. ¿Qué debía hacer? Tenía que pedir ayuda. De inmediato. Me palpé los bolsillos en busca de mi teléfono para llamar a urgencias y entonces vi un paquete junto a Jess en el suelo. Era una bolsa, cuyo contenido de polvo blanco se había derramado por el suelo. No tardé en darme cuenta de lo que era. Pero no era posible. Jess no tomaba cocaína.

«¿Segura? Te dijo que la había probado».

Sí, ¿y por qué la iba a tomar ahora? ¿Después de una noche conmigo?

Dejé el bolso, volví a intentar hablar con Jess, lo toqué, desbloqueé el móvil. No había cobertura. Con frustración, lo lancé

414

a un lado y puse las manos en sus mejillas. Estaban frías. Demasiado frías.

—¡Jess, despierta! —grité desesperada.

Siguió inmóvil, incluso cuando lo agarré de los hombros y lo zarandeé con tanta fuerza que la cabeza se meció hacia delante y hacia atrás. Sus rizos rubios le cayeron sobre el rostro, pero no abrió los ojos. A través del jersey, noté lo frío que estaba.

Entonces tuve un presentimiento terrible.

—No… No, por favor…

Me quedé petrificada hasta que extendí la mano y, con dedos temblorosos, le posé los dedos en la arteria del cuello. Aguardé conteniendo la respiración a sentir su pulso, pero no noté nada. ¿Estaría tocando en el lugar equivocado? No, en la muñeca tampoco sentía nada. No. No, por favor. Me llevé una mano a la boca, pero igualmente se me escapó un fuerte sollozo. ¿Qué podía hacer? ¡Tenía que ayudarlo! ¿Debía salir a la calle a pedir auxilio? ¿O sería peor si lo dejaba solo?

—¡Joder!

Cuanto más se me aceleraba la mente, más consciente era de lo que estaba pasando. «No puedes ayudarlo. Es demasiado tarde».

Entonces me desperté.

—¡No!

El corazón me retumbaba, sentía que no podía respirar, grité el nombre de Jess con toda mi alma para conseguir despertarlo. Pero estaba muerto. Lo había sentido. ¿O no?

De repente noté unas manos cálidas sobre mis brazos, sujetándome con fuerza, y escuché una voz firme y grave.

—Helena, estoy aquí. Estoy aquí, todo va bien.

Jess estaba tumbado a mi lado en el sofá, con una expresión preocupada en los ojos. La manta se había deslizado hasta su cintura, seguramente por mi culpa. Necesité un momento para asimilar la realidad que me rodeaba. Una realidad en la que no estaba muerto, sino vivo. Estuve a punto de echarme a llorar cuando me di cuenta.

—Estás aquí —pronuncié antes de echarle los brazos al cuello y acercarme tanto como me era posible—. Estás aquí —repetí una vez más, como si quisiera convencerme de que era verdad.

—Sí, estoy aquí —murmuró él con calma. Me acarició la espalda y me besó suavemente en el hombro—. No ha pasado nada, solo ha sido una pesadilla.

Me aferré a Jess, concentrada en el calor de su cuerpo contra el mío para desterrar esas terribles imágenes de mi mente. Estaba aquí, estaba vivo. Todo iba bien.

—¿Quieres contarme lo que ha pasado? —me preguntó, y su voz me hizo vibrar. Poco a poco empecé a relajarme, aunque sabía que aquella pesadilla me perseguiría durante mucho tiempo.

—Prefiero no hacerlo.

No quería ocultarle nada, pero verlo sin vida me había dado un susto de muerte y, si se lo contaba, tendría que revivirlo de nuevo. ¿Por qué había soñado algo así? ¿Porque tenía miedo a perderlo? Pero ¿por qué justamente ahora que estaba a mi lado?

Quizá porque ahora era mucho peor.

Jess se separó un poco de mí y me apartó un mechón de la cara. Me miró con semblante serio, pero habló con voz suave.

—¿Te sucede a menudo? ¿Lo de tener pesadillas?

Su inquietud cargada de cariño me conmovió, pero negué con la cabeza.

—No, hacía tiempo que no me pasaba. Después de la muerte de Valerie, me ocurrió durante un par de meses en Inglaterra. Mi compañera de habitación tenía que llamar a la supervisora porque gritaba. Pero en algún momento dejé de tenerlas.

Sin embargo, ahora que lo recordaba, el sueño de hoy era muy parecido a los que había tenido sobre mi hermana. Siempre la encontraba tirada en el suelo, en lugares distintos, a veces absurdos, y yo intentaba despertarla. En vano.

Mi ritmo cardiaco empezó a calmarse, aunque me costaba desconectar mis pensamientos. No creía en las premoniciones o en los malos augurios, pero sabía que los sueños significaban algo. Y este intentaba decirme alguna cosa, pero no sabía qué. Debía reflexionar sobre ello, pero ahora no.

—¿Estás segura de que estás bien? —Jess me miró atento.

Asentí y sonreí. Si había algo que no quería, era pasar el poco tiempo que teníamos juntos debatiendo sobre un sueño extraño. Así que me acurruqué sobre Jess, disfrutando de que estuviera a mi lado, y cerré los ojos.

—No me dejes, ¿vale? —supliqué.

—Nunca —respondió en voz baja.

Y aunque no quería, aunque me daba miedo que volviera la pesadilla, la presencia de Jess me resultaba tan tranquilizadora que me quedé dormida de nuevo.

34

Jessiah

Despertarme al lado de Helena fue una de las experiencias más maravillosas que podía imaginar. Saber que nuestra situación no había cambiado en absoluto, una de las peores.

No sabía qué me había despertado cuando abrí los ojos al amanecer y necesité un instante para recordar dónde estaba. Sin embargo, en cuanto vi a Helena en mis brazos, totalmente dormida, me acordé de todo. La noche juntos, el sexo, las conversaciones, la intimidad. Y luego la pesadilla. Aquella mañana sentí que yo también vivía una, ya que en un par de horas tendríamos que marcharnos del hotel, solo que esta vez no tendríamos esperanzas como la última vez que no conseguimos mantenernos alejados el uno del otro. Ahora teníamos la certeza de que la tormenta de nieve nos había concedido por una noche la oportunidad de estar juntos y que no volvería a pasar próximamente. Tal vez nunca.

Con tanto cuidado como pude para no despertarla, la apreté en mis brazos, enterré la nariz en sus cabellos y aspiré hondo, como si así pudiera retener su aroma para cuando no estuviéramos juntos. Qué tontería. Ya la echaba de menos y no podía estar más cerca de mí de lo que se encontraba.

No debí de ser lo suficientemente cuidadoso, o tal vez Helena percibió que estaba despierto, porque se movió con lentitud y abrió los ojos. Cuando me reconoció, compuso una sonrisa. Aunque, a menos que me equivocara, denotaba un poco de tristeza, como si hubiera pensado lo mismo que yo.

—Buenos días —me saludó, y me apartó un rizo de la cara. Un gesto tan tierno y cariñoso que no me alivió el corazón precisamente.

—Lo mismo digo —murmuré, y me aproximé para darle un beso en la frente.

Amplió su sonrisa.

—Me gustaría que hicieras otra cosa.

Sonreí con malicia.

—¿El qué?

—Bésame como hiciste anoche —exigió, y yo cumplí con su petición en ese mismo instante, sumergiéndome en su boca y disfrutando del calor que se extendía por mi cuerpo. Joder, nunca me cansaría de esto. De ella. De nosotros.

Sin embargo, un segundo después se abrió la puerta y dimos un respingo.

—No tengo ni idea de dónde… Ah, ostras, hola. —El semblante de Finlay pasó de la sorpresa a una sonrisa cómplice mientras Helena se tumbaba sobre mí y nos echaba la manta por encima. Finlay señaló a su espalda—. Solo queríamos saber cómo estabais, pero no deseábamos molestar. Perdón. Seguid con lo vuestro, así entráis en calor.

Y con eso, cerró la puerta y oí que se alejaban los pasos y un grito triunfal de Edina que decía: «¡Lo sabía!». No pude contener una sonrisa, al igual que Helena, aunque ambos éramos conscientes de que no íbamos a seguir el consejo de Finlay. Cualquiera diría que ya me daría exactamente igual acostarme con alguien y que lo escucharan otras personas, pero era evidente que había dejado de ser así. No podíamos seguir. Me quedó claro cuando intercambiamos una mirada y Helena se puso en pie.

No dijimos nada mientras nos vestíamos. Encontré su jersey en el suelo y se lo di, ella lo cogió sin apenas mirarme. Luego revisó su móvil, que estaba apoyado de cualquier manera en la repisa de la chimenea. Cuando levantó la vista de la pantalla, me recordó a la mañana después del aniversario de las muertes de Adam y Valerie.

—¿Malas noticias? —pregunté con cautela.

—No —negó con la cabeza—. Pero mis padres enviaron a Raymond a recogerme hace veinte minutos. La electricidad ha vuelto y las calles están más o menos despejadas.

—Bien. —¿Bien? No tenía nada de bueno. Significaba que iba a marcharse, y pronto. No, ya. Incluso con este tiempo, el chófer no tardaría más de media hora en llegar.

Helena era igual de consciente, ya que empezó a buscar sus cosas más rápido y odiaba verla haciéndolo. Entonces, se detuvo de repente y esperé que dijera algo como «Oye, he estado pensando, ¿qué te parecería vernos así más a menudo en el futuro?». Prefería tener una relación secreta que no tener ninguna, sin embargo, Helena no dijo nada parecido, nunca nos pondría por delante de su familia.

—¿Qué hacemos con las imágenes de Carter? —preguntó en su lugar.

—Lo llamaré e iré a recogerlas. Luego me pondré en contacto contigo.

Helena asintió y cogió su abrigo. Estaba a medio camino de ponérselo, cuando lo dejó de repente en el brazo del sofá y se acercó a mí. Corrió a mis brazos y yo la abracé con fuerza, con la mejilla contra su pelo. Sentirla de nuevo antes de separarnos era una sensación maravillosa y, al mismo tiempo, desgarradora.

—Tal vez —masculló contra mi camiseta—, tal vez llegue el día en el que tu madre no pueda hacernos daño.

—Sí, tal vez —respondí con un nudo en la garganta. No albergaba esperanzas de que llegara ese día.

Helena se separó de mí y dio un paso atrás.

—Tengo que irme.

—En cuanto sepa algo, te llamo.

Asintió, cogió su abrigo y se dirigió a la puerta con una sonrisa. Y desapareció mientras yo oía los pasos por el pasillo.

Respiré hondo, me puse el jersey, doblé la manta y me aseguré de que el salón quedaba tal como lo habíamos encontrado anoche. Entonces salí sin volver la vista… y vi que Helena no había llegado muy lejos. Se encontraba al fondo del pasillo, con alguien a quien no reconocí de inmediato.

—¿Carter? —pregunté con incredulidad.

Estaba claro que era él, aunque vestía de una forma inusual. Al contrario que habitualmente, llevaba un chaquetón con el logo de una conocida marca de deportes de montaña, un gorro de lana gruesa, unos vaqueros y botas. Si no fuera por su cara, habría pensado que era otra persona.

—Bonito disfraz —dije con sorna cuando me acerqué a ambos.

—¿Qué crees que diría la gente si alguien me viera entrando en esta chabola? —replicó alzando un poco más la nariz.

—Te he oído, chaval —respondió Finlay, que salía entonces de la cocina—. Y me ha dolido.

—Lo siento, Henderson. Estoy seguro de que la vas a dejar niquelada.

—Por supuesto. —Finlay señaló el ascensor—. Edina y yo estaremos abajo, por si nos necesitáis. —Le lanzó una última mirada molesta a Carter antes de marcharse.

Miré a nuestro invitado inesperado con inquietud.

—¿Qué estás haciendo aquí?

¿Había descubierto un nuevo sentido del deber de repente y quería traerme las imágenes lo antes posible? No le pegaba, aunque quizá sí que habían funcionado las amenazas durante la fiesta.

—Hablar con vosotros. Bueno, en realidad, el plan era hablar contigo, y me he llevado toda una sorpresa al veros aquí juntos. —Sonrió y vi que Helena palidecía.

—Como digas una palabra… —empecé amenazante.

—Tranquilo, tío —me interrumpió—. Vuestro pequeño secreto está a salvo conmigo. Yo tengo muchos.

No sabía si podía creerle, así que decidí no fiarme demasiado.

—Bien, porque si cambias de opinión, se me soltará la lengua a mí también. Por ejemplo, sobre la noche en la que volviste al Vanity. —Carter abrió los ojos de par en par y supe que había captado el mensaje. Así que crucé la puerta de la cocina y la cerré cuando Helena y Carter me siguieron—. ¿Has traído las imágenes?

Carter echó mano al bolsillo interior de su chaqueta y sacó un USB que tenía el logo de una empresa de champán muy caro.

—Toma, aunque tengo que deciros algo que no os va a gustar.

Rodeé el USB con la mano y lo cogí.

—¿A qué te refieres? Teníamos un trato, Fields.

—Así es, y lo he cumplido. En el USB están las imágenes que eliminé del vídeo de seguridad para insertar un bucle del pasillo vacío. Pero les eché un vistazo de nuevo cuando la transferencia de archivos me dio fallo.

No solo estaba poniendo a prueba mi paciencia, sino también la de Helena.

—Suéltalo ya —espetó esta—. ¿Qué había?

—Nada —resopló Carter—. Tal como le dije a tu amante, no aparecía nadie.

—¿Nada? —repetí—. ¿No pasó nadie entre tú y la mujer de la limpieza?

Eso era bueno, ¿no? Era un alivio, pero no me lo parecía y, cuando miré a Helena, vi que ella pensaba lo mismo.

—No quería decir eso. No es que no aparezca nadie porque no pasara nadie, como yo pensaba. Sino porque alguien manipuló las imágenes antes que yo. —Carter frunció el ceño con disgusto—. En los archivos ya habían añadido un bucle. Más corto que el mío, de una hora como mucho.

No esperaba algo así.

—¿Estás seguro? ¿Cómo puedes saberlo?

—Porque sé cómo manipular un vídeo. —Carter puso los ojos en blanco y sacó una tablet del bolsillo para enseñarnos a qué se refería. Las imágenes del pasillo del Vanity parecían del todo normales, incluida la marca de tiempo—. Si se hace bien, la policía no se da cuenta, porque no llaman a los especialistas a menos que tengan alguna sospecha. Probablemente no notéis nada, yo tampoco lo vi cuando las miré por primera vez hace tres años y medio. Pero hay pequeños marcadores, ligeros cambios que son evidentes cuando sabes lo que estás buscando. Creedme, alguien manipuló las imágenes.

No quería saber cuántas veces había hecho algo parecido para reconocer una manipulación experta, pero se me revolvió el estómago. Las náuseas me dejaron sin aliento.

—Es una manipulación muy realista, así que yo diría que lo hizo un profesional —siguió Carter—. Solo abarca una hora alrededor del momento de las muertes. Ya sabéis lo que eso significa, o podría significar.

Sí, lo sabía. Significaba que alguien sí que aparecía en esas imágenes. Y no había muchas probabilidades de que existiera otro ex como Carter que hubiera querido visitar a Valerie. Debía de ser alguien que estuviera relacionado con las muertes.

Tal vez su asesino.

Helena se llevó una mano a la boca, se alejó de nosotros y se dirigió a la ventana, donde permaneció inmóvil mirando a la nada. Entendí cómo se sentía, porque yo también estaba conmocionado.

Durante muchos años, había creído que Valerie había engatusado a mi hermano para que consumiera cocaína y luego Helena me convenció de que no era posible. Pero ahora solo considerar la posibilidad de que no hubiera sido un accidente, un descuido o una mera tragedia me dejaba totalmente trastocado.

—Yo me quedé igual que vosotros, la verdad. Por eso vine tan rápido. —Carter sonaba casi comprensivo.

En ese momento, Helena se dio la vuelta, fue hacia él y lo cogió por la chaqueta.

—¿Tuviste algo que ver? Te juro que como le hicieras algo a mi hermana…

—¡No hice nada! —exclamó Carter—. Por el amor de Dios, Helena, estaba enamorado de Valerie. ¡Nunca le habría hecho daño!

—¡Pero a Adam sí! Me mentiste cuando me contaste por qué estaba allí Pratt. Y volviste al hotel porque creías que Valerie caería en tus maquinaciones absurdas. ¿Por qué no ibas a quitarte de en medio al prometido para tener vía libre? Quizá solo querías hacerle daño a Adam.

—¿Te has vuelto loca? No mataría a una persona para estar con una tía. —Carter negó la cabeza con vehemencia—. ¡Coldwell, díselo!

—Yo no tengo nada que ver con esto.

Al contrario, estaba disfrutando de ver cómo Helena lo presionaba, aunque sabía que Carter no estaba involucrado. Solo era un postureta, hablaba mucho, pero no lo consideraba un asesino. Helena pareció llegar a la misma conclusión, porque lo soltó, y este dio un paso atrás.

—No estaría aquí si fuera el responsable. De ser así, habría eliminado las imágenes para siempre. —Carter se ajustó el cuello del abrigo, aunque fue inútil con la prenda deportiva que llevaba—. ¿Necesitáis ayuda para seguir investigando? Conozco a gente a la que se le dan bien estas cosas.

Fue una sensación desagradable que Carter se hubiera convertido en nuestro cómplice. Por otro lado, era evidente que había querido a Valerie y que no se interpondría en nuestra búsqueda de la verdad. Además, las amenazas parecían haber surtido efecto.

—Gracias, pero no es necesario. Ya sé a quién acudir.

Y no se trataba de Archie, era demasiado legal para algo así. Solo había una persona en la que confiara para conseguir este tipo de información. Hacía cinco años que no sabía nada de ella, pero estaba convencido de que aceptaría el caso.

—De acuerdo, entonces me voy, tengo que cambiarme de ropa o me saldrá un sarpullido. Ya nos veremos, Coldwell. Helena, ha sido un placer.

Y con eso se marchó y nos quedamos solos.

—Oye —empecé con calma, acercándome a ella y posando una mano en su hombro. Noté que temblaba y me alegré de que un instante después se girara para abrazarme con fuerza. Le devolví el gesto y confié en que la ayudara.

—¿Y si alguien los mató, Jess? —susurró, todavía atónita—. ¿Y si alguien asesinó a nuestros hermanos?

—Entonces lo descubriremos y sea quien sea lo pagará. —Respiré hondo—. Pero ahora mismo no sabemos nada. Necesitamos más información.

Eso era lo que me decía mi razón, pero mis entrañas se resistían. ¿Qué motivo había para manipular un vídeo excepto si estaba relacionado con la muerte de Adam y Valerie?

Helena se separó de mí y se secó la cara. Vi que intentaba recuperar la compostura y, como la Weston que era, lo consiguió.

—Has dicho que conocías a alguien que podría investigarlo. ¿Quién? ¿Archie?

—No, no es él. Para esto necesitamos a alguien que sepa cómo profundizar un poco más. Voy a pedírselo a la investigadora que localizó a Eli cuando estaba secuestrado y todos los demás fallaron. Se llama Miranda Davis. Trabajaba para una unidad especial del ejército y tiene contactos en toda la ciudad: policía, políticos, y también la mafia y los cárteles. Así es como encontró a Eli, a través del jefe de una banda callejera que le debía un favor. Es la mejor.

Helena asintió lentamente.

—¿Por qué no la has llamado antes?

Reí.

—Porque nunca acepta casos que solo necesiten recabar información. Elige los casos con sumo cuidado: cuanto más imposibles son, más se interesa.

No sabía si aceptaría nuestro caso. Cuando vino a vernos por el secuestro de Eli, nos hizo muchas preguntas antes de acceder a llevarlo. Y se trataba de la vida de un niño de nueve años, no de un suceso de hacía tres años y medio.

El sonido de una llamada rompió nuestro silencio y Helena sacó su móvil.

—¿Sí? —respondió—. No, sigo aquí. De acuerdo. —Colgó—. Mi madre quería saber por qué hago esperar a Raymond tanto tiempo.

—Entonces vete —dije, aunque era lo último que quería en ese momento. Era mejor asimilar juntos lo que Carter nos había contado. Pero era imposible; no queríamos que los padres de Helena sospecharan nada—. Llamaré a Miranda y la convenceré de que acepte el caso. No sé si encontrará algo después del tiempo que ha pasado, pero merece la pena intentarlo.

Si no, sería insoportable tener que vivir con la duda de lo que les había sucedido a nuestros hermanos. Esperaba descubrir la verdad, aunque me daba miedo.

Helena respiró hondo.

—De acuerdo. Por favor, llámame cuando sepas algo.

—Por supuesto.

Alcé la mano y le acaricié fugazmente la mejilla, sonriendo aunque no me sintiera con ganas. Nuestra separación ya nos había costado antes, pero ahora me parecía casi imposible dejarla ir. Quería apoyarla, siempre, pero sobre todo ahora, porque sabía que no tendría apoyo en casa.

Helena se limitó a asentir y me dio un último beso rápido y desesperado en la boca. Luego se fue, más deprisa que antes, y yo volví a quedarme solo. No, a sentirme solo. Abandonado. Le mentí cuando dije que no podría ser más difícil de lo que era, pero, aun así, habría elegido pasar una noche con ella una y otra vez.

Dejé mis sentimientos a un lado con toda mi fuerza de voluntad y decidí llamar a Miranda de inmediato. Cogí mi móvil y marqué el número que me sabía de memoria. Me lo llevé a la oreja y esperé a que alguien respondiera.

—¿Diga? —al otro lado sonó la voz de una mujer de mediana edad.

—Miranda, soy Jessiah Coldwell. ¿Te acuerdas de mí?

—Por supuesto, Jessiah. Ha pasado mucho tiempo, pero vuestro caso me atormenta hasta el día de hoy.

No me sorprendía. Una mujer como ella no podría perdonarse así como así no haber encontrado nunca al secuestrador de Eli.

—Tengo otro caso igualmente imposible de resolver. ¿Te interesa?

—Es posible. —Cogió aire—. ¿De qué se trata?

35

Helena

Me sentía entumecida mientras Raymond me llevaba a casa. El viaje duró más de lo habitual porque, aunque se había apartado la nieve de las calles y esta se acumulaba en montículos a ambos lados de la acera, el caos reinaba en la ciudad. La tormenta había arrancado farolas del suelo y marquesinas de las fachadas, los contenedores y los dispensadores de periódicos estaban volcados en el suelo. Raymond tuvo que ir sorteando los obstáculos y yo me hundí en el asiento trasero e intenté poner en orden mis pensamientos acelerados.

Jess había dicho que no sabíamos nada, y tenía razón. Pero la mera posibilidad de que alguien hubiera asesinado a Valerie y Adam me tenía conmocionada. ¿Por qué habría hecho alguien algo así? Ninguno de los dos había hecho nada malo. ¿De quién podría tratarse? ¿Un socio de Trish que quería quitarse de en medio a Adam? ¿La competencia de Valerie que estaba resentida por no haber conseguido algún contrato de publicidad? Todo sonaba como una película mala y no parecía muy lógico. Y me percaté de que, en los meses que llevaba investigando el caso de Valerie, nunca me había planteado que hubiera sido asesinada. Como si hubiera rechazado esa posibilidad de plano, a pesar de que ofrecía una explicación de lo que había sucedido realmente en vez de las suposiciones de Trish Coldwell. Tal vez ni siquiera quería creerlo, ya que no sabía cómo iba a asimilarlo si esta terrible sospecha resultaba ser cierta.

Durante un momento, me planteé llamar a Malia para ponerla al día, pero me contuve. Cuanta más gente lo supiera, más real se volvería este asunto. Quizá se quedara en nada, me dije. Carter podría estar equivocado sobre la manipulación del vídeo, y en ese caso, era posible que Miranda Davis no encontrara nada.

Y a eso pensaba aferrarme hasta que me dijeran lo contrario.

La marquesina de nuestra casa también había sido víctima de la tormenta; el toldo de color gris oscuro colgaba hecho pedazos del marco de metal. Al contrario que el edificio, que había salido totalmente ileso. El número 740 de Park Avenue era un monumento en esta ciudad. La tormenta de ayer no había sido la primera que este edificio centenario había tenido que soportar.

Subí en el ascensor y, por el camino, busqué mis llaves. Me vinieron a la mente imágenes de anoche y sentí que se me saltaban las lágrimas. En estos momentos en los que mi mundo parecía venirse abajo, necesitaba a Jess. Deberíamos estar apoyándonos y superando esto juntos; sin embargo, me encontraba de nuevo sola. Porque todo, absolutamente todo, estaba en nuestra contra.

Cuando el ascensor se detuvo, salí y abrí la puerta. El apartamento era un hervidero de actividad, lo supe nada más poner un pie dentro. Mi padre correteaba del comedor a la sala de estar mientras hablaba por teléfono y mi madre estaba inclinada sobre unos documentos que había en la mesa, también con el teléfono pegado a la oreja. Lincoln salió entonces de la cocina con un cruasán en los labios y el móvil en la mano. Cuando me vio, se sacó el dulce de la boca.

—Hola, hermana. Me alegro de que estés sana y salva.

—Sí, yo también. ¿Qué pasa? ¿Hay algún problema?

—Uf, la tormenta de nieve ha causado estragos en el edificio Winchester y ha arrojado algunos materiales a la bahía. Pero nadie ha salido herido. Ahora estamos intentando encontrar a alguien que lo arregle, pero, como en invierno no trabaja ninguna constructora, está siendo un poco complicado.

Entonces no era ninguna catástrofe. Si lo único que se había llevado la tormenta eran algunas tuberías y unos cuantos ladrillos, no había de qué preocuparse.

—Len, ¿estás bien? —Lincoln alzó una ceja—. Parece que has pasado una mala noche.

«No, la noche fue genial. La mañana ha sido una mierda».

—Todo bien. He pasado la noche en el Randy East con Edina y Finlay. La tormenta estuvo aullando toda la noche, así que no he dormido mucho. Por no hablar del corte de luz.

—Sí, suena más romántico de lo que realmente es.

Lincoln se encogió de hombros, pero no le pregunté si había roto ya con Penelope. No podría soportar más noticias deprimentes en el día de hoy y, además, estaba intentando apartar de mi mente los recuerdos que se me acumulaban ahora en la cabeza. Había pasado una noche maravillosa con Jess. A pesar de la visita de Carter por la mañana y el hecho de que no podíamos repetirlo, esta sensación hacía tiempo que había sustituido al sentimiento de felicidad.

—Voy a subir, quiero recuperar un poco de sueño.

Puse un pie en las escaleras y mi hermano recibió entonces una llamada, así que se limitó a asentir y desapareció en la cocina.

—Helena, espera un momento. —Mi madre había terminado de hablar y me miraba con atención—. ¿Va todo bien? Estábamos preocupados por que no estuvieras en casa durante la tormenta.

—No había de qué preocuparse. Edina ha cuidado de mí estupendamente. —Sonreí con la mayor inocencia que pude fingir.

—No me digas —soltó mi madre en un tono que me puso en alerta de inmediato—. ¿Y cómo lo hizo si estaba en el Hotel Henderson con su novio y sus padres?

El pánico se extendió por todo mi cuerpo, al igual que la rabia, porque estaba harta de tener que dar explicaciones. ¿Cómo cojones se había enterado de eso? Ahora necesitaba una buena mentira para que no me descubriera. O una tan simple que no admitiera discusión.

—Fueron allí para comer, pero volvieron antes de que arreciera la tormenta.

—¿Y qué estuviste haciendo mientras estaban fuera?

«Me acosté con Jess». Aunque era mejor no pensar en ello a menos que quisiera que me subiera la temperatura de nuevo.

—Estuve trabajando en el concepto del hotel de Edina —mentí—. Aún no habíamos terminado y no podía cancelar la cita con los padres de Finlay, así que me ofrecí a quedarme un rato más hasta que volviera. Y luego empezó a nevar sin parar y se fue la luz. Llegaron al Randy East por los pelos, pero luego asaltamos el frigorífico, encendimos la chimenea y estuvimos charlando de nuestras familias. ¿Sabías que los Henderson fundaron su imperio por necesidad? La bisabuela no podía permitirse el mantenimiento de la casa familiar y decidió transformarla en un hotel.

Menos mal que ya sabía ese dato, así mi mentira sonaba más plausible.

—No —replicó mi madre vacilante, aún no tenía decidido si debía creerme o no—. No lo sabía.

—Es una historia muy curiosa, deberías escucharla en alguna ocasión —continué despreocupada—. Pero ahora quiero acostarme, que ayer no dormí apenas por culpa de la tormenta.

Mi madre asintió.

—De acuerdo. Nosotros nos vamos ahora a Brooklyn a la obra, pero seguramente estaremos de vuelta por la tarde. —Entonces me miró de nuevo con atención—. Por cierto, he invitado a Ian a nuestra cena de Navidad. Seguro que es de tu interés.

Callé un instante y fruncí el ceño.

—¿Por qué has hecho eso?

—A ti se te olvida concretar y me lo encontré ayer de casualidad y pensé que era mejor dejarlo ya invitado. —Volvió a dejar caer su mirada al móvil.

—No me refiero a eso, mamá. —Quizá debería haber dejado que pensara que estaba bien, pero después de anoche no tenía ganas de seguir jugando a esto—. Me refiero a por qué crees que tenías que invitarlo. Ian y yo no estamos juntos. No pinta nada viniendo aquí en Navidad.

Mi madre desdeñó con un gesto.

—Es Nochebuena y viene mucha gente. Ahora que ya no tenemos que pasar las Navidades contigo en Inglaterra, queríamos invitar a nuestros amigos cercanos y conocidos. Ian pasará totalmente desapercibido.

Evidentemente, no sucedería tal cosa, ya que todo el mundo creería que vendría porque estábamos juntos. Y eso era justo lo que mi madre pretendía, no me cabía ninguna duda. Me pregunté por qué Ian había accedido si sabía que no había nada entre nosotros, pero supe la respuesta: sentido del deber. En los círculos en los que nos movíamos, rechazar una invitación era una ofensa hacia los anfitriones.

—Le diré que ha sido un malentendido —dije con dureza y subí un par de escalones para dejar claro que la conversación había terminado.

—Un momento, Helena. —La voz de mi madre era baja y aguda—. Si haces eso…

—¿Blake? —la llamó mi padre desde el pasillo—. Tenemos que irnos.

Mi madre me lanzó una última mirada de advertencia que indicaba que ya hablaríamos del tema más tarde, se dio la vuelta y cogió su abrigo. No me quedó más remedio que dejar que se fuera sin zanjar el asunto. ¿Debería escribirle a Ian? Mejor dejarlo para mañana.

Corrí al piso de arriba y entré en mi habitación. En cuanto cerré la puerta detrás de mí, saqué el teléfono desechable y miré si tenía algún mensaje o llamada perdida. Pero, evidentemente, no había nada. Jess tardaría un tiempo en contactar con Miranda y conseguir algo de información. Y no podía esperar que me mandase un «te echo de menos». Jess respetaba mi decisión y, a pesar de lo sucedido anoche, no era propio de él ponérmelo aún más difícil. Aun así, me llevé el teléfono a la cama después de pasar por el baño y lo escondí entre las sábanas antes de cerrar los ojos. No tardé en quedarme dormida.

No me desperté hasta mucho después. Al otro lado de mi ventana ya se había hecho de noche, así que encendí la lámpara de la mesita de noche. Sintiendo una corazonada, cogí el teléfono y encendí la pantalla. Tenía un mensaje nuevo de hacía diez minutos. Lo abrí enseguida.

«¿Puedes hablar?», decía. Nada más. Sin embargo, el corazón empezó a latirme con fuerza contra las costillas, como si quisiera escapar. Presté atención por si llegaba algún sonido del pasillo y, luego, marqué el número y presioné el botón de llamada. Sonó una vez antes de que Jess descolgara.

—Hola —me saludó Jess, y yo respiré hondo. Me encantaba oír su voz.

—Hola —respondí.

—¿Has llegado bien a casa?

—¿Es posible llegar bien a un sitio al que no quieres ir? —repliqué, y oí que se reía levemente, aunque sonó bastante triste.

—Te entiendo. —Respiró hondo y pareció mantener a raya sus sentimientos—. Oye, ya he hablado con Miranda. Parece que va a hacerse cargo del caso. Voy a verme con ella más tarde.

—¿Qué? ¿En serio? —exclamé—. Eso es bueno, ¿no?

Al menos, significaba que pronto podríamos tener alguna certeza, fuera la que fuera.

—Sí, claro, pero primero tengo que contarle todo lo que Malia y tú habéis descubierto sobre el tema. No quería hacerlo sin preguntarte si te parecía bien.

Lo reflexioné unos instantes.

—¿Confías en esta investigadora al cien por cien? —pregunté.

—Al noventa y cinco por ciento —respondió Jess—. Por supuesto, no es de las que venden información al mejor postor; si no, nadie la contrataría. Pero no puedo leerle la mente, y mi madre la contrató cuando sucedió lo de Eli, así que ahí hay una conexión que no sé si sigue existiendo o no.

En eso tenía razón, pero no me preocupaba Trish Coldwell. Independientemente de lo que descubriera la investigadora, la madre de Jess se acabaría enterando tarde o temprano, así que no estábamos corriendo muchos riesgos.

—No podemos avanzar sin ella —decidí. Hasta el momento, había querido hacerlo todo yo misma, pero ahora me daba cuenta de que me venía grande—. Noventa y cinco por ciento me parece suficiente. Cuéntaselo todo. Quizá le ayude a resolver el caso.

—Bien. Seguro que sirve de algo, gracias.

El silencio se hizo entre nosotros, pero este decía tantas cosas que dolía. Sabía que deberíamos haber dado por finiquitada la conversación, pero no quería perder esta conexión tan pronto.

—Te echo de menos —dije en un susurro, y pocas veces había dicho algo tan verdadero—. Ojalá pudiéramos volver al hotel y aislarnos del mundo.

No se debía solo al sexo, sino a todo lo que había entre nosotros y a todo lo que se interponía en nuestro camino. Echaba en falta a Jess en todos los sentidos. Lo necesitaba. Más que nunca.

—Sabes que yo estaría dispuesto a hacerlo —respondió—, lo que sea, en secreto o en público.

Sus palabras me provocaron un vuelco en el estómago. Sin embargo, también oí lo que no decía: «Pero tú no».

Pensé en mi familia, en mis padres, y entendí que les daba absolutamente igual si yo era feliz o no. Ya fueran los estudios, Jess o Ian, en realidad, lo único que les importaba era que yo diera la cara. ¿Me estaba sacrificando por gente que no se preocupaba por mí? ¿Por las apariencias y por la salud financiera de mi familia? Y si era así, ¿por qué hacía eso en vez de escuchar a mi corazón? Eso era lo que había hecho Valerie. Me habría tachado de loca por esconder mis sentimientos cuando sabía perfectamente lo que necesitaba para ser feliz.

—¿Sigues ahí? —preguntó Jess.

—Sí. —Inspiré y, por primera vez, supe qué quería decir—. Creo que yo… —Entonces oí un ruido. ¿Había alguien fuera o lo había imaginado? No, se oían pasos por el pasillo que venían en mi dirección—. Tengo que colgar —susurré, incapaz de darle a Jess una respuesta antes de hacerlo y meter el teléfono bajo la almohada. Un segundo después, alguien llamó a la puerta y apareció mi madre.

—Todavía no estás lista —pronunció con reproche cuando me vio metida en la cama—. Tenemos que estar a las ocho en casa de los Vanderbilt.

Otro compromiso del que no me habían avisado, como si fuera un abrigo que se saca del armario cuando te invitan a cenar a algún sitio. Recordé lo que acababa de pasarme por la cabeza y el comportamiento de mi madre lo confirmó: le daban igual mis sentimientos. La ira brotó en mi interior y estaba demasiado sensible para dejarla a un lado. Después de todo lo que había sucedido en las últimas veinticuatro horas, me resultaba imposible.

—No voy a ir —respondí con el tono más firme que fui capaz de componer.

Mi madre puso los ojos en blanco.

—Helena, déjate ya de tonterías. Es una cena importante; los Vanderbilt pueden convertirse en inversores del nuevo proyecto. Haz el favor de vestirte.

—No —repetí, y me quedé sentada en la cama con la manta extendida sobre las piernas.

—Vaya, ¿y qué motivo tienes para negarte y dejarnos en evidencia?

Se cruzó de brazos con una actitud desafiante que hizo tambalear mi voluntad. Podría haberle dicho que no me encontraba bien, pero en lugar de eso, elegí otra respuesta.

—No me apetece mantener una charla trivial ni soportar las mismas preguntas estúpidas. Desde que llegué, no he hecho más que hacer el papel de hija. Y hoy estoy cansada, agotada, y no estoy de humor. Por eso no voy.

Mi madre soltó un bufido.

—A veces me recuerdas a tu hermana. —En boca de mis padres sonaba como la peor de las acusaciones, pero yo me lo tomé como un cumplido.

—Ah, ¿sí? Me alegro. —Se me hizo un nudo en la garganta al acordarme de Valerie—. Porque ella era la única de tus hijos que fue feliz.

Mi madre no respondió nada, pero percibí el dolor en sus ojos y tomé su marcha sin comentarios como una victoria.

No tardé ni diez minutos en oír cómo se cerraba la puerta y supe que estaba sola en casa. Apagué la luz y me eché la manta sobre la cabeza. Me planteé por un segundo volver a llamar a Jess, pero me lo pensé mejor. Escuchar su voz mejoraría las cosas, pero solo hasta que colgara.

Me acurruqué en la cama, llevé las piernas al pecho y contuve las lágrimas, aunque no sirvió de nada. Lo echaba tanto de menos que me dolía físicamente. Era como si alguna autoridad hubiera decidido que nos sintiéramos peor después de cada uno de nuestros encuentros hasta que finalmente entendiéramos que era mejor dejar de hacerlo. Pero yo no quería eso. Quería verme con él cuando deseáramos, sin complicaciones, sin miedos, como una pareja normal. Sin embargo, para conseguirlo debía traicionar a mi familia y, aunque había estado a punto de decirle a Jess que quería intentarlo, ahora ya no me parecía bien. Significaría vivir con la preocupación constante a ser descubiertos y, al final, mi familia acabaría perdiéndolo todo. Una parte de mí estaba dispuesta a hacerlo, pero otra tenía un miedo terrible, y esa fue la que venció.

Así que dejé el teléfono donde estaba, enterré el rostro en la almohada y empecé a llorar. A solas.

Como siempre.

36

Jessiah

Era totalmente de noche cuando aparqué mi coche junto al Shake Shack de Fulton Ferry y me bajé. Eran poco más de las diez. Aunque no había seguido nevando, aún quedaban los restos de nieve de anoche, que se acumulaba ahí donde la habían apartado. Me calcé el gorro y caminé hacia el agua, a la parte antigua del parque de Brooklyn Bridge. Este sitio había salido en innumerables reuniones conspirativas en series y películas, quizá por eso Miranda había decidido que nos encontráramos aquí.

En realidad, yo habría preferido que Helena estuviera presente, pero no se lo había pedido. Anoche ya corrimos riesgos, al igual que con la llamada, que había estado a punto de ser descubierta por sus padres. No podíamos volver a vernos tan pronto, por mucho que quisiera. Inmediatamente noté esa pesadez que se apoderaba de mí cada vez que pensaba en Helena, pero la aparté de mi mente. Ahora solo importaban Adam y Valerie.

En el parque no había nadie, lo cual no me extrañaba dada la hora y el tiempo que hacía. Sin embargo, en uno de los bancos situados frente al agua, había una persona esbelta, escondida en la penumbra, que parecía estar esperando. Me aproximé a ella y, cuando estaba casi a su lado, se volvió hacia mí.

—Jessiah. Nos volvemos a ver.

Miranda Davis sonrió levemente. No tenía el aspecto que uno cabría esperar de una detective privado. En lugar de una práctica chaqueta de cuero, llevaba un largo abrigo de lana; en lugar de unas botas pesadas, calzaba unos elegantes zapatos de tacón. Tenía el cabello oscuro recogido en un apretado moño e, incluso bajo la luz tenue, intuí que iba muy maquillada. Me resultó difícil calcular su edad, puede que más de cuarenta.

—Miranda —respondí correspondiéndole la sonrisa.

Esta me miró y asintió con aprobación.

—Me encantaría decir «cuánto has crecido», pero ya estabas crecidito y caminabas con seguridad entonces. Aunque lo haces con razón.

—Eso espero —asentí—. Gracias por venir.

—Parecía importante, e interesante. ¿Dices que se trata de la muerte de tu hermano?

Dos corredores se acercaron por el camino y yo esperé a que pasaran. Había que asegurarse.

—Más bien de las circunstancias de su muerte. Y la de Valerie Weston.

Miranda alzó las cejas.

—¿Ahora? ¿Más de tres años después? ¿A qué se debe?

Llegó el momento. ¿Podía confiar en ella para hablarle de Helena? ¿O se lo contaría a mi madre? No sabía si aceptaba otros casos de Trish o si lo de Eli había sido una ocasión puntual.

—Tengo que saber que no le contarás a mi madre nada de lo que te diga. Nada de nada. Hay mucho en juego.

—¿Por qué dices eso? ¿Te he dado algún motivo para que pienses que no soy leal a mis clientes? —preguntó con un deje irritado.

—No, por supuesto que no. Simplemente pensé que como te había contratado para el caso de Eli, quizá seguías trabajando para ella. A Trish se le da muy bien utilizar a la gente para sus propios fines.

—¿Utilizarme a mí? —Miranda rio con ganas—. Estás totalmente equivocado. ¿Crees que acepté el caso de Eli porque Trish me contrató? No. Fue Adam el que me pidió que encontrara a su hermano pequeño.

La miré con incredulidad.

—¿Adam?

—Sí. —Meció suavemente la cabeza—. Un conocido suyo le contó que yo me hacía cargo de casos imposibles y se puso en contacto conmigo. Fue Adam quien me contrato y me pagó, era un chico decente, sincero y muy generoso. Por eso mismo quiero ayudarte a esclarecer su muerte. No obstante, creía que la responsable era su prometida, así que no veo qué puedo hacer al respecto.

En cuanto supe que había sido Adam el que la había contratado para el caso de Eli, entendí por qué Trish no había contratado los servicios de Miranda después de su muerte. Y me dio esperanza. Esperanza de que encontrara algo.

—Valerie no es la responsable. No fue como contaron en los medios.

—¿Por qué crees eso? —preguntó Miranda sin más—. ¿Y por qué ahora?

—Tengo… He encontrado nueva información al respecto, tanto sobre la relación entre ellos como sobre la propia Valerie. Me hizo repensarme mi opinión y cambiarla.

La investigadora me lanzó una larga mirada.

—Entiendo. Pero, si no me equivoco, esta fuente de información no es una cualquiera, ¿verdad? ¿De quién se trata?

—¿Es relevante?

—Si quieres que acepte el caso, sí.

No me lo pensé mucho.

—Helena Weston.

—Aaah, ya veo. —Miranda rio por lo bajo—. Qué cosas tiene el destino. Primero los hermanos mayores y ahora los menores. El drama está asegurado.

—Esto no va de Helena y de mí. Va de Valerie y Adam.

El gesto de Miranda se tornó serio de nuevo.

—Cierto. ¿Cuáles son los hechos?

Tomé aliento y le expliqué todo lo que había en los archivos oficiales: cómo habían muerto, qué decía el informe de la autopsia, quién había estado en la fiesta y cuándo encontraron a nuestros hermanos muertos en la habitación del hotel. Luego seguí con lo que había descubierto Helena sobre Simon, Pratt y las finanzas de Adam. No le hablé de Thea ni de Lilly, porque no venía al caso, pero sí le conté la conversación con Carter y, finalmente, lo de las imágenes de vídeo manipuladas. Miranda prestó atención, me hizo un par de preguntas y se quedó callada cuando terminé de explicarme.

—De acuerdo —dijo con los labios fruncidos—. En un principio, no pondría en duda lo que sucedió en la fiesta, ya que ambas partes contrataron detectives privados. Es muy posible que los invitados a la fiesta mintieran y podemos descubrir por qué. —Siguió reflexionando en voz alta—. En cuanto a la muerte…, si alguien les hubiera obligado a tomar cocaína a la fuerza, debería constar en el informe forense. Si no es así, algo se hizo mal o alguien cometió un error. En cualquier caso, lo comprobaré. Sin embargo, también es posible, en el caso de que tu teoría sea cierta, que alguien los forzara a punta de pistola. Entonces será imposible demostrarlo, a menos que descubramos que alguien estuvo en el hotel aquella noche. Es poco probable que nadie recuerde nada, pero, claro, tampoco ayuda que hayan pasado más de tres años. A ver qué encontramos.

Hablaba con total naturalidad de estas opciones y hechos, pero lo único que yo me imaginaba eran escenarios de terror. A Adam y a Valerie atemorizados porque alguien había irrumpido en su habitación para amenazarlos la noche de su compromiso. Intenté quitarme esas imágenes de la cabeza, casi sin atreverme a hacerle la pregunta que tenía en mente. Pero era importante, así que la solté.

—¿Crees que fueron asesinados?

—Las creencias son para la Iglesia, querido —me reprendió Miranda—. Yo prefiero los hechos. Si es cierto que el vídeo fue manipulado, puede ser un indicativo. Pero llegaré al fondo del asunto, no te preocupes. ¿Tienes las imágenes?

Le entregué el USB de Carter. Sentí un extraño tirón en mis entrañas cuando Miranda lo metió en el bolsillo de su abrigo. Yo había vuelto a ver las imágenes, pero no había notado ningún indicio de manipulación. No obstante, Miranda tenía más recursos y descubriría si Carter estaba mintiendo. Ahora la muerte de mi hermano estaba en sus manos. Por una parte, me tranquilizaba, pero, por otra, todo lo contrario.

—Gracias —afirmó—. Me pondré en contacto contigo.

—De acuerdo. —Metí las manos en mi chaqueta—. ¿Y los honorarios?

—Ya hablaremos de eso más adelante, no hay prisa. Confío en ti. —Me miró fijamente—. ¿Cómo le va a Eli? ¿Se ha recuperado?

Su mirada denotaba compasión y, a pesar de que era una mujer dura de roer, supuse que cuando encontró a Eli en aquel antro de Harlem asustado y maltratado, no tuvo que ser fácil para ella.

—Se apaña —respondí con sinceridad.

—Me imagino. —Dejó escapar una nube de vaho—. Yo no podría vivir tranquila si no supiera quién me ha hecho algo así. —Sacudió la cabeza—. Intenté seguir investigando, mucho después de terminar el trabajo. Pero no encontré nada. Nadie sabía nada, nadie estuvo allí ni conocía a nadie que hubiera estado. Fue como si nunca hubiera sucedido.

Solté aire.

—Ojalá hubiera sido así.

No pasaba un día sin que pensara en cómo ayudar a Eli.

—Salúdalo de mi parte, si puedes hacerlo sin que plantee preguntas. Si quiere saber más del tema y le sirve de algo hablar conmigo, dile que me llame.

—Gracias —respondí, y lo decía en serio.

Miranda me miró con atención.

—¿Hay algo más para lo que requieras mis servicios? —preguntó en un tono que me hizo entender que no se trataba de una simple cortesía. Tenía algo en mente, algo concreto.

—¿A qué te refieres?

Dudó al hablar, algo impropio de ella.

—Bueno, ya sabes que mi trabajo es saber cosas y es posible que haya llegado a mis oídos el trato que hizo tu madre con Helena Weston. Un trato que te incumbe.

—¿Cómo...? —Me callé porque no iba a responderme, así que cogí aire—. ¿Cómo podrías ayudarme con eso?

Miranda se encogió de hombros.

—Imagino que te gusta esta chica y que es correspondido, y que te estás devanando los sesos por saber cómo estar con ella. Eres un hombre de acción muy pragmático, Jess, lo reconozco. Debe de joderte tener las manos atadas de esta forma.

Tenía razón y empecé a sospechar a qué se refería.

—Pretendes encontrar algo que pueda usar en contra de Trish para vengarme. —No era una pregunta.

—Exacto. Hasta ahora, nadie se ha atrevido a contratarme para ir en contra de tu madre, pero estoy segura de que tiene algún trapo sucio.

Era más que probable, pero todavía estaba Eli, que podía acabar atrapado en el fuego cruzado de esta guerra.

—Gracias por la oferta —dije igualmente—. Si lo necesito, te avisaré.

—Como quieras —asintió Miranda—. Entonces me voy. Te llamaré cuando tenga algún indicio de que tus sospechas son reales.

Asentí, nos despedimos y la investigadora se encaminó hacia el puente. Cuando desapareció en la oscuridad, apoyé las manos en la barandilla y contemplé las aguas en dirección a los rascacielos de Manhattan, que estaban iluminados. En mi mente se sucedían todos los acontecimientos de los últimos días. ¿Era posible que alguien hubiera asesinado a Adam y Valerie y lo hubiera encubierto todo? Y si así era, ¿por qué les había quitado la vida? Hasta donde yo sabía, mi hermano no tenía enemigos; siempre había tratado de complacer a todo el mundo. Y después de todo lo que ahora sabía sobre Valerie, tampoco se me ocurría nadie que la odiara tanto como para matarla. «¿Quieres decir al margen de Trish?». La idea me cruzó la mente de improviso, pero sacudí la cabeza como si así pudiera desdeñarla. No, Trish no hubiera llegado tan lejos para separar a Adam y a Valerie. Abandonar un proyecto importante y lucrativo para separarnos a Helena y a mí sí, pero el asesinato era demasiado. Además, jamás se habría arriesgado a hacerle daño a Adam.

Aun así, una sensación de incomodidad se instauró en mi interior cuando aparté la vista de la ciudad y me dirigí a mi coche. Mientras caminaba, saqué el teléfono desechable y le mandé un corto mensaje a Helena para decirle que Miranda estaba al tanto y se encargaría del caso. No escribí nada más. Recordaba de sobra su «te echo de menos» y cómo había reaccionado mi cuerpo al oírlo como para hacerle lo mismo a ella.

La oferta de Miranda me acudió al pensamiento entonces, encontrar algo sobre Trish para contrarrestar el poder que tenía sobre Helena. ¿Debería haber aceptado? Si la investigadora encontraba algo lo bastante gordo, también podría mantener a mi madre controlada respecto a Eli. No obstante, si quería estar de verdad con Helena, ella también debía formar parte de esta decisión, ya que corría el riesgo de perder a su familia. Y no podía pedirle algo así.

Seguí subiendo la calle y, cuando estaba cerca del coche, sentí un hormigueo extraño en la nuca. Me giré. Parecía como si alguien me estuviera observando. Sin embargo, cuando miré a mi alrededor, la calle estaba totalmente desierta.

«Te estás volviendo paranoico», dijo una voz en mi interior.

«Pues no me extraña», respondí para mí. «Con todo lo que está pasando, es normal que me vuelva loco».

Volví a repasar la calle con la mirada, luego me di la vuelta, abrí la puerta de mi coche, me subí, encendí el motor y me encaminé a mi casa.

Necesitaba dormir urgentemente.

37

Helena

Las Navidades en casa de los Weston siempre habían sido todo un evento familiar. Como si estuviéramos en algún *reality show*, sacábamos todo el arsenal: desde el árbol de cuatro metros de altura con las decoraciones navideñas hasta el banquete de cinco platos. Toda la casa se vestía con sus mejores galas festivas y, en la mañana de Navidad, Lincoln, Valerie y yo esperábamos expectantes desde bien temprano a que nos dejaran abrir nuestros regalos. Solíamos poner alguna película de Disney, comer helado y galletas en el sofá hasta que nos dolía la barriga. Para mí era una de las mejores épocas del año, e incluso cuando estaba en Inglaterra, toda mi familia viajaba para pasar las fiestas en casa de la hermana de mi madre.

Sin embargo, este año sería totalmente distinto y sabía que no debería haberme sorprendido. En realidad, ninguna de las arraigadas tradiciones familiares había sobrevivido a la muerte de Valerie y, cuando bajé las escaleras aquel 24 de diciembre con un vestido de encaje hasta las rodillas, entendí que la Navidad tampoco sería tal como yo la recordaba. Aunque en Estados Unidos no se le daba especial importancia a la Nochebuena, me parecía una equivocación organizar una cena de etiqueta. Era un símbolo de lo único que le importaba a mis padres: mantener nuestra reputación.

A pesar de que aún no habían llegado los invitados, sabía quiénes aparecerían dentro de media hora: la familia de Paige, algunos amigos de mis padres y los Lowell. Cuando amenacé de nuevo con retirarle la invitación a Ian, mi madre fue más allá e invitó a sus padres a la cena. No pude hacer más, era imposible retirarle la invitación a una familia tan importante como los Lowell. Aun así, le escribí a Ian para explicarle que no había sido idea mía, a lo que recibí un simple «ya lo imaginaba». No sonaba muy amable, y no podía reprochárselo. Solo cabía esperar que la velada discurriera sin que se produjera algún momento incómodo.

En el comedor se encontraban Rita y los camareros que se habían contratado para esta noche, que aclaraban los últimos detalles con mi madre. Cuando llegué al piso inferior, esta levantó la vista y asintió, probablemente para dar su aprobación a mi atuendo. Luego siguió encargándose de la decoración de la mesa. Decidí ir a ver a Mary en la cocina y tal vez probar algún que otro aperitivo antes de que los sacara. Sin embargo, por el camino me encontré a mi padre, cuyo semblante estaba tan serio que me asusté de que hubiera pasado algo.

—Helena, tenemos que hablar —dijo, y oí un deje furioso en su voz. Entonces se acercó mi madre, que aparentemente también lo había oído.

—¿Ahora? ¿No puede esperar a que acabemos de cenar, Tobias? Los invitados están a punto de llegar.

—No, no puede esperar.

Mi padre pasó junto a las escaleras en dirección a su despacho, mi madre y yo lo seguimos, cerró la puerta y me miró.

—Siéntate. —Empleó un tono tan firme que no delataba nada bueno.

—¿Qué pasa, papá?

—Dímelo tú. Acabo de recibir una llamada extremadamente preocupante, así que te lo preguntaré sin rodeos. ¿Es cierto que sigues viéndote con Jessiah Coldwell?

La sangre se precipitó de mi cuerpo. Mierda.

—¿Quién lo dice? —repliqué para ganar tiempo. ¿Nos habrían delatado Finlay o Edina? No era capaz de imaginarlo. ¿Habría sido Carter? No me fiaba ni un pelo de él, pero, aunque era un mentiroso empedernido, no era un chivato.

—Alguien de confianza. —Mi padre levantó las cejas—. Vieron a Jessiah salir del hotel de los jóvenes Henderson por la mañana, después de que tú pasaras allí la noche.

¿Qué debía hacer? ¿Mentir? Era una posibilidad. ¿Cómo iban a probar que había pasado la noche con Jess? Era un hotel en construcción, la gente salía y entraba.

«Pero no durante una noche de tormenta sin electricidad».

—Jess está asesorando el nuevo club de Delilah Warren en el Randy East. —Me decanté por una respuesta vaga—. Va a menudo.

No era mentira.

—Vaya, entonces ¿solo estaba en el hotel encargándose de ese proyecto? Qué casualidad, sobre todo teniendo en cuenta que no había luz. —Los ojos azules de mi padre, iguales a los míos, me miraron fijamente—. No nos mientas, Helena. ¿Sigues viéndote con él o no?

Vacilé.

«¿Por qué no les cuentas la verdad?», preguntó esa voz en mi cabeza que sonaba como Valerie.

«Porque tengo mucho que perder», respondí en silencio.

«Ah, ¿sí? ¿El qué, su respeto, que no te importa? ¿Su apoyo, con el que solo cuentas si haces lo que ellos quieren? ¿La vida como la conoces? No tienes nada que perder, Lenny, solo a Jess. ¿Cuándo te vas a dar cuenta?».

Respiré hondo.

—Es cierto —respondí con tranquilidad y mesura—. Nos hemos visto, porque me enamoré de él en primavera y nada ha cambiado. —Sentí que ni siquiera esa expresión hacía justicia a lo que sentía por él, pero no era el momento ni el lugar para decirlo—. He intentado contenerme durante mucho tiempo y no buscaba traicionaros, pero no puedo cambiar mis sentimientos. Ni quiero hacerlo.

Cuando lo expresé en voz alta, surgieron dos sentimientos en mi interior que luchaban el uno contra el otro: miedo y alivio. Reprimir lo que sentía por Jess había sido una tortura que ahora llegaba a su fin; sin embargo, al mismo tiempo sabía que era una catástrofe para la que quizá no estuviera preparada.

Contuve el aliento, mis padres intercambiaron una mirada y recordé entonces la situación que habíamos vivido en el Mirage. No obstante, si tenía alguna esperanza de que mostraran comprensión porque ahora sabían que hablaba en serio, estaba muy equivocada.

—Bien, entonces estoy seguro de que entenderás que nosotros tampoco podemos cambiar las consecuencias de tus actos. —La boca de mi madre apenas era una fina línea—. En cuanto terminen las Navidades, te vuelves a Inglaterra. Nunca debimos permitir que volvieras.

—¿Qué? ¡No! —Sabía que volverían a sacar el tema de siempre, pero aun así, me sorprendió—. ¿Cómo podéis…?

—No, ¿cómo has podido tú? —me interrumpió mi padre con dureza—. Hemos sido pacientes contigo durante mucho tiempo, pero se acabó. Volverás a Cambridge y te quedarás allí hasta que acabes tus estudios. Quizá entonces comprendas lo que significa la responsabilidad de pertenecer a esta familia.

Sus palabras me parecieron tan injustas que me dejaron sin aliento. Pero, antes de que pudiera responder, mi madre siguió presionando.

—Sinceramente, Helena, no tengo palabras. ¿Cómo has podido decepcionarnos de esta forma?

En cuanto pronunció esas palabras, algo en mí estalló.

—¿Que os he decepcionado? —exclamé dolida—. Más bien todo lo contrario, ¡he sido yo quien os ha salvado!

Mis padres se miraron.

—¿De qué estás hablando? —preguntó mi padre en un tono que dejaba claro que pensaba que estaba siendo ridícula.

¿Cómo había llegado a creer que todo esto estaba remotamente relacionado conmigo en vez de solo con ellos? ¿Cómo había confiado en que me respetaran? Resoplé. Se merecían saber la verdad y aprender a vivir con ella. Quería hacerles tanto daño como el que me habían hecho a mí.

—Trish Coldwell me ofreció un trato la mañana que te atropelló aquel coche. —Miré a mi padre—. Os cedía el acuerdo de Winchester si yo accedía a no volver a contactar con su hijo. Yo soy el motivo por el que habéis vuelto a la cima, porque renuncié a la única persona que me ha apoyado y entendido desde la muerte de Valerie. ¡Jess podría haberlo sido todo para mí! ¿Y os atrevéis a decirme que os he decepcionado y que no sé lo que significa la responsabilidad de pertenecer a esta familia?

Los ojos se me llenaron de lágrimas, lágrimas de dolor y furia. Mi madre no permaneció impasible ante tal arrebato, noté que mis palabras le habían hecho mella, pero luego recompuso su semblante decepcionado y sacudió la cabeza.

—Es evidente que no lo sabes si aun así te has visto con él, sabiendo que era la condición de Trish Coldwell para mantener el acuerdo de Winchester.

Era increíble cómo le daba la vuelta a todo. Se me vino a la mente una respuesta muy desagradable, pero antes de poder decirla, llamaron a la puerta y, tras un escueto «¿Sí?» de mi padre, Rita abrió.

—Los invitados han llegado —anunció con calma, haciendo saber que nuestra discusión se escuchaba desde fuera.

De inmediato, mis padres pasaron al modo anfitrión: sus expresiones se suavizaron y no quedó ni atisbo de rabia en sus ojos.

—Acabemos primero con esta cena. —Mi madre se cuadró de hombros—. Luego seguiremos hablando de qué hacer contigo.

Así me dejaban sin saber si al final pensaban enviarme a Inglaterra o no y, por lo tanto, me obligaban a poner buena cara y no avergonzarlos durante la comida haciendo algo inapropiado. ¿Cómo no me había percatado antes de lo manipuladores que eran…, de lo increíblemente egoístas que eran?

Sin embargo, no pude exigir que tomaran una decisión inmediata, pues ya habían salido por la puerta y escuché que empezaban a saludar a la gente. Me habría encantado destrozar algo del despacho antes de salir, pero me limité a hacerlo con la mente y el corazón sumidos en el caos. Me sentía bien por haber admitido mis sentimientos por Jess, pero también fatal por no tener ni idea de cuáles serían las consecuencias.

En el vestíbulo entre el comedor y el pasillo había varias personas. Habían llegado Paige y sus padres, ya que Lincoln había seguido las instrucciones de mi padre y le había dicho a Penelope que no podían estar juntos. Lo habíamos hablado hacía unos días y noté que mi hermano estaba totalmente exhausto. Hoy también tuvo que componer una sonrisa forzada cuando lo saludé con un abrazo.

—¿Cómo estás? —pregunté, aunque sabía la respuesta.

—Todo bien —respondió en un susurro—. ¿Qué está pasando? Se os escuchaba discutir.

—Una catástrofe. Se han enterado de que estuve con Jess en el hotel hace una semana.

Le había contado a Lincoln que había pasado con Jess la noche del apagón, porque tenía que decírselo a alguien. Mi hermano se había preocupado, pero sabía por experiencia propia que había sentimientos que no se podían reprimir.

—Mierda. ¿Y ahora qué?

—No lo sé. Han mencionado Cambridge, pero les he contado lo del trato con Trish Coldwell y ahora no tengo claro qué van a hacer.

Aun así, podía imaginar el resultado más probable. Simplemente no sabía cómo asimilarlo.

—¿Sobre qué estáis cuchicheando? —Paige apareció en el pasillo y nos hizo una seña—. Vamos, que nos perdemos el aperitivo.

Los seguimos al comedor, donde Ian ya estaba sentado a la mesa con sus padres. Su mirada se tornó evasiva a la par que educada cuando me senté a su lado, tal como había decidido mi madre. La clase alta siempre componía esa expresión cuando no tenía ganas de hablar con alguien. No me extrañó. No lo había llamado para volver a vernos ni le había demostrado que me importase su amistad. Aunque, si era sincera, esa era la verdad. Lo nuestro se había acabado. Me caía bien y le estaba agradecida por haber sido un primer novio tan genial, pero ahí había terminado nuestra historia.

Afortunadamente, no nos vimos obligados a hablar, ya que el padre de Paige se encargó de darle conversación y pude dedicarme a comer mi aperitivo sin tener que dirigirme a nadie. Quizá fuera mi imaginación, pero me daba la sensación de que estaba en el banquillo de un tribunal y que mis padres eran los jueces. No dejaban de mirarme con atención, a veces decepcionados, otras preocupados y, si uno se fijaba bien, hasta podía percibirse cierta rabia. Por supuesto, nadie se dio cuenta, los Weston éramos muy buenos actores. Así que mi madre habló con Paige de los preparativos de la boda, mi padre habló con el de Ian sobre el último partido de los Yankees y mi hermano se quedó en medio con gesto valiente, aunque yo sabía que prefería estar en otro sitio.

Entonces caí en la cuenta de lo absurdo que era. ¿Por qué se esperaba de los hijos que nos comportásemos como nuestros padres deseaban? Éramos adultos, teníamos derecho a cumplir nuestros sueños, a cometer nuestros propios errores. A un amor verdadero, fuera eterno o no. A tomar decisiones libres sobre nuestros estudios, nuestro trabajo, nuestra pareja. Sobre nuestra vida. Valerie lo tenía claro y siempre vivió siguiendo ese lema. Ahora estaba muerta, pero si Lincoln y yo no andábamos con cuidado, pronto acabaríamos como ella, aunque fuera de otra forma.

Y mientras estaba sentada a esa mesa, comiendo asado y escuchando las conversaciones que se desarrollaban a mi alrededor, que no me interesaban en absoluto, sentí que se me caía un velo de los ojos. Lo tuve claro: había pasado casi un año haciendo todo lo posible por encajar, encajar en la imagen que mis padres y la alta sociedad tenían de mí. Sin embargo, ahora me daba cuenta de que no quería hacerlo, no quería estar con estas personas que no tenían autenticidad. Solo había una persona con la que quería estar, y ya me había ofrecido su apoyo hacía mucho tiempo. Sin condiciones, sin esperar nada a cambio, solo porque significaba algo para él y quería que fuera feliz. Algo que hasta yo misma había olvidado.

Inspiré hondo, solté el aire, dejé los cubiertos sobre la mesa y, de repente, supe exactamente lo que debía hacer, a quién debía ir, porque era lo correcto. Y en ese momento, desde el fondo de mi corazón, no solo elegí a Jess.

Por encima de todo, me elegí a mí.

—Disculpadme —dije, y me puse en pie—. Tengo que irme.

—Helena, ¿va todo bien? —El deje amenazador de mi padre no me afectó. Le sonreí con cariño.

—No, papá, la verdad es que todo es una mierda, pero dejará de serlo dentro de poco. Voy a subir a mi cuarto, haré la maleta y me mudaré hoy mismo.

Todos los presentes me miraron como si me hubiera nacido una segunda o incluso una tercera cabeza, pero yo mantuve mi expresión amable. Tal vez creyeran que me había vuelto loca, pero me dio igual. Ya no me interesaba qué pensaran de mí estas personas que ni me conocían ni me valoraban. Tenía que hacerlo porque, después de tanto tiempo, era lo único que parecía correcto.

—Siéntate ahora mismo, Helena —siseó mi madre—. No hay razón para montar una escena.

—No estoy montando ninguna escena, mamá —repliqué—. Simplemente he tomado una decisión y creo que lo mejor es que la lleve a cabo de inmediato. Espero que paséis una buena velada y os deseo una feliz Navidad.

Y con eso, me alejé de la mesa y me dirigí a mi cuarto con una sensación vigorizante. Subí las escaleras lo más rápido que me permitieron los tacones, sacudiéndolos de mis pies conforme andaba y bajando la cremallera lateral de mi vestido. Entré en mi habitación, abrí el armario y cambié mi atuendo elegante por unos vaqueros y un jersey grueso. Dejé el vestido a un lado y cogí mi bolsa de viaje. Por ahora, me bastaría algo de ropa abrigada, mi neceser y dos pares de zapatos. También metí mi ordenador, alguna que otra cosa personal como la caja de música de Valerie y su sudadera. Los documentos de la universidad los dejé donde estaban.

No volvería a Columbia, pensaba estudiar en la NYU, así que ¿para qué los necesitaba?

Acababa de sacar del compartimento secreto del armario la libreta de Adam y la carpeta del caso de Valerie, que guardé en el fondo de la maleta, cuando mi madre entró en mi cuarto. Jamás la había visto tan enfadada como en ese momento en el que se dio cuenta de que hablaba en serio.

—Deja ahora mismo todas esas cosas y vuelve abajo con nuestros invitados —exigió y parecía sin aliento de la rabia que sentía. Yo negué con la cabeza.

—No —respondí con calma—. No pienso hacerlo.

—¿A qué viene este arrebato infantil, Helena? —me preguntó, con un deje de desesperación colándose en sus palabras—. No tienes adónde ir, sin nosotros no tienes ni dinero ni futuro.

—Te equivocas. No tengo futuro con vosotros. Porque todo lo que quieres para mí, en realidad, es lo que queréis vosotros. No os interesa lo más mínimo lo que yo quiera hacer con mi vida. —Solté un bufido—. No necesito vuestro maldito dinero y, a partir de hoy, no necesito vuestra aprobación, porque no me sirve de nada si no sois capaces de respetarme. —Con un gesto final, cerré la cremallera de la maleta y me la eché al hombro—. Mucha gente consigue sacar adelante sus vidas por sí mismas. Estoy segura de que yo también puedo hacerlo.

—No lo hagas —suplicó mi madre—. No te vayas con él.

Me planté a su lado y la miré con frialdad.

—¿Cómo no voy a hacerlo? Al contrario que vosotros, él me acepta tal como soy.

Y tras decir eso, la dejé a solas, atravesé el pasillo y bajé las escaleras. Los invitados seguían sentados a la mesa y escuché un murmullo leve cuando aparecí en el vestíbulo y les quedó claro que, efectivamente, me marchaba. Los ojos de Ian mostraban resignación, mientras que los demás parecían conmocionados, incluido mi padre. Pero Lincoln no. Se levantó, se acercó a mí y me dio un fuerte abrazo.

—Estoy muy orgulloso de ti, hermanita —susurró y yo traté de contener las lágrimas.

—Haz lo mismo que yo —repliqué en el mismo tono—. Te llamaré, ¿vale?

—De acuerdo. —Lincoln sonrió y yo le acaricié con suavidad la mejilla antes de salir de casa.

No tenía paciencia para esperar al ascensor, así que tomé las escaleras. Además, me venía bien para descargar la adrenalina y la tensión, que amenazaban con hacerme estallar. Pero, sobre todo, sentía un inmenso alivio. ¿Tenía miedo? Vaya si lo tenía. ¿Seguiría adelante con esto? Y tanto. En media hora estaría con Jess, en media hora estaríamos juntos. Para siempre.

Lionel, el portero, me preguntó si quería que llamase a un taxi, pero me negué. En su lugar, salí a la calle e hice un gesto cargado de energía hasta que se paró uno. Deprisa abrí la puerta y lancé la maleta sobre el asiento trasero antes de sentarme.

—Hola, al 76 de Commerce Street en el West Village.

—Sin problema.

El taxista arrancó y yo saqué mi teléfono, no el desechable, sino mi móvil normal. Si Trish me tenía vigilada, se enteraría de que estaba llamando a Jess. Si quería, podría arruinar a mis padres. Pero, en ese momento, todo me dio igual. Si consideraban que tan bien se les daba asumir responsabilidades, entonces podrían hacerle frente a la competencia en el sector de la construcción de Nueva York. No me necesitaban para eso.

Rápidamente, marqué el número de Jess y pulsé el icono de llamada conteniendo el aliento. Por desgracia, no descolgó y sonó el contestador. Dejé escapar el aire y le grabé un mensaje.

—Hola, soy yo, Helena. He… Se lo he contado todo a mis padres y se acabó, así que ahora soy una sintecho que va para tu casa. Espero que estés allí. Sinceramente, nunca había tenido tantas ganas de hacer algo. —Colgué y guardé el móvil.

—¿Va todo bien, señorita? —me preguntó el taxista, que probablemente había oído la palabra «sintecho».

—Sí —respondí con una sonrisa, reclinándome en el asiento con un hormigueo en el estómago y la esperanza recorriéndome todo el cuerpo—. No podría estar mejor.

38

Jessiah

Inaugurar un restaurante en Nochebuena era una decisión inusual, pero era lo que mi cliente quería. Quizá porque era más bien una noche de prueba para los amigos y conocidos y por eso me había invitado en calidad de inversor y asesor. Por supuesto, había acudido porque tampoco tenía otra cosa que hacer. No tenía que pasarme por casa de Trish y Eli hasta el día siguiente, para darle su regalo a mi hermano y comer con ambos. Ya me dolía el estómago, ya que la Navidad era el segundo peor día del año después del aniversario de la muerte de Adam para ver a mi madre. Incluso cuando mi hermano mayor aún vivía, las fiestas eran más explosivas que contemplativas. Pero por Eli estaba dispuesto a apretar los dientes y soportar esas dos horas.

Aunque la inauguración del restaurante de Emilio fue una velada agradable, me despedí temprano y salí del local del East Village para respirar aire fresco. El Harper estaba cerca, así que decidí pasarme por allí de camino a mi coche. No porque quisiera autoflagelarme, sino porque me interesaba saber si el problema estaba resuelto. Hasta donde tenía entendido, mi madre había hablado con Mick Harper hacía unos días para confirmarle que no iba a comprar el restaurante. Eso significaba que mi oportunidad de hacerme con él se había esfumado definitivamente.

Los ventanales del Harper estaban a oscuras, pero no tapiados, así que salté la valla de baja altura que separaba el restaurante de la calle y puse las manos en el cristal para asomarme al interior. Hasta donde podía ver, ya habían retirado todo el mobiliario y, bajo la luz de la farola, solo veía la sala vacía de suelos de madera y la barra. Al verlo, me inundó una melancolía extraña. Sí, había sido yo el que había decidido no comprar el restaurante para convertirlo en el Adam & Eve. Y me mantenía en mi decisión. Sin embargo, me partía el corazón pensar en lo que podría haber sido. Me imaginé bancos como asientos, mesas de madera de roble, lámparas industriales vintage de metal cepillado. Me imaginé una carta llena de platos típicos de desayuno que iban variando según el momento del día. Me imaginé un equipo de cocineros y camareros que disfrutaban trabajando y alternando con los clientes, a los que servirían una comida excelente sin lujos innecesarios. Y, por último, pero no menos importante, me imaginé a Helena sentada en esa mesa, cogida de mi mano, finalmente juntos.

Pero nada de eso se correspondía con la realidad, y nunca lo haría.

Aparté la mirada del Harper y desdeñé esas imágenes de mi cabeza, me alejé y fui en busca del coche. Por el camino, saqué el móvil del bolsillo para revisar si había recibido alguna llamada o mensaje mientras estaba en la inauguración de Emilio. Efectivamente, tenía una llamada perdida de un número desconocido y un mensaje en el buzón de voz. Marqué el atajo correspondiente para escucharlo y me llevé el móvil a la oreja. Quizá se trataba del nuevo cliente del que aún no había guardado el número; al fin y al cabo, los trabajadores autónomos no conocían los días festivos. Sin embargo, cuando oí quien hablaba, me detuve en seco.

—Hola, soy yo, Helena. He… Se lo he contado todo a mis padres y se acabó, así que ahora soy una sintecho que va para tu casa. —Contuve el aliento al oír esas palabras que no terminaba de comprender—. Espero que estés allí. Sinceramente, nunca había tenido tantas ganas de hacer algo.

Y ahí acababa el mensaje.

Me separé el móvil de la oreja deprisa y miré cuándo me había llamado. Hacía ya veinte minutos, así que probablemente estuviera a punto de llegar a mi casa. Ay, Dios, ¿sería verdad? ¿O estaba sufriendo ya alucinaciones de tanto que deseaba que ambos tuviéramos una oportunidad?

Mientras me dirigía a paso rápido a mi coche, escuché de nuevo el mensaje, y confirmé que no me había imaginado nada: Helena lo había dicho todo tal cual. Sonaba tensa y emocionada, y no tenía ni idea de qué le había llevado a contárselo todo a sus padres y, por lo visto, mudarse de casa. Pero ya lo descubriría. Lo más importante era que se había decidido. Por nosotros. Por mí. Y yo haría todo lo que estuviera en mi mano para que se sintiese a salvo y feliz.

No obstante, necesitaba algo que pudiera garantizármelo. Hacía apenas una semana, no me había atrevido a hacerlo, pero ahora ya no me quedaba otra opción. Si quería que Trish nos dejara en paz, tendría que ocuparme de ello lo más rápido posible para poder proteger mi relación con Helena.

Así que marqué el número de Miranda mientras sacaba las llaves del coche del bolsillo de mi chaqueta.

—Buenas noches, Jessiah —dijo cuando descolgó—. Aún no tengo nada nuevo sobre tu hermano y su prometida, si eso es lo que quieres saber.

—No te llamo por eso. Te ofreciste a ayudarme con otro asunto. —Como estaba usando mi móvil habitual y el desechable lo tenía en casa, preferí ser discreto.

—Cierto —respondió Miranda con algo de expectación.

—Me gustaría aprovechar esa oferta.

—De acuerdo. Veré que puedo hacer por ti.

—Gracias.

Automáticamente colgué y marqué el número de Helena desde el que me había llamado.

—¿Jess? —respondió ella al primer tono y noté que estaba aliviada.

—¿Estás ya en mi casa? Tenía un compromiso con Emilio, en un restaurante a un par de manzanas, pero iré lo más rápido que pueda. —Me quedé callado un instante—. ¿Es cierto lo que me has dicho?

Tenía que asegurarme de que no se trataba de un arrebato del que se arrepentiría mañana. No podría soportar perderla otra vez.

—Es cierto —contestó y percibí una sonrisa en su voz—. Ya no quiero seguir viviendo la vida que me dictan los demás. Y definitivamente no quiero seguir viviendo una vida en la que no estés tú. Quiero estar contigo, Jess. No quiero nada más.

—Lo mismo digo —repliqué y sentí que me temblaban las rodillas del alivio. La soledad, la nostalgia, la desesperanza, todo había acabado por fin.

—Bien —rio ella. De fondo oí una puerta de coche cerrándose—. Acabo de llegar a tu casa. ¿Estás muy lejos? Estoy deseando verte.

—Llego en diez minutos como mucho. Ahora nos vemos.

Colgué, aunque me hubiera gustado mantener la conversación hasta que nos viéramos. Seguí caminando hacia mi coche, que había aparcado en uno de los callejones paralelos. Aquí había más penumbra que en la calle principal, pero mis ojos se acostumbraron rápidamente a la luz tenue. No estaba muy lejos cuando tuve un mal presentimiento. Mucho peor que el de la última vez.

Alarmado, miré a mi alrededor y vi que dos tipos se acercaban a mí. No reconocí sus rostros en la oscuridad. Tenían una actitud amenazante. ¿A qué venía esto?

—¿Qué queréis? —pregunté, irguiéndome para obtener una sensación de seguridad. La adrenalina me corrió por las venas, aunque esperaba que se tratara de un malentendido y no quisieran nada de mí.

Ninguno de los dos respondió, sino que se acercaron aún más. Mi camioneta estaba cerca, pero los tipos se habían apostado entre esta y yo, como si me estuvieran esperando. Mierda. No era ninguna confusión. Venían a por mí, aunque no tuviera ni idea de por qué.

Miré hacia atrás para saber si podía escapar, pero había dos más impidiéndome cualquier oportunidad de huida. Las paredes de ladrillo a izquierda y derecha tenían unos quince metros de altura. Estaba atrapado.

—¿Qué queréis de mí? —grité y supe que no había sonado tan firme como pretendía. ¿Querrían robarme? Entonces se habrían llevado las llaves del coche, el dinero y el móvil. ¿Y quiénes eran? ¿Quién los había enviado?

Me rodearon y no tuve más opción que retroceder. Por supuesto, el entrenamiento en Tough Rock me servía para pelear con alguien y salir victorioso, pero no cuando se trataba de cuatro hombres en mi contra. Me quedé petrificado, aunque la mente me iba a mil por hora. ¿Qué opciones tenía? No podía salir corriendo, atacar era una estupidez. Tal vez…

Algo interrumpió mi intento de salir airoso de esta situación: una navaja brilló en la oscuridad, y luego otra. No eran las típicas navajas de bolsillo que se usaban en los campamentos, eran navajas plegables de hoja larga. Joder. Iban en serio. No solo querían atacarme o meterme miedo.

Querían matarme.

En cuanto me di cuenta, me embargó el pánico y tuve un único pensamiento claro. Busqué en mi chaqueta el móvil con la intención de llamar a emergencias, pero antes de que pudiera sacarlo del bolsillo, uno de los matones se abalanzó sobre mí para atacarme. Sin dudarlo, me lancé contra él y le propiné un derechazo. Pero, entonces, otros dos me agarraron, me separaron de él y me empujaron contra el muro. Fue ahí cuando vi que llevaban máscaras que ocultaban sus rostros.

—¿Quién os envía? —logré decir, pero no recibí respuesta alguna.

Así que contrataqué, contrataqué con todas mis fuerzas, haciendo acopio de todo músculo disponible. Tenía que salir vivo de esta. Tenía que ir con Helena.

Por un breve instante, conseguí zafarme de ellos, separarme del muro y propinarle un puñetazo a uno en el estómago y a otro en la cara. Y luego eché a correr, corrí tanto como pude hasta el extremo del callejón. En Nochebuena no había nadie en el Village, pero el restaurante de Emilio no estaba lejos y estaba seguro de que él y los suyos estarían todavía allí. Así que corrí, hasta llegar casi a la calle principal.

Hasta que algo me detuvo.

Un estallido rompió el silencio y sentí como si alguien me hubiera golpeado en la espalda, a pesar de que no tenía a nadie cerca. El aire me salió de los pulmones y caí al suelo sin aliento. ¿Qué había pasado? No sentía dolor, pero no podía respirar. Me llevé una mano al pecho y, al instante, noté algo cálido que me manchaba los dedos. Levanté la mano y vi un líquido oscuro. Al cabo de unos segundos, comprendí que era sangre. Mi sangre. Mierda. El ritmo cardiaco se me ralentizó y empecé a marearme. Cuando mi cabeza rozó el suelo, escuché una voz.

—Está hecho —dijo alguien y luego oí unos pasos rápidos que desaparecían en la lejanía. Se habían marchado. Me habían dejado allí. Porque sabían que iba a morir.

Quise ponerme de rodillas, pero no lo conseguí, apenas podía moverme y no sentía nada. Tenía un frío atroz, pero provenía mayormente de mi interior. Así que esto era lo que se sentía cuando se iba a morir. ¿Habría sentido Adam lo mismo? El pánico inundó mis pensamientos, pero quedó ahogado por el entumecimiento que crecía en mi interior.

Helena. Eso era lo único que me pasaba por la cabeza, su nombre, nada más. Si iba a morir aquí, tenía que hablar con ella. Tenía que decirle al menos que la quería.

Con los últimos estertores de vida, busqué el teléfono en mi bolsillo, lo saqué y cayó al asfalto a mi lado. Los dedos me fallaban, pero conseguí desbloquear la pantalla y llamar al último número que aparecía. Helena respondió en cuanto pulsé el icono.

—¿Qué sucede, necesitas más tiempo? —Cuando no dije nada de inmediato y solo oyó una respiración entrecortada, habló más alto y con cierto pánico—. ¿Jess? ¿Me oyes? ¡Dime algo, por favor!

—Amapola...

Eso fue todo lo que conseguí decir. El «te quiero» nunca salió de mis labios. El frío me atenazó y la oscuridad se volvió más profunda.

Hasta que me engulló por completo.

Agradecimientos

Cuando escribí los agradecimientos del primer volumen, lo hice sobre todo desde la esperanza. Esperaba que os llegara mi amor por esta trilogía, que os fascinaran y emocionaran Helena y Jess hasta el punto de no poder dejar de leer. Esta vez, os escribo mayormente con gratitud, porque mis esperanzas se han cumplido. La respuesta entusiasta a esta historia ha superado mis expectativas más optimistas y me reafirma en que solo puedo escribir libros realmente buenos si tengo gente que confía en mí y me apoya en lo que quiero contar.

Esta vez también quiero agradecer en primera instancia a mi editora Stephanie Bubley. Steffi, eres increíble en muchos sentidos y estoy verdaderamente contenta de que te hayas dado cuenta de que siempre he escrito novelas para público joven. Siempre sabes qué decir y señalar para que escriba la mejor versión de mi historia. Además, siempre estás disponible para escucharme, y eso significa mucho para mí.

Muchas gracias a todo el equipo de LYX, por todo. Somos la pareja perfecta, siempre lo fuimos y espero que sea así durante mucho tiempo. Un agradecimiento especial a Andrea Berlauer por la organización de la fiesta en la que mostramos un primer avance del libro. Fuiste un gran apoyo, estuviste todo el tiempo a mi lado. Eres un ángel caído del cielo. Y por supuesto, a Laura Klingenberg, por tu gran apoyo tanto en internet como fuera, por la moderación de las lecturas y por tu disposición optimista.

Melike Karamustafa, gracias por revisar con tanto ahínco mi manuscrito, por tus comentarios tan asertivos como útiles y por encontrar todas las repeticiones de palabras (de no ser por ti habría cuatro «muy» en este párrafo de los que seguramente no me habría percatado ni en la quinta revisión).

Quiero dar las gracias a mi agente Gerlinde Moorkamp, que a menudo sabe mejor que yo lo que me pasa por la cabeza y siempre sabe qué es lo mejor para mí. Evidentemente, este agradecimiento también se extiende a Silke Weniger y Anne Kästner, que siempre me apoyan con amabilidad y experiencia.

Gracias también a los lectores de pruebas: Charlie, tienes una perspectiva muy inteligente de los libros y, aun así, los disfrutas con entusiasmo. Te admiro mucho por ello. Y, por supuesto, a Mimi, la defensora más maravillosa que una pueda imaginar al frente de los libreros. Gracias por tus comentarios y por tu amor a mis libros.

Mighty Mery, quiero darte las gracias por responder al más absurdo de los mensajes de voz con sabios consejos y hacer que este trabajo sea un poco menos solitario (y por el emoticono de la luna sonriente; mi vida no sería la misma sin él). También le doy las gracias a Tanja: eres una persona encantadora con un gran corazón y valoro tus mensajes en muchos aspectos. Y quiero dar las gracias a todos los colegas que intercambian ideas conmigo, que me envían mensajes comprensivos cuando no logro avanzar y saben que las revisiones son lo peor. Es una maravilla formar parte de esta burbuja.

A mi familia y a mis amigos quiero agradecerles el apoyo, que me escuchen y que siempre refuercen de forma positiva mi trabajo. Tengo mucha suerte de no haber escuchado nunca una duda o una inquietud de vuestra parte desde que dije que quería ser escritora. Un agradecimiento especial a mi hermana mayor, Kathrin, que recomienda mis libros a todos sus conocidos y amigos con tanto entusiasmo que deberían pagarle por ello.

Felix, llevamos mucho tiempo siendo un equipo y, sin embargo, tu fe en mí nunca ha faltado y nunca faltará. Por cierto, gracias por dejarte crecer el pelo para parecerte todavía más (¡!) a mi novio ficticio. Lo aprecio muchísimo.

Y, por último pero no menos importante, quiero daros las gracias a vosotros, queridos lectores y lectoras, por todo el entusiasmo y amor que he recibido desde que publiqué *Fuerte y suave*. Tendréis que perdonarme el suspense de este tomo. Os lo compensaré en el próximo libro, os lo prometo.

Este libro se terminó de imprimir
en el mes de abril de 2024